LA

TOUR SAINT-JACQUES

DE PARIS

LIVRE HUITIÈME

1

LA COMÉDIE AVANT LE DRAME

LA COMÉDIE AVANT LE DRAME

Enfin, le jour était arrivé pendant lequel devait avoir lieu une double *exhibition*, de nature à tenir en éveil la curiosité publique, nous voulons parler de la rentrée dans Paris de « notre dit très redouté Seigneur Monsieur le Roi, » à la tête de ses troupes victorieuses, et de la première représentation de la *Danse Macabre* au Cimetière des Saints-Innocents.

Disons de suite que le premier de ces deux spectacles fut loin d'exciter dans l'esprit du « populaire » l'enthousiasme sur lequel le parti de la Cour avait compté. Depuis quelque dix années, les Parisiens avaient assisté à tant de défilés de troupes, à tant de processions politiques, à tant de marches triomphales, toutes cérémonies exécutées tantôt par la fac-

tion bourguignonne, tantôt par celle des Armagnacs,
suivant que l'une ou l'autre avait le dessus, qu'il
n'était pas étonnant que la curiosité des bourgeois et
des manants de la grande Ville fût quelque peu émous-
sée à l'endroit de ces dispendieuses cérémonies, dont
ils n'ignoraient pas qu'en fin de compte c'étaient toujours eux qui payaient les frais.

Et puis, s'il faut tout dire, le peuple de Paris, dont
les affaires commerciales ne prospèrent qu'avec le
calme, était maintenant dans une singulière méfiance
au sujet de la paix ou des trèves que les Princes con-
cluaient entre eux, et qu'ils violaient ensuite sans le
moindre scrupule, ce qui, plus que la guerre encore,
causait la ruine et la désolation du pays. Aussi, le
silence expressif qu'il garda dans cette occasion eut-il
la valeur d'une protestation tout à fait solennelle.

Quelques acclamations isolées saluèrent, il est vrai,
Charles VI sur son passage, mais le pauvre monarque, qui, pour le moment, était revenu à la raison,
dut comprendre, avec une grande amertume de cœur,
que c'étaient là des témoignages d'intérêt qui s'a-
dressaient au prince malheureux, et non pas au chef
politique du gouvernement.

Ce fut pendant la matinée du 1er septembre qu'eut
lieu cette rentrée du Roi, qui, bien que très froide
comme démonstration, ne s'en fit pas moins au milieu d'un concours immense de spectateurs. Mais, en
historien véridique, nous devons ajouter que dans
cet empressement de la multitude à se porter dans la
rue Saint-Denis, par où le cortége royal devait passer, le spectacle du souverain entouré de sa Cour ne
jouait qu'un rôle éminemment accessoire, tandis que

la première représentation de la *Danse Macabre*, qui allait avoir lieu, était l'événement capital de la journée.

Ce spectacle dramatique, entièrement nouveau pour Messieurs les Parisiens, et dont la municipalité faisait les frais, avait été, depuis huit jours, annoncé à son de trompe par les rues et carrefours de la ville, comme devant avoir lieu le samedi, premier jour de septembre, à l'heure précise de midi, dans le Cimetière des Saints-Innocents.

Aussi, dès que le Roi et les Princes furent arrivés à la hauteur de la rue des Lombards, et, sans attendre que le défilé des troupes royales fût terminé, la foule se rua-t-elle par les trois portes toutes grandes ouvertes du Cimetière, et, pareille aux flots qu'une triple écluse verserait dans un immense bassin, emplit-elle, en moins de quelques instants, la vaste enceinte rectangulaire des Charniers.

Et cependant, en interrogeant le cadran de marbre noir, aux chiffres de marbre blanc et aux aiguilles dorées, qui occupait le centre du petit portail de l'Eglise des Saints-Innocents, portail que Monseigneur le Duc de Berri avait fait édifier en 1408, et qui était décoré de sculptures tout à fait originales, entre autres celle qui représentait les *Trois Vifs et les Trois Morts*, on pouvait constater qu'il s'en fallait de vingt minutes, au moins, que dix heures seulement ne sonnassent à cette horloge qui était alors réputée pour être la plus élégante de tout Paris.

C'était donc, pour nous servir de l'expression consacrée en pareille circonstance, une faction de deux grandes heures que tous ces curieux allaient faire.

dans cette funèbre enceinte, où ils étaient serrés les uns contre les autres comme des moutons dans leur parc, et cela sous un ciel d'été dont pas un nuage ne tachait le limpide azur, et au haut duquel, pour parler la langue de Froissard, *le soleil était bel et clair, et resplandissant à grants rais*.

Mais, qui ne sait de quelle surprenante dose de patience sont doués les badauds de Paris, quand il s'agit, pour eux, d'assister à un spectacle qui est gratuit, et où les meilleures places appartiennent de droit au premier occupant?

Les sujets de distraction ne devaient point, au reste, leur manquer, ainsi que nous l'allons voir, et, au premier rang, nous devons mettre la vue des préparatifs, on pourrait dire grandioses, qu'avait nécessités cette représentation de la *Danse Macabre*, si impatiemment attendue.

En effet, au centre du cimetière, et pour que des points les plus éloignés de ce vaste cloître les spectateurs pussent également jouir du coup d'œil de la scène, on avait établi une plate-forme circulaire en bois, de six toises de diamètre, et qui était élevée de douze pieds environ au-dessus du sol.

Cette plate-forme était supportée par une cage en charpente, qui devait servir de vestiaire aux acteurs de la *Danse Macabre*, et, pour dérober au public la vue intérieure de ce vestiaire, on avait drapé, tout à l'entour, des tentures de haute lisse, rattachées les unes aux autres par des écussons sur lesquels étaient peints alternativement et les armoiries royales et le blason de la Ville de Paris.

Une grande ouverture carrée avait été ménagée au

centre du plancher de cette plate-forme, et c'était par cette ouverture que les personnages de la Danse devaient successivement entrer, ou plutôt monter en scène, au moyen d'un plan incliné formant une pente très douce et tenant lieu d'escalier. Des quatre points opposés de cette plate-forme s'élevaient autant de mâts en bois doré, tout au haut desquels flottait dans l'air une bannière de crêpe, sur laquelle étaient brodées les armoiries de la Mort.

Ces armoiries étaient de pourpre, au sablier d'argent au centre d'un vol de même (c'est-à-dire de deux ailes éployées) ; avec deux fémurs passés en sautoir derrière l'écu ; celui-ci timbré, en guise de heaume, d'une tête de mort tarée de front ; et, en bas de l'écu, cette devise inspirée par la croyance en l'immortalité de l'âme :

SPES ADDIDIT ALAS. (1)

Sur autant de boucliers, attachés à la partie moyenne de ces quatre mâts, étaient inscrits ces huit vers (2), qui devaient servir de frontispice à la *Danse des Morts* :

> O créature raisonnable,
> Qui désires le firmament,
> Tu as cy doctrine notable
> Afin de mourir sainctement.
> La *Danse Macabre* s'appelle,
> Que chacun à danser apprend,
> A homme et femme est naturelle,
> Mort n'épargne petit ne grand.

(1) L'espérance y a ajouté des ailes.
(2) Textuels.

Enfin, tout autour de ce vaste théâtre et à la distance de trois toises environ de son périmètre, on avait établi de solides barrières en planches, qui étaient destinées à maintenir la foule, et une douzaine de Sergents de la Prévôté, ayant leurs longues *boulayes* à la main, avaient été placés au dedans de ces barrières, afin d'empêcher les spectateurs de faire irruption dans l'enceinte réservée autour de la plateforme.

Hâtons-nous d'ajouter que la tâche dévolue à ces agents de l'autorité prévôtale n'était, ce jour-là, ni un poste d'honneur, ni une sinécure. On en comprendra facilement la raison, quand nous aurons dit qu'au premier rang des curieux qui faisaient faire ventre à la barrière, se trouvaient le ban et l'arrière-ban de Messieurs les Clercs de la Basoche, à la tête desquels étaient Cascaret le Gabeur, Guillot Chante-Merle et Maclou le Muflard.

Tous ces joyeux vauriens, qui faisaient entre eux un assaut continuel de quolibets, d'épigrammes et de coq-à-l'âne, mettaient, nous devons le dire, à une rude épreuve la patience de ces pauvres Sergents. Dès que l'un d'eux, en effet, avait le dos tourné, de toutes parts pleuvaient aussitôt, sur son beau hoqueton de camelot violet, une grêle de coquilles de noix, de noyaux de prunes et de trognons de pommes, genre de projectiles qui indiquait assez à quelle espèce de passe-temps nos jeunes apprentis de la Chicane avaient recours pour charmer les ennuis de l'attente.

Et quand le Sergent, ainsi *bombardé* (le mot commençait à se populariser), se retournait tout à coup du côté de ses assaillants, tous ces visages effrontés, tous ces museaux de furet, faisaient incontinent la chattemite, et, à leur mine hypocritement étonnée, vous les eussiez pris pour autant de petits agneaux *tétant encore leurs mères*, comme n'eût pas manqué de le dire notre bon La Fontaine.

Mais en ce temps-là, comme aujourd'hui, la longanimité n'était pas la vertu dominante de messieurs les Sergents, et l'un d'eux ayant reçu en plein visage un des projectiles végétaux dont nous venons de parler, et soupçonnant Cascaret d'être l'auteur de cette espièglerie, leva sur lui, pour l'en frapper, son long bâton de bouleau écorcé qui portait alors le nom de *boulaye*.

Mais le malicieux clerc de maître Gilet de Fresnes, qui s'attendait à ces représailles, se jeta rapidement de côté, et la volée de bois vert, pour parler comme Beaumarchais, alla tomber sur les épaules du pauvre Maclou, qui était assis sur l'angle d'un sépulcre voisin, et qui, de la force du coup, se laissa choir en poussant un hurlement de douleur.

— *Procumbit humi bos*, dit Guillot Chante-Merle en voyant la lourde chute de son camarade.

— Sergent, mon ami, dit Cascaret en faisant les cornes au porte-boulaye, vous avez vraiment du coup d'œil, comme si vous faisiez partie du très honorable personnel des Quinze-Vingts, et m'est avis que si vous n'êtes pas tout à fait aveugle, vous êtes pour le moins aussi louche qu'une cuiller à pot.

— Ce n'est pas moi qui lui ai lancé le trognon, disait piteusement le pauvre Maclou en se relevant tout meurtri et en frottant son épaule, qui avait été fort maltraitée.

— Oui, oui, c'est une abomination! exclama toute
la bande des Basochiens. L'innocent pâtit ici pour le
coupable; le droit est méconnu; la Justice est violée.

— *Justicia est constans et perpetua voluntas jus
suum cuique tribuendi,* déclama Guillot en contrefaisant la voix nasillarde et le geste pédant de son
professeur en décret de l'École du Chef-Saint-Denis,
maître Pierre d'Ailly, le même qui mourut à Lyon,
cardinal, en 1420.

— Confrère Maclou, dit Cascaret, savez-vous bien
que maître La Boulaye, votre honorable adversaire,
a employé à votre endroit des arguments qui ne lais-
sent pas que d'être d'une certaine force et d'un certain poids.

—Des arguments *ad hominem*, dit le neveu du Chanoine.

— Avez-vous bien senti, cher ami, la justesse et
la précision des solides et touchantes raisons qui
vous ont été données par lui?

— *Per Jovem!* s'il les a senties? c'est-à-dire qu'il
en demeure tout ce qu'il y a de plus frappé.

— A en juger par l'exorde de son discours...

— Exorde *ex abrupto!*

— La péroraison ne saurait manquer d'être écra-
sante, prenez-y garde!

Puis Cascaret, grimpant lestement sur une vieille
croix de pierre qui était derrière lui, et se mettant à
cheval sur l'un des croisillons, dit à ses confrères de
la Basoche :

— Messieurs, il y aurait vraiment de l'injustice à
nous, à ne pas récompenser maître La Boulaye pour
le beau mouvement oratoire et pour le *morceau* pa-

thétique dont il vient de gratifier notre confrère Maclou ; c'est pourquoi je vous propose de lui conférer,
séance tenante, le titre de *Bâtonnier de l'Ordre*.

— Oui, oui, dirent en chœur tous les Basochiens.
Vive le nouveau Bâtonnier !

— Et pour fêter dignement sa bienvenue, continua
Cascaret, je vais vous chanter la *Ronde aux Sergents*,
en vous priant d'en appuyer vivement le refrain.

Et notre malicieux clerc se mit à entonner une
chanson satirique qui, depuis quelques jours seulement, circulait dans le Royaume de la Basoche, où
elle avait obtenu un succès fou, et dont le refrain
était celui-ci :

> Sur trois sergents pendez-en deux,
> Le monde n'en ira que mieux.

Mais tandis que Cascaret, avec la verve gouailleuse et la pantomime expressive qui lui étaient fa-
milières, était en train de chanter cette ronde épigrammatique, dont nous le soupçonnons fort d'être
l'auteur, le Sergent, qui paraissait avoir pris son
parti des plaisanteries dont il était l'objet, s'était peu
à peu et sournoisement rapproché de lui, et au moment où l'on devait le moins s'y attendre, sa boulaye
fendit l'air en sifflant, et elle aurait infailliblement
brisé les côtes à notre joyeux Basochien, si celui-ci,
qui, cette fois encore, avait pressenti l'orage, ne
s'était jeté à terre avec la vivacité et la souplesse d'un
écureuil. Il en résulta que le lourd bâton du Sergent,
au lieu de tomber sur les épaules du chanteur, alla

frapper la croix de pierre du haut de laquelle Cascaret s'était précipité avec tant d'à-propos, et dans ce choc, qui fut d'une violence extrême, le bois vert ayant résisté, le contre-coup qui s'ensuivit faillit à briser la main de l'agent de Monsieur le Prévôt, qui, de douleur, lâchant aussitôt sa boulaye, fit une si horrible grimace, que tous les Basochiens en partirent d'un immense éclat de rire.

— Sergent, mon ami, dit Cascaret, qui, à peine relevé, se mit à faire de nouveau la nique à son adversaire, pour vous prouver que je suis sans rancune, voulez-vous que nous jouions ensemble à la main chaude présentement?

Mais celui-ci, qui sentait que désormais les rieurs ne seraient plus de son côté, ramassa, sans mot dire, son malencontreux bâton, tourna vivement autour du théâtre, et se déroba ainsi aux nouveaux quolibets que Messieurs les Basochiens s'apprêtaient, comme de plus belle, à faire pleuvoir sur sa tête.

Il venait à peine d'opérer sa retraite, au bruit des huées et des sifflets de tous ces mauvais garnements, lorsque l'attention de ceux-ci fut attirée par l'apparition d'un petit vieillard à la tête chenue et au dos courbé, lequel sortit tout à coup de dessous les tentures qui, ainsi que nous l'avons dit plus haut, cachaient aux spectateurs l'intérieur de la cage en charpente, dont les acteurs de la Danse avaient fait leur vestiaire. C'était le Compère Hugonnet Charnailles, qui portait sur son épaule droite sa pioche et sa pelle, c'est-à-dire les instruments de son travail journalier.

Notre vieux fossoyeur, sans donner la moindre at-

tention à la foule des curieux dont il était entouré,
s'avança de quelques pas et s'arrêta bientôt près de
la riche sépulture de marbre blanc qui était appelée
la Croix de Tarenne, et qui se trouvait être comprise,
soit par le fait du hasard, soit à dessein, dans l'enceinte réservée autour du théâtre.

— Eh ! mais, je ne me trompe pas, dit Cascaret en
l'apercevant, c'est le Père Pioche-Toujours, le grand
Chambellan de Madame la Mort, portant les insignes
de sa dignité.

— Et que vient-il faire ici? demanda naïvement
Maclou le Muflard.

— Belle question ! Il vient, suivant les devoirs de
sa charge, préparer le logement de quelque nouveau
visiteur à qui sa toute puissante souveraine très Haute,
très Maigre et très Grimaçante Princesse la Camarde,
première du nom, a fait l'honneur de l'inviter pour
ce soir à son royal souper.

Le Compère Hugonnet Charnailles, en effet, après
avoir déposé à terre les instruments dont il était porteur, ôta sa vieille houppelande de serge brune qu'il
accrocha après le mausolée de Jehan de Tarenne, re-
troussa les manches de sa casaque de dessous, et
saisit sa pioche à deux mains. Puis, avec cette même
vigueur dont nous avons déjà été les témoins, et qui
surprenait à voir dans un vieillard à la tête chauve et
à la taille voûtée, il se mit à éventrer le sol tout contre la partie latérale du tombeau dont nous venons
de parler, ne quittant sa pioche que pour prendre sa
pelle, et menant son travail d'une façon si expéditive que les spectateurs, qui avaient les yeux fixés sur
lui, le voyaient de minute en minute s'enfoncer dans

la terre qui, en moins d'une demi-heure, lui montait
déjà jusqu'à la ceinture.

Nos lecteurs devinent, sans qu'il soit besoin de le
leur dire, que la survenue de ce nouveau personnage,
et le genre de travail auquel il se livrait, avaient
servi de texte à la glose épigrammatique de Messieurs les Basochiens. Mais devant la souveraine indifférence et l'imperturbable sang-froid avec lesquels le Compère Hugonnet Charnailles écoutait, ou,
pour mieux dire, n'écoutait pas les lazzis qui lui
étaient décochés, l'humeur folâtre de nos jeunes
drôles se trouva promptement décontenancée, ce qui
fit que, d'un commun accord, ils tournèrent le dos à
l'impassible fossoyeur et au théâtre, par conséquent,
et qu'ils se mirent à examiner ce qui se passait dans
cette moitié du cimetière qui était située au levant,
c'est-à-dire qui s'étendait depuis la place qu'ils occupaient jusqu'à la rue Saint-Denis.

Nous devons dire que cette partie des Charniers
offrait, en ce moment, un spectacle des plus animés,
et qui ne pouvait manquer d'intéresser vivement
cette ardente et folle jeunesse.

Extérieurement aux cinq arcades, qui, ainsi que
nous le savons déjà, formaient le Petit Corridor des
Charniers, c'est-à-dire depuis l'Eglise des Saints-
Innocents qui en occupait l'angle nord, jusqu'à l'angle
sud correspondant à la Grand'Porte du Cimetière,
une estrade, composée d'une vingtaine de gradins
environ, et qui était décorée avec un certain luxe,
avait été dressée, la veille, par ordre de Monsieur le
Prévôt de Paris, et cette estrade était destinée à recevoir la partie aristocratique des spectateurs.

Les banquettes, qui en étaient restées inoccupées jusqu'à ce moment, se garnirent bientôt d'une foule élégante, composée de Dames et de Damoiselles, appartenant, tant à la Cour qu'à la première Noblesse du Royaume, ainsi que de jeunes et brillants Seigneurs qui les accompagnaient, et qui étaient, comme on le dirait aujourd'hui, la *fleur des pois* du Logis du Roi et de l'Hôtel de la Reine.

Les premières places ou les places d'honneur, c'est-à-dire les plus basses de l'estrade, avaient été réservées à toutes ces belles patriciennes, qui étaient parées, ce jour-là, de ce que le luxe et la mode avaient inventé de plus riche et de plus nouveau, et le coup-d'œil offert par cette guirlande vivante de jeunes et jolies femmes était de nature, on en conviendra, à consoler Messieurs les Clercs de la Basoche des dédains qu'ils avaient éprouvés de la part du Compère Hugonnet Charnailles.

Il fallait voir, en effet, avec quels regards ardents ces jeunes chicaneaux du Palais de Thémis lorgnaient toutes ces belles épaules nues et toutes ces fraîches bouches roses, à l'endroit desquelles ils jouaient le triste rôle du Renard devant les raisins. Rendons-leur pourtant cette justice, que pas un d'eux ne s'avisa de trouver ces jolis minois par trop verts, et ajoutons, qu'au rebours du héros de la fable, c'était précisément la tendre verdeur de cette appétissante grappe de têtes féminines qui leur faisait venir l'eau à la bouche.

Qu'on en juge plutôt en les entendant parler.

— Ami Guillot, disait Cascaret en désignant une toute jeune femme qui arrivait, en ce moment, par

la droite de l'estrade, et qui, à une figure de la plus
grande beauté, joignait le port et la démarche d'une
déesse, n'est-ce pas aussi ton avis que Madame Vénus
en personne devait se tenir et marcher de la sorte,
dans les carmes du premier Livre de l'Enéide de
Publius Virgilius Maro?

— Je demeure d'accord, répondit le neveu du Chanoine, que c'est moins une mortelle qu'une divinité
que nous avons sous les yeux. *Et vera incessu patuit
Dea.*

— Quels traits charmants! Quelle jolie bouche!
Et ses yeux, vois donc comme ils sont éloquents!

— Et qu'est-ce qu'ils chantent, ces yeux-là? demanda Maclou, avec son gros rire bête.

— Ce qu'ils chantent, Butor? Eh! mais, tu ne le
devines pas?

— Non, dit l'autre.

— Ils chantent le *Veni Creator* du Bréviaire de
l'Amour.

— Et les nôtres, le *Miserere* de l'Office des Amoureux
morfondus, ajouta prestement Guillot Chante-Merle.

— Sont-ils ennuyeux, donc, reprit Maclou, avec
leurs mots d'*amour* et d'*amoureux* qu'ils ont toujours
à la bouche. Qu'est-ce que c'est que ça, l'amour et les
amours? Je n'y comprends rien, quant à moi, je le
déclare tout net.

— N'est-ce que la définition de ces mots-là qui
t'embarrasse? lui dit Cascaret. Eh bien! écoute-moi,
je vais t'en donner de toutes neuves et qui n'ont
point encore servi.

— Ecoutons les définitions de Maître Cascaret,
dirent en chœur tous les Basochiens.

— Je vous préviens, chers collègues, que je ne vais pas aller chercher midi à quatorze heures, et que ce que vous allez entendre est de la simple analyse logique, comme nous en faisions jadis au Collége de Navarre, sous le Révérend Père Goizet, notre professeur de grammaire et d'humanités.

— Attention à l'analyse logique du très savant et très lettré professeur Cascaret le Gabeur, maître ès sciences cocasses et jocatrices, cria Guillot en contrefaisant la voix aiguë d'un huissier au Parlement !

— *Amour :* substantif masculin singulier, pour les dames, dit Cascaret. *Amours :* substantif féminin pluriel, pour les messieurs.

— *Optime ! Plaudite, cives !* exclama le neveu du Chanoine.

Et la bande joyeuse fit chorus à cette boutade de notre ami Cascaret.

Pendant ce temps, l'estrade avait continué à se remplir de spectateurs. Sur les gradins du second rang étaient venues se placer les dames d'une naissance inférieure à celles qui occupaient les premiers rangs ; au-dessus d'elles s'étaient assises, ensuite, les dames de la noblesse de robe, puis les nobles bourgeoises, puis les femmes d'écuyers, puis celles des simples gentilshommes, puis celles, enfin, dont les maris étaient nouvellement ennoblis.

Parmi ces nouvelles venues, plus d'une, assurément, aurait pu disputer la pomme, aussi bien pour le luxe que pour la beauté, aux duchesses et aux baronnes du Logis de la Reine. Aussi sentait-on, plutôt qu'on ne le voyait, qu'une sourde envie et qu'une colère jalouse animaient toutes ces figures de la petite

noblesse, contre le brillant escadron des Dames de la
Cour, et il y avait plaisir, vraiment, à entendre les
épigrammes mordantes qui leur échappaient à l'endroit de ces reines de la mode et du goût, dont, par
contre, elles s'efforçaient de copier, avec une servile
imitation, et le langage, et le ton, et les manières
aristocratiques.

Quelques visages de douairières, ou laides ou ridicules, faisaient tache, nous devons le reconnaître, dans
ce second rang de l'estrade. C'était, par exemple,
celui de Mme la Vicomtesse de Chamérobley, qui,
avec son teint de parchemin jauni, son chaperon du
siècle dernier et ses grandes dentelles en cartisane,
avait excité au plus haut point l'hilarité de Messieurs
les Clercs de la Basoche, et nous devons ajouter que
ces rires moqueurs avaient trouvé de l'écho sur bien
des lèvres.

Il est vrai qu'à son côté était notre gentille Alice,
dans une toilette d'une fraîcheur et d'une élégance
irréprochables, et que le charmant petit museau rose,
malicieux et futé de la fille faisait oublier les grandes
dents déchaussées, l'air de souveraine sottise et la
coiffure surannée de Madame sa mère.

La Vicomtesse et sa fille étaient venues là accompagnées du superbe Anténor, qui, dans son brillant
costume de Quartinier, faisait, lui aussi, diversion
à l'attention fort peu bienveillante dont Madame la
douairière sa mère était l'objet. Dire qu'en ce moment
Monsieur le Commandant du Pont de Saint-Cloud
faisait la roue, à l'instar d'un de ces beaux paons qui
se voyaient alors dans les volières de l'Hôtel Saint-
Pol, ce serait, certes, amoindrir l'effet produit sur

l'assemblée par cette fatuité si sûre d'elle-même, si exubérante et si rayonnante, qui distinguait l'orgueilleux possesseur du *Fief des Trois-Pucelles*.

Mais hâtons-nous de déclarer, qu'ainsi que cela se passe encore de nos jours, notre superbe Vicomte ne produisait, par ses poses d'Antinoüs, qu'un très médiocre effet sur les nobles dames dont il était entouré, et Monsieur le Quartinier en eût été pour ses frais de mise en scène, si, au troisième rang de l'estrade, il ne s'était trouvé un groupe de spectatrices aux yeux desquelles ce clinquant d'élégance avait la valeur de l'or au premier titre.

Si nous sommes parvenu à bien préciser, dans l'esprit de nos lecteurs, le lieu de la scène que nous racontons, il leur sera facile de comprendre que, par suite de la construction d'une estrade adossée tout le long du petit Corridor des Charniers, les cinq arcades qui composaient cette Galerie du cloître se trouvaient être entièrement masquées du côté du Cimetière. Il y avait donc impossibilité matérielle à ce que les jeunes marchandes qui les occupaient pussent, de leurs boutiques, jouir du spectacle qui allait avoir lieu. C'est pourquoi on avait jugé à propos, comme étant une légitime compensation du dommage qui leur était causé, de leur accorder l'insigne faveur de figurer, elles et quelques personnes de leur connaissance, tout au haut de l'estrade réservée à la Noblesse.

De ces cinq marchandes, trois nous sont connues ; ce sont Mlles Anne Grugeon, Isabeau la Corbine et Jeannette la Paquotte ; quant aux deux autres, dont les noms ne sont point parvenus jusqu'à nous, il est une chose que nous pouvons affirmer cependant, c'est qu'elles ne le cédaient à leurs consœurs, ni en beauté, ni en coquetterie.

Toutes ces jeunes et charmantes filles, dont la vanité avait été flattée outre mesure par l'honneur qui leur était accordé, avaient fait pour cette cérémonie des toilettes d'une richesse et d'une élégance si fort au-dessus de leur condition, que ce luxe effronté ne manqua pas d'être taxé d'*outrageux* (c'était un mot très en vogue à cette époque) par Mesdames de la Noblesse bourgeoise, qui se vengeaient ainsi sur ces filles d'artisans des dédains dont elles étaient elles-mêmes accablées par les Grandes Dames de la Cour.

Nous devons dire que notre gentille mercière-épinglière était celle surtout qui attirait davantage les regards des curieux. Malgré la pâleur répandue sur ses traits et le cercle de bistre qui estompait ses paupières, jamais Nanine n'avait paru plus jolie; et si sa piquante beauté était de nature à faire tourner la tête à la partie virile des spectateurs, le bon goût et l'extrême recherche de sa parure ne pouvaient manquer de mettre la rage dans le cœur de toutes les femmes.

Monsieur le Quartinier, dont cette ravissante toilette et une absence de huit jours loin de sa maîtresse, avaient subitement rallumé la passion, tenait ses regards attachés sur la jeune fille, avec une insistance et une intention si marquées, que les autres marchandes qui, par toutes sortes d'agaceries, cherchaient à attirer de leur côté l'attention du Vicomte, en avaient conçu un vif et trop visible dépit. Seule, Mlle Anne Grugeon, par des raisons que le lecteur devinera sans qu'il soit besoin de les lui expliquer, n'avait nullement l'air de s'apercevoir des œillades que lui lançait Monsieur le Commandant du Pont de Saint-Cloud, et elle mit tant d'adresse à les éviter, que pas une seule fois son regard ne rencontra celui de son amant.

Mais la Commère Margot, qui n'avait eu garde de manquer une si belle occasion de voir sa fille *faire florès*, ainsi qu'elle le disait au Père l'Entonnoir, qui était assis près d'elle, dans son pittoresque harnois de la bataille de Rosebec, la Commère Margot, disons-nous, n'était pas femme à laisser ainsi Monsieur le Vicomte se morfondre en œillades inutiles.

— Hé ! Ninette, dit-elle tout à coup à sa fille en la poussant doucement du coude ; fais donc attention, mon enfant, voici le beau gentilhomme aux oblies de l'Hôtel de la Cour-Pavée qui regarde de notre côté ; il nous a reconnues et c'est à nous de le saluer les premières.

Et la Margot, qui, à coup sûr, avait la mémoire de l'estomac plus fidèle que celle du cœur, fit à Monsieur le Quartinier un premier, puis un second, puis un troisième salut de la tête, que notre fier Gentilhomme, bien loin d'y répondre, n'eut pas l'air seulement d'avoir aperçus.

La laitière, supposant alors que sa pantomime n'était ni assez respectueuse, ni assez démonstrative, se leva aussitôt du banc sur lequel elle était assise, et elle s'apprêtait à faire au Vicomte sa *révérence des fêtes carillonnées*, quand Nanine, que ce manége de sa mère tenait sur des charbons ardents, la força de se rasseoir en la tirant par sa cotte, et en lui disant fort sèchement :

— Tenez-vous donc tranquille, ma Mère, et ne nous faites point ainsi montrer au doigt par toute l'assistance !

— Mais, mon enfant, dit la Margot en revenant à la charge, tu ne vois donc pas que c'est M. le Vicomte de Chamérobley qui nous regarde.

— Eh ! je me moque pas mal de votre Vicomte de Chamérobley, reprit Nanine d'un air dégagé et avec un mouvement dédaigneux des lèvres, qui rendirent la Margot stupéfaite.

— Tu te moq…? Ah ! ça, Ninette, qu'est-ce que tu as donc aujourd'hui? Depuis ce matin, vois-tu, je te trouve l'air tout chose. Es-tu malade ou perds-tu le sens? Voyons, réponds-moi donc !

— Ma Mère, vous m'ennuyez ! reprit Nanine avec un geste si plein d'impatience et d'un air si résolu, que toute autre que la Grugeonne se le serait tenu pour dit.

Mais la Commère Margot, nous le savons déjà, avait la langue trop alerte à la réplique pour en rester là.

— Ah ça ! dit-elle, en toisant sa fille avec un air de dignité offensée, sais-tu bien, ma petite, que tu n'es pas fort polie aujourd'hui, et que ce n'est point ainsi qu'une fille qui a été bien élevée doit répondre à sa mère?

—Moi, une fille bien élevée! Ah ! plût à Dieu que je l'eusse été !

—Mais, certainement, que tu l'as été, et je m'en vante encore !

Nanine, pour toute réponse, se contenta de fixer sur sa mère ses deux grands yeux noirs et limpides, dans lesquels il était facile de voir que le res-

pect seul arrêtait l'expression du mépris toute prête
à éclater. La Laitière en parut singulièrement troublée, et les regards de sa fille, chargés de reproches
si justement mérités, arrêtèrent sur ses lèvres les
nouvelles récriminations qu'elle s'apprêtait à faire à
son joli Bouton-d'Or.

Pour dissimuler son embarras, elle se tourna brusquement du côté du vieux Sergent de Rosebec, et
elle lui dit avec un dépit mal contenu :

— Vous êtes bien heureux, vous, de ne point avoir
d'enfants! Ce sont tous des ingrats, et pas autre
chose ; c'est moi qui vous le dis.

— Eh bien! qu'y a-t-il donc de nouveau, ma Commère?

— Il y a, Vieux Brave, que cette petite péronnelle
est, ce matin, d'une humeur vraiment massacrante ;
je ne sais pas sur quelle herbe elle a marché, mais
elle est comme un chardon, on ne saurait la prendre
par aucun bout.

— Peut-être est-elle souffrante? dit le Tavernier
en regardant la jeune fille avec un très vif intérêt.
Voyez donc comme elle a le teint pâle et les yeux
cernés? Je la trouve toujours aussi jolie, c'est vrai,
et pourtant elle me paraît être bien changée depuis
le jour où vous l'avez amenée dans ma Taverne,
pour y voir passer la Procession des Saintes Reliques.

— Oh ! je sais ce que c'est, dit la Laitière d'un air
entendu. Elle ajouta, en baissant la voix et en se penchant à l'oreille du Père l'Entonnoir : C'est un mari
qu'il lui faudrait.

— Vous croyez? dit malicieusement le vieux soldat.

— Je le crois si bien, que j'y mettrais ma main tout entière dans le feu.

— Eh bien! par la bataille de Rosebec! se dit à lui-même le Compère Boyrond, je me garderais bien, quant à moi, d'y mettre le petit bout du doigt seulement.

Pendant ce colloque entre la Laitière et le Tavernier, Mlle Anne Grugeon, qui devinait fort bien que sa personne faisait les frais de cet entretien, avait tourné la tête du côté opposé, et son regard avait été se fixer très attentivement sur une élégante tribune qui était adossée au petit Portail latéral de l'Église des Saints-Innocents.

Cette tribune, richement décorée et pavoisée aux armes du Roi et de la Ville, était occupée, depuis un instant seulement, par les trois Lieutenants de Monsieur le Prévôt de Paris, par les Présidents des Chambres du Parlement, de la Cour des Aides et de la Chambre des Comptes, par Messieurs du Corps de Ville, et enfin par le Recteur de l'Université, à la tête des Régents des principaux colléges de Paris.

En l'absence de Monseigneur Tanneguy du Châtel et de Messire Bertrand de Montauban, son associé au gouvernement de la Ville, qui, tous les deux, étaient retenus en ce moment près du Roi, à l'Hôtel Saint-Pol, Monsieur le Lieutenant Criminel Guillaume Le Tur (que le peuple, dans son langage imagé, s'obstinait à nommer le Tueur, à cause de la charge dont il était pourvu), Monsieur le Lieutenant Criminel, disons-nous, présidait cette étrange assemblée, et, en sa qualité de représentant de l'autorité royale, il était gravement assis sous un dais fleurdelisé.

Derrière le siége qu'il occupait, un certain nombre de spectateurs, des jeunes gens pour la plupart, s'étaient, avec le sans-façon de ce bon temps-là, et pour être mieux à même de jouir du spectacle, hissés jusqu'au niveau de la Tribune royale, en s'accrochant des pieds et des mains aux sculptures du Portail construit par Monseigneur le duc de Berri.

C'était sur ce groupe de curieux que Mlle Anne Grugeon tenait, depuis quelques instants, ses regards attachés. Pour un spectateur qui, en ce moment, aurait pris garde à l'expression des traits de la jeune fille, il aurait été facile de lire, d'abord, sur ce gracieux visage, une sorte d'inquiétude de plus en plus marquée, et telle que pourrait l'éprouver une personne qui en attend une autre et qui ne la voit point arriver; puis, tout à coup, cette expression inquiète avait cédé la place à un mouvement de joie si bien prononcé, qu'on aurait pu hardiment le traduire par ces mots :

— Enfin, le voici !

Si le lecteur veut bien porter ses regards sur le groupe de curieux qui avait fixé l'attention de Nanine, il apercevra, à demi caché derrière le dais qui ombrageait de sa pourpre royale la hure de Monsieur le Lieutenant Criminel, un jeune homme à la taille souple et élancée, aux yeux noirs, aux fines moustaches et aux cheveux d'un blond cendré. C'était Monsieur le Gonfalonier de Saint-Jacques, qui avait troqué son costume de clerc contre l'accoutrement d'un écolier, et qui, à force de patience et d'adresse, avait fini par s'emparer du poste qu'il occupait.

Quand il y fut bien établi, ses yeux se portèrent

d'abord du côté de la plate-forme qui devait servir
de théâtre, et, pendant quelques instants, il parut
examiner avec la plus grande attention la fosse que
le Compère Hugonnet Charnailles était en train de
creuser, et dans laquelle la personne du petit vieillard était sur le point de disparaître entièrement.

Une chose que nous n'avons point encore dite, c'est
que tout en faisant sa besogne, le vieux fossoyeur
levait de temps en temps ses yeux de la façon la plus
indifférente, et portait ses regards dans la direction
de la Tribune de Monsieur le Prévôt. C'est ce qu'il ne
tarda pas à faire encore, et cette fois, ayant aperçu
Orfano qui lui adressait un léger signe d'intelligence,
le Compère Hugonnet Charnailles y répondit par un
imperceptible mouvement de tête. Puis il se remit à
creuser la terre, avec la même impassibilité qu'auparavant.

Monsieur le Gonfalonier, se tournant alors du
côté de l'estrade réservée à la noblesse, passa rapidement en revue le personnel qui se trouvait à la
partie la plus élevée de cette estrade, et ses regards
ayant rencontré ceux de Nanine, un échange de
signes, absolument semblable à celui qui venait
d'avoir lieu entre le vieillard et Orfano, fut fait entre
nos deux jeunes gens.

A partir de ce moment, notre jeune clerc ne parut
plus s'occuper, ostensiblement du moins, ni de la
jeune fille, ni du vieux fossoyeur, et son attention se
porta tout entière sur les personnages éminents qui
étaient assis, devant lui, dans la tribune royale, et
dont il pouvait suivre très facilement la conversation.

Pour se distraire des ennuis de l'attente, ces graves magistrats, qui comptaient dans leurs rangs ce que Paris possédait alors de plus distingué en fait d'hommes lettrés et de savants, discouraient entre eux sur l'origine et sur l'ancienneté du spectacle auquel les Parisiens allaient assister pour la première fois. En ce moment, la parole était au Président laïc de la Chambre des Comptes, Messire Robert, Comte de Bar, un des hommes les plus considérables et les plus considérés de la Cour de Charles VI.

— La *Danse des Morts,* disait cet érudit magistrat, qui avait, pendant longtemps, voyagé dans toute l'Europe, est loin de n'avoir qu'un siècle d'existence seulement, comme on pourrait le croire, d'après les peintures qui en ont été faites à Bâle au cloître du Klingenthal, en 1312, et à Minden, en Westphalie, à la date de 1383. Je puis vous assurer, Messieurs, avoir vu jadis, dans la noble cité de Florence, des pierres précieuses qui ont été gravées du temps des Romains, et sur lesquelles étaient représentés des squelettes menant la Danse avec un certain nombre de personnages vivants, appartenant à toutes les classes et à tous les rangs de la vie humaine. Bien plus, cette même Danse de la mort avec les vivants a été trouvée plusieurs fois reproduite dans des bas-reliefs datant bien manifestement du temps des derniers Consuls romains.

— Et cette dénomination de Macabre, demanda Messire Henri de Savoisy, premier Président de la Cour des Aides, d'où vient-elle, je vous prie, Monseigneur?

— On n'a que des conjectures à cet égard, répondit Messire Robert; les uns en font hommage à un troubadour allemand, du nom de Macaber, qui, le premier, aurait écrit un poëme en centons, sur la danse infernale, dans laquelle la mort et les démons, qui lui servent de satellites, font figurer les personnages qui appartiennent à tous les âges et à toutes les conditions de la vie. Les autres ne voient dans cette dénomination que l'indication du lieu où cette Danse est généralement représentée, c'est-à-dire dans les cimetières, et font dériver le nom de Macabre du vocable arabe *Macabra*, qui, à ce qu'il paraît, signifie le lieu où l'on donne la sépulture aux morts.

— Ne pensez-vous pas, Messieurs, que ce nom viendrait plutôt des deux mots anglais, *to make*, faire, et *to breake*, briser, c'est-à-dire *pousser à la destruction* ? demanda avec emphase Messire Ursin Talvende, qui, en sa qualité de Recteur de l'Université, ne voulut pas perdre une aussi belle occasion de faire parade de son érudition pédantesque.

— Et moi, dit en affectant une gravité non moins scolastique, qui formait un curieux contraste avec sa physionomie joviale et moqueuse, le jeune et spirituel sire de Graville (Jean Malet), grand panetier de France, je prétends, à mon tour, que le nom de cette célèbre Danse vient tout simplement des deux mots français : *Ma cabre,* c'est-à-dire *ma chèvre,* attendu que les chèvres sont coutumières de sauter ou de danser à l'approche de la tempête ou d'un très grand vent, qui, l'un et l'autre, poussent à la destruction, ainsi que chacun sait.

A cette saillie originale de Messire Jean Malet,

tous les personnages assis dans la tribune de Monsieur le Prévôt furent pris d'un fou rire, et Messire Ursin Talvende eut le bon esprit d'en faire autant, bien que cette boutade du sire de Graville fût une verte critique de son pédantisme.

Quand cette hilarité se fut calmée, Messire Robert de Bar reprit, avec la gravité qui lui était habituelle :

— Je sais, dit-il en se tournant du côté de Monsieur le Recteur de l'Université, que, depuis quelques années, les partisans de l'anglomanie cherchent à faire prévaloir cette étymologie empruntée à nos voisins d'outre-Manche. Mais mon avis est que les Anglais n'ont absolument rien à démêler avec l'origine de la Danse Macabre, et qu'ils ont seulement imaginé de faire exécuter, les premiers, par des acteurs vivants, la *Danse des Morts*, qui, jusqu'ici, n'avait encore été représentée qu'en peinture.

Au moment où le savant Président de la Cour des Comptes achevait sa phrase, l'horloge du petit portail de l'église des Saints-Innocents sonna midi.

II

LA DANSE MACABRE

LA DANSE MACABRE

Au premier coup de l'horloge, un hourra formidable s'éleva d'un bout à l'autre du Cloître des Saints-Innocents, et un mouvement général se fit parmi les curieux, qui tournèrent aussitôt leurs regards vers la plate-forme établie au centre du cimetière.

Puis, à mesure que les douze coups de midi se succédaient lentement l'un à l'autre, le silence s'établit dans tous les rangs des spectateurs, dont la curiosité tenait, en ce moment, les dix mille têtes aussi immobiles que l'étaient, à l'étage supérieur des Charniers, les crânes sans nombre de leurs aïeux, qui semblaient, eux aussi, regarder avec leurs yeux vides, le théâtre sur lequel la *Danse des Morts* allait être représentée.

A peine le douzième coup avait-il retenti, qu'avec
une ponctualité, dont nos théâtres modernes ont oublié la pratique traditionnelle, une bruyante musique
cachée dans l'intérieur du vestiaire, donna le signal
du spectacle, en exécutant une fanfare éclatante.

Au même instant, par l'ouverture carrée pratiquée
au centre de la plate-forme, les spectateurs virent
s'élancer sur la scène, avec la rapidité d'un tourbillon, un cheval pâle, aux longs crins flottants et aux
naseaux en feu, qui portait sur sa croupe un squelette
vivant et animé.

C'était la Mort, assise sur son Palefroi.

L'acteur qui faisait ce principal personnage de la
Danse, était un homme d'une taille élevée, dont la
hideuse maigreur, à la fois naturelle et entretenue
à dessein par l'abstinence méthodique des aliments,
était parvenue à un tel degré, que le maillot collant
qui recouvrait toute sa personne dessinait les formes
d'un squelette à peu près décharné. Ajoutons que; sur
ce maillot, tous les os du corps avaient été très exactement peints dans leur configuration, dans leurs
saillies et dans leurs couleurs naturelles, et que le
masque de théâtre, qui recouvrait le visage de cet acteur, offrait une ressemblance si frappante avec une
tête de mort, que l'illusion des spectateurs ne pouvait manquer d'être complète.

Deux ailes noires, membraneuses et unguiculées,
étaient attachées à ses épaules, et, par un mécanisme
caché, elles pouvaient se déployer et s'étendre
comme si elles eussent été de véritables ailes. En
outre, son front était ceint d'une couronne royale,
en or et fermée, et, dans l'une de ses mains, ce lu-

gubre acteur brandissait un long dard empenné, qui lui servait à la fois de sceptre et de javelot.

A l'aspect de cette saisissante personnification de la Mort, un cri d'horreur s'échappa de toutes les bouches, et l'héroïne de la Danse y répondit par de si horribles ricanements, que le plus intrépide des spectateurs dut, malgré lui, se sentir intérieurement troublé.

C'est alors que, lançant à fond de train son hideux Palefroi, la Mort commença une course vertigineuse autour de l'immense cirque que formait la scène, et, avec une adresse merveilleuse, l'habile écuyer qui remplissait ce rôle, se livra, debout sur sa cavale rapide, à des exercices très variés de haute voltige, dans lesquels il faut dire que les sportsmen anglais excellaient déjà, dès cette époque, et dont la hardiesse et la précision portèrent bientôt jusqu'à l'enthousiasme l'admiration des spectateurs.

Rien ne saurait donner une idée de l'étrangeté et de l'imprévu de cette course insensée, dans laquelle ce squelette ailé et couronné, à cheval sur ce fougueux coursier, offrait l'image du génie de la destruction emporté, à travers le monde, sur les ailes de la tempête.

Et ce qui ajoutait encore à l'illusion produite, c'est que les rayons du soleil, alors dans tout son éclat, en se jouant sur les fleurons dorés du diadème dont la Mort était couronnée, ainsi que dans le fer de lance, également doré, qu'elle tenait dans sa main droite, en guise de sceptre, en tiraient des milliers d'aigrettes de feu, qui éblouissaient les regards de la multitude, comme l'eussent fait les éclairs qui accompagnent la foudre.

Ajoutons que l'orchestre invisible complétait l'effet produit, par son harmonie imitative, qui faisait entendre les affreux sifflements de l'aquilon déchaîné, mêlés à l'épouvantable fracas du tonnerre.

Mais, tout à coup, cette infernale musique se tut, le coursier indompté s'arrêta immobile en face de la tribune royale, et l'acteur qui faisait le personnage de la Mort, s'adressant au public, lui débita d'une voix vibrante, et qui retentissait jusqu'aux quatre coins du cloître, le Prologue rimé de la *Danse Macabre* :

—   Sur ce cheval hideux et pâle,
Je suis la Mort, j'accours, humains, tremblez d'effroi !
Car, tous, je vous invite à ma ronde infernale,
          Depuis le berger jusqu'au roi.
          Jeunesse, esprit, beauté, puissance,
Qu'êtes-vous à mes yeux ? Mensonge et vanité !
Je pèse au même poids, dans la même balance,
          La richesse et la pauvreté.
          Je franchis le temps et l'espace,
Mon bras frappe au hasard, sans pitié ni courroux !
Il n'est point de prière, il n'est pas de menace,
          Qui puisse en arrêter les coups.
          Sans frontières est mon royaume !
Ma puissance s'étend sur tout être qui vit :
Dans le palais des rois, comme sous l'humble chaume,
          Dès que je parle, on m'obéit.
          Je suis le suprême remède
Qu'oppose à tous ses maux la triste humanité,
Et ce n'est que par moi que l'homme, enfin, possède
          La véritable égalité.
          Allons ! sans plus de résistance,
A mon ordre fatal, mortels, obéissez !
Et, toi, mon noir Corneur, pour animer la Danse,
          Sonne le ranz des Trépassés.

A cet appel de la Mort un second personnage parut
en scène. C'était un nègre d'Ethiopie, de haute sta-
ture, aux cheveux courts et crépus, au nez épaté, et
aux mâchoires proéminentes, lequel était vêtu d'une
simple jaque de lin, sans manches, serrée autour de
la taille par une cordelière à nœuds, et qui portait
dans sa main droite une gigantesque trompe de chasse,
en corne noire et sans ornements.

C'était le *Corneur des Morts*, dont on se souvient
que nous avons vu une représentation plastique sur
l'un des piliers du Charnier de Maître Nicolas Flamel, et à laquelle Mlle Anne Grugeon avait donné,
pour pendant, une divinité mythologique coiffée
d'un chaperon fait à la mode du jour.

Le rôle de ce *buccinateur* de la *Danse Macabre,* était
d'appeler, au son de sa trompe, les vivants à venir
figurer dans la Ronde des Morts, de même que les
hérauts d'armes de cette époque avaient pour mission de *dénoncer le tournoi* à tous les chevaliers du
Royaume.

Le Corneur, à son arrivée sur le théâtre, alla se
prosterner par trois fois devant la Mort, sa redoutable souveraine; après quoi il fut prendre place, vers
le milieu de la scène, sur une sorte de petit beffroi,
élevé d'une toise environ au-dessus du plancher de
la plate-forme, et, de là, il se mit à sonner de sa
trompe de toute la force de ses poumons.

Aux sons déchirants de cette lugubre fanfare,
Notre Saint Père le Pape, revêtu de ses habits pontificaux, la tiare sur la tête, les clefs de Saint-Pierre
dans la main droite et un paquet de bulles scellées
dans la gauche, fit lentement son apparition aux re-

gards étonnés des spectateurs. Sa Sainteté avait le
visage pâle, les traits bouleversés, le front incliné
vers la terre, et elle s'avança en tremblant du côté de
la Mort qui, à l'arrivée de ce sacré personnage, s'était
élancée légèrement de son Palefroi, et qui vint prendre
la main du Souverain Pontife.

Le hideux coursier, devenu libre, disparut aussitôt
par l'ouverture centrale du théâtre, et comme s'il se
fût abîmé sous terre.

Ce fut de ce moment que la Danse proprement dite
commença.

La Mort, avec force ricanements et en donnant
tous les signes de la plus bouffonne gaîcté, salua le
Pape en dérision, et lui fit son compliment de bienvenue, en lui disant :

<blockquote>

—   Très saint Père, entrez dans la Danse,
A vous l'honneur de commencer ;
Du fatal pas nulle indulgence
Ne peut ici vous dispenser.
En vain, sur votre front rayonne
La tiare, insigne couronne
De votre triple royauté.
L'heure a sonné, les morts vont vite !
A mon branle je vous invite ;
En marche pour l'éternité !

</blockquote>

Le Pape répondit à cet étrange compliment de la
Mort :

<blockquote>

—   Quoi ! le successeur de saint Pierre,
Celui, dont les rois prosternés
Baisent les pieds dans la poussière,
Va, comme un vil mortel, voir ses jours moissonnés !

</blockquote>

Pour rendre ta puissance nulle,
Ne puis-je, ô Mort ! par quelque bulle,
Du haut du Vatican, révoquer tes édits ?
J'ai gouverné de telle sorte
Que, malgré les clefs que je porte,
J'ai peur de ne pouvoir entrer en Paradis.

Cette réponse était à peine achevée que la Mort, enlevant au Pape sa clef d'or et sa clef d'argent, les suspendit à son propre cou ; puis elle lui arracha le paquet de bulles qu'elle déchira, et dont elle jeta les débris au vent ; après quoi, levant son pied osseux à la hauteur de la ceinture du Souverain Pontife, elle força celui-ci de lui baiser la mule.

Cette dégradation ayant eu lieu, le fatal conducteur de la Danse prit Sa Sainteté par les mains, et ces deux personnages, au bruit d'une symphonie infernale, se mirent à tourner, en dansant, tout autour de la plate-forme ; et, durant cette inqualifiable sarabande, les traits, les mouvements et l'attitude du Saint Père étaient si comiquement grotesques, qu'un rire homérique éclata aux quatre coins du Cloître des Saints-Innocents.

Quand ce curieux menuet eut pris fin, la Mort poussa dédaigneusement du pied l'Évêque de Rome dans le tombeau, c'est-à-dire dans l'ouverture centrale du théâtre, par laquelle il disparut comme dans la Fosse commune.

Après un court intervalle de repos, le Corneur noir ayant de nouveau sonné de sa trompe funèbre, le personnage qui répondit à l'appel parut devant le public dans le costume plein de magnificence que

portait pendant sa vie le Roi de France Charles V,
de si regrettable mémoire, et l'acteur chargé de remplir ce rôle avait su donner à son masque de théâtre
une telle ressemblance avec les traits du monarque
défunt, que tous les spectateurs d'un certain âge qui
étaient présents reconnurent aussitôt le Prince bien-
aimé qu'ils avaient vu, pour la dernière fois, quelque trente ans auparavant.

Deux jeunes pages marchaient à sa suite, portant
un trône richement doré, qu'ils déposèrent sur le
théâtre, et aussitôt le Roi prit place sur ce trône,
ayant la couronne de Charlemagne sur sa tête, son
sceptre fleurdelisé dans la main droite, et la boule du
monde, surmontée d'une croix, dans la main gauche.

Mais bientôt, sans respect pour ce digne et vertueux souverain, qui *ne trouvait*, disait-il, *les Rois
heureux qu'en ce qu'ils ont le pouvoir de faire du bien*,
la Mort le saisit par son manteau royal et l'arracha
brusquement du siége fleurdelisé sur lequel il était
assis, en lui disant :

—   Quitte ton trône, fier Monarque,
         Illustre et puissant potentat,
         Qui croyais pouvoir à la Parque
         Opposer la raison d'État.
         Des flatteurs le vil entourage
         Te proclamait, dans son langage,
         Supérieur à l'humanité.
         Subis les lois de la nature,
         Aux vers viens servir de pâture ;
         En marche pour l'éternité !

Le Roi fit à ce discours de la Mort une réponse
que nous croyons devoir passer sous silence, ainsi

que celles des personnages qui lui succédèrent, réponses qui, en général, calquées sur celle du Souverain Pontife, se ressemblaient toutes par deux points essentiels, à savoir : le regret de quitter la vie si promptement, et la crainte de ne pas entrer dans le Ciel, par suite d'un trop vif attachement aux pompes et aux vanités de ce monde.

Après la réponse du Roi, la Mort enleva au Prince son diadème, qu'elle mit en pièces, cassa en plusieurs fragments sur son genou osseux le sceptre royal, dont elle dressa les morceaux comme s'ils eussent été des quilles, et qu'elle s'amusa ensuite à abattre avec la boule du monde ; après quoi vint la sarabande, et le monarque fut ensuite précipité du pied dans le sépulcre, ainsi que l'avait été le successeur de saint Pierre.

Le tour de la Reine était arrivé, et, au son de la trompe du Corneur noir, une gracieuse et charmante jeune femme parut en scène, qui rappelait par la finesse des traits, par l'élégance des formes, par la noblesse des manières et par les brillants atours dont elle était parée, cette *tant admirée* Jeanne de Bourbon, reine de France, l'épouse de Charles V, qui, à la fleur de l'âge, descendit au tombeau, emportant avec elle les regrets du roi et ceux de la France entière.

La Mort lui dit, en lui présentant la main, comme pour une invitation à la valse :

— Et vous, ma belle Souveraine,
    Qui, dans l'éclat charmant des cours,
    Pensiez que le titre de reine
    Des ans doit prolonger le cours,

Eussiez-vous cent fois plus de charmes,
Je suis insensible à vos larmes,
Je me ris de votre beauté.
Soyez la reine de la Danse,
Du hautbois suivez la cadence ;
En marche pour l'éternité !

Après la Reine, le Corneur noir appela, dans le
branle des Morts, une jeune fille âgée de seize ans
environ, qui parut en scène dans une très riche toilette de mariée, qui relevait de la façon la plus galante sa piquante et originale beauté. Sur sa cotte
hardie de satin blanc broché d'or, étaient brodées
les armoiries de Messire Antoine de Craon, seigneur
de Montbason, grand-échanson de Charles VI, et à la
vue de ce noble blason, tous les yeux des spectateurs
se remplirent des larmes de la pitié. En effet, quelques semaines auparavant, la fille unique de ce grand
dignitaire de la Couronne était tombée morte subitement au pied des autels, au moment où elle allait
donner sa main au propre fils du sire d'Albret, le
Connétable de France.

A l'arrivée de la noble fiancée, qui portait sur son
admirable chevelure blonde un « chapel » de fleurs
d'oranger, alors comme aujourd'hui le symbole de la
virginité, la Mort prenant un suaire grossier de la
main d'un de ses suppôts, arracha la longue et flottante dentelle qui voilait, sans le cacher, l'adorable
visage de la jeune fille, et lui dit, en remplaçant ce
voile de l'hyménée par la funèbre draperie du cercueil :

Jeune fille, innocente encore,
Lis des champs, vase de candeur,
Vierge dont le front se colore
Sous les roses de la pudeur;
Au lieu de gaze nuptiale,
Je vais, de ma main glaciale,
Du linceul draper ta beauté.
Allons, ma pâle fiancée,
Vite à la danse commencée,
En marche pour l'éternité !

A cet épisode touchant de la *Danse Macabre*, succéda une scène grotesque qui lui servit d'antithèse, et qui remplaça, par des rires joyeux, les larmes que les spectateurs venaient de verser.

Au fatal appel du Corneur des morts, le médecin arriva, coiffé du bonnet doctoral, affublé d'une grande houppelande fourrée de menu-vair, et portant, dans l'une et l'autre main, des topettes d'apothicairerie, des cornets de pilules, des petits pots à onguent et tout l'arsenal, enfin, des praticiens de l'époque.

Monsieur le docteur, se dressant sur les patins de ses longues poulaines, s'avança gravement sur le théâtre, marchant à pas comptés, et ayant cet air de dignité pédante qui passe pour être la marque du génie aux yeux de la multitude ignorante.

Devant cette assurance du savant Mire, la Mort eut l'air de rompre, d'abord, et recula en baissant la tête. Alors l'impitoyable docteur la poursuivit d'un air de triomphe, en l'apostrophant en grec et en latin, et en la menaçant de ses drogues ; et, déjà, notre disciple d'Esculape s'apprêtait à terrasser sa redoutable ennemie, quand celle-ci, s'arrêtant tout à coup, et gla-

çant d'effroi son adversaire par son sourire railleur
et sinistre, fit, à grands coups de pied, voler en éclats
les matras et les fioles, chiquenauda au nez du malencontreux docteur ses pilules de tous les calibres, et
lui dit, en lui enlevant son bonnet fourré qu'elle retourna à l'envers et qu'elle lui remit, après y avoir
attaché deux longues oreilles d'âne :

—   Savant Docteur en herbe verte,
    Qui, dans tes poudreux parchemins,
    Croyais, par quelque découverte,
    Rendre immortels tous les humains ;
    Malgré toute ton alchimie,
    Tes elixirs de longue vie,
    Tes robs et tes grains de santé,
    En vertu de mon ordonnance,
    Allons, Docteur, entrons en danse,
    En marche pour l'éternité !

Et la Mort, avec un rire satanique, entraîna dans
sa ronde fatale le médecin, qui, pour surcroît d'in-
fortune, se vit tout à coup poursuivi par les satellites de son ennemie, armés, chacun, d'un de ces
instruments pointus que Molière, qui, à n'en pas
douter, avait eu connaissance de cette scène comique, et qui en aura fait son profit, a mis aux mains
des matassins de monsieur de Pourceaugnac. Pour
éviter leurs terribles atteintes, le pauvre Mire, tout
effrayé, ne vit rien de mieux à faire que de s'élancer
dans la Fosse commune, où il disparut aux éclats de
rire de tous les spectateurs.

Après lui, un tout jeune petit enfant, rose, frais et
éveillé, apparut sur le théâtre. Il était vêtu d'une

jaquette de soie bleue, couleur du temps, lamée
d'argent et brodée de perles, et il avait pour coiffure
un gracieux chapeau de fleurs naturelles, de dessous
lequel s'échappaient les tresses bouclées de sa blonde
et soyeuse chevelure.

Ce gentil petit chérubin, honteux et souriant à la
fois, laissa la Mort s'approcher de lui, et il écouta,
sans trop les comprendre, bien entendu, les paroles
que celle-ci lui adressa en se baissant fort bas, et de
façon à ce que sa hideuse tête décharnée se trouvât
joue à joue avec le frais visage du petit garçon.

La Mort lui dit :

—
    Charmant enfant qui viens de naître,
    Ange aux yeux bleus, aux traits si doux.
    Ta mère a beau, cher petit être,
    Prier le ciel à deux genoux.
    En vain sa voix te redemande,
    Je suis la Mort et je commande
    Avec ma froide cruauté.
    Si tes petits pieds sont rebelles,
    Je vais t'emporter sur mes ailes,
    En marche pour l'éternité !

C'est alors qu'il se passa, entre nos deux personnages, une scène qui, bien qu'elle fût en dehors du
programme officiel, n'en impressionna pas moins très
vivement l'assistance.

L'enfant qui, ainsi qu'on le devine, n'avait été
amené à remplir son rôle, que parce qu'on lui avait
donné quelques friandises et qu'on lui en avait promis
d'autres, était parvenu, avec cette intelligence pré-
coce et ce charmant à-propos qui n'appartiennent

qu'aux enfants de Paris, à apprendre par cœur et à
réciter sans faute la réponse qu'il devait faire à la
Mort. Mais, malheureusement, cet exercice de mémoire avait eu lieu à huis clos et en dehors de toute
mise en scène qui fût capable d'intimider le pauvre
petit. Or, quand le novice acteur se vit devant cette
immense multitude de spectateurs, qui, tous, avaient
les yeux braqués sur lui, et qu'il aperçut l'horrible
visage de son partenaire, aussi près du sien, la peur
le saisit tout à coup, et, oubliant qu'il devait donner
une réplique en vers à son interlocuteur, il la lui
donna en simple prose, et en apportant, à coup sûr,
beaucoup plus de naturel dans sa réponse improvisée,
qu'il n'eût pu en mettre dans celle qui lui avait été
apprise.

— Va-t'en, va-t'en, dit-il à la Mort avec des gestes
d'effroi ; je ne veux pas aller avec toi, tu es trop laide !

Et le pauvre petit, joignant l'effet à la menace, se
mit à fuir de toute la force de ses petites jambes nues
et roses, aux bravos répétés de toute l'assemblée.

Comme cela était dans son rôle, la Mort se mit à
sa poursuite, et, l'ayant saisi par le bras, elle le plaça
sur ses épaules et recommença à danser, chargée de
ce précieux fardeau.

Mais, plus effrayé encore que tout à l'heure, l'enfant se mit à jeter des cris perçants et les yeux hagards, les membres roidis, il appela de toutes ses
forces :

— Maman ! maman !

Les spectateurs, émus par le tableau de cette frayeur
si naturelle, prirent aussitôt parti pour le pauvre enfant, et au même moment, des coins les plus opposés

du Cloître, des centaines de voix crièrent à l'acteur
principal de la Danse :

— Grâce, grâce pour lui ! Rendez-le à sa mère.

La Mort, à ces unanimes supplications des assistants, s'arrêta dans sa ronde ; mais, pour rester fidèle
à l'esprit de son rôle, elle fit semblant de jeter le
gracieux petit être dans la Fosse commune, tandis
qu'en réalité, elle le déposa bien doucement entre
les bras d'une jeune femme, à la fois riant et pleurant, qui se tenait sur le plan incliné du théâtre, et
qui disparut aussitôt, en couvrant son cher petit enfant de ses baisers frénétiques.

III

LE CLOU DORÉ

LE CLOU DORÉ

Pendant que les scènes dont nous venons de faire le récit se passaient sur le théâtre de la *Danse Macabre*, le vieux fossoyeur avait poursuivi son travail sans désemparer.

Depuis longtemps déjà, Messieurs les Basochiens qui étaient, de tous les curieux d'alentour, les plus rapprochés de la Croix de Tarenne, avaient cessé d'apercevoir la tête chenue du Compère Hugonnet Charnailles, et ils n'avaient conscience de la présence et de l'activité du vieillard, que parce qu'ils entendaient, d'instant en instant, des coups sourds retentir dans les profondeurs du sol, ou que parce qu'ils voyaient des pelletées de terre qui, à intervalles égaux, étaient lancées hors de la fosse.

Cependant, au bruit formidable des bravos que la
réplique inattendue du joli bambin rose à Madame
la Mort avait soulevés d'un bout à l'autre des Charniers, notre vieux fossoyeur fit, soudain, un acte d'apparition, et, durant quelques instants, il demeura
assis sur le bord de la tranchée qu'il était en train de
creuser, et d'un air, en apparence fort indifférent, il
examina à la fois le spectacle et les spectateurs.

Pendant cet entr'acte qu'il faisait à son travail, et
au moment où le personnage principal de la *Danse
Macabre* venait de déposer le petit enfant tout effrayé
entre les bras de sa mère, le *Père Pioche-Toujours*,
ainsi que l'avait surnommé Cascaret, et l'acteur qui
remplissait le rôle de la Mort, échangèrent entre eux
un rapide coup d'œil, après quoi le vieux fossoyeur
se hâta de redescendre dans sa tranchée.

Il y était depuis quelques instants, lorsque le Corneur Noir sonna de nouveau de sa trompe lugubre,
et pour obéir, sans doute, à l'éternelle loi des con-
trastes, après le jeune enfant, ce fut un vieillard qui
parut sur la scène. C'était un homme d'une soixan-
taine d'années environ, robuste encore, quoiqu'ayant
les cheveux blancs et la barbe grise, dont tous les
traits respiraient un air de souveraine bonté, et qui,
comme signe qui lui était particulier, et qu'il n'est
pas rare, au reste, de rencontrer, portait une excrois-
sance de chair en forme de framboise sauvage, directement placée au centre du front. Son costume
était celui des riches bourgeois de la fin du siècle
précédent, et le trébuchet, la pierre de touche et la
sébile de bois pleine d'espèces monnayées, qu'il
portait dans ses mains, indiquaient assez clairement

qu'il faisait le négoce du change et celui des métaux précieux.

Dès que ce personnage eut fait son apparition sur le théâtre, un murmure singulier s'éleva de différents points de la foule, et, en particulier, des derniers rangs de l'estrade réservée à la noblesse.

— Par la bataille de Rosebec! dit le Tavernier à la Commère Margot, voilà qui est vraiment fort étrange!

— Quoi donc? dirent en même temps la laitière et sa fille?

— Est-ce que vous ne trouvez pas, ma Commère, que ce particulier-là ressemble, comme deux gouttes d'eau, à quelqu'un que nous avons jadis connu, vous et moi?

— En effet, reprit la Margot, il me semble que ce n'est pas la première fois que je vois les traits et la tournure de ce bon vieux marchand-là.

— Ne sont-ce pas les instruments employés dans la boutique des changeurs, qu'il porte à la main? demanda Nanine au Vieux Sergent.

— Pardonnez-moi, chère Damoiselle, et c'est justement là ce qui complète cette étonnante ressemblance dont je suis frappé.

— Apercevez-vous aussi, continua la jeune fille, cette verrue en forme de mûron des haies, qu'il porte tout au beau milieu du front? Est-ce que je ne vous ai pas entendu dire, ma mère, qu'un vieux changeur de la rue du Porche en avait autrefois une semblable à ce même endroit du visage?

— Eh! mais, Ninette, tu me mets bellement sur la piste! s'écria la Margot: par Notre-Dame du Tétin!

mais c'est ma foi ce bon M. Jehan de Tarenne tout craché que voilà devant nous !

— N'est-il pas vrai que c'est bien là mon ancien voisin de l'Hôtel de la Cour-Pavée, ma Commère ? dit le Tavernier ; et, bien qu'il y ait vingt ans révolus qu'il soit allé de vie à trépas, j'ai conservé trop présent le souvenir de sa personne, pour ne pas l'avoir reconnu de prime abord.

— Et moi donc, si je le reconnais à cette heure ! Oh ! mais c'est surprenant qu'on puisse, à ce point, imiter la figure et les façons de quelqu'un qui est trépassé depuis si longtemps !

— Faites silence, ma mère, commanda tout à coup Nanine ! Voici la Camarde qui s'apprête à parler ; écoutons ce qu'elle va dire à M. Jehan de Tarenne.

En effet, la Mort, après s'être approchée du vieillard, avait commencé par lui tirer, fort irrévérencieusement, sa barbe grise. Puis, avec des gestes de raillerie et de dégoût, elle lui dit, en portant l'index allongé de chacune de ses deux mains sur le côté de son propre front, et, cela, de façon à simuler une plantureuse et haute paire de cornes :

> Vieil époux, fâcheux et rebelle,
> Qui mets en fuite les amours,
> En prenant femme jeune et belle,
> Tu croyais couler d'heureux jours.
> Mais, de quelque beau clerc d'église,
> Ta chaste moitié trop éprise,
> T'envoie aux rives du Léthé !
> Le meurtre assure l'adultère,
> Allons, vieux barbon, vite en terre,
> En marche pour l'éternité !

A peine l'acteur, qui jouait le rôle de la Mort, avait-il débité cet étrange compliment, qu'un cri, qui paraissait sortir des entrailles du sol, retentit tout auprès de la Croix de Tarenne, et, au même instant, les spectateurs, qui avaient tourné leurs regards de ce côté, virent le vieux fossoyeur sortir épouvanté de la fosse dans laquelle il travaillait, tenant entre ses mains une tête de mort qu'il présenta aux assistants.

C'était un crâne d'une puissante voussure, d'un ivoire presque blanc, et dans la tempe gauche duquel était planté un long clou à tête dorée, que le Compère Hugonnet Charnailles faisait alternativement sortir et rentrer par la brèche qu'il avait faite, afin que les spectateurs pussent juger de la forme et de la longueur de cette broche de fer, plantée là, sans doute, par quelque assassine et hypocrite main.

Un frémissement d'horreur courut aussitôt dans toute l'assemblée, et le spectacle de la *Danse Macabre* fut immédiatement interrompu.

— Ohé! Père Pioche-Toujours, exclama Cascaret. en se mettant à cheval sur la barrière, et en faisant signe au vieillard d'approcher, montrez-nous donc un peu l'intéressante trouvaille que vous venez de faire là?

Le Compère Hugonnet, sans se faire prier davantage, s'avança vers Messieurs les Clercs de la Basoche, et leur montra le chef encloué qu'il venait d'exhumer du tombeau.

— Par les cornes du diable! dit Cascaret après avoir examiné les pièces, voilà bien l'aventure la plus piquante dont j'aie jamais ouï parler, même au Palais, et m'est avis qu'un gentil petit meurtre con-

sommé à huis clos et sous les courtines, aura terminé
les jours de ce bonhomme, qui, pour peu qu'il ait
été élevé à la brochette, peut se vanter d'être mort
comme il a vécu.

— Et savez-vous, Compère, quel est ce brave
chrétien que cette aiguë et poignante migraine a ainsi
envoyé *ad patres*, demanda Guillot Chante-Merle au
vieux fossoyeur?

— Par Saint Hugues! mon patron, répondit celui-
ci, cela n'est pas bien malaisé à deviner. Pendant que
j'étais là en train de creuser mon trou, un éboulement latéral a eu lieu, qui a fait rouler cette tête à
mes pieds. Or, cet éboulement s'étant produit du
côté de la sépulture de Messire Jehan de Tarenne, c'est
donc le crâne de ce malheureux changeur que vous
avez sous les yeux.

— Eh! mais, observa un vieux coffretier de la rue
de Saint-Jean en Grève, cela me remet en mémoire
les bruits de male mort qui ont couru en 94, sur
l'associé de Nicolas Boulard, que chacun disait avoir
été traîtreusement occis par sa jeune et belle moitié!
Ces bruits-là n'étaient donc pas des paroles en l'air?

— Dites donc, vous autres, ajouta vivement Cascaret, en s'adressant à ses amis les Basochiens,
n'avez-vous pas entendu les singuliers carmes que
Madame la Mort vient de prononcer?

— Et avez-vous remarqué aussi, jeune homme,
reprit le vieux faiseur de huches, que le costume et
les instruments de travail du personnage à qui elle
s'adressait, étaient précisément ceux d'un vieux
changeur, vêtu comme au siècle dernier?

— Etrange rencontre, en effet, dit Cascaret!

— Si ce n'est là qu'une simple rencontre, observa Guillot Chante-Merle, il faut avouer que le hasard est le plus grand des clercs, *maximus inter clericos ?*

— Le hasard, Messires, riposta prestement le vieux fossoyeur, vous n'y pensez pas, en vérité! Dites donc plutôt que c'est le doigt de Dieu, qui n'a pas voulu qu'un aussi grand crime demeurât impuni.

— En tout cas, reprit Cascaret, en se frottant joyeusement les mains, voilà de la besogne toute taillée pour Monsieur Guillaume Le Tur, ici présent et regardant, et, sans doute, nous n'allons pas tarder à avoir un beau et bon procès criminel en la Grand'-Chambre du Parlement, pour l'ébastement et profit de tous et de chacun des membres du Royaume de la Basoche régnante et triomphante en titres d'honneur.

— *Amen!* dit Guillot Chante-Merle.

Monsieur Guillaume Le Tur, en effet, qui, du haut de la tribune royale, avait aperçu, des premiers, la scène que nous venons de décrire, et qui avait entendu les paroles du fossoyeur, donna l'ordre, aussitôt, à l'un des Sergents de la Douzaine qui étaient de service près de sa personne, de faire avancer le Compère Hugonnet Charnailles. Le vieillard s'empressa de déférer à cette injonction, et, une minute plus tard, le crâne de Jehan de Tarenne, passait de ses mains dans celles de Monsieur le Lieutenant Criminel, qui se mit à en faire l'examen.

En homme qui est habitué à procéder à ces sortes d'investigations, notre magistrat reconnut de suite que le clou qui était planté dans ce vieil ivoire humain, et qui, bien évidemment, avait dû servir d'ins-

trument pour un abominable meurtre, portait une
sorte de dessin ciselé sur sa tête qui était dorée.

Il dégagea délicatement, du bout de l'ongle, la
terre qui remplissait les entailles faites par le
burin, et il vit bientôt apparaître, sous la forme
d'une petite ancre marine, le signe qui, de tout
temps, a servi à symboliser l'Espérance.

Pendant qu'intrigué au plus haut point, par suite
de cette découverte, Monsieur le Lieutenant Criminel
examinait, sans mot dire, ce curieux clou doré, il
entendit une voix qui disait tout bas derrière lui
et presque dans son oreille :

— Il y a dans l'Oratoire de Monsieur le Doyen de
Saint-Jacques deux semblables clous, dont l'un
porte une Croix et l'autre un Cœur, et qui, avec
celui-ci, forment le triple emblème des vertus théo-
logales.

Frappé, à l'instant, par l'extrême gravité qui s'at-
tachait à un pareil propos, Messire Guillaume Le Tur
tourna en arrière sa grosse hure enchaperonnée ;
mais, quelque hâte qu'il mît à exécuter ce mouvement, il ne put apercevoir que le haut du bicoquet
d'un jeune clerc qui se laissait prestement glisser le
long de la muraille, et qui, en un clin d'œil, disparut
dans la foule des spectateurs, qui se pressaient à
l'entour de la tribune de Monsieur le Prévôt.

Rapprochant aussitôt, mentalement, de cette révélation anonyme, et les étranges paroles qui avaient
été prononcées tout-à-l'heure par le personnage principal de la *Danse Macabre*, et les fâcheuses rumeurs
qui avaient circulé, quelque vingt ans auparavant, sur
la mort subite de Jehan de Tarenne, le Lieutenant

Criminel, avec cette vigueur de logique qui le carac-
térisait, en conclut aussitôt que le hasard n'était
absolument pour rien dans ce concours prodigieux
de circonstances, et il devina qu'il se trouvait en présence de la dénonciation la plus étrange, la plus
habile et la plus hardie. Son avis immédiat fut qu'il
fallait laisser le champ libre à l'adroite, quoiqu'invisible main, qui dirigeait les événements, et qu'il
devait se contenter, quant à lui, d'agir suivant les
circonstances qui se présenteraient.

— Qu'on fasse venir le capitaine Enguerrand de
Marcoignet, dit-il du ton le plus calme à l'un de ses
Sergents.

Et, tandis que celui-ci allait prévenir le Capitaine
qui était de planton à la Grand'Porte des Charniers,
notre impassible magistrat, tirant de sa simarre des
tablettes de vélin, traça quelques lignes sur deux de
leurs feuillets qu'il détacha ensuite. Puis, quand
l'officier qu'il avait envoyé quérir fut arrivé, il lui
remit les deux feuillets de vélin en mains propres, en
disant :

— Messire Capitaine, faites diligence, et que ces
deux mandats d'arrêt soient mis à exécution sur-le-
champ.

— Oui, Monseigneur, se contenta de dire pour
toute réponse le chef de la compagnie à cheval des
Archers de l'Ordonnance du Roi, le même que nous
avons vu jadis, ouvrant la marche dans la Procession
des Saintes Reliques.

Et Messire Enguerrand se hâta de sortir du Cloître
des Saints-Innocents.

— Camarades, dit alors à ses deux amis Cascaret,

à qui rien de ce qui venait de se passer n'était échappé, et qui, bien que Monsieur le Lieutenant Criminel eût donné ses ordres en baissant quelque peu la voix, avait très bien entendu ses paroles, m'est avis que ce qui va se passer à la Pierre-au-Lait sera bien autrement intéressant que ce qui nous reste à voir ici : c'est pourquoi je vous propose de jouer des guiboles, afin d'emboîter le pas avec Messieurs les Archers.

— Adopté l'avis du préopinant, *cunctis suffragiis*, dit Guillot Chante-Merle.

— Oui, jouons du jarret, dit Maclou.

— Du jarret de veau et du pied de bœuf, riposta Cascaret. Brave Muflard, vous parlez d'or, en avant, cher ami !

Et aussitôt nos trois Clercs de la Basoche, se frayant un chemin à travers la cohue des spectateurs, sortirent du Cimetière par la même porte que Messire Enguerrand de Marcoignet, et s'élancèrent sur la trace des chevaux de Messieurs les Archers, qui galopaient déjà à fond de train, dans la direction de la Porte de Paris.

Quant à Monsieur le Lieutenant Criminel, il se fit de suite apporter un coffret en fer, dans lequel il plaça le crâne de Jehan de Tarenne, ferma le petit meuble à double tour, en mit la clef dans une des poches de sa simarre, et confia le tout à Messire Andry le Preux, commissaire-examinateur « de par le Roy nostre Sire, » afin qu'il allât, sur-le-champ, en opérer le dépôt au Greffe Criminel du Grand-Châtelet. Puis, aussi calme et aussi impassible que si rien de pareil n'était arrivé, il donna l'ordre de reprendre la représentation interrompue.

C'est ce que firent, en effet, les personnages de la *Danse Macabre*, qui n'avaient point encore paru sur la scène, et que le Corneur des Morts appela au son de sa trompe, et chacun dans l'ordre où il devait paraître. Toutefois, nous devons dire que l'émotion générale causée par la découverte du vieux fossoyeur fut des plus lentes à se calmer, et que ce ne fut pas sans peine que les acteurs de la Danse parvinrent à ramener à eux l'attention de la foule.

Profitant du trouble que cet incident dramatique avait jeté dans l'assistance, Mme la douairière de Chamérobley et sa gentille Alice s'étaient éloignées promptement, afin de se soustraire aux regards curieux et aux propos malveillants du public. Notre beau Quartinier les avait accompagnées jusqu'à la grand'porte du Cimetière ; mais il n'avait pas tardé à revenir fièrement, et la tête haute, prendre sa place dans l'estrade réservée, désireux sans doute de savoir, par lui-même, quelle serait la suite de l'étrange incident qui venait d'avoir lieu.

Mais, à part quelques chuchotements et quelques rires étouffés qui accueillirent la rentrée de M. le Vicomte, et dont ce dernier ne parut pas se préoccuper le moins du monde, il ne survint, dès lors, aucun événement nouveau qui fût de nature à donner lieu à une seconde interruption, et la représentation de la *Danse Macabre* s'acheva avec le même succès qu'elle avait commencé.

Le lecteur devinera facilement que, conformément au programme tracé, tous les différents états de la vie vinrent successivement figurer dans le terrible branle mené par la Mort. Et lorsque cette longue

liste de figurants fut arrivée au Berger qui en était le
plus humble et le dernier personnage, le Corneur
noir, sonnant de sa trompe avec plus de frénésie que
jamais, rappela en scène tous les acteurs qui avaient
paru, un par un, devant le public, et c'est alors qu'une
ronde, véritablement infernale, se déroula devant
l'assemblée, et servit de dénoûment à ce curieux et
original spectacle.

Nous le répéterons en terminant, le succès qu'obtint
la *Danse Macabre* fut prodigieux. De toutes parts les
battements de mains les plus intrépides se firent entendre, les bravos les plus chaleureux éclatèrent, les
hourras les plus frénétiques furent poussés. Et qu'on
ne s'imagine pas que cette bruyante et solennelle
ovation du public parisien s'adressât exclusivement
au jeu des acteurs; la pensée philosophique de cette
œuvre capitale avait été saisie sur-le-champ par le
bon sens étonnant du peuple de Paris, qui y vit, dans
sa forme la plus palpable, non-seulement la transparente allégorie de la fatalité qui nous condamne tous
à mourir, mais qui, surtout, en dégagea cette conso-
lante pensée de l'égalité qui devrait exister entre tous
les hommes, aussi bien dans la vie que dans la mort.

Il ne nous appartient pas de suivre, à travers les
quatre siècles qui se sont écoulés depuis cette époque,
le développement philosophique que cette idée de
l'égalité absolue, semée comme un germe dans le
peuple de Paris par le spectacle de la *Danse Macabre*,
devait prendre et a pris, en effet, dans l'esprit des
générations qui ont foulé avant nous le sol de la
vieille Lutèce; mais nous ne craindrons pas de dire
qu'il est facile de constater que cette idée de l'égalité

a été, depuis lors, sans cesse croissant dans les masses,
à travers toutes les péripéties qu'eut à subir la classe
déshéritée ; jusqu'au jour où, marquant définitivement sa place dans les destinées politiques de la
France, la plèbe, sous le nom de *Tiers Etat*, montra
qu'il fallait désormais compter avec elle, en vertu des
droits imprescriptibles que la Révolution de 89 lui
reconnut.

Entre la *Danse Macabre* et le *Mariage de Figaro*,
ces deux points extrêmes du génie dramatique qui,
l'un et l'autre, ont fait appel aux instincts de l'égalité
absolue, il n'y avait pas moins de distance que du
simple Affranchissement des communes à l'avéne-
ment définitif de la Souveraineté populaire.

Ajoutons, à propos de ce singulier spectacle, qu'a-
près six mois de représentations successives, qui eurent lieu dans le cimetière des Saints-Innocents, la
curiosité publique était à peine encore satisfaite, et
que les arts plastiques, faisant leur profit de cet en-
gouement populaire à l'endroit de la *Danse Macabre*,
la reproduisirent bientôt sous toutes les formes et
dans tous les lieux. C'est ainsi que la statuaire et la
peinture en décorèrent les palais, les ponts couverts,
les marchés, les cloîtres, les églises et les vitraux ;
que la miniature en orna la marge des antiphonaires,
des graduels, des psautiers et des missels ; et que le
burin du ciseleur la grava sur la vaisselle d'or et
d'argent, sur les bijoux, sur les armes de toutes
sortes, et jusque sur le fourreau de la dague et du
poignard.

A son tour, l'imprimerie, qui était à la veille de
naître, allait lui donner une immense popularité, au

moyen de petits livres à images qui, imprimés un
peu partout, mais à Troyes particulièrement, se ven-
daient par milliers d'exemplaires dans les foires de
Champagne, et qui, pendant plus de trois siècles et
demi, pénétrèrent, avec un égal succès, dans la demeure du riche comme sous la cabane du pauvre.

.   .   .   .

Au moment où les spectateurs, placés sur l'estrade
réservée, en descendaient par un escalier de bois, qui
se dégageait dans le Petit Corridor des Charniers,
M. le Vicomte de Chamérobley, qui avait guetté notre
jolie mercière-épinglière, lui dit à mi-voix et au
moment où la jeune fille passait fièrement devant
lui :

— Ce soir, à onze heures, ma charmante !

M{ᵉ} Anne Grugeon ne répondit pas un mot, ne fit
pas un signe, et rentra dans sa boutique sans avoir,
même une seule fois, tourné la tête du côté du bel
Officier.

IV

AU NOM DU ROY!

I V

AU NOM DU ROY!

Pendant que le *Tout Paris* de cette époque assistait
à la première représentation de la *Danse Macabre*,
cette fantastique allégorie du néant de l'homme, et
cette terrible protestation en faveur de l'égalité devant la mort, qui sert d'apanage à tous les membres
de la grande famille humaine, que se passait-il à
l'Hôtel de la Cour-Pavée, et plus spécialement dans
cet élégant Caquetoir de notre belle veuve, où, depuis
longtemps déjà, nous n'avons eu occasion d'introduire
les lecteurs ?

A l'heure où nous y pénétrons pour la seconde fois,
Madame la douairière de Tarenne, vêtue d'une longue cotte hardie de satin jonquille, brodée, du haut
en bas, d'un galon d'or et de soie noire, laquelle

cotte était serrée autour de la taille par une cordelière d'un assez fort calibre, faite également en or et
en soie noire, et ayant les pieds chaussés de petites
poulaines de chambre en maroquin noir du Levant,
Madame la douairière de Tarenne, disons-nous, fou-
lait d'un pied nerveux, et en donnant tous les signes de
la plus grande impatience, les carreaux en terre émail-
lée qui formaient le pavage de son Caquetoir. La belle
veuve tenait à la main un mouchoir de fine batiste
de Flandre, garni d'un riche point d'Alençon, que,
d'instant en instant, elle portait vivement à ses
lèvres et qu'elle mordait du bout de ses fines dents
blanches et pointues, dont les léopards ou les petits
lions, comme on les appelait, de l'Hôtel Saint-Pol
se fussent certainement montrés jaloux.

A chaque fois que la fière Charlotte, dans ses marches et ses contre-marches à travers la salle, passait
devant cette partie de la muraille que recouvrait la
riche tapisserie de Beauvais représentant le Paris de
Charles V, vu à vol d'oiseau, elle s'arrêtait une minute, et, approchant son oreille de la tenture, elle
écoutait si aucun bruit ne se faisait entendre dans
l'intérieur du passage secret, qui de son Caquetoir,
ainsi que nous le savons depuis longtemps, conduisait
dans l'Oratoire de dom Pierre.

Il y avait déjà plus d'une demi-heure que durait,
pour la belle veuve, ce supplice de l'attente, lorsque
soudain trois petits coups retentirent dans l'épaisseur
du mur.

— Enfin, le voici! dit-elle en soulevant la tapisserie, et en ouvrant, avec une petite clef qu'elle tira
de sa gorgerette, le panneau de fer qui servait de

porte au passage secret. Au même instant Monsieur l'Archiprêtre parut devant elle.

— Cruel homme que vous êtes, lui dit Mme de Tarenne sur le ton irrité du reproche, pouvez-vous bien me faire attendre ainsi, quand vous savez que le moindre retard de votre part me fait mourir d'impatience !

— Belle amie, dit Monsieur le Doyen de Saint-Jacques, en baisant galamment la main que lui tendait la coquette veuve, je puis vous assurer cette fois qu'il n'y a rien de ma faute, et si je n'ai point été exact au rendez-vous, prenez-vous-en à Monseigneur Gérard de Montaigu, qui, à la suite du *Te Deum* royal qui a été chanté dans la Basilique, nous a tenus en conférence, pendant une grande heure, dans son Logis épiscopal.

— Je n'admets pas d'excuse quand il s'agit de recevoir des nouvelles de notre chère Sabine. Voyons, Pierre, comment se trouve-t-elle aujourd'hui ? Que dit-elle, que fait-elle ? Mais parlez donc vite ! Vous savez bien que rien au monde ne saurait m'intéresser davantage.

— Hélas ! dit l'Archiprêtre avec tristesse, la position de cette chère enfant est toujours à peu près la même. Elle persiste à vouloir demeurer dans sa solitude, et personne ne peut pénétrer auprès d'elle, hormis son médecin, sa vieille chambrière et cette jeune marchande que vous savez, dont l'anneau constellé paraît toujours calmer, avec le même succès, les crises nerveuses qui la prennent le matin particulièrement.

— Et que dit Maître Simon Allegret de cette étrange maladie ?

— A ne vous rien céler, je crois, entre nous, que
le savant Mire de Monsieur de Berri y perd complé--
tement son grec et son latin.

— Mais enfin, qu'ordonne-t-il?

— De suivre en tous points les volontés et les désirs de la malade, et de ne point la contrarier en quoi
que ce soit. Il a particulièrement insisté pour qu'on
ne laissât pénétrer dans son logis aucune des personnes
dont la vue peut lui être ou pénible ou désagréable.

— Dites-moi, Pierre, n'avez-vous pas fait savoir de
nouveau à cette chère fille combien je serais désireuse
de la voir?

— Pardonnez-moi, et ce matin même encore, Brigitte La Voirin lui a, sur mon ordre, demandé si
elle consentirait à vous recevoir.

— Et qu'a-t-elle répondu, reprit vivement la belle
veuve?

— Elle a répondu négativement.

— Et sans dire pour quelles raisons?

— Sans ajouter un seul mot, une seule syllabe au
non prononcé par elle.

— Ah! dit Mme de Tarenne, en accélérant sa marche
vagabonde à travers son Caquetoir, et en se frappant
le front de ses deux petites mains fermées, n'est-ce pas
cela qui est pénible, qui est cruel, qui est navrant à
entendre! Et penser que moi, moi (et elle appuya sur
ce mot avec une intention douloureuse), je ne pour-
rai, suivant mes désirs et mon affection, veiller à son
chevet, la soigner, la combler de caresses, lui rendre
enfin la vie et la santé! Dites, Pierre, comprenez-
vous tout ce que mon pauvre cœur doit souffrir en
ce moment?

— Et moi, reprit vivement l'Archiprêtre, croyez-
vous donc, Charlotte, que je n'aie pas non plus à
souffrir de l'obstacle apporté à la libre expression de
mon amour paternel?

— Ah! dit tout à coup la fière Charlotte sur le ton
mal déguisé du reproche, si j'étais à votre place,
c'est-à-dire si je logeais sous le même toit que cette
chère fille, ce n'est pas moi qui me laisserais ainsi
éconduire ou rebuter par ses refus, et je saurais si
bien faire, entendez-vous, par mes instances, par
mes prières, par mon ingénieuse et persévérante tendresse, que je parviendrais enfin à triompher des
répugnances de cette pauvre malade. Mais les
hommes, continua la noble dame, avec un sourire
de dédain et un haussement d'épaules non moins
significatif, est-ce que cela sait vouloir, est-ce que
cela sait pouvoir, surtout?

— Je vais vous prouver à quel point vous êtes injuste, Madame, reprit vivement l'Archiprêtre, car, à
vous entendre, on croirait que je n'ai que l'ombre de
l'amitié pour notre chère Sabine, et que je n'ai rien
fait jusqu'ici pour me rapprocher d'elle. Eh bien!
sachez donc une chose, poursuivit dom Pierre en
s'animant par degrés, c'est que, pas plus tard qu'hier,
désolé, désespéré de l'éloignement que cette pauvre
enfant semble éprouver pour vous et pour moi, c'est-
à-dire pour les deux personnes qu'elle devrait aimer
le plus au monde, j'ai osé pénétrer chez elle, malgré
la défense absolue qui en a été faite par Maître Simon
Allegret.

— Et que s'est-il passé dans cette entrevue, demanda avec anxiété Madame de Tarenne, en s'arrêtant

tout à coup devant l'Archiprêtre, et en fixant ses deux noires prunelles sur les yeux de son amant?

— Au moment où j'entrais chez elle, la malade était seule, assise contre son lit, et appuyant son front pâle dans l'une de ses mains qui m'a semblé être déjà fort amaigrie. Je m'approchai doucement pour lui parler, pour lui prendre son autre main que je mourais d'envie de couvrir de baisers, mais à ma vue, Sabine se rejetant en arrière et se reculant épouvantée, comme l'enfant qui apercevrait un reptile, se mit à jeter des cris si perçants et à me repousser avec des gestes pleins d'une telle terreur, que je m'enfuis à grands pas dans mon Oratoire, tremblant comme la feuille, ou plutôt comme un criminel que je suis, et entendant, au dedans de moi, une voix qui me disait d'un ton implacable : *Mais, tu ne vois donc pas que tu lui fais horreur, assassin !*

— Allons donc ! vous devenez fou, mon cher, dit la belle Charlotte, qui, d'émue qu'elle avait été d'abord, avait repris tout à coup son air de raillerie et son sourire moqueur, en entendant les dernières paroles de l'Archiprêtre.

— Ah ! plût à Dieu, Madame, que cela fût vrai, dit dom Pierre, en levant ses yeux au ciel et en portant sa main à son front, dont les cheveux, de gris qu'ils étaient il y a quelques jours encore, étaient devenus presque entièrement blancs, j'aurais au moins l'espérance d'échapper bientôt à cette horrible torture du remords, qui, nuit et jour, me tenaille le cœur avec ses ongles de fer.

— Comment, Pierre, dit dédaigneusement la veuve, tu en es encore à te tourmenter l'esprit avec toutes

les billevesées que le vulgaire appelle de ce grand
mot-là ? Mais, regarde-moi donc, moi, qui suis ta
complice, est-ce que tu m'as jamais vue ayant de ces
vaines terreurs-là dans l'esprit ?

— Oh ! vous, Charlotte, c'est différent ; vous ne
croyez point à la vertu.

— J'y crois si bien, que je t'ai dit cent fois et que
je te répète encore aujourd'hui, que la vertu, dans le
siècle où nous sommes, n'est que l'art de cacher son
jeu ; c'est ce que toi et moi nous faisons avec succès
depuis vingt ans ; aussi, sommes-nous réputés partout,
moi, pour être la plus vertueuse des veuves, toi, pour
être le plus vertueux des prêtres.

— Oui ! mais qui sait comment tout cela finira ?
Qui sait si la justice des hommes, en attendant que
celle de Dieu ait son tour, ne viendra pas bientôt
nous demander compte des crimes que nous avons
commis ?

— Je vous répète, mon ami, dit Mme de Tarenne en
enveloppant dom Pierre de ses deux bras et en le
regardant avec une caressante pitié, qu'il faut vraiment que votre pauvre cervelle se détraque de plus
en plus pour que vous ayez d'aussi sombres idées que
celles qui vous tourmentent. Car, enfin, n'est-il pas
déraisonnable que ce soit à l'heure où nous devrions
être le plus rassurés, vous et moi, que votre esprit
aille se créer des monstres et des chimères à propos
de je ne sais quel cri étouffé, que vous prétendez avoir
entendu dans les caveaux de la Tour Saint-Jacques,
au moment où vous nous débarrassiez pour toujours
de cet infâme Juif, qui a emporté son secret dans la
tombe.

— Vous aurez beau dire et vous aurez beau faire,
Charlotte, mais je vous assure que j'ai bien réellement entendu un cri étouffé, au moment même où
le malheureux dont vous parlez tombait sous mes
coups, pour ne plus se relever. Or, qui l'a poussé ce
cri, je vous le demande ?

— Combien faudra-t-il de fois vous répéter que ce
cri-là, si toutefois vous l'avez réellement entendu, et
s'il n'est pas le fait d'une hallucination, n'a pu être
produit que par un écho du souterrain qui aura ren-
voyé à votre oreille le cri de suprême angoisse jeté
par ce maudit vieillard ?

— Le cri que j'ai entendu, Madame, ne ressemblait en rien à celui qui a été jeté par Isaac Lévy, et
je vous jure qu'on aurait dit que c'était Sabine elle-
même qui l'avait poussé : c'est ce qui fait que, depuis
ce temps, je ne puis éloigner de moi la terrible pensée
qu'elle a été témoin de mon crime, et que le mal
étrange dont elle est atteinte, en ce moment, est la
conséquence de la terreur qui a dû s'emparer d'elle
à la vue de mon exécrable forfait.

— Pauvre esprit, faible tête ! dit Mᵐᵉ de Tarenne
en regardant d'un œil de dédain et de pitié l'Archiprêtre, sur le front duquel l'émotion que lui
causait son propre discours avait fait perler de nombreuses gouttes de sueur. Mais, je vous le demande à
vous-même, Pierre, ne faut-il pas avoir perdu le bon
sens, sinon la raison, pour supposer, ainsi que vous
le faites, que Sabine ait pu, à une pareille heure et
dans une pareille nuit, être descendue seule dans les
caveaux de la Tour Saint-Jacques ; et n'est-il pas plus
naturel de penser, ainsi que maître Simon Allegret

l'a dit lui-même, que c'est à la chute du tonnerre sur
la Tour Saint-Jacques qu'est dû le dérangement
d'esprit de cette pauvre fille, qui, vous le savez aussi
bien que moi, a toujours été, depuis son enfance, très
fortement épouvantée par l'orage ?

— C'est vrai, dit dom Pierre du ton d'un homme
qui serait trop heureux qu'on lui prouvât sans réplique qu'il est dans son tort, et qui fait tout, de son
côté, pour y parvenir. Et la disparition de ce maudit
clerc, embastillé, par mon ordre dans la Logette de
l'Évêque, est-ce que vous la trouvez aussi un événement bien naturel, Charlotte ?

— Eh ! pourquoi non, mon cher Doyen ? N'enten-
dons-nous pas, tous les jours, citer des exemples, bien
avérés, de personnes qui ont été complétement ré-
duites en cendres par le feu du ciel ?

— Pour *complétement*, j'ai quelque peine à le croire ;
mais, le fait fût-il certain, toujours m'accorderez-
vous que les cendres en quoi les malheureux frappés
par la foudre sont subitement réduits, au moins, est-il
possible de les voir, de les toucher, d'en constater la
présence enfin ? Or, vous n'ignorez pas, qu'au milieu
des débris de toutes sortes, dont le plancher de la
Cage de bois était jonché, il a été impossible de dé-
couvrir la plus petite parcelle du corps de ce malheureux.

— Et c'est précisément là ce qui donne raison à la
supposition qu'il a été complétement réduit en cendres
par le tonnerre. S'il n'eût été brûlé qu'en partie, on
aurait retrouvé, en effet, ainsi que vous le dites, des
débris de son corps dans l'intérieur de sa prison ;
tandis que toute sa personne ayant été instantanément

réduite en poudre, le feu du ciel l'a emporté aussitôt
dans son tourbillon rapide, et a dispersé ses cendres au
vent. C'est là, au reste, vous ne l'ignorez pas, l'avis
des plus savants mires de Paris et celui de Maître
Simon Allegret en particulier, et vous n'avez pas, que
je sache, la prétention d'être un plus grand docteur,
à vous seul, que tous les Régents de la Faculté de
Médecine, siégeant dans leur École de la rue de la
Bûcherie ?

— Je crois, enfin, que vous avez raison, Charlotte,
dit l'Archiprêtre après quelques instants de réflexion.
Et puis, car c'est là une question que je me suis faite
à moi-même des milliers de fois déjà, depuis cette
fatale nuit, comment et par où le malheureux aurait-il
pu s'échapper de sa prison ? La porte en a été retrouvée,
par Monticelli, parfaitement intacte et solidement ver-
rouillée et cadenassée. Quant à supposer qu'il se soit
évadé par la fenêtre de sa Cellule, vous avez beau
prétendre que ma pauvre cervelle se détracte, elle ne
l'est pas encore à ce point, d'imaginer une chose
aussi absurde et aussi peu vraisemblable que celle-là.

— Vous voyez donc bien, trembleur que vous êtes,
reprit Mᵐᵉ de Tarenne en se plaçant sur le riche siége
à dais dont nous avons parlé autrefois, que vous avez
grand tort d'appeler *fatale* cette nuit qui nous a délivré des deux seuls êtres qui auraient pu porter atteinte à notre commune félicité ; et la seule chose en
quoi cette nuit nous a été véritablement fatale, c'est
en causant à notre chère Sabine ce mal étrange dont
elle est atteinte.

— C'est ce que je voulais dire, répondit dom Pierre,
maîtrisé, comme toujours, par l'ascendant de la

femme qu'il aimait, et en s'asseyant sur le pliant
en X placé près du siège de sa belle et provocante
maîtresse.

— Mais, se hâta d'ajouter la coquette veuve en
drapant les plis soyeux de sa cotte hardie avec ce
savoir-faire féminin qu'elle possédait à un degré si
éminent, notre chère Sabine, n'en doutons pas, reviendra vite à la santé ; c'est là un mal passager qui
ne saurait durer longtemps ; à vingt ans, d'ailleurs,
la nature est si puissante, si pleine de séve, si altérée
de la soif de vivre !

Et, en prononçant ces paroles, l'amoureuse Charlotte passa son bras blanc, ferme et arrondi, autour
du cou musculeux et brun de l'Archiprêtre, et elle
attira doucement la tête de son amant tout près de la
sienne. Puis elle se mit à le regarder fixement, lon-
guement, avec ses beaux yeux noirs aux reflets vert
de mer, dans lesquels la passion éclatait à la fois
hardie et retenue, lascive et pudibonde, chaste et
voluptueuse, et bientôt, sous ces regards fascinateurs,
l'Archiprêtre tomba en adoration devant son idole.

— La nature, à vingt ans ! répéta la belle Charlotte
avec un redoublement de passion sensuelle ; dis, mon
Pierre bien-aimé, te souviens-tu de l'époque où
j'étais, moi aussi, à ce bel âge de l'amour, et du jour
où, pour la première fois, tu te mis à mes genoux,
comme tu y es en ce moment, dans cette mystérieuse
retraite que je m'étais plu à embellir pour t'y recevoir, et où tu me fis le serment de m'aimer toujours
et de ne jamais aimer que moi ?

— Si je m'en souviens, dit dom Pierre avec un
douloureux soupir ; oh ! oui, et que trop bien pour

mon malheur : car, de ce jour-là, mon pacte avec
Satan était irrévocablement signé, et je devais bientôt me rendre coupable d'un premier crime.

— Oh ! tais-toi, tais-toi, Pierre, mon ami, ne pense
plus à ces funestes choses du passé qui te troublent
si fort l'esprit. Songe plutôt que l'avenir est à nous,
que rien désormais ne peut plus nous séparer, et
que nous allons de nouveau nous aimer comme au
temps de notre belle et joyeuse jeunesse.

Pour toute réponse, l'Archiprêtre imprima sur le
cou d'ivoire de la belle veuve un baiser brûlant, qui
fit courir un amoureux tressaillement tout le long du
corps de cette voluptueuse créature.

— Ah ! vois-tu, reprit-elle passionnément, et
après une pause que son extrême émotion semblait
lui avoir rendue nécessaire, tu ne sais pas, ô mon
beau prêtre, quels trésors de tendresse sont ren-
fermés pour toi dans mon cœur ! Depuis quelque
temps, surtout, il me semble que ma vie a rebroussé
cours vers les belles années de mon printemps ; je te
revois toujours aussi beau, toujours aussi séduisant,
toujours aussi désirable qu'à l'heure où tu m'apparus, pour la première fois, dans la Chapelle matutinale de Collin Boulard ; et je me sens au cœur
cette même soif de t'aimer, et, dans tous mes sens,
ce même besoin de te posséder que j'avais à cette
autre heure, où, pendant une soirée d'automne, et
au moment où tous les deux nous allions quitter
l'Église Saint-Jacques, ta main eut la témérité de
presser la mienne, alors que tu me présentais l'eau
lustrale.

A cet endroit de l'entretien entre la noble dame et

l'Archiprêtre, le bruit d'une cavalcade se fit entendre
dans la direction de la Pierre-au-Lait. Ce bruit, d'a-
bord éloigné, se rapprocha bientôt, et, en moins de
quelques minutes, il envahit la rue du Porche,
ébranlant les maisons sous le pas des chevaux et
faisant trembler les vitraux des fenêtres dans leurs
châssis de plomb. Puis, tout à coup, ce bruit, qui
était devenu formidable, s'éteignit devant le Grand-
Portail de l'Église Saint-Jacques.

— Qu'est-ce que cela? demanda vivement dom
Pierre en relevant la tête et en tournant ses regards
vers celle des deux croisées du Caquetoir qui avait
vue sur la rue du Porche.

— Oh! sans doute quelque troupe d'hommes de
guerre qui revient de l'Hôtel Saint-Pol, dit négli-
gemment la belle veuve en rabattant, du bout de
ses doigts effilés, sur l'échancrure de son corsage, la
dentelle flottante qui bordait la passe de sa chemi-
sette, ce qui permettait de voir la naissance de deux
demi-sphères aussi blanches et aussi fermes que
l'ivoire.

— Mais comment se fait-il que chevauchant d'un
pareil train, ils se soient subitement arrêtés devant
votre Hôtel? poursuivit l'Archiprêtre, qui, depuis
quelques mois, prenait de l'ombrage à propos du
moindre événement, et qui, s'étant relevé aussitôt,
se dirigea vers la fenêtre pour voir ce qui se passait
dans la rue.

— Pierre, mon ami, dit la belle veuve sans changer d'attitude, ayez soin de regarder à travers la
verrière casquée, et prenez garde, en allant et venant, à ne pas déranger les courtines de la fenêtre.

comme cela vous est déjà arrivé plus d'une fois.

— Soyez sans crainte, Belle amie, répondit l'Archiprêtre, qui, après s'être approché avec précaution de la croisée qui faisait face à l'Eglise Saint-Jacques, engagea son visage dans le heaume fermé que nous connaissons, et qui, à travers les trous ménagés dans la visière de ce casque en fer forgé, aperçut tout à coup Messire Enguerrand de Marcoignet, à la tête de vingt archers de l'Ordonnance du Roi.

En ce moment, le Capitaine chargé de mettre à exécution les deux mandats de Messire Guillaume Le Tur, était occupé à diviser sa troupe en deux parties égales, et quand cette opération fut faite, il donna à voix basse ses instructions à son premier lieutenant, Gaston Ferry, surnommé le Bourguignon, qu'il avait mis à la tête de l'un des deux piquets, tandis qu'il avait conservé le commandement de l'autre.

— Charlotte ! s'écria Monsieur le Doyen de Saint-Jacques d'une voix épouvantée, ce sont les archers de l'Ordonnance du Roi qui viennent de s'arrêter devant la porte de votre Logis.

— *Caro mio Decano*, dit Mme de Tarenne avec un léger mouvement d'impatience, mais sans quitter le siége qu'elle occupait, si c'est une plaisanterie que vous me faites là, je vous déclare tout net que je la trouve d'un goût détestable.

— Grands dieux ! s'écria dom Pierre en replaçant de nouveau son visage dans la *Verrière casquée*, et sans paraître avoir entendu la réponse de la belle veuve, voici un des deux piquets de cette cavalerie qui s'avance vers le Presbytère, ayant à sa tête Messire Enguerrand ; le voilà qui s'arrête devant ma porte; plus de doute, tout est découvert, et nous allons être arrêtés !

Effrayée à son tour en entendant les paroles de l'Archiprêtre, et surtout en voyant la pantomime qui les accompagnait, la fière Charlotte s'élança vers la croisée, et, écartant une des courtines qui masquaient la verrière, elle regarda dans la rue du Porche, et put s'assurer, par elle-même, que son amant ne lui disait que la vérité.

Le hasard voulut qu'en ce moment plusieurs archers eussent les yeux levés vers le premier étage de l'Hôtel, et quelque rapidement que notre belle veuve eût écarté, puis laissé tomber la courtine de la verrière, son visage fut aperçu par un des hommes d'armes qui la reconnut et s'écria aussitôt :

— La voici ! la voici ! elle ne saurait nous échapper !

Le doute n'était plus possible désormais pour nos criminels amants : ils comprirent que la Justice était là, qui allait enfin leur demander compte du passé.

C'est alors que, tous les deux, ils se regardèrent face à face, lui la figure livide et les membres tremblants ; elle pâle, le front plissé et les dents serrées ; et, l'un et l'autre, si complétement anéantis par ce coup de foudre, que la parole expira sur leurs lèvres.

Au même instant la grande porte de l'Hôtel de la Cour-Pavée résonna sous les coups de son heurtoir de bronze, mis en mouvement par une main vigoureuse, et tout aussitôt le marteau de fer de la Maison Curiale lui répondit sur le même ton.

Ce bruit, non moins effrayant pour eux que celui de la trompette du Jugement dernier, tira enfin nos deux coupables de l'immobilité cataleptique dans laquelle l'effroi les avait jetés.

— Entends-tu, Charlotte ? dit l'Archiprêtre en s'arrachant les cheveux de désespoir. Je te le disais bien, que le glaive de la Justice était suspendu sur nos têtes, et que ce glaive n'était plus retenu que par un fil. Ah ! maudit soit le jour où tu m'as entraîné dans l'abîme par ta beauté fatale et par ton esprit plus fatal encore !

Et dom Pierre, égaré, les yeux saillants hors des orbites, et, de ses doigts crispés, labourant sa propre poitrine, se laissa tomber sur un siége voisin, en proie à toutes les tortures du désespoir.

Il n'en fut pas de même de la fière Charlotte, qui, une fois le premier moment de la surprise passé, redevint calme, froide et railleuse.

— Amant lâche et ingrat, dit-elle à dom Pierre en allant à lui les bras croisés sur son sein, et en le foudroyant d'un regard plein de mépris, mais ces crimes, dont tu parles, ne sont-ils pas les preuves les plus éclatantes de l'amour que j'avais pour toi ? Ah ! je ne le reconnais que trop en ce moment, ce n'est que du sang roturier qui circule dans tes veines ; tu n'étais pas digne d'être aimé par une Charlotte des Essarts !

Mais bien évidemment l'Archiprêtre n'entendit pas, ou plutôt ne comprit pas les paroles que sa fière maîtresse lui jetait à la face, et, avec la même pantomime effrayée que tout à l'heure, il se mit à dire, d'une voix tremblante et altérée :

— Où fuir, mon Dieu ! où me cacher, pour échapper à l'affreux supplice qui m'attend ?

Et, la frayeur lui redonnant des forces, il se releva vivement et se mit à courir d'un bout à l'autre du Caquetoir, comme la bête puante qui, pressée par la meute, cherche à retrouver une des bouches de son terrier. Pendant ce temps, Mme de Tarenne, immobile, les yeux fixés en terre et le front dans l'une de ses mains, paraissait se livrer à une profonde méditation. Une minute à peine s'était écoulée, qu'elle s'écria, comme frappée par une idée subite :

— Oh! quelle inspiration! Oui, c'est bien cela, et peut-être que de la sorte nous parviendrons l'un et l'autre à échapper aux mains de la Justice!

— Que dites-vous, Charlotte, demanda dom Pierre qui, en entendant ce langage de la belle veuve, s'arrêta dans sa course insensée.

— Viens ici, lui dit-elle sur le ton du commandement et en joignant le geste à la parole.

Le prêtre s'approcha, toujours docile, toujours subjugué par l'ascendant de cette femme extraordinaire.

— Écoute, Pierre, reprit-elle d'un ton bref et ferme. Tout n'est pas aussi désespéré que tu le crois; et, de ce que nous allons concerter ensemble, peut dépendre notre salut commun.

— Que faut-il faire? demanda l'Archiprêtre qui parut se rattacher à cette faible espérance avec autant d'empressement que l'homme qui se noie se saisit du mince rameau que le hasard a mis à la portée de sa main.

— Il faut d'abord redevenir calme.

— Je le serai.

— Il faut du sang-froid et de l'à-propos.

— J'en aurai.

— Rentre à l'instant dans ton Oratoire ; mais, auparavant, donne-moi la clef qui ouvre de ton côté la porte du passage secret.

— La voici, dit dom Pierre en obéissant machinalement aux ordres de sa complice.

— Une fois rentré chez toi, ouvre les verrous de ta porte, assieds-toi devant ton prie-Dieu, et reprends tranquillement la lecture de ton bréviaire.

— C'est ce que je vais faire à l'instant.

— Quand on frappera, fais entrer sans changer aucunement d'attitude ; laisse-toi arrêter sans faire la moindre résistance ; seulement, feins d'être étonné, et proteste de ton innocence, dans les termes les plus calmes et les plus mesurés. Si un procès criminel suit ton arrestation, n'avoue qu'une seule chose, c'est que tu as été mon amant ; nie énergiquement que tu aies pris aucune part à l'assassinat de M. de Tarenne, et, dusses-tu être mis à la Question, si tu ne fais aucun aveu je te jure que tu seras sauvé.

— Mais vous, Charlotte, dit le prêtre qui était redevenu de plus en plus calme, à mesure que Mᵐᵉ de Tarenne lui traçait le plan de conduite qu'il avait à suivre.

— Ne te mets pas en peine de ce qui m'arrivera. Ne songe qu'à te sauver toi-même ; je saurai bien, moi seule, échapper aux griffes de Monsieur le Lieutenant Criminel.

— Adieu donc, Charlotte, dit dom Pierre en s'engageant par la porte du passage secret. Qui sait si nous nous reverrons jamais !

— Adieu, ô mon beau prêtre ! Adieu, ô mon cher

amant, répondit Mme de Tarenne, en couvrant de baisers passionnés les lèvres pâles de M. le Doyen. Ah ! dussé-je être damnée pendant toute l'éternité, je ne regretterai jamais les délicieuses heures que j'ai passées dans tes bras !

L'Archiprêtre s'élança alors dans le passage secret, et il ouvrit la seconde porte qui n'était que poussée, et que Mme de Tarenne ferma aussitôt à la clef derrière lui.

Quand il fut dans son Oratoire, dom Pierre, exécutant à la lettre les instructions qu'il venait de recevoir de la belle veuve, alla tirer les verrous de la porte qui donnait accès chez lui ; puis, il fut s'asseoir sur un siége qui était placé à la droite de son prie-Dieu, prit ses *Heures* à la main, les ouvrit à l'endroit de l'Office du jour, et se mit à lire ou à en faire semblant, le propre de « saint Leu, archevesque de Sens, » qui est le saint du calendrier romain dont la fête tombe le 1er septembre.

Dix minutes ne s'étaient pas écoulées, qu'un formidable bruit de pas et d'éperons retentit sur les marches de pierre du degré, et, bientôt après, on frappa rudement à la porte de l'Oratoire.

L'Archiprêtre tressaillit malgré lui, et une sueur glacée lui courut instantanément de la tête aux pieds. Cependant, il fit un violent effort sur lui-même et dit d'une voix grave et ferme :

— Entrez.

Au même instant, la porte s'ouvrit et le Capitaine Enguerrand de Marcoignet parut, suivi de ses hommes d'armes.

— Mon Révérend, dit-il en saluant militairement

l'Archiprêtre, je suis porteur d'un ordre de Monsieur
le Lieutenant Criminel, que je viens mettre à exécution.

— Faites, Messire Capitaine, dit courtoisement
dom Pierre.

— « Au nom du Roy ! » je vous arrête.

— Moi ? dit Monsieur le Doyen de Saint-Jacques
avec une certaine émotion qui pouvait tout aussi bien
passer pour être l'effet de la surprise que celui de la
peur.

— Vous-même, mon Révérend, dit le Capitaine
des Archers.

— Et puis-je savoir, Messire, pour quel sujet vous
m'arrêtez ?

— Ce que vous désirez là, Monsieur le Doyen, est
tout à fait en dehors de mes attributions ; et Monseigneur le Lieutenant Criminel aura à vous répondre
à cet égard, si tel est son bon plaisir toutefois. Quant
à moi, j'ai simplement reçu l'ordre de vous arrêter
et je vous arrête.

— C'est bien, Messire Capitaine, je respecte votre
consigne et je suis à vos ordres.

Et dom Pierre se levant aussitôt, fit un pas comme
pour s'avancer vers la porte de sortie.

— Patientez une minute, mon Révérend, dit Messire Enguerrand de Marcoignet en arrêtant l'Archiprêtre par le bras, car avant de sortir d'ici, il me
reste quelque chose à faire, pour que mon mandat
soit mis entièrement à exécution.

— Qu'est-ce donc, demanda le prisonnier ?

— C'est d'opérer, devant vous, la saisie de ces deux

grands clous dorés, qui servent de support à votre miroir.

Et le Capitaine des Archers, indiquant du doigt à l'un de ses hommes les objets dont il parlait, lui intima l'ordre d'arracher les deux clous de la muraille. Celui-ci, qui s'était muni d'une tenaille à cet effet, procéda à l'opération commandée, et, en moins de quelques minutes, les deux clous à tête dorée et ciselée eurent passé, de la place qu'ils occupaient, dans la propre poche du hoqueton de satin brodé d'or de Messire Enguerrand de Marcoignet.

— Et maintenant, mon Révérend, dit celui-ci en donnant le signal du départ, en marche pour votre nouveau Logis, si vous voulez bien le permettre.

Dom Pierre, pour toute réponse, abattit son aumusse jusque sur ses yeux, engagea l'une et l'autre main dans l'ouverture des manches de sa soutane, et, baissant les yeux comme une victime résignée, sortit de la salle précédé et suivi par cinq des archers de l'Ordonnance du Roi. Le Capitaine, qui fermait la marche, en sortit à son tour, et sans même prendre la peine de fermer sur lui la porte de l'Oratoire.

Pendant que la scène que nous venons de décrire avait lieu, Mme de Tarenne avait fermé à la clef la seconde porte du passage secret, c'est-à-dire celle qui ouvrait du côté de son Caquetoir, et elle était venue coller son oreille au trou de la serrure de la première porte, c'est-à-dire de celle qui donnait accès dans le Logis de son amant. Elle avait donc pu assister *de auditu* à ce qui se passait dans l'Oratoire de Monsieur le Doyen de Saint-Jacques, et se rendre

un compte exact des détails successifs de son arrestation.

Aussitôt donc que l'Archiprêtre se fut éloigné sous
l'escorte des Archers, et qu'elle eut acquis la certitude que la salle envahie tout à l'heure par les hommes
d'armes était complétement déserte, elle se mit en
devoir d'ouvrir la première porte qu'elle avait fermée, s'élança ensuite dans l'Oratoire, le traversa en
courant, gagna le grand degré du Presbytère, s'engagea dans l'étroit couloir du Porche, et arriva sur la
Terrasse-aux-Chapelles sans avoir rencontré personne
qui fût tenté de mettre un obstacle à son passage.

Une fois le pied posé sur cette Terrasse, elle se
trouvait être hors des atteintes de la Justice, en vertu
du droit d'asile, qui, ainsi que nous l'avons dit ailleurs, appartenait à l'Église Saint-Jacques.

Toute triomphante du succès dont son habile manœuvre était couronnée, la fière Charlotte rajusta
coquettement les plis flottants de sa cotte hardie,
chiffonna du bout des doigts le magnifique point
d'Alençon qui sortait par l'échancrure de sa gorgerette, et, se penchant sur la balustrade du premier
étage de la Tour, avec la grâce et la nonchalance
d'une châtelaine qui prendrait le frais à son balcon,
elle laissa dédaigneusement tomber ses regards dans
la rue du Porche, où une foule de curieux s'étaient
amassés devant la porte de son Hôtel.

Ce fut notre ami Cascaret qui l'aperçut le premier.
Notre Basochien la montra aussitôt à ses amis Guillot
Chante-Merle et Maclou le Muflard, et tous les trois
ils se mirent à crier à l'envi l'un de l'autre et avec
de furieux battements de mains :

— Asile! asile! asile! au nom de Monseigneur
Saint-Jacques, le glorieux Baron!

Aussitôt, tous les regards se portèrent vers la balustrade de la Tour, et, à la grande confusion de Messieurs les Archers qui sortaient en ce moment de
l'Hôtel de la Cour-Pavée, ayant fait *buisson creux*,
comme cela se dirait aujourd'hui, la foule tout entière se mit à battre des mains et à répéter avec Messieurs les clercs de la Basoche :

— Asile! Au nom de Monseigneur de Saint-Jacques, le glorieux Baron!

Au même instant, Messire Enguerrand de Marcoignet sortit, à son tour, par la porte du Presbytère,
suivi de son prisonnier, et il s'élança sur son cheval, sans prendre garde d'abord aux clameurs de la
multitude. Mais le mot d'*asile* ayant tout à coup
frappé ses oreilles, il leva la tête, lui aussi, et en
reconnaissant que, cette fois, son habileté de fin li-
mier venait d'être mise en défaut, il entra aussitôt
dans une violente colère plus facile à comprendre
qu'à décrire.

— Messire Capitaine, lui dit hardiment Cascaret,
en l'entendant donner à ses hommes d'armes l'ordre de serrer de près son prisonnier, dans la crainte
que celui-ci ne lui échappât, souris qui n'a qu'un
trou est bientôt prise; mais, qui prend le renard
pour modèle, a plusieurs gueules à son terrier et
fait la nique aux chasseurs, comme Mme de Tarenne
vous la fait présentement.

— Insolent polisson, dit Messire Enguerrand de
Marcoignet, rouge de colère et en envoyant du haut
de son cheval un furieux coup de sa poulaine fer-

rée à l'adresse du railleur, qui, cette fois encore, s'effaça à propos, ce qui fit que Maclou le Muflard, qui avait le dos tourné vers notre Capitäine, reçut le compliment en pleine croupière, ainsi que l'aurait dit Ton-Ton, la nourrice bourguignonne, si elle eût été présente.

Le pauvre garçon poussa un hurlement de douleur, tandis que Guillot Chante-Merle, qui avait été témoin de l'aventure, poussait un éclat de rire en disant à son ami, en manière de consolation :

— *Sic vos non vobis, amice Maclou,* c'est Messire Virgilius qui l'a dit, et tu en es aujourd'hui une preuve, je ne dirai pas des plus frappantes, mais des plus frappées.

— On dirait que c'est fait exprès pour moi, dit Maclou en se frottant piteusement la partie lésée.

— Pas du tout, cher ami, riposta Cascaret, c'est fait pour les autres, au contraire, et c'est un grand tort à toi de t'approprier ainsi le bien d'autrui.

Le dialogue en resta là, car, en ce moment, l'ordre fut donné aux Archers de se mettre en marche, et la cavalcade partit, ayant à son centre le malheureux Doyen de Saint-Jacques.

Il va sans dire que Messieurs les clercs de la Basoche lui servaient d'arrière-garde.

Le cortége prit par la rue de l'Avennerie, traversa le Marché de la Porte de Paris, et entra dans la rue Saint-Germain-l'Auxerrois. Il suivit cette rue dans sa première moitié environ, laissant derrière lui la rue de la Saulnerie, celle des Lavandières, celle des Quenouilles, celle des Fuseaux, et il s'arrêta enfin, sur la gauche, devant un édifice sombre et noir qui n'avait de remarquable que la « maîtresse porte » par laquelle on y avait accès.

Au-dessus de cette porte étaient représentés, agenouillés en face l'un de l'autre et aux pieds de la Vierge, un Roi et un Prélat qui symbolisaient ainsi le traité de paix fait entre Philippe-Auguste et l'Évêque de Paris. A la droite du Roi étaient les armoiries de France, à fleurs de lis sans nombre et traversées d'une crosse droite. A la gauche du Prélat, étaient un juge en robe et en capuchon, avec des assesseurs, et un greffier portant un costume de clerc.

Cet édifice, qui était à la fois une prison et un lieu à plaider, et où se trouvait le siége de la juridiction épiscopale, se nommait le For-l'Évêque.

Ce fut Messire Enguerrand de Marcoignet, qui frappa lui-même à la porte de cet édifice, à l'aide du pommeau de son épée.

La « maîtresse-porte » ne tarda pas à s'ouvrir, et la cavalcade tout entière disparut sous une longue et sombre voûte qui s'offrit aux regards des curieux.

Quant à ceux-ci, après quelques instants d'une attente vaine, ils se dispersèrent peu à peu et non sans s'être fort questionné, les uns les autres, sur les motifs qui avaient donné lieu à l'arrestation de Monsieur le Doyen de Saint-Jacques. Mais nous devons dire qu'ainsi que cela se passe encore de nos jours, en semblable occurrence, les suppositions les plus absurdes et les plus contradictoires y étaient mises à la place de la vérité.

Messieurs Cascaret et Guillot Chante-Merle en savaient, il est vrai, à eux deux, plus que tous les autres ensemble ; mais, par esprit de contrariété,

ils s'étaient promis de ne rien révéler à ce tas de manants et de badauds, dont les sots propos les réjouis-
saient fort.

Un de ceux-ci, cependant, ayant pressé de questions notre ami Cascaret, le malicieux Basochien,
d'un air tragi-comique, lui répondit par ce burlesque
quatrain, qu'en historien scrupuleux nous n'avons
en garde de passer sous silence :

—   On m'avait mis au For-l'Evesque,
        J'en ai demandé la raison ;
        On m'a répondu, mon cher, c'est que
        Tu as mérité la prison.

V

COMMENT

ON TENAIT LA DRAGÉE HAUTE

EN L'AN DE GRACE 1414

V

COMMENT ON TENAIT LA DRAGÉE HAUTE

EN L'AN DE GRACE 1414

Dans la soirée du même jour, un peu après dix heures, nous retrouvons M. le vicomte Anténor de Chamérobley arpentant, de long en large, cette partie de la rue Saint-Denis qui était bordée à la fois par le chevet de l'église des Saints-Innocents et par les cinq arrière-boutiques du petit Corridor des Charniers.

Notre beau Quartinier avait remplacé son brillant habit de guerre, que nous lui avons vu dans l'après-midi, par un costume de ville du plus galant effet. Sur son chaperon de velours noir, à retroussis de satin vert pistache, se balançait une superbe plume blanche d'autruche, dont le marquis de Mascarille, des *Précieuses ridicules,* n'aurait pas manqué deux siècles et demi plus tard, d'admirer le gracieux *em-bonpoint*, et, à son cou, était passée une chaîne en ver-meil, à laquelle était suspendu un poignard à manche d'argent ciselé, dont le fourreau, de cuir de Hon-grie, était brodé d'arabesques en fil d'or et en perles fines.

Notre élégant gentilhomme, bien qu'il affectât les manières d'un promeneur désœuvré, qui laisserait ses pas errer à l'aventure, ne remplissait cependant rien moins que le rôle d'une sentinelle fort attentive, et nos lecteurs devinent de suite que le point de mire de cette surveillance était à la fois et la porte basse et la petite fenêtre du Logis de Mlle Anne Grugeon.

C'est ce qui nous expliquera pourquoi notre beau Vicomte, dans cette promenade nocturne, ne dépas-sait pas, du côté du nord, la fontaine qui était ados-sée à l'angle de l'Église, et, du côté du midi, la grille de fer qui formait l'entrée principale du Cimetière.

Durant ces allées et venues entre ces deux points cardinaux, Messire Anténor rasait de fort près la muraille, et il avait soin de ralentir le pas quand il passait devant la porte et devant la fenêtre du Logis de sa belle, approchant son oreille contre la première et glissant son regard à travers la seconde, afin de surprendre quelque chose de ce qui se disait ou de ce qui se faisait, en ce moment, dans l'intérieur de ce Logis.

Depuis une demi-heure environ que durait ce ma-nège, nous devons dire que la curiosité du Vicomte, si elle avait été fortement mise en éveil par le sens de l'ouïe, n'avait reçu, au contraire, aucune satis-faction par celui de la vue. Monsieur le Quartinier,

en effet, avait, à différentes reprises, entendu partir
de l'arrière-boutique de Nanine un bruit de vaisselle
plate, ainsi qu'un cliquetis de verres et de bouteilles
qui, il faut le dire, avaient fort désagréablement af-
fecté son oreille. Et, ce qui avait mis le comble à son
irritation, c'est qu'il avait ouï, en outre, une voix
mâle, jeune et bien timbrée, qui répondait, sur le ton
le plus vif et le plus dégagé, aux joyeux éclats de rire
de la pimpante épinglière.

Nous laissons à penser ce que notre Vicomte avait
fait d'efforts pour apercevoir, à travers les vitres en
losange de la petite fenêtre, le nouveau commensal
de Mlle Anne Grugeon. Mais cela avait été, il faut bien
en convenir, autant de peines perdues, attendu qu'un
épais rideau de serge verte était tiré de l'autre côté
du vitrage, et si soigneusement ajusté contre le châssis de la verrière, que pas un pli ne laissait à l'œil
des curieux la possibilité de se glisser dans l'intérieur
du Logis de Nanine.

Mais, qu'avait besoin Monsieur le Quartinier de
voir les traits de l'homme (jeune et beau sans doute,
cela devait être !) qui soupait aussi gaiement avec
son joli Bouton-d'Or, pour deviner que sa maîtresse
lui était devenue infidèle? Tout le lui disait par trop
clairement; et d'ailleurs, ne le sentait-il pas à son
propre cœur, qui, pour la première fois peut-être (ce
sentiment est si rare dans un fat), venait d'être atteint par les poignantes angoisses de la jalousie.

C'est alors qu'il se rendit compte de l'attitude fière
et dédaigneuse que Mlle Anne Grugeon avait prise,
vis-à-vis de lui, durant la représentation de la *Danse
Macabre*, attitude qu'il avait mise d'abord sur le

compte d'un violent dépit amoureux, éprouvé par la
jeune fille, mais qui, en réalité, n'était que l'effet naturel de son inconstance. Dire à quel point cette
idée, qu'il était l'objet des dédains d'une petite Marchande des Charniers, excita la colère du bel Anténor, ne serait pas chose facile à nous; d'autant plus
que depuis huit ou neuf heures environ, Monsieur le
Vicomte était de la plus massacrante humeur qu'il
se pût voir. Et pouvait-il en être autrement, nous
le demandons, lorsqu'en moins d'une demi-journée,
notre vaniteux gentilhomme avait vu l'orage le plus
imprévu fondre sur sa maison, déshonorer ses armoiries et briser toutes ses espérances d'avenir, en
lui enlevant, d'une part, une belle fiancée, et en le
sevrant, d'autre part, d'une magnifique fortune qu'il
regardait, à bon droit, comme devant lui appartenir
un jour?

Et, pour rendre plus clair ce point capital des dé-
sillusions de Monsieur le Vicomte, qu'il nous suffise
de dire que quelques heures après l'entrée de Mme de
Tarenne, dans la chambre d'asile de l'Église Saint-
Jacques, le séquestre avait été mis, par ordre de Monseigneur Henri de Marle, premier Président du Parlement de Paris, sur tous les biens de la noble Dame,
et Monsieur le Quartinier n'était pas assez étranger
aux *us et coutumes* de la Justice Criminelle de son
époque, pour ignorer qu'une pareille mesure était l'a-
néantissement à peu près certain de toutes ses espérances.

En effet, pendant tout le temps que Madame sa
tante bénéficierait du droit de refuge, ses revenus
devaient être confisqués au profit du Roi; et, en cas

de mort de ladite Dame dans ce même lieu d'asile,
ce n'étaient plus ses revenus seulement, mais c'était
l'universalité de ses biens qui serait frappée d'une pareille confiscation. La noble Dame viendrait-elle, au
contraire, de son propre mouvement à quitter l'édifice religieux où elle était entrée en franchise, pour
affronter l'épreuve d'un jugement contradictoire ; ou,
à la suite d'un jugement rendu contre elle par défaut, en serait-elle tirée par ordre du Roi ; dans l'un
et l'autre cas, si la sentence du Parlement la décla-
rait coupable de meurtre, c'était le supplice capital
qui l'attendait, et, ici encore, la confiscation de tous
ses biens était de droit étroit.

L'innocence juridiquement reconnue de la belle
veuve, pouvait donc, seule, empêcher que toute sa
fortune ne passât entre les mains du Roi, mais nous
devons dire que, pour des raisons à lui particulières,
Monsieur le Vicomte ne croyait guère à l'innocence
de sa noble tante. Il avait donc bien réellement
perdu dans la même journée, ainsi que nous le di-
sions tout à l'heure, l'honneur de son blason, la main
d'une belle fiancée, et le riche héritage qui devait
lui servir à redorer ses armoiries.

Et, comme si tous ces coups frappés, à la fois, n'é-
taient pas suffisants pour avoir épuisé la rigueur du
sort à son endroit, voilà que la jeune et charmante
maîtresse dont l'amour aurait pu le consoler dans sa
disgrâce, lui était devenue tout à coup infidèle, et
que, sans vergogne, sans pudeur et sans mystère,
elle faisait fête, sous ses yeux, à un nouvel amant,
dans ce même coquet réduit où la perfide lui avait,
tant de fois, juré de l'aimer constamment.

Du caractère dont on connaît notre vaniteux gentilhomme, on doit deviner que ce fut à son amour-
propre, d'abord, que cette brutale révélation de
l'inconstance de Nanine porta le premier coup. Aussitôt, les plus sinistres projets de vengeance lui
vinrent à l'esprit, et, dans sa fureur jalouse, notre
bouillant Quartinier eut la pensée d'aller frapper sa
perfide maîtresse, jusque dans les bras de son nouvel
amant. Mais, à l'idée de voir le sang de la jeune fille
ruisseler le long de ce beau sein au teint mat, qu'il
avait tant de fois couvert de ses baisers, la fureur
homicide de Messire Anténor tomba comme par en-
chantement, et, pour la première fois, la pensée
qu'il aimait réellement Nanine lui apparut claire et
certaine. A cette révélation, qui l'émut étrangement,
un souvenir vint s'ajouter qui le troubla bien autrement encore, c'est que la personne, dont, pendant un
instant, il avait médité la mort, devait porter dans ses
flancs le fruit innocent de leurs jeunes amours ; et,
si la pensée de l'assassinat l'avait fait reculer, la
pensée de l'infanticide lui fit courir un frisson d'é-
pouvante jusqu'à la racine des cheveux.

C'est alors que, par un effet assez ordinaire des
fureurs de la jalousie, sa colère changea tout à coup
d'objet, et ce fut sur son odieux rival qu'il résolut
d'en décharger les coups.

Aussitôt, il franchit, à pas précipités, la distance
qui le séparait du Logis de sa perfide épinglière, dans
le dessein bien arrêté d'en faire voler la porte en
éclats, et, le poignard à la main, de forcer l'amant
de Nanine à lui rendre raison.

Mais, soudain, il s'arrêta court, retenu dans l'ex-

plosion de cette colère vengeresse par une circonstance dont nous n'avons point encore parlé, et qui ne
lui laissait pas la liberté d'agir, durant cette soirée-là,
ainsi qu'il l'aurait fait sans hésiter dans une toute
autre nuit.

Ce soir-là, en effet, et bien qu'ils ne fussent, ainsi
que nous l'avons dit ailleurs, que très médiocrement
enthousiasmés au sujet des événements politiques
qui venaient de s'accomplir, tous les habitants de la
grande ville, sans distinction de rang ni de fortune,
avaient néanmoins *encourtiné* et *illuminé* le devant de
leurs maisons, en signe de réjouissance officielle,
pour la paix qui venait d'être conclue entre les
princes.

La *Grand'rue*, surtout, ainsi qu'on appelait alors
la rue St-Denis, depuis la forteresse du Grand-Châtelet jusqu'à la Bastille (la porte), du même nom que
la rue, offrait aux regards des curieux une si prodi-
gieuse quantité de torches, de chandelles, de cierges
et de pointes, rayonnant dans les ténèbres, qu'on
eût dit, tant la lumière en était vive et éclatante, que
la nuit avait cédé la place au jour.

Une foule de promeneurs y circulait incessamment
et dans tous les sens, admirant comme, à tous les
étages des maisons, flottaient réunies les bannières
de France et de Bourgogne, hier ennemies, alliées
aujourd'hui.

En apparence, tout était joie, allégresse et enthousiasme, dans cette foule compacte, qui, à ses vivats
officiels, mêlait de joyeuses et bachiques chansons.
Mais il était facile de deviner, néanmoins, que le
vieux levain des discordes civiles couvait toujours

dans plus d'un esprit, à en juger du moins par certains refrains séditieux, qui, d'un instant à l'autre,
étaient jetés insolemment, comme un défi, au parti
royaliste, par les écorcheurs de bêtes du Cul-de-sac
du Chat-Blanc.

Citons deux de ces refrains, qui nous ont été con-
servés à titre de documents historiques.

Voici le premier, qui est peu connu, et qui rappelle
les plus mauvais jours du règne de Charles VI :

> Duc de Bourgoigne
> Dieu te ramoigne (ramène),
> En ta joie, ô gué,
> Mont-Joie saint André ! (1)

Voici le second, qui a été cité par tous les historiens, et sur la portée duquel ils sont loin d'être
d'accord :

> Bourguignon salé, (2)
> L'épée au côté,
> La barbe au menton,
> Saute, Bourguignon !

Cette illumination *a giorno*, pour parler comme les
Italiens, et la foule trop nombreuse qui encombrait

---

(1) Saint André était le patron des Bourguignons, qui avaient
pris pour cri de guerre : *Mont-Joie saint André*. On sait que celui
des rois de France était : *Mont-Joie saint Denis ;* celui des ducs de
Bourbon : *Mont-Joie Notre-Dame ;* et celui des rois d'Angleterre :
Mont-Joie Notre-Dame saint Georges.

(2) Cette épithète, dont le sens a été singulièrement interprété
par les historiens, signifiait qui a une *salade* ou un *casque* en tête.
La *salade* dont les Bourguignons furent les premiers à se servir et
qui reçut le nom de *Bourguignotte*, était une armure de tête en
fer poli, à très petite visière et sans gorgerin.

la grande rue, furent donc les réels obstacles qui,
en rappelant Monsieur le Vicomte au sentiment des
convenances, empêchèrent sa fureur d'éclater sur-le-
champ. Mais, pour être différée d'une heure ou
deux, la vengeance que notre jaloux se promettait
de tirer de l'insulte qui lui était faite n'en devait
pas être moins terrible, et, c'est en roulant ces sinistres projets dans sa tête, que Messire Anténor attendit, comme un fougueux coursier qui rongerait son
frein, l'instant où le dernier lampion serait éteint et
où le dernier curieux aurait regagné son gîte.

Un incident, sur lequel il n'avait nullement
compté, vint tout à coup abréger son supplice.
Quelques instants avant que l'horloge du petit portail
de l'Eglise des Saints-Innocents sonnât onze heures,
la porte du Logis de Mlle Anne Grugeon s'ouvrit, et
donna passage à un cavalier d'une taille élevée, aux
mouvements vifs et dégagés et à la tournure pleine
d'élégance, mais dont le visage était caché par une
sorte de cape drapée à l'espagnole autour du cou et
des épaules, ce qui ne permettait pas de distinguer
les traits de celui qui en était porteur.

L'inconnu, avant de s'éloigner, baisa, de la plus
galante façon, la main que lui tendait la gentille
épinglière, en lui disant d'une voix fort tendre et
avec un accent méridional des plus prononcés :

— A demain, charmante senorita !

Ce à quoi la coquette jeune fille répondit, tout aussitôt, du ton le plus gracieux et le plus caressant :

— Au revoir, don Fernandez !

Et le cavalier inconnu, dont la démarche fière et
assurée dénotait une origine patricienne, doubla

l'angle obtus formé par le chevet de l'Eglise des
Saints-Innocents, tourna autour de la Fontaine du
même nom, et entra dans la rue aux Fers, qui était
fort étroite à cette époque, et dans laquelle les ténèbres de la nuit luttaient déjà victorieusement contre
la clarté pâlissante des illuminations de la grande
rue.

Il avait à peine fait dix pas dans cette ruelle obs-
cure et déserte, qu'il y fut rejoint par notre bouillant
Quartinier. Celui-ci, dont la fureur était arrivée à
son paroxysme, se jeta hardiment au devant de
l'étranger et se mit en devoir de lui barrer le passage.

— A nous deux maintenant, Monsieur le Conqué-
rant, lui dit Anténor d'une voix que la colère faisait
trembler !

L'inconnu s'arrêta et dit d'un ton ferme et froid :
— Qui êtes-vous, et que me voulez-vous ?

— Qui je suis ? répondit Monsieur le Quartinier,
dont le calme de son adversaire semblait augmenter
encore la fureur, et qui, ayant tiré machinalement sa
dague hors du fourreau, en fit briller la pointe tout
près de la poitrine de l'étranger ; je suis le Vicomte
Anténor de Chamérobley ; et ce que je vous veux,
c'est vous demander de quel droit vous cherchez à
me supplanter dans le cœur d'une jeune fille dont je
suis le poursuivant favorisé...

— Et discret surtout, je m'en aperçois, ajouta
l'inconnu sur le ton de la plus vive ironie, mais sans
rien perdre, cependant, ni de son calme, ni de son
assurance.

— Ah ! mon gentilhomme, vous· vous permettez

de joindre la raillerie à l'insulte, hurla le Vicomte en levant son poignard comme s'il eût voulu en frapper son adversaire ; prenez-y garde, je pourrais vous faire repentir de votre outrecuidance.

— Monsieur le Vicomte Anténor de Chamérobley, dit l'étranger, sans témoigner le moindre trouble et en articulant ses paroles avec une lenteur calculée, est-ce que, par hasard, le meurtre avec préméditation et guet-apens serait une maladie héréditaire dans votre famille?

L'apostrophe était foudroyante, il faut en convenir. Aussi, le Vicomte atterré, laissa-t-il aussitôt retomber l'arme avec laquelle il venait de menacer son adversaire, et fut-il un instant sans pouvoir retrouver la parole.

— Monsieur, balbutia-t-il enfin, avec un trouble extrême dont il n'avait pu encore se rendre maître, vous vous méprenez étrangement sur mes intentions! Sachez que ce n'est pas à la façon d'un spadassin, mais à armes égales que je prétends vous demander raison de votre audacieux projet !

— Ah ! c'est un duel que vous désirez, reprit l'inconnu du même ton froid, mais plus méprisant encore que tout à l'heure? En ce cas, mon cher, désolé de ne pouvoir vous donner satisfaction.

— Est-ce que vous reculeriez par hasard? dit le Vicomte en se méprenant sur les intentions de son adversaire, et en retrouvant toute son assurance, à la pensée que celui auquel il adressait une provocation, était peut-être moins brave qu'il ne le paraissait.

— Je ne recule devant personne, dit l'étranger en s'animant cette fois, et en marchant résolûment sur

le Vicomte ; mais je ne croise le fer qu'avec ceux dont
l'honneur est sans tache, et vous savez aussi bien que
moi, que dans quelques jours, que demain peut-être,
la main du bourreau brisera les armoiries de votre
noble famille sur les marches infamantes du pilori.

Et, après avoir jeté à la face de notre beau gentilhomme cette déshonorante fin de non-recevoir, l'inconnu, écartant d'une main ferme le corps du Vicomte
qui lui barrait le passage, continua tranquillement
sa route, sans que Messire Anténor, écrasé, pour la
seconde fois, sous la honte d'un pareil sarcasme,
songeât, en aucune façon, à empêcher la retraite de
son rival.

Quand l'inconnu eut disparu dans le carrefour du
Marché-aux-Poirées, l'amant de Nanine, pâle, les
dents serrées et la rage dans le cœur, rentra dans la
rue Saint-Denis, où les lumières de la fête allaient
s'éteignant les unes après les autres, et, sans bien se
rendre compte ni de ce qu'il allait faire, ni de ce
qu'il allait dire, il s'approcha du Logis de sa belle et
heurta à la porte.

— Entrez ! dit aussitôt une voix fraîche et mutine
qui lui était bien connue.

Le Vicomte ouvrit la porte qui n'était que poussée,
et il se trouva en présence de son perfide Bouton-
d'Or.

Ce qui frappa tout d'abord le nouveau venu, à
son entrée dans le Logis de Mlle Anne Grugeon, ce fut
la métamorphose étrange que cette partie du Logis
avait subie, pendant les huit jours que son absence
avait duré. En effet, à l'exception du lit, qui avait
été conservé tel exactement qu'il était autrefois, et

dont l'œil inquisiteur du Vicomte ne vit pas, sans
une secrète satisfaction, que le « couvertoir en fil de
lin et à houppes de soie vermeillette » n'était ni dé-
rangé, ni froissé, tout le reste de l'ameublement, qui
était d'une richesse et d'une élégance extrêmes, lui
était parfaitement inconnu.

La table, en particulier, le frappa de surprise par
la brillante vaisselle d'or et d'argent, toute neuve,
ainsi que par les admirables verreries italiennes dont
elle était chargée. Sur cette vaisselle somptueuse
étaient servis, en ce moment, non pas seulement les
plus beaux fruits de la saison, qu'on pouvait se pro-
curer dans Paris, mais encore des fruits venus des
pays étrangers, et que Monsieur le Quartinier ne con-
naissait même pas par leurs noms. Des vins généreux
de la couleur du rubis, de la topaze et de l'améthyste,
miroitaient, à la lumière des bougies parfumées, dans
le plus pur cristal de Venise; et d'admirables fleurs
aux corolles de nacre et de pourpre, fleurs étrangères
à la flore parisienne, trempaient leurs tiges glauques
et pubescentes dans de grands bassins moresques à
dessins bleus, rouges et blancs, dont les ornements
en ronde bosse laissaient échapper d'admirables
reflets métalliques.

Mais, quelque ébloui que fût notre Vicomte par ce
changement de décoration qui s'était opéré dans le
Logis de la jeune fille, il le fut bien autrement encore,
lorsque ses regards jaloux se furent portés sur la
maîtresse du lieu, et qu'il se fut rendu compte de la
parure vraiment féerique dans laquelle elle lui apparut.

Qu'on se représente, en effet, cette coquette fille,

à la fois blonde et brune, voluptueusement étendue dans une chaise d'ébène à dossier et dais sculptés, le corps enveloppé d'une brillante laitice en satin cerise, broché de petits bouquets de fil d'or, et sa jolie tête bouclée, coiffée d'une couronne en pierres précieuses, imitant le muguet des bois, et dans laquelle les feuilles étaient en colubrine d'Allemagne, les fleurs en perles de Ceylan, et les gouttes de rosée qui brillaient tout au travers du feuillage en petits diamants blancs de neige, de ceux-là même auxquels les minéralogistes modernes ont réservé le nom de *grande première eau,* pour en spécifier l'admirable limpidité.

Monsieur le Commandant du Pont de Saint-Cloud n'était point encore revenu de l'espèce d'ahurissement, facile à concevoir du reste, que tout ce qu'il apercevait lui avait causé, lorsque la belle jeune fille, sur le ton parfaitement joué de la surprise, lui dit, en fixant sur lui ses yeux pleins de la plus dédaigneuse expression :

— Eh ! mais, c'est M. le Vicomte Anténor de Chamérobley, je crois ?

Elle ajouta avec un tremblement fort léger, mais cependant appréciable de la voix, et qui, si Monsieur le Quartinier eût été de sang-froid, lui aurait vite décelé la vive émotion intérieure que Nanine s'efforçait de cacher sous le masque du persiflage :

— Et à quoi dois-je l'honneur de la visite de Monsieur le Vicomte à une pareille heure ?

Notre gentilhomme s'attendait si peu à cette réception, que d'ahuri qu'il était, il devint stupéfait.

Mais, comme si la réponse à la question qu'elle

venait d'adresser à son visiteur n'eût eu pour elle
qu'un très médiocre intérêt, l'impitoyable moqueuse,
prenant d'une main un cédrat de Gênes, et de l'autre
une petite dague à manche d'agathe orientale et à
lame d'argent, se mit à découper en minces rouelles
le magnifique fruit exotique, d'où s'échappait une
odeur suave, et cela avec la même aisance et la même
tranquillité que si Monsieur le Vicomte n'eût point
été présent. Nous devons dire cependant que, tout en
se livrant à cette occupation qui lui permettait de détourner ses regards de ceux de son amant, la coquette
jeune fille mettait une visible complaisance à étaler
les merveilleux joyaux qui brillaient à ses doigts
mignons, et qu'elle se plaisait à imprimer de légers
balancements à sa jolie tête, afin de mieux faire briller les gemmes mobiles de sa couronne, qui scintil-
laient, comme autant d'étoiles, dans l'or pâle de sa
chevelure annelée.

La fureur du Vicomte, à qui l'excès même de son
étonnement avait, pour un instant, ravi l'usage de la
parole, éclata enfin comme le tonnerre au sein de la
nuée.

— Ah! perfide, ingrate, parjure, s'écria-t-il, d'une
voix vibrante de colère et de menaces, voilà donc de
quelle façon vous tenez le serment que vous m'avez
tant de fois répété, de m'aimer toujours et de n'être
jamais qu'à moi?

Sans interrompre aucunement la besogne à laquelle
elle était occupée, Mlle Anne Grugeon releva cependant la tête à cette apostrophe du Vicomte, et comme
si elle eût tenu, pour être d'aussi mince valeur, et le
ton sur lequel ces paroles lui étaient adressées et les

regards chargés d'éclairs qui les accompagnaient,
elle dit en prenant une voix toute mignarde et en désignant avec un geste plein de nonchalance le siége
qui était en face du sien :

— Si Monsieur le Vicomte Anténor de Chamérobley
voulait bien prendre la peine de s'asseoir, il n'en serait que plus à l'aise pour me débiter tous ces galants
compliments.

— Non, perfide, non, je ne m'assiérai pas, répondit
d'un ton bourru Monsieur le Quartinier, jeté tout à
fait hors des gonds par cette railleuse invitation de sa
maîtresse; j'ai hâte, au contraire, ajouta-t-il en pro-
menant ses regards sur tous les objets qui l'environ-
naient, de m'éloigner de ces lieux où l'amour est ad-
jugé au plus offrant et dernier enchérisseur.

— Est-ce bien à moi que cet insolent discours s'a-
dresse, Monsieur le Quartinier? demanda Nanine, qui,
à ces outrageantes paroles de son amant, avait bondi
de son siége, et qui fixait sur Messire Anténor des
regards chargés du plus hautain mépris.

— Mais, sans doute, répliqua le Vicomte.

— Et puis-je savoir, s'il vous plaît, quelles sont
les raisons qui vous autorisent à me parler de la
sorte ?

— A quoi bon une explication ! Ce serait une peine
vraiment inutile, et que je vous prie de vouloir m'é-
pargner. D'ailleurs, je reconnais humblement mon
infériorité financière, et je suis prêt à m'incliner devant la toute-puissance du seigneur Jupiter, quand il
lui prend la fantaisie de se changer en pluie d'or,
pour s'insinuer dans les bonnes grâces des modernes
Danaés du Charnier des Saints-Innocents.

De pâle qu'elle était, Nanine devint pourpre en entendant cette transparente allusion faite au trafic honteux qu'elle était censée avoir fait de ses faveurs.

— Monsieur le Vicomte, dit-elle en prenant un air grave et digne, en quelque mépris que je tienne l'opinion que vous pouvez avoir de moi, je veux cependant que vous sachiez que je ne suis pas de ces femmes qui se vendent au plus offrant et dernier enchérisseur, ainsi que vous êtes assez impudent pour m'en jeter l'accusation à la face. Et cependant, mieux que personne, vous devriez savoir que ce n'est point avec une clef d'or qu'on ouvre le cœur de Nanine.

Et, en prononçant ces énergiques paroles, la jeune fille lançait au Vicomte des regards si dédaigneux et si pénétrants, que Monsieur le Quartinier qui, intérieurement, reconnaissait la vérité de ce langage, ne put s'empêcher de détourner les yeux, tant son embarras était grand.

Mais, quelque intimidé qu'il fût par ces paroles et par l'attitude de la jeune fille, il n'en conservait pas moins ce même air d'incrédulité que nous lui avons vu tout à l'heure, et à la façon pleine de mépris dont il continuait de faire l'inventaire des objets qui l'entouraient, Mlle Anne Grugeon devina que l'esprit de son amant était toujours sous le coup des soupçons insultants qu'il avait exprimés.

— Oh! reprit-elle bientôt, avec ce même sourire de fine moquerie qu'elle avait pris en débutant, moquez-vous bien, Monsieur le Vicomte, de ce luxe maladroit et inexpérimenté qui doit sentir d'une lieue sa parvenue. Vous avez toutes les raisons de rire à mes dépens, j'en demeure d'accord, car ceci

n'est qu'un essai d'ameublement quelque peu gauche et qui doit prêter à rire aux personnes d'un goût
aussi parfait que le vôtre. Mais, patience, grâce au
talisman qu'elle possède, la petite marchande rotu-
rière pourra bien quelque jour devenir une grande et
noble dame ; l'enseigne du *Chaperon-Joli* pourra bien
se changer en brillantes armoiries ; et la modeste arrière-boutique des Charniers pourra bien être aban-
donnée pour une des plus somptueuses demeures de
Paris, telles que l'Hôtel de Messire Jacques Duchié,
en la rue des Prouvelles (1), ou bien celui de Maître
Guillaume Sanguin, en la rue des Bourdonnais, voire
même encore le Logis de Sire Mille Baillet, le tréso-
rier du Roi, en la rue de la Voirerie (2).

— Par Dieu le Père ! dit le Vicomte encore plus
incrédule après avoir entendu ce langage qu'il ne
l'était auparavant, il paraît que le démon de la vanité
vous a tenté de la belle manière ?

— Oh ! reprit la charmante fille, en perdant peu à
peu son sourire railleur, et en donnant à son langage
une nuance très marquée de mélancolie et de sentiment, je puis bien affirmer, du fond du cœur, que si
j'aspire à posséder un titre, à étaler des-armoiries, à
habiter un somptueux Logis, et à être, enfin, ce qu'on
appelle une grande dame dans toute l'acception du
mot, ce n'est nullement pour moi que je forme d'aussi
ambitieux projets. Car, en vérité, qu'est-ce qu'il
m'aurait fallu à moi, l'humble et simple marchande

(1) Rue des Prouvaires.
(2) Rue de la Verrerie.

des Charniers, pour être heureuse en ce bas monde?
L'amour constant et fidèle de l'homme à qui j'avais
donné mon cœur; quelques jolis pompons et quelques frais rubans pour lui paraître plus belle encore;
des fleurs pour orner le temple caché dont il eût été
le Dieu adoré; le joyeux babil et le caquetage quoti-
dien des Charniers pour achalander ma boutique; et,
pour mes jours de grandes fêtes, la liberté en pleine
campagne, sous l'azur du ciel, parmi la verdure et
l'ombrage, tête à tête avec le bien-aimé de mon
cœur.

— Mais, alors, répliqua le Vicomte fort étonné, si
ce n'est pas pour vous, pour qui donc aspirez-vous
si ardemment à monter au rang des plus nobles
dames?

— Pour qui, Monsieur le Vicomte? C'est vous qui
me le demandez!

— Mais, sans doute!

— Ah! pour qui, répéta Nanine avec une sorte de
compassion pleine de mépris? Mais c'est pour mon
enfant, Monsieur le Vicomte Anténor de Chamérobley; c'est pour ce pauvre petit être que votre inconstance a rendu orphelin, même avant qu'il soit
né, et à qui je prétends donner, moi, non-seulement
un père, non-seulement un nom, mais un titre, mais
un rang parmi les personnages les plus considérables de notre temps, titre et rang en vertu desquels
il aura, quelque jour, le privilége de rester assis devant un roi et de lui adresser la parole en demeurant
la tête couverte.

— Quelle apparence qu'il en soit jamais ainsi! Le
privilége dont vous parlez n'appartient qu'à la Gran-

desse espagnole, et encore est-ce aux seuls Grands
d'Espagne de la première classe qu'il est réservé.

— Je le sais parfaitement, Monsieur le Vicomte.

— Et c'est à l'aide d'un talisman que vous espérez
réaliser ces ambitieux projets, dit Messire Anténor
quelque peu ébranlé par l'air d'assurance de Mlle Anne
Grugeon, et ne sachant s'il devait prendre au sérieux
les paroles qu'il venait d'entendre.

— Oui, et avec le plus puissant et le plus infaillible
des talismans, répondit Nanine avec fermeté.

— Et quel est-il, s'il vous plaît? demanda le Vicomte.

— La richesse, répondit la jeune fille.

— Auriez-vous donc, comme Maître Nicolas Flamel, découvert la poudre de projection?

— Nullement, reprit Nanine en faisant sa petite
moue dédaigneuse. Mais un vieil et respectable ami
m'a fait, en mourant, son héritière.

— Et y a-t-il quelque indiscrétion à vous demander
le nom de ce généreux bienfaiteur? dit le Vicomte,
qui parut on ne peut plus intrigué à cette révélation
de son joli Bouton-d'Or.

— Je ne puis encore révéler son nom à qui que ce
soit, mais je puis, du moins, vous faire connaître le
chiffre auquel se monte le legs qu'il a institué en ma
faveur par son testament, en supposant, toutefois,
Messire, que vous soyez tant soit peu curieux de le
connaître.

— Oh! pure curiosité, en effet, dit le Vicomte en
affectant une indifférence qui était bien loin d'être
réelle.

— Eh bien! donc, le chiffre de la somme qui m'a

été léguée par ce bon vieillard, dont, jusqu'à nouvel ordre, il est de mon devoir de taire le nom, est de soixante-deux mille écus d'or à la couronne.

Et en prononçant lentement ces paroles, la jeune fille tenait ses regards rivés à ceux de son amant, afin de surprendre l'effet que l'énonciation d'un pareil chiffre allait produire sur lui.

Nous devons dire que cet effet ne fut pas long à se manifester, car à peine Nanine avait-elle achevé sa phrase, que Monsieur le Vicomte s'élançant jusqu'auprès de la jeune fille, saisit la main de celle-ci, et en donnant tous les signes de la plus extrême surprise :

— Combien de mille écus d'or? avez-vous dit, lui demanda-t-il d'une voix profondément altérée.

— J'ai dit, répéta Nanine en appuyant davantage encore sur chacune des syllabes de la bienheureuse phrase, soixante-deux mille écus d'or à la couronne.

— Allons donc ! reprit très vivement Monsieur le Quartinier en lâchant tout à coup la jolie main qu'il avait prise, cela n'est pas possible, et je suis vraiment bien bon d'écouter de pareils contes.

Pour toute réponse, la jeune fille, quittant son siége et tirant une petite clef de sa gorgerette, alla ouvrir, à l'aide de cette clef, un magnifique bahut en chêne de Hollande sculpté, et prenant dans ce bahut le coffret d'Isaac Lévy, elle l'apporta sur la table. Puis, quand ce coffret eut été ouvert, elle dit simplement au Vicomte qui avait suivi tous ses mouvements, plus intrigué que jamais :

— Voyez plutôt, et de vos propres yeux !

Notre beau gentilhomme s'approcha vivement et regarda dans l'intérieur du coffret. En moins d'une

seconde, il demeura ébloui par les mille feux étince-
lants qui jaillissaient de ce fouillis de pierres précieuses.

— Par Dieu le Père ! s'écria-t-il au comble de
l'étonnement, mais c'est la fortune d'une princesse
qui est contenue là-dedans !

Puis, revenant tout à coup à son incrédulité première, il ajouta avec un ricanement saccadé, dans
lequel l'impertinence le disputait au mépris :

— En faisant toutefois la supposition que ces
gemmes et ces joyaux ne soient pas de la même
farine que ceux qui ornent le Chaperon-Joli qui sert
d'enseigne à votre Boutique?

Nanine, qui examinait l'attitude et la figure de son
amant avec une émotion dont nos lecteurs se ren-
dront parfaitement compte, avait sans doute prévu
cette objection du Vicomte, car, tirant tout à coup de
l'aumônière pendue à sa ceinture une double feuille
de parchemin qu'elle déplia, elle la présenta, sans
mot dire, à son incrédule visiteur.

Monsieur le Quartinier l'ayant saisie du bout des
doigts, mais non sans une certaine curiosité, porta
aussitôt ses regards sur le haut de la première page
du vélin, et il se mit à lire à haute voix l'intitulé de
cette page, lequel était écrit en grosses lettres et à
l'encre rouge, et était ainsi conçu :

« Inventaire estimatif d'une partie de joyaux et de
» pierres fines, appartenant à la Damoiselle Anne
» Grugeon, mercière-épinglière au Charnier des
» Saints-Innocents, établi par nous Gaultier Dufour
» et Jean de Clichy, associés, tenant forge d'orfé-

» vrerie et Boutique de Change, à Paris, sur le Pont-
» aux-Changeurs, aux images réunies du Trébuchet-
» d'Or et du Grand-Saint-Éloy. »

La lecture de cette simple phrase causa une si vive
émotion à Monsieur le Vicomte, que sa main se mit
à trembler malgré lui, et avec elle la feuille de parchemin qu'il tenait du bout des doigts. Et, quelque
effort que notre gentilhomme fît pour se rendre maître
de cette émotion, il ne put empêcher sa voix elle-
même de devenir tremblante à mesure qu'il lisait les
détails de cet inventaire, dans lequel étaient consi-
gnés à chacune des lignes, et sur quatre colonnes
d'inégales largeurs, d'abord le numéro d'ordre de la
pierre précieuse, puis le nom de cette pierre, puis
son poids très exactement déterminé, puis, enfin, la
somme à laquelle elle était estimée.

Mais nous devons dire que Messire Anténor n'eut
pas la patience de continuer sa lecture article par
article, et que, tournant brusquement la page, il
courut chercher des yeux le total de la prisée qu'il
trouva être de soixante-deux mille écus d'or à la couronne, indépendamment d'une insignifiante fraction,
de quelques livres, sols et deniers parisis ; fraction
qui ne faisait qu'ajouter un degré de certitude de
plus à la façon consciencieuse dont cet inventaire avait
été dressé.

— Eh bien ! Monsieur le Vicomte , dit Nanine
d'un air triomphant, avais-je tort en vous disant
tout à l'heure que je possédais un talisman infaillible
pour monter au rang des plus nobles dames, et trou-

verez-vous étonnant qu'avec cette fortune de princesse, ainsi que vous l'avez nommée vous-même, je sois sur le point de donner ma main à un grand Seigneur espagnol, qui s'est vivement épris de ma personne et qui, en m'épousant, reconnaîtra mon enfant pour le sien ?

— Un grand Seigneur Espagnol, répéta le Vicomte avec un vif mouvement de surprise.

— Oui, Monsieur le Vicomte, et, pour vous le nommer, sachez donc que c'est noble, très noble, infiniment noble, don Fernandez Guzman, Hidalgo, Marquis de las Camarinas, y Miravalles, y Puebla del Campo, Baron de los Altos, y Montes Fieros, y atros Montes, et Grand d'Espagne de la première classe, ce qui, ainsi que j'avais l'honneur de vous le dire tout à l'heure, lui donne le droit, dont mon fils héritera après lui, de demeurer assis devant le Roi et de lui adresser la parole, en restant la tête couverte.

— Et ce Grand d'Espagne de la première classe est, sans doute, ce cavalier qui sort d'ici avec un caffardum sur son visage, comme s'il avait peur de laisser voir ses traits, dit le Vicomte sur le ton du plus violent dépit.

— Oh ! s'il ne laisse pas voir ses traits, c'est qu'il a de très bonnes raisons pour le faire, et ce n'est pas comme vous pourriez le supposer, afin de dissimuler sa laideur ; car, je puis vous assurer, moi qui ai quelques prétentions à m'y connaître, que sa bonne mine et sa beauté sont à l'égal de sa haute noblesse.

— Et ce... fier Hidalgo est, sans doute, ruiné à plates coutures ?

— Il n'a pas un rouge maravédis (1), ainsi qu'il le déclare fort gaiement lui-même; car, j'oubliais de vous dire, qu'à toutes ces qualités physiques, il joint l'esprit le plus charmant et le plus heureux caractère du monde.

— Il paraît que c'est décidément un phénix que cet Hidalgo, qui n'a que sa cape et son épée pour payer son hôtelier.

— Que voulez-vous, Messire, observa la jeune fille avec une malicieuse bonhomie, ce que vous regardez comme étant un défaut, je le considère, moi, comme une qualité, puisque c'est en échange de la grande fortune dont il a besoin pour redorer son blason, qu'il consent à m'épouser et à devenir le père de mon enfant.

— Mais, dit tout à coup le Vicomte, comme emporté malgré lui, cet enfant est à moi et non pas à lui, et s'il me plaisait de le reconnaître pour mon fils, qui donc aurait la prétention de mettre ses droits à la place des miens?

Est-il besoin de dire à quel point le cœur de la pauvre Nanine se trouva inondé de la joie la plus ineffable, en entendant ces bienheureuses paroles s'échapper des lèvres de son amant. Mais, sans doute, il n'entrait pas dans le plan qu'elle s'était tracé, de paraître accueillir favorablement cette ouverture; car, reprenant aussitôt sa petite moue dédaigneuse:

(1) Ancienne monnaie espagnole, de cuivre, dont la valeur, qui a beaucoup varié, équivaut à un centime et demi de France. Deux maravédis font un ochavo, et trente-quatre, un réal. Cette monnaie remonte au règne d'Alphonse X (1212).

— Des droits sur mon enfant, Messire? dit-elle
vivement; vous prétendez en avoir? Oh! non, Monsieur le Vicomte, non, vous n'en avez aucun; ou si
vous en avez eu, vous les avez perdus par votre
inconstance et votre trahison.

— Ma trahison! dit Anténor, qui devint pâle à ces
paroles.

— Ah! vous ne me croyiez pas si bien instruite de
vos projets, Monsieur le Vicomte; mais apprenez
que je sais tout, au contraire.

— Et que savez-vous donc?

— Ce que je sais? Me nierez-vous, par exemple,
que vous êtes sur le point d'épouser la nièce de
Monsieur le Doyen de Saint-Jacques, Damoiselle Sabine de Champ-Rosé?

— Mais, certainement! dit le Vicomte avec l'a-
plomb d'un homme qui sent de quelle importance il
est pour lui de donner au mensonge qu'il fait toutes
les apparences de la bonne foi. Il ajouta sans sour-
ciller : Ce sont là de faux bruits que l'on fait courir,
et dont je ne saurais être responsable.

— Ah! fi, fi! Monsieur le Vicomte, dit Nanine ré-
voltée par ce lâche mensonge. Ce que vous faites là
est vraiment indigne d'un Gentilhomme. Quoi! parce
que votre accordée se trouve être à la fois désho-
norée et ruinée par le malheur qui vient de fondre
sur sa maison, vous l'abandonnez à votre tour? Mais,
vous-même, est-ce que vous n'êtes pas atteint de la
même manière par le coup qui la frappe; et cette
communauté de malheur, qui existe entre vous, ne
devrait-elle pas vous attacher davantage à cette no-

ble jeune fille, et non vous faire oublier l'amour que vous aviez conçu pour elle ?

— Mais, dit vivement le Vicomte, je n'ai jamais aimé la Damoiselle de Champ-Rosé.

— En ce cas, c'était donc pour sa fortune seulement que vous vouliez l'épouser ? Allez, Monsieur le Vicomte, vous ne méritez pas d'être aimé par une femme belle et vertueuse comme elle est. Ce qu'il vous faut à vous, ce sont des richesses qui vous permettent de satisfaire vos penchants libertins ; peu vous importe que celle que vous épouserez ait ou n'ait pas les qualités et les vertus de son sexe, ce n'est pas dans son chaste cœur que vous désirez trouver les gages précieux d'une légitime félicité, c'est dans son coffre-fort que vous tenez à puiser l'or qui vous est nécessaire pour satisfaire vos honteuses passions.

— Que vous êtes injuste, Nanine, dit le Vicomte avec amertume ; si, en ce moment, vous pouviez lire dans mon cœur, vous verriez que vous seule y avez à jamais occupé la première place.

— Mon cher Monsieur le Quartinier, dit la jeune fille dédaigneusement, voilà une déclaration qui, vraie ou fausse, n'a qu'un seul tort à mes yeux.

— Et lequel ?

— Celui de m'être faite dans la compagnie de ce coffret aux pierreries.

— Ah ! je vous jure, chère Nanine...

— Trêve aux serments, Monsieur le Vicomte, je sais de quelle valeur sont ceux que vous faites. Il fallait me tenir ce langage avant de savoir que j'étais riche, et peut-être alors aurais-je repoussé les propositions de mon noble hidalgo.

— Ah ! je voudrais, dit Anténor en frappant du pied, qu'il fût au fond des enfers, cet infâme hidalgo !

— Mon futur époux, Monsieur le Vicomte, n'est point un infâme, sachez-le bien. C'est au contraire un cœur loyal, sincère et aimant, qui, je n'en doute pas, me rendra tendresse pour tendresse, et qui s'attachera à mon enfant comme si c'était le sien propre.

— Ah ! chère Nanine, dit le Vicomte en se rapprochant de la jeune fille et en cherchant à entourer sa taille de son bras, serez-vous donc inexorable à mon amour, et ne m'accorderez-vous pas un généreux pardon !

— Eh bien ! Monsieur, que faites-vous donc là ? dit la jeune fille en se reculant vivement. Je viens de vous dire que je ne m'appartiens plus, et je vous ordonne de sortir à l'instant de mon Logis.

Et, d'un air si plein de grandeur et d'autorité, qu'une duchesse en eût été jalouse, elle étendit la main vers la porte et fit signe à son amant de s'éloigner.

Cédant, malgré lui, à cet ascendant qu'il n'avait jamais soupçonné dans sa folle et rieuse maîtresse, le Vicomte se dirigea à pas lents vers la porte de l'arrière-boutique, en balbutiant quelques mots inintelligibles ; mais, au moment de sortir, il se retourna et regarda Nanine de nouveau, comme pour lui demander sa grâce une dernière fois. La jeune fille demeura muette, et, dans sa pâleur comme dans son immobilité, comme dans son regard, il y avait quel-

que chose de l'inflexible geste qu'on prête à l'Ange
du Seigneur, lorsqu'il chassa autrefois notre premier
père du Paradis terrestre.

— Adieu, cruelle fille, dit le bel Anténor en sortant; vous n'avez pas voulu croire à la sincérité de
mon repentir, peut-être que Dieu vous en punira!

Et, sur ces mots, il ferma la porte en homme qui
est en proie à un violent dépit.

C'était le but que Nanine s'était proposé d'atteindre.

A peine s'était-il éloigné que, pareille à ces acteurs de la comédie grecque qui, une fois leur faux
visage enlevé, laissaient lire sur leur physionomie
l'expression de sentiments, la plupart du temps, en
désaccord complet avec ceux que leur prêtaient, l'instant d'auparavant, leurs masques de théâtre, Nanine
s'élança joyeusement aux pieds de sa Madone, et à
travers ses larmes de joie, levant ses regards vers le
Ciel, elle s'écria en joignant les mains :

— O mon généreux Protecteur, si du séjour des
élus où vous recevez la récompense de vos bienfaits,
vous pouvez voir ce qui se passe en ce moment sur
la terre, soyez témoin du bonheur de Nanine, et
soyez béni, tant en son nom qu'au nom de mon enfant, à qui vous venez de rendre son père !

Cette exclamation échappée à notre jolie mercière-
épinglière, suffira, nous n'en doutons pas, pour édifier nos lecteurs sur le prétendu mariage espagnol
qu'elle allait contracter, et sur l'existence de ce noble
hidalgo qui n'avait pas, à l'en croire, un *rouge maravédis* dans son escarcelle.

Nous croirions faire injure à la sagacité de ceux

qui nous lisent, si nous avions la prétention de leur
apprendre ce qu'ils ont déjà deviné, à savoir : que
le rôle de noble, très noble, infiniment noble dom
Fernandez Guzman, hidalgo, marquis de las Camarinas, etc., avait été imaginé et rempli par M. le
Gonfalonier de Saint-Jacques, au bénéfice de Nanine,
à qui Orfano avait eu soin de faire la leçon d'avance,
afin que la jeune fille pût soutenir dignement son
personnage « d'accordée » d'un des membres de la
Grandesse espagnole.

Et puisque nous en sommes sur le chapitre des
explications, disons que la majeure partie des événements qui s'étaient passés depuis la visite que
Nanine avait faite chez le Compère Hugonnet Charnailles, avaient été arrêtés en principe, puis dirigés
les uns après les autres par l'industrieuse imagination de Monsieur le Gonfalonier.

Guidé, dans la marche qu'il avait à suivre, par les
révélations écrites d'Isaac Lévy, nous l'avons vu, le
soir même de la visite dont nous parlons, aller s'assurer, avec le concours du vieux Fossoyeur des
Saints-Innocents, que certain clou doré était bien
encore à sa place ; nous connaissons les vers inter-
calés par lui dans la Danse Macabre au sujet de la
mort de Jehan de Tarenne ; nous avons entendu les
paroles qu'il prononça mystérieusement à l'oreille de
Monsieur le Lieutenant Criminel après que le crâne
du vieux changeur eut été exhumé de son tombeau ;
et nous venons, tout à l'heure, d'assister à la scène
dans laquelle le prétendu don Fernandez avait si
dédaigneusement repoussé la provocation de M. le
Vicomte Anténor de Chamérobley.

En attendant l'instant où nous pourrons de nouveau le voir à l'œuvre, revenons à Monsieur le Quartinier qui, au sortir du Logis de sa belle, se mit en
marche dans la direction de l'Hôtel des Trois-Pucelles,
le cœur gonflé de soupirs et la tête tristement pen-
chée vers la terre.

Durant le court trajet qu'il avait à faire, notre
infortuné Vicomte repassa dans son esprit les tristes
événements de cette journée, et nous devons dire
que ce fut par centaines de malédictions qu'il apos-
tropha la Grandesse espagnole en général, et l'hidalgo de Nanine en particulier.

LIVRE NEUVIÈME

I

UNE RENCONTRE AU PALAIS

I

UNE RENCONTRE AU PALAIS

Dans cette gracieuse année 1414, la fête de Notre-
Dame de Septembre, ou pour employer l'expression
alors consacrée, de Notre-Dame *la Septembrèche,* qui
se célèbre le 8, tomba le deuxième samedi de ce mois,
c'est-à-dire une semaine, jour pour jour, après la première représentation de la Danse Macabre, à laquelle
nous avons fait assister nos lecteurs dans le cimetière
des Saints-Innocents.

Bien que ce jour-là n'eût rien de remarquable par
lui-même, il ne laissait cependant pas que d'être un
très grand jour pour « Nos Seigneurs du Parlement
de Paris : » car, d'après une coutume déjà fort ancienne, c'était du propre jour de la Notre-Dame de
Septembre que commençaient les vacances d'au-

tomne de cette Cour Souveraine, qui ne devait ensuite faire sa rentrée solennelle qu'au lendemain de
la Saint-Martin, jour où se célébrait dans la Grand'-
Salle du Palais, transformée en chapelle, la messe du
Saint-Esprit, appelée la *Messe Rouge*, attendu que
tous les membres du Parlement y assistaient en robes
de cette couleur.

Mais, contrairement à ce respectable usage, très
scrupuleusement observé jusqu'alors, la Cour Souveraine avait, cette fois, reculé de vingt-quatre heures
le terme de ses travaux, afin que la Grand'Chambre
pût, ce jour-là, et nonobstant la fête de la Notre-
Dame, juger au grand criminel Monsieur l'Archiprêtre
de Saint-Jacques, dom Pierre Candrin, et la Dame
Charlotte des Essarts, Douairière de Tarenne, l'un et
l'autre poursuivis à la diligence de Messire Guillaume
Le Tur, pour s'être, de complicité, rendus coupables
« du très méchant, très abominable et très détestable meurtre commis en la personne de feu Messire
Jehan de Tarenne, en son vivant établi marchand d'or
et d'argent ouvrés, et faisant le négoce du Change sur
le Pont-aux-Changeurs, à Paris, ledit prud'homme
de très bonne et très louable mémoire, comme chacun sait. »

Par le rapprochement des dates, que nous avons
fait, à dessein, au début de ce Chapitre, le lecteur aura
une idée de la marche essentiellement active que la
Justice des Parlements suivait à cette époque, marche
qui avait le double avantage d'assurer, d'abord, une
plus prompte punition des coupables, et, ensuite,
d'épargner aux innocents l'irréparable dommage que
leur cause toujours une longue détention préventive.

Nous nous émerveillons grandement aujourd'hui de
cette rapidité dans le châtiment ; mais, en ce temps-
là, le *pede claudo* de la vengeance divine des Anciens
n'avait cours ni au Châtelet, ni à la Grand'Chambre.

Dès la veille du jour où ce procès devait avoir lieu,
la nouvelle s'en était répandue aux quatre coins de
Paris, avec la rapidité de l'éclair, et elle avait, tout
aussitôt, mis en éveil la curiosité de nos bons aïeux,
qui, nous devons le dire, ne montraient pas moins
d'empressement à aller voir juger quelque grand criminel par Nos Seigneurs du Parlement, que leurs
descendants des deux sexes en apportent, aujourd'hui,
à assister aux débats de nos Cours d'assises, quand
l'auteur de quelque forfait éclatant est assis sur le
banc des accusés.

Aussi, le lendemain matin, samedi, dès la pointe du
jour, une foule turbulente et animée assiégeait-elle
la principale entrée du Palais, qui formait sur la rue
de la Barillerie une porte ogivale flanquée de deux
tourelles en encorbellement, et qui était aussi svelte
et aussi gracieuse qu'est lourde et massive la porte
en ferronnerie qui lui a succédé en 1788, c'est-à-
dire douze ans après le second incendie du Palais,
qui éclata le 10 janvier 1776.

Cette porte, qui ne devait s'ouvrir aux curieux que
vers huit heures seulement, donnait accès dans la
cour du Mai, ainsi nommée de l'usage que Messieurs
les Clercs de la Basoche pratiquèrent jusqu'au moment de la Révolution de 1789, d'y planter, au devant
du perron principal, un arbre d'environ cinquante
pieds de hauteur, décoré de fleurs et de panonceaux,

et qu'on appelait le *Mai*, à cause du mois pendant
lequel cette cérémonie avait lieu.

A peine les barrières furent-elles ouvertes, que la
multitude envahit cette cour, franchit l'escalier d'honneur, et se répandit dans la Grand'Salle du Palais, à
l'angle nord–ouest de laquelle était l'entrée de la
Chambre-Dorée du Parlement, avec son Lion de pierre
qui se tenait à la porte, la tête baissée, la queue entre
les jambes, comme les lions du trône de Salomon,
et, dit l'auteur de *Notre-Dame de Paris*, dans l'attitude humiliée qui convient à la force devant la Justice.

Mais, avant d'avoir accès dans cette fameuse Chambre-Dorée, les curieux furent contraints de faire une
nouvelle halte devant les deux battants de cette porte,
entre lesquels, deux cent trente-six ans plus tard
(le 18 août 1650), le Coadjuteur de Retz, étant sur le
point de pénétrer dans la Grand'Chambre, devait avoir
le cou si fortement serré par les créatures du duc de
Larochefoucauld, son ennemi, qu'il faillit périr en
cet endroit par un supplice analogue à celui de la
garrotte. Ce ne fut donc qu'au coup de neuf heures
sonnantes, que, sur l'ordre de Monsieur le Bailli du
Palais, l'entrée du sanctuaire de la Justice fut enfin
rendue accessible au public.

Mais, hâtons-nous de le dire, c'est à peine si la
vingtième partie des curieux qui se pressaient aux
abords de la Chambre-Dorée put y trouver place, et le
restant de la foule, accrue de minute en minute, par
la survenue de nouveaux arrivants, continua de sta-
tionner et de s'entasser dans la Grand'Salle, où elle
exhalait fort bruyamment sa mauvaise humeur, ne
parlant de rien moins que d'accrocher à autant de

potences, et des plus élevées, Monsieur le Bailli du
Palais et ses Sergents, qui avaient eu le tort impar-
donnable d'empêcher quatre mille personnes d'entrer dans un lieu qui pouvait, tout au plus, en contenir deux cents.

Parmi ces curieux désappointés, nous retrouvons,
vers onze heures environ, deux de nos plus anciennes
connaissances, c'est à savoir la Commère Margot, la
Laitière de la Pierre-au-Lait, et le Compère Grégoire
Boyrond, le Tavernier de la rue du Porche. Ces deux
honnêtes débitants, qui étaient arrivés au Palais depuis une heure au moins, et qui n'avaient pu que très
difficilement pénétrer dans la Grand'Salle en mon-
tant par le petit degré qui était situé à droite dans la
Cour du Mai (sur l'emplacement de l'escalier que l'on
voit aujourd'hui dans l'aile du nord), étaient arrêtés,
en ce moment, devant la fameuse *Table de Marbre*,
si célèbre dans l'histoire du Palais, et qui, bien
qu'on ait toujours prétendu qu'elle était faite d'une
seule tranche, se composait, en réalité, de neuf
pièces, ainsi que le rapporte Guillebert de Metz, et
formait une vaste surface polie « reflétant les lumières
variées des vitraux. » On se souvient que cette Table
servait, dans les grandes solennités, pour les banquets
royaux, et qu'anciennement c'était autour d'elle que
tenaient leur juridiction le Connétable, l'Amiral et
le Grand-Maître des Eaux et Forêts de la Couronne.
Ajoutons que c'était encore sur cette Table de Marbre,
qui leur servait de théâtre, que Messieurs les Basochiens jouaient, plusieurs fois par an, des pièces ap-
pelées *Farces*, *Soties*, *Moralités*, et que l'argent qu'ils
retiraient des spectateurs était employé aux prépara-

tifs du spectacle et aux frais d'un festin où assistaient
les acteurs et tous les officiers du Royaume de la Basoche.

Bien qu'il eût encore endossé ce jour-là son hau-
bergeon de la bataille de Rosebec, dont plus d'une
maille, rompue par la rouille, attestait l'âge respectable, notre vieux Sergent, nous devons le dire, avait
fait d'infructueux et d'inutiles efforts pour se porter
en avant. O coupable indifférence de la jeunesse! Sans
montrer le moindre respect pour son vieil habit de
guerre, sans éprouver la moindre sympathie pour
cette noble estafilade qui lui labourait le front, les
curieux placés devant lui, non-seulement avaient refusé de lui ouvrir leurs rangs, mais encore sa malencontreuse tentative pour se frayer un passage dans la
foule, avait été accueillie par les huées et les propos
goguenards de ceux qu'il avait cherché à dépasser.

Aussi, la gaieté habituelle de notre brave Tavernier
en avait-elle reçu un fort rude échec, et, au moment
où nous le retrouvons, dans la compagnie de la Laitière, son coude gauche appuyé contre la Table de
Marbre, sur laquelle il battait de la main droite, et
avec un visible mouvement de dépit, « la marche
bourguignonne de Mons-en-Puelle, » notre vieux
soldat était-il en train de donner un libre cours à sa
mauvaise humeur.

— Par la bataille de Rosebec! disait-il en s'adressant à la Grugeonne, c'est votre faute aussi, ma Commère, si, depuis une grande heure, nous faisons, vous
et moi, cette ridicule faction hors de tour.

— Par Notre-Dame du Tétin ! répliquait celle-ci en
rajustant coquettement sa belle croix d'or tréflée

pendue à son collier de jais, dans l'entrevallon un
peu trop fortement échancré de sa gorgerette de toile
de lin, en voilà bien d'une autre à présent; et comment osez-vous, Père l'Entonnoir, me soutenir en
face une pareille énormité?

— Oui, je vous soutiens, et je vous soutiendrai
vitam æternam, que c'est votre faute ; et cela parce que
vous n'avez pas voulu adopter le plan d'attaque que
j'avais proposé hier, et qui consistait à nous mettre
en marche dès le matin, afin d'être les premiers à entrer dans cette maudite Chambre-Dorée. Mais, comme
une entêtée que vous êtes, vous avez persisté à ne
vouloir quitter votre banc de la Pierre-au-Lait que
lorsque la demie de neuf heures a été sonnée à l'horloge de Saint-Jacques. Aussi, vous voyez ce qui nous ·
arrive !

— Tiens ! fallait-il pas laisser mes pratiques le bec
en l'air, et décamper comme ça sans leur avoir servi
leur écuellée de lait du matin? Eh bien ! dites donc,
Vieux Brave, savez-vous pas qu'à ce train-là j'y aurais
perdu près de douze sols parisis, qui représentent le
prix de mes trois pots lorsqu'ils sont pleins?

— Oh ! il ne faut jamais croire que la moitié de ce
qu'on dit, répliqua le Tavernier en revenant à l'éternelle plaisanterie à l'aide de laquelle il se plaisait à
taquiner la laitière. C'est six sols que vous voulez
dire, ma Commère?

— Par exemple! six sols : vous nous la baillez
bonne, vraiment! Comme si mes vingt-quatre pintes
de lait, à six deniers l'une, ne faisaient pas cent qua-
rante-quatre deniers, c'est-à-dire douze sols parisis
tout juste !

— En sortant du pis de la vache, je ne dis pas le contraire; mais en sortant de vos trois pots au lait,

Nenni, nenni,
Jean de Lira,
Mon bel ami,
Non-dà !

comme dit la chanson que vous savez.

— Père l'Entonnoir, dit la Margot en faisant au Tavernier ses deux gros yeux colères, je vous ai déjà dit cent fois, et je vous répète encore que vous êtes la plus mauvaise langue de tout le quartier de la Boucherie.

— Quand vous avez tourné les talons pour aller retrouver vos bêtes à cornes, sans y comprendre, bien entendu, le Compère Grugeon, je ne dis pas! je ne dis pas! Mais quand vous êtes présente, halte là! Je connais la consigne; respect à notre chef de file!

Et le vieux Sergent se mit à faire gravement le salut militaire à la Margot.

— Laissez-moi tranquille à la fin, dit la Laitière, qui prenait aisément la mouche, comme nous le savons; vous m'ennuyez avec tous vos propos. D'ailleurs, vous n'êtes qu'un vieil ivrogne, qui n'avez toujours que le mensonge à la bouche.

— La, la, la! ne nous fâchons pas pour si peu, ma bonne Commère. Si j'ai le mensonge à la bouche, c'est parce que vous logez la vérité dans votre puits, et que vous vous courroucez fort quand je veux aller l'en tirer.

— Au lieu de me dire ce tas de balivernes qui n'ont ni rimes ni raison, ne feriez-vous pas mieux d'aviser à un expédient pour nous faire ouvrir cette maudite porte de la Chambre-Dorée, où je voudrais si bien, pour je ne sais quoi, être placée dans un petit coin, afin de voir la mine que fait en ce moment Monsieur le Doyen de Saint-Jacques devant Nos Seigneurs du Parlement?

— Ah! par la bataille de Rosebec! s'il ne s'agissait que de gratifier d'une double quarte d'hypocras blanc aux fines épices le bon compagnon qui aurait le pouvoir de nous introduire, vous et moi, dans cette belle Chambre de feu Monseigneur saint Louis, de glorieuse mémoire, je vous certifie bellement, ma Commère, que je la lui baillerais de grand cœur.

— Accepté! dit tout à coup, en frappant sur l'épaule du Vieux Sergent, un jeune clerc de notre connaissance, à la figure joviale et railleuse, qui, depuis un instant, semblait prendre un malin plaisir à écouter le colloque qui avait lieu entre la Laitière et le Tavernier.

A cette réplique imprévue, le Vieux Sergent fit demi-tour à droite et se trouva en présence de notre ami Cascaret, à qui les seuls mots d'hypocras blanc aux fines épices avaient mis l'eau à la bouche et le sourire sur les lèvres.

— Parlez-vous sérieusement? Messire, demanda le Compère Boyrond au jeune homme, dont la physionomie joviale et ouverte lui rendit incontinent sa belle humeur.

— Et vous, père Arrose-Bec, répliqua gaiement Cascaret en appropriant, avec sa malice habituelle, le

juron favori du Vieux Sergent à la proposition bachi-
que qui lui était faite, est-ce pour de bon que vous
offrez de payer une double quarte d'hypocras blanc
aux fines épices à celui qui vous procurera le moyen
d'entrer, vous et cette bonne grosse Commère, dans
la Chambre-Dorée du Palais?

— Aussi vrai, répondit le Père l'Entonnoir en se
redressant et en faisant le salut militaire, que je me
nomme Grégoire Boyrond, ancien Sergent dans la
compagnie des archers de Monsieur le Baron de Saint-
Belin, et que je tiens présentement taverne dans la
rue du Porche, au coin de la Pierre-au-Lait.

— N'est-ce pas la Taverne qui est en face du
Grand Portail de l'Eglise Saint-Jacques-la-Bou-
cherie, et qui a pour enseigne au *Verre-Luisant*?
Un rébus, j'aime ça, moi.

— C'est cela même, Messire.

— En ce cas, touchez là, mon brave, j'accepte
votre marché, et nous allons jouer des coudes de la
belle façon : tant pis pour Maclou le Muflard qui
m'avait donné rendez-vous à la Table de Marbre ;
il entrera dans la Grand'Chambre comme il pourra.
Quant à Guillot Chante-Merle, c'est une autre histoire ; il grelotte présentement la fièvre quartaine sur
son grabat, et jure comme un beau diable, en latin
bien entendu, contre la malencontreuse tisane qu'il
est forcé d'avaler. Je crois qu'un petit gobelet de
ce bon hypocras blanc aux fines épices, dont nous
parlons, ferait bien mieux son affaire que le coquemar de *Centaurium minus*, autrement dit de petite
centaurée, qui lui a été ordonné ce matin par maître
Gravier, un brave apprenti mire de nos amis

— En pareil cas, dit le Tavernier, je vous jure, Messire, que cela ferait bien mieux aussi la mienne; l'eau n'ayant été inventée, suivant moi, que pour servir à rincer les gobelets.

— Afin, riposta prestement Cascaret, que chacun puisse boire dans son verre luisant. Mais, en attendant que nous allions chopiner dans le vôtre, mettons-nous en marche pour gagner la Chambre-Dorée, dans laquelle je vous introduirai d'autant plus facilement, que j'ai là un laisser-passer pour trois personnes, signé de la propre main de Monsieur le Bailli du Palais.

— En ce cas, Messire, marquez-nous le pas, et nous vous suivrons, dit le Compère Boyrond.

— Et où l'audience en est-elle, en ce moment? demanda la Laitière en faisant de petites mines fort coquettes au beau Basochien, dont elle avait surpris le regard complaisamment attaché sur sa belle croix d'or tréflée ainsi que sur d'autres objets circonvoisins.

— L'audience a été suspendue pour une demi-heure, répondit notre Basochien en se rapprochant davantage de la Commère Margot, sans doute pour pouvoir admirer plus à l'aise le joyau en question.

— Et pour quelle raison, demanda le Tavernier, cette suspension d'audience a-t-elle eu lieu?

— Je vous expliquerai cela plus tard, papa l'Arrose-Bec; ce qui presse le plus en ce moment, c'est de nous mettre en marche pour la Grand'Chambre. Emboitez donc le pas derrière moi, car je vais vous servir de chef de file à tous les deux.

Et Cascaret, faisant volte-face, se mit à fendre la

foule dans la direction du petit degré dont nous avons parlé plus haut.

— Allons, ma bonne Margot, par le flanc droit et au pas accéléré ! dit le vieux sergent, en se redressant comme s'il n'eût eu encore que vingt ans, et en s'élançant avec une ardeur toute militaire dans le passage que notre jeune clerc ouvrait devant lui. Il va sans dire que la Laitière s'empressa d'en faire autant.

Nos trois personnages, ainsi marchant à la *queue leu leu* (1), comme cela se disait familièrement à cette époque, descendirent le petit degré, traversèrent la cour du Mai, montèrent l'escalier d'honneur du Palais, et, arrivés sous le porche du Grand-Perron, ils s'engagèrent dans une grande Galerie nommée la *Salle des Merciers*, qui était, à cette époque, déjà, fort célèbre dans toute l'Europe par l'espèce de foire perpétuelle qui s'y tenait. Cette salle a été détruite lors de l'incendie dont nous avons parlé, et ce fut sur son emplacement qu'on construisit la *Galerie* dite *des Prisonniers*, telle que nous la voyons encore aujourd'hui.

Lorsque notre trio fut parvenu à l'extrémité de cette salle, Cascaret, à qui tous les détours de ce gigantesque édifice paraissaient être familiers, s'arrêta, sur la droite, à une double porte vitrée, qui était précédée d'un porche en bois très élégamment sculpté. Cette porte donnait accès dans la *Galerie de Saint-Louis*, et elle était gardée par deux des Sergents de Monsieur le Bailli du Palais, qu'à travers les vi-

---

(1) *Marcher à la queue leu leu*, c'est marcher à la suite l'un de l'autre comme les loups. Le vieux mot *leu* signifiait loup. *A la Saint-Leu la lampe au cleu*, dit un vieux proverbe.

traux en losange on apercevait allant et venant dans
cette Galerie, ayant, chacun à la main, une longue hallebarde dont la hampe était garnie de velours rouge,
et dont le fer était poli et brillant comme de l'argent.

Notre jeune Basochien ayant frappé à cette porte,
l'un des sergents l'ouvrit aussitôt, et Cascaret, ayant
exibé son laisser-passer, entra sans difficulté dans la
Galerie de Saint-Louis, suivi du Compère Boyrond et
de la Commère Margot.

Cette Galerie, qui subsiste encore maintenant,
et qui a été, sous le dernier règne, l'objet d'une
splendide restauration, dans laquelle on a employé,
avec plus de goût peut-être que de vérité, le style
décoratif de la dernière moitié du quinzième siècle,
sert aujourd'hui de salle des pas perdus à la Chambre
des Requêtes de la Cour de Cassation, et l'on a accès
dans cette Chambre par un couloir orné de portraits
à l'huile de divers magistrats et de jurisconsultes,
dont l'encadrement, en marbre de différentes couleurs, est d'un effet à la fois sévère et agréable, bien
que sans aucune espèce de rapport avec le style ar-
chitectural de la Galerie à laquelle ce couloir fait
suite.

— *Te Deum laudamus !* dit Cascaret aussitôt que
ses compagnons et lui eurent mis le pied dans la
Galerie du saint Roi, dont, à cette époque, l'accès
était complétement interdit au public. Il ajouta, en
s'adressant à la Laitière : me voilà donc rassuré à
votre endroit, femme superbe, car, s'il faut vous le
dire, je craignais très fort qu'on ne vous refusât le
passage.

— A moi? dit la Margot.

— Oui, à vous-même, charmante Laitière.

— Et pourquoi donc, Messire ?

— Parce que mon laisser-passer avait été donné pour trois Clercs de la Basoche, et que les Sergents de garde auraient pu faire quelque difficulté à raison de votre sexe. Mais, maintenant, nous voilà comme qui dirait chez nous ; et, se mit-il à dire en frappant familièrement sur l'épaule du Tavernier, les deux quartes d'hypocras blanc aux fines épices du Papa l'Arrose-Bec me paraissent terriblement aventurées.

— Je voudrais déjà avoir pris place dans la Chambre-Dorée, afin qu'elles fussent tout à fait perdues, répondit le Compère Boyrond en allongeant le pas pour suivre son guide, et en tirant rudement par sa cotte la Laitière qui s'arrètait, à chaque instant, pour satisfaire sa curiosité.

Ils atteignirent bientôt l'extrémité de la Galerie de Saint-Louis ; mais, au moment où ils allaient tourner sur la droite pour entrer dans une troisième et dernière Galerie, qui était celle des *Tournelles*, ainsi nommée parce qu'elle reliait entre elles les quatre tours qui bordent le Palais du côté de la Seine, Cascaret, montrant à ses compagnons une porte basse, garnie d'une puissante armature de fer, et qui était pratiquée dans l'épaisseur d'un mur qui décrivait un quart de cercle, à l'angle de rencontre des deux Galeries, leur dit à mi-voix et d'un ton mystérieux :

— Ah ! tenez, voici la fameuse *Porte de Bon-Bec*.

Pour comprendre le sens attaché à ces paroles de notre Basochien, il faut savoir qu'à cette époque on appelait, en style de conciergerie, Porte de Bon-Bec, celle par laquelle on faisait pénétrer les accusés

dans la Chambre de la Question. Comme c'était au
moyen des tourments les plus atroces qu'on faisait
parler ceux qu'on croyait coupables, et contre lesquels
on manquait de preuves, la Chambre, où ces tortures
étaient infligées, avait reçu le nom de Bon-Bec, ce
qui voulait dire qu'elle avait le pouvoir de faire parler les accusés qui mettaient le plus d'obstination à
se taire, et qu'ainsi elle avait bon bec.

Or, la porte que Cascaret montrait, en ce moment,
au Tavernier et à la Laitière, et qui conduisait dans
l'intérieur de cette grosse Tour basse et crénelée, qui
est la quatrième sur le quai des Lunettes, en partant
du Pont-au-Change, cette porte, disons-nous, était
la principale entrée de la Chambre de la Question,
et la Tour elle-même, dans laquelle cette chambre
était située, portait, ainsi que nous l'avons déjà dit
ailleurs, le nom de *Tour Bon-Bec,* et non pas de
Tour Bombée, comme certains auteurs l'ont avancé,
contrairement à l'évidence et à la tradition historique.

A ces paroles prononcées par leur guide, le Père
l'Entonnoir et la Commère Margot s'arrêtèrent subitement, en jetant sur cette sinistre porte des regards
dans lesquels se peignaient, à la fois, la curiosité et
l'effroi.

— Que de malheureux, dit alors le Vieux Sergent
avec un geste de douloureuse pitié, sont entrés par
cette porte, pleins de vigueur et de santé, et en sont
sortis les membres calcinés ou réduits en une boue
sanglante !

— Dites-moi, Messire, demanda la Grugeonne en
se rapprochant de la fatale porte, et en cherchant à

faire pénétrer son regard au delà des épais barreaux
de fer dont elle était garnie, c'est donc là-dedans que
Monsieur l'Archiprêtre de Saint-Jacques a été mis à
la Question par l'eau?

— Oui, Laitière de mon' cœur, répondit Cascaret,
qui profita de ce que la Margot était inclinée du
buste, pour lorgner plus à son aise la fameuse croix
tréflée, c'est dans ce joli Caquetoir de Thémis que
dom Pierre Candrin a été mis à la *Question préparatoire*
au moyen de l'eau. Et, comme ce n'est pas un mince
clerc, que Monsieur l'Archiprêtre de Saint-Jacques,
on a jugé à propos de lui donner la *Question extraor-*
dinaire, c'est-à-dire qu'on lui a fait avaler huit coquemars de belle eau claire, et quelque peu tiède
par dessus le marché, au lieu de quatre coquemars
dont se compose la *Question ordinaire.*

— Huit coquemars d'eau! dit le Tavernier stupéfait. Mais savez-vous bien, Messire, que cela fait tout
juste vingt pintes. Et dire qu'un homme est forcé à
avaler une pareille quantité de liquide! Encore si
c'était du vin ou de l'hypocras; mais de l'eau, ajouta
le Vieux Sergent en faisant une grimace de dégoût
des plus comiques? Pouah! quel horrible supplice,
par la bataille de Rosebec!

— Et Monsieur l'Archiprêtre a-t-il avoué son
crime, durant cette affreuse torture, demanda la
Margot?

— Non, dit Cascaret en se remettant en marche,
et en faisant signe à ses compagnons de se diligenter,
il n'a fait que renouveler l'aveu de son commerce
adultère avec la Dame de Tarenne, et il a protesté,
jusqu'à la fin, de son innocence touchant le traître

meurtre commis sur la personne du vieux changeur.

— Mais cependant ce clou doré, retiré du crâne
du mari, et qui a été bien positivement reconnu pour
avoir fait partie du brelan de clous qui supportaient
autrefois le grand miroir italien de dom Pierre, comment celui-ci explique-t-il qu'il se retrouve là où il
a été déterré, demanda le Sergent de Rosebec ?

— L'accusé ne nie point que ce soit lui qui ait donné
autrefois ce clou doré à la Dame de Tarenne ; mais il
prétend qu'en agissant ainsi, il n'a eu pour but que
de satisfaire à un incompréhensible caprice de
femme, et ne s'est point inquiété de savoir à quel
usage ce clou avait été employé.

— Il n'est pourtant pas impossible, après tout, que
la chose soit arrivée ainsi qu'il le dit, observa la Laitière, et qu'en fin de compte ce pauve Archiprêtre ne
soit coupable que du péché de fornication. S'il en est
ainsi, les huit coquemars d'eau qu'on lui a fait avaler, sont, je crois, bien suffisants pour lui avoir lavé la
conscience.

— En tous cas, reprit notre Basochien, comme la
question préparatoire que dom Pierre Candrin a subie, est « un jugement d'instruction par lequel l'accusé est rendu, en quelque sorte, juge de sa propre
cause, par rapport à la peine de mort, » et que Monsieur l'Archiprêtre n'a fait aucun aveu dans le cours
de la Torture à laquelle il a été appliqué, le voilà sûr
désormais d'avoir la vie sauve.

— Ah ! dit la Margot en frappant ses mains l'une
contre l'autre, quel bonheur qu'un si bel homme
ne soit pas mené au supplice ! S'il était laid, cela me
serait bien indifférent.

— C'est égal, dit le Tavernier avec son sourire narquois, c'est une drôle d'invention tout de même que cette Question préparatoire, et qui me paraît, à moi, tout à fait sûre pour perdre un innocent qui est de faible complexion, et sauver un coupable qui est de solide et robuste encolure.

— Bien touché, Papa l'Arrose-Bec, dit Cascaret en frappant avec une familiarité toute amicale sur l'épaule du Vieux Sergent. Je vois avec plaisir que le coup de braquemart qui vous a si rudement balafré le haut du visage a respecté le dedans du coffre à la malice !

Comme notre jeune Basochien achevait d'adresser ce compliment au Père l'Entonnoir, nos trois personnages, après avoir traversé la Chambre du Conseil qui était déserte en ce moment, arrivèrent devant l'entrée réservée de la Grand'Chambre.

Là était de planton un troisième Sergent de Monsieur le Bailli du Palais ; mais Cascaret n'avait rien à craindre de cette sentinelle-là, attendu que c'était un ancien valet de Maître Gilet de Fresnes, qui avait quitté depuis peu le houssoir pour la hallebarde, et qui affectionnait tout particulièrement notre joyeux Basochien.

Notre jeune clerc se contenta donc de lui faire un petit salut d'amitié, et le brave Sergent de Monsieur le Bailli, sans même exiger la représentation du laisser-passer, ouvrit à nos trois personnages, devenus bons amis en moins d'un quart d'heure, l'entrée réservée de la Grand'Chambre du Parlement.

II

LA

GRAND'CHAMBRE DU PARLEMENT

II

LA GRAND'CHAMBRE DU PARLEMENT

Nommée la *Chambre-Dorée* par le vulgaire, que tout ce qui brille impressionne au premier chef, cette Chambre, qui existe encore aujourd'hui, était aussi appelée la *Grand' Voûte,* et, dès le commencement du quatorzième siècle, la *Chambre des Plaids* c'est-à-dire *du Plaidoyer* (*Camera Placitorum*), par cette raison que c'était alors la seule Chambre du Parlement où l'on tînt l'audience.

Bâtie, selon toutes les probabilités historiques, sous le règne de saint Louis, par Pierre de Montereau, l'architecte de la Sainte-Chapelle, elle serait, s'il faut en croire la tradition, cette même Chambre dans laquelle le vertueux monarque *consomma son mariage* avec Marguerite, l'aînée des quatre filles de Raymond Béranger, comte de Provence.

Les événements les plus mémorables de notre pays se lient étroitement aux destinées de cette célèbre Chambre, qui prêta sa vaste enceinte, à la fois, aux solennités les plus augustes et aux drames les plus épouvantables de notre histoire.

Si, d'une part, en effet, elle a été le témoin des premières assemblées du Parlement rendu sédentaire par Philippe le Bel, et constitué, dit l'ordonnance royale de 1302, en Cour Souveraine, *pour estre comme la fontaine de Justice où tous les peuples viendroient puiser de toute la circonférence du Royaume;* si elle a abrité, pendant cinq siècles consécutifs, l'imposante tenue des *Lits de Justice*, dans lesquels nos anciens rois de France venaient, dans tout l'éclat et avec toute la pompe de la Majesté souveraine, mettre en solennelle délibération et les intérêts de leur Couronne et les affaires de l'Etat; si, enfin, elle a entendu Louis XIV, botté, éperonné et la cravache à la main, jeter à la face de la plus éminente magistrature du Royaume ces hautaines paroles, devenues l'aphorisme historique du droit divin : *l'État, c'est moi;* d'autre part, n'a-t-elle pas vu les hordes sanguinaires de Simon Caboche, forçant la Royauté à coiffer le chaperon blanc; n'a-t-elle pas été témoin des saturnales de la Ligue et de la Fronde? n'a-t-elle pas entendu casser dans son enceinte le testament de trois de nos Rois; n'a-t-elle pas, enfin, servi d'abri à cet horrible Tribunal révolutionnaire, dont les massacres juridiques ont voué la mémoire de Fouquier-Tinville à l'exécration de la postérité?

Aujourd'hui, ce curieux débris du manoir de saint Louis, après avoir, comme par miracle, échappé aux deux incendies, qui, en 1618 et en 1776, dévorèrent la majeure partie du Palais, n'a point failli aux illustres traditions de son passé, et c'est encore dans son enceinte que siége la plus haute magistrature de l'Etat : nous avons nommé la Chambre civile de la Cour de Cassation.

Mais revenons à l'an de grâce 1414.

A cette époque, le Parlement de Paris, qui était toujours régi par l'ordonnance de Philippe le Long, rendue en décembre 1320, ne comptait encore que trois Chambres seulement : celle des *Requêtes*, qui examinait les procès au point de vue de leur admissibilité ; celle des *Enquêtes*, qui était chargée d'instruire les causes admises par la précédente et de les préparer à recevoir une solution ; et, enfin, la *Grand'Chambre*, la plus solennelle, la plus considérable en attributions, celle qui statuait définitivement, et devant laquelle, seulement, la plaidoirie avait lieu, ainsi que nous l'avons dit plus haut.

C'était donc par devant cette Grand'Chambre que les causes criminelles elles-mêmes étaient vidées, et leur évocation devant la Cour Souveraine avait lieu à deux titres différents.

Elle avait lieu, d'abord, *par voie d'appel*, lorsque les condamnations prononcées par les Justices Seigneuriales ou Prévôtales, qui étaient les Tribunaux de première instance du temps, pouvaient entraîner une peine afflictive (ce qui veut dire qu'il ne se donnait pas un seul coup de fouet dans toute l'étendue du ressort sans le congé du Parlement) ; elle avait lieu ensuite, *en premier et en dernier ressort,* lorsque l'accusé appartenait soit à la Noblesse, soit au Clergé, ou lorsqu'il était pourvu de certains offices ou dignités près des siéges « ressortissant nuement en la Cour, » ainsi que le portaient les ordonnances de Philippe le Bel.

Par ce qui précède, on voit donc que le procès au grand criminel, intenté, par contumace, à la Dame de Tarenne, et, contradictoirement, à dom Pierre Candrin, l'Archiprêtre de Saint-Jacques, avait dû être porté d'emblée devant la Cour Souveraine du Parlement, et cela, pour se conformer à la procédure en usage à cette époque, puisque, de nos deux accusés, l'un appartenait à la Noblesse et l'autre faisait partie du Clergé.

Ajoutons aux détails historiques dans lesquels nous venons d'entrer, qu'en 1446, et pour rendre plus expéditive la marche des affaires criminelles, qu'un pareil état de choses entravait singulièrement, Charles VII institua une quatrième Chambre du Parlement, exclusivement destinée à connaître des crimes, et qui, de la double circonstance du lieu qu'elle occupait (elle tenait ses audiences dans la Tour de César, tandis que la Tour d'Argent qui lui fait pendant servait de Buvette à Messieurs du Parlement), et de la juridiction qui lui était attribuée, reçut le nom, devenu si fameux depuis, de la *Tournelle criminelle.*

Pénétrons maintenant dans la Grand'Chambre du Parlement, sur les pas de Cascaret et de ses nouveaux amis.

Grâce au savoir-faire et à l'adresse de notre entreprenant Basochien, ses deux protégés et lui parvinrent, sans trop d'efforts, à se glisser jusqu'au voisinage de la barre, c'est-à-dire à occuper, vers le haut bout du Prétoire, les places d'où ils pouvaient le plus aisément jouir du coup d'œil de la salle et du spectacle de l'audience.

Celle-ci était suspendue depuis un quart-d'heure environ, ainsi que Cascaret l'avait dit à la Laitière et au Tavernier, et cette circonstance permit à nos deux industriels de faire un examen détaillé du magnifique vaisseau dans lequel ils venaient d'entrer.

Il suffisait, au reste, d'un seul coup d'œil jeté dans l'étendue de cette enceinte, pour reconnaître que la triple appellation de *Grand' Chambre*, de *Grand' Voûte* et de *Chambre-Dorée* qui lui avait été donnée était, à tous égards, conforme à la vérité. C'était, en effet, un vaste quadrilatère, formé par quatre hautes et épaisses murailles, et recouvert par une immense voûte en bois de chêne, d'une élévation considérable.

Une mosaïque en marbre noir et blanc en formait le dallage; du haut en bas des murailles, des milliers de fleurs de lis d'or se détachaient sveltes et gracieuses sur un fond d'azur, et sa voûte en berceau, dont on voyait la charpente en ogive avec ses entraits et ses poinçons, avait son fond enluminé de vermillon, tandis que tous ses arcs en saillie étaient rehaussés d'or vif, jusque dans les moindres ornements de leurs moulures.

En raison de ce que l'audience était suspendue, la Commère Margot et le Vieux Sergent de Rosebec ne purent voir, d'abord, ni les juges, parce qu'ils s'é-

taient retirés dans la Tour-d'Argent que nous savons
être leur Buvette, ni l'accusé, parce que celui-ci avait
été ramené dans sa prison.

Leur curiosité, déçue provisoirement à l'égard des
acteurs du drame judiciaire auquel ils venaient assister, se rabattit, d'abord, sur la magnifique Estrade
du fond de la salle, qui en était, à proprement parler,
le théâtre, à la fois plein de richesse et de grandeur.

Sur la partie la plus élevée de cette Estrade, laquelle était adossée à ce grand pignon dont nous
avons parlé ailleurs, et qui se dessine si pittoresque-
ment sur le Quai de l'Horloge entre les deux hautes
tours en poivrières dont il est flanqué, était un trône,
recouvert d'un dais en velours violet semé de fleurs
de lis d'or, et au-dessus de ce trône on voyait « une
imagerie en belle peincture de Notre-Seigneur attaché
en la Croix. »

Ce crucifix et ce siége royal étaient là fixes et per-
manents ; et, dans la disposition respective de ces
deux emblèmes de la Divinité et de la Royauté, do-
minant les chaises curules des juges, l'intelligence
la plus paresseuse ne pouvait méconnaître ce que
cela signifiait, à savoir : que les membres du Parlement rendaient la justice au nom du Roi qui était
au-dessus d'eux, et que le Roi, à son tour, la rendait
au nom de Dieu qui était au-dessus de lui.

En bas de cette Estrade, et sur la droite du spectateur, était un banc fort élevé, à dossier et à dais
fleurdelisés, surmonté des armoiries royales, et
qui était destiné au Ministère public, ainsi que cela
se dirait aujourd'hui. Ce banc était, en ce moment,
occupé par Messire Guillaume Le Tur, le Lieutenant

Criminel de Monsieur le Prévôt de Paris, à qui les
ordonnances, alors en vigueur, donnaient le pouvoir
de remplir les fonctions de Procureur du Roi en Cour
de Parlement, dans toutes les affaires criminelles où
le droit de poursuite lui appartenait, mais qui, par
la qualité des prévenus, échappaient, ainsi que nous
l'avons dit plus haut, à la juridiction prévôtale du
Châtelet.

Du côté opposé, et en face du banc de l'accusateur, était la sellette de bois destinée à l'accusé.
C'était sur ce siége bas et infamant que les prévenus, ayant les mains garrottées, et sous la garde
des Sergents de Monsieur le Bailli du Palais, servaient
de point de mire aux regards, aux gestes et aux paroles de leur accusateur, qui les écrasait sans pitié
de toute la hauteur, à la fois physique et morale, du
rôle qu'il était chargé de remplir au nom de la vin-
dicte publique.

Enfin, dans l'espace compris entre le banc de l'accusateur et la sellette de l'accusé, c'est-à-dire au
pied de la Cour, était une large table en bois de
chêne, sur laquelle on plaçait les objets qui avaient,
avec le crime perpétré, des rapports plus ou moins
directs, et qui étaient destinés à servir de preuves à
l'accusation, les *Pièces de conviction*, en un mot, ainsi
que cela s'appelle aujourd'hui.

L'attention du Tavernier et de la Laitière, qui avait
été jusqu'alors exclusivement fixée sur les draperies
du trône et sur les tentures en velours violet, bordé
de larges franges d'or, qui tapissaient le fond et le
pourtour de l'Estrade, se porta enfin sur la table
dont nous venons de parler.

Les objets dont elle était chargée en ce moment ne pouvaient manquer de piquer vivement leur curiosité, et on le croira sans peine lorsque nous en aurons fait l'énumération.

C'était, d'abord, un crâne humain, d'une puissante voussure et blanc comme l'ivoire, dans la tempe gauche duquel était enfoncé un clou à tête ciselée et dorée, que la lumière, qui filtrait par les trois hautes fenêtres de la salle, faisait briller d'un vif éclat.

Tout près de ce corps de délit, que le Vieux Sergent et la Commère Margot reconnurent aussitôt pour être le crâne de l'infortuné Jehan de Tarenne, si dramatiquement exhumé de son tombeau pendant la représentation de la *Danse Macabre*, se voyaient deux autres clous, pareils à celui qui avait servi à la perpétration de l'abominable meurtre dont Pierre Candrin et Charlotte des Essarts étaient accusés, clous que nos lecteurs, à leur tour, reconnaîtront pour être les mêmes que ceux qui, sur l'ordre de Messire Enguerrand de Marcoignet, le Capitaine des Archers de l'Ordonnance du Roi, avaient été le même jour saisis dans l'Oratoire de Monsieur l'Archiprêtre de Saint-Jacques.

Enfin, pour en finir avec ces *Pièces de conviction*, on avait également placé sur cette table une sorte de coffre en plomb, ayant la forme et les dimensions du cercueil d'un tout jeune enfant, dont le métal oxydé, et même entièrement détruit en différents endroits, semblait indiquer que ce petit cercueil avait, pendant de longues années, séjourné dans la terre.

— Par la bataille de Rosebec ! dit le Père l'Entonnoir à Cascaret, en lui montrant du bout du doigt la
table sur laquelle ces objets étaient étalés, je reconnais là le crâne du vieux changeur que nous avons
vu, la Commère et moi, retirer de sa sépulture aux
Charniers des Saints-Innocents.

— Oui bien, répondit notre Basochien, et le propre jour où les bateleurs amenés à Paris par l'ambas-
sade anglaise, y ont fait la montre de la *Danse des
Morts*. J'y étais aussi, moi, et la preuve, c'est que
c'est le Père Pioche-Toujours qui a fait cette bonne
trouvaille-là.

— Et ces deux brochettes de fer à tête dorée, demanda la Laitière, ce sont sans doute celles qui ont
été saisies dans le retrait où Monsieur l'Archiprêtre
disait ses heures?

— Oui, Laitière mes amours, répondit Cascaret en
donnant une petite tappe toute sensuelle sur la joue
envermillonnée de la Margot ; et, ajouta-t-il, vous
avez deviné cela, ma Commère, avec une facilité,
une rapidité, une sagacité et une perspicacité, dont
en vérité, je suis aussi surpris qu'enchanté.

On devine si la Grugeonne dut se rengorger à ce
compliment, oui ou non mérité, de notre malicieux
clerc.

— Mais, dites-moi, Messire, reprit bientôt le
Compère Boyrond, qu'est-ce que c'est donc que cette
manière de petit coffre en plomb qui figure aussi
sur la table? N'êtes-vous pas de mon avis, qu'on le
prendrait pour la bière d'un petit enfant....

— Qui tette encore sa mère, dit Cascaret en adressant un nouveau regard à la croix d'or tréflée de la

Commère Margot, à qui, du reste, ce jeu ne semblait nullement déplaire.

— C'est assez probable, continua le Tavernier, à en juger, du moins, par les dimensions de ce petit coffre.

— Eh bien! vous ne vous trompez point, Papa l'Arrose–Bec, reprit le jeune homme en ramenant ses regards sur son interlocuteur, c'est un cercueil d'enfant, en effet, et vous l'avez bellement reconnu pour tel.

— Et à qui a-t-il appartenu, je vous prie?

— Mais, à personne, vous le savez bien, et c'est précisément là ce qui donne à penser qu'il doit y avoir encore quelque nouveau crime caché là-dessous.

— Mais je ne sais pas, quant à moi, ce que vous voulez dire, répondit le Vieux Sergent tout surpris.

— Et moi, pas davantage, dit la Laitière non moins étonnée que son compagnon.

— Par les cornes du Diable! reprit Cascaret en croisant ses bras et en regardant fixement ses deux interlocuteurs, est-il bien possible que vous en soyez encore à savoir ce qui s'est passé, cette nuit, au Cimetière des Saints–Innocents?

— Mais, oui!

— Mais, certainement!

— Eh bien! Gens ignorants que vous êtes, apprenez donc qu'hier au soir, à la nuit close, il a été, par les ordres de Monseigneur Henri de Marle, Premier Président du Parlement, procédé à l'exhumation du corps de feu Jehan de Tarenne (à l'exception de son crâne bien entendu, puisqu'il était déposé au greffe

criminel du Grand-Châtelet depuis huit jours), et
cette exhumation a été faite dans le but de s'assurer
si on ne trouverait pas d'autres indices touchant le
meurtre abominable dont ce vieillard a été la victime.

— Eh bien? dirent ensemble le Tavernier et la
Laitière.

— Eh bien! en creusant à l'endroit des pieds du
vieillard, on a mis à découvert ce petit cercueil de
plomb, qui a été aussitôt reconnu, par le Père Pioche-Toujours, pour être celui d'un petit enfant que
M. de Tarenne avait eu dans la première année de
son mariage avec Charlotte des Essarts, et qui mourut, à ce qu'il paraît, quelque temps avant le retour
de son père, qui était alors en voyage dans l'Abyssinie.

— C'est ce qui a eu lieu en effet, dit le Vieux Sergent. Je me souviens encore de cet événement, comme
si c'était d'hier, et je puis vous certifier qu'il fut fait
à ce petit enfant des funérailles si magnifiques, que le
fils d'un prince n'en saurait avoir de plus remarquables. Je puis vous en parler savamment, moi qui les
ai vues et qui y ai assisté, en ma qualité de voisin
du papa de l'enfant.

— Ah! bravo! bravissimo! dit Cascaret en riant à
gorge déployée.

— Et qu'y a-t-il donc de si risible dans ce que je
vous raconte là, Messire? dit sèchement le Tavernier,
qui bien qu'il se fût abstenu, pendant cette matinée,
d'éteindre le *maudit charbon ardent* qu'il avait au fond
du gosier, n'en retrouvait pas moins son humeur ba-
taillarde, sur le seul soupçon qu'un Clerc de la Basoche osait tourner en ridicule sa vieille moustache
de Sergent.

— Vous allez l'apprendre à l'instant, Papa l'Arrose-Bec ; ne nous fâchons pas, je vous en prie. Eh
bien ! donc, savez-vous, je ne dirai pas à qui, mais
à quoi on a rendu, il y a vingt ans, ces remarquables
honneurs funèbres dont vous parlez?

— Mais, à l'enfant de Messire Jehan de Tarenne, je
suppose?

— Eh bien ! c'est ce qui vous trompe, mon Brave.

— Comment cela?

— C'est qu'à la place du petit corps mort que ce
cercueil, que vous voyez là, était censé renfermer, on
avait mis une souche de bois, enveloppée dans les
propres langes de l'enfant de M. de Tarenne.

— Par exemple ! exclama le Tavernier.

— Cela est-il, Dieu ! possible? dit à son tour la Laitière.

— C'est exactement comme j'ai l'honneur de vous
le dire, mes braves Gens. Mais, le plus curieux de la
chose, c'est que ce second crime, car il ne faut pas
douter qu'il y ait eu au moins suppression d'enfant,
si ce n'est même un premier meurtre qui aura précédé celui de Jehan de Tarenne...

— Tout est supposable, en effet, dit le vieux Sergent.

— Eh bien ! donc, le plus curieux de la chose,
c'est que ce petit cercueil allait être replacé dans sa
sépulture, tel qu'il en avait été tiré, et sans qu'il fût
venu à personne l'idée d'en faire l'ouverture, lorsque le Compère Hugonnet Charnailles, en le prenant
des mains de son valet, le laissa tomber par mégarde,
et le couvercle, qui avait été descellé par le temps,
s'étant détaché, au lieu du squelette d'un petit enfant qu'on s'attendait à trouver parmi les langes qui

n'étaient point encore réduits en poussière, ce fut
une souche de bois d'orme très reconnaissable, quoique en grande partie vermoulue, qui apparut aux
regards des assistants terrifiés.

— Quelle horreur! s'écria la Commère Margot en
posant ses poings sur ses hanches, et en fronçant ses
deux sourcils bruns avec un air de suprême indignation; mais quel vampire est-ce donc que cette
affreuse Dame de Tarenne?

— Et qu'ont pensé de cette découverte Nos Seigneurs du Parlement? demanda le Tavernier.

— Ils ont tout naturellement supposé, d'abord,
que dom Pierre Candrin était de complicité avec
Charlotte des Essarts, dans ce premier crime, comme
il avait dû l'être dans le second. Mais l'Archiprêtre
de Saint-Jacques a soutenu qu'il était aussi innocent
de la disparition du fils que du meurtre du père, et
les déclarations spontanées de la Dame de Tarenne,
faites ce matin même, et par écrit, à Monseigneur
Henri de Marle, tendraient à faire penser que dom
Pierre n'a pas menti à la Justice.

— Et qu'a-t-elle déclaré, je vous prie?

— Elle a déclaré positivement que, seule, elle a
conçu le projet d'assassiner le malheureux Jehan de
Tarenne, dont le retour précipité, à la nouvelle de la
mort de son enfant, ne pouvait que mettre des en-
traves à ses adultères amours. Elle a déclaré, en
outre, que Monsieur l'Archiprêtre avait été complétement étranger à la perpétration de ce crime, et
que, seule encore, elle l'avait exécuté pendant la
nuit qui suivit le retour de son époux, et dans le
temps que celui-ci était livré au sommeil.

— Ah! l'infâme créature! dit la Commère Margot au comble de l'exaspération, et elle s'en vante, encore! En a-t-elle un front d'airain, je vous le demande!

— Et qu'a-t-elle dit relativement à la prétendue mort de son enfant? demanda le Tavernier.

— Elle a reconnu, avec la même franchise, qu'elle, seule toujours, avait fait disparaître le pauvre petit, et qu'elle seule, enfin, avait mis une souche de bois à la place du prétendu cadavre de son enfant. Quant à révéler ce que celui-ci était devenu, elle a déclaré qu'elle garderait à cet égard un éternel silence.

— Elle l'aura bien sûr, dit la Laitière, fait mettre sur le lit de bois des Enfants-Trouvés, au Porche de Notre-Dame, d'où le pauvre innocent aura été porté à la maison de la Couche du Port Saint-Landry.

— Dieu veuille qu'il en ait été ainsi, dit Cascaret, et qu'il soit resté assez d'entrailles à cette mère dénaturée pour qu'elle ait craint de rougir ses mains du sang de son enfant!

— En fin de compte, dit alors le Vieux Sergent, ce que je vois de plus clair dans tout ceci, moi, c'est que, d'après l'attitude de dom Pierre à la Question, en l'absence de tout témoignage qui soit de nature à le charger, et en présence de ces déclarations librement faites par la Dame de Tarenne, Monsieur l'Archiprêtre de Saint-Jacques pourrait fort bien être mis hors la Cour.

— C'est aussi l'avis de tous ceux qui ont assisté aux débats du procès, répondit Cascaret, et il y a tout lieu de supposer que Monsieur le Lieutenant Criminel qui fait les fonctions de Procureur du Roi, aban-

donnera l'accusation, à l'égard de dom Pierre, touchant le meurtre du vieux changeur et la suppression
du petit enfant.

— S'il en est ainsi, dit la Margot, il ne resterait
plus à la charge de Monsieur le Doyen de Saint-Jacques que son commerce adultère avec la Dame de
Tarenne?

— Il ne resterait rien du tout, Laitière de mon cœur,
attendu que l'adultère étant un délit et non pas un
crime, ce délit est couvert, depuis longtemps, par
la prescription. En tout cas, nous n'allons pas tarder
à savoir le dernier mot de cette ténébreuse affaire,
ajouta le Clerc de la Basoche en jetant ses regards
sur le sablier placé sur le pupitre de Monsieur le
Greffier Criminel, car voici midi qui s'approche, et
l'audience ne va pas tarder à être reprise.

— A propos, Messire, reprit la Commère Margot,
pourquoi donc a-t-elle été suspendue, l'audience?
Déjà, ajouta-t-elle en minaudant, je vous avais adressé
cette question lorsque nous étions dans la Grand'Salle,
et vous n'avez pas daigné satisfaire ma curiosité.

— Mais c'est fort mal, en vérité, ce que j'ai fait là,
se hâta de dire Cascaret; et, puisqu'il en est ainsi,
je ne saurais trop me hâter de réparer les torts que
j'ai eus envers une aussi belle et aussi aimable personne. Apprenez donc, séduisante Margot, que dans
toutes les affaires criminelles comme celle-ci, où les
témoins font défaut, et où l'on est obligé d'avoir recours au *Monitoire*, Monsieur le Procureur du Roi, ou
celui qui en fait les fonctions, ne peut être ouï dans
ses réquisitions que lorsque le douzième coup de
midi a sonné à l'horloge du Palais. Or, les débats

étant arrivés à leur fin vers onze heures à peu près,
il a fallu, de toute nécessité, suspendre l'audience
pour attendre que midi sonnât.

— Qu'est-ce que c'est que ça, un *Monitoire?* demanda la Grugeonne.

— C'est, dit Cascaret sur un ton quelque peu emphatique, et comme s'il eût été enchanté de montrer
son savoir, un acte de l'Officialité que tous les Curés
et Chapelains du diocèse, à la requête de Monsieur
le Procureur du Roi, et sur l'ordonnance rendue par
le Premier Président du Parlement, sont tenus de publier au prône de leurs Paroisses, et de faire afficher
à la porte de leurs Églises, pour avertir tous ceux ou
celles « qui, des faits, circonstances et dépendances
» d'un crime, ont vu, sçu, connu, entendu, ouï dire
» ou aperçu en aucune chose, que sommation leur
» est faite de venir à révélation dans les trois jours,
» sinon d'être passibles, selon la forme de droit, de
» la peine d'excommunication. »

— Et s'est-il présenté quelque témoin que la perspective d'être excommunié aura déterminé à parler?
demanda le Vieux Sergent de Rosebec.

— Personne, jusqu'à présent, n'a encore répondu
à la sommation faite par le *Monitoire;* et bien qu'il y
ait lieu de penser, à l'heure qu'il est, que cette mesure de l'Officialité restera sans résultat, il est, comme
je vous le disais tout à l'heure, dans les coutumes du
Palais, non-seulement que la Cour sursoie à l'audition de Monsieur le Procureur du Roi jusqu'au dernier coup de midi sonné, mais encore ce magistrat
ne peut-il prendre la parole, avant qu'une dernière
sommation ait été faite, sur le seuil de la Grand'-

Chambre, et toutes portes ouvertes, aux témoins défaillants qui pourraient se trouver dans les conditions spécifiées au *Monitoire*.

— Oh ! pure formalité, dit le Père l'Entonnoir en allongeant dédaigneusement ses grosses lèvres lippues, et qui, j'imagine, ne doit pas servir à grand'chose.

— Erreur, Papa l'Arrose-Bec, riposta Cascaret, en levant le coude à la façon de quelqu'un qui boit; elle sert à laisser le temps à Nos Seigneurs du Parlement d'aller jouer du gobelet dans leur jolie petite Buvette de la Tournelle-d'Argent, quoique cependant un passage des Capitulaires de Charlemagne exprime à ce sujet un avis que je partage entièrement.

— Et que dit-il, ce passage des Capitulaires du Grand Empereur?

— Il dit en latin, et si mon ami Guillot Chante-Merle était ici, il vous citerait le texte sans en omettre ni un point, ni une virgule, que « les juges doivent ressembler à l'olivier, qui hait l'ombre, l'odeur et le voisinage de la vigne. »

— Ah diable! fit le Tavernier en se grattant le front. Puis, il ajouta avec un élan de franchise dont on ne pouvait que le louer vivement :

— Eh bien! Messire, je vous dois un aveu, c'est qu'à ce compte-là j'aurais fait un fort mauvais juge.

— Eh bien ! foi de Clerc de la Basoche, dit Cascaret, je n'ai pas de peine à vous croire, Papa l'Arrose-Bec; d'autant plus, que cela est écrit en toutes lettres sur votre nez de rubis, *super nasum rubicundum*, toujours pour parler comme mon ami Guillot, s'il était présent.

Notre malicieux Basochien achevait à peine de lâcher son épigramme, qu'une porte située à la droite de l'Estrade, et qui conduisait à la Tour-d'Argent, s'ouvrit tout à coup et donna passage au premier huissier de la Grand'Chambre.

Ce personnage important, qui était vêtu d'une robe rouge et qui était coiffé d'un chaperon de drap écarlate, rebrossé d'hermine et surmonté d'une plume blanche rattachée à la rose du bonnet par un nœud en perles, s'avança gravement jusque vers le milieu de la barre, et, de cette voix glapissante, qui semble être d'uniforme chez les huissiers de tous les temps et de tous les pays, il jeta ces paroles à l'Assistance :

— La Cour, Messieurs !

III

MERVEILLEUX EFFETS

D'UN MONITOIRE

III

MERVEILLEUX EFFETS D'UN MONITOIRE

A cette annonce officielle de la rentrée de la Cour en séance, il se fit un grand mouvement dans toute l'étendue de la Salle.

Les curieux qui remplissaient le Prétoire, et qui, pendant que l'audience était suspendue, avaient quitté leurs bancs pour se former en groupes nombreux, dans chacun desquels on discutait chaleureusement sur le dénoûment probable du procès, ces curieux, disons-nous, s'empressèrent de regagner leurs places et de s'y rasseoir.

Une grande Tribune, adossée contre le mur occidental, directement en face des trois croisées de la Salle, et qui était déserte au moment où Cascaret et ses compagnons firent leur entrée de la Grand'Cham-

bre, se remplit tout aussitôt d'Abbés, de Prêtres et
de Prélats, en tête desquels était Monseigneur Gérard
de Montaigu, qui vint en boitant quelque peu, et
comme s'il eût été souffrant de la goutte, prendre
place sur un siége à dais, qui avait été disposé pour
lui dans la partie de la Tribune la plus rapprochée
de la Cour.

Enfin, dans les deux lanternons ou petites Tribunes
réservées aux Princesses et aux Dames du Logis de
la Reine, qui étaient situés en encorbellement de
chaque côté de l'Estrade, on vit apparaître, tout à
coup, à travers la ferronnerie artistement découpée
de leur grillage demi-circulaire, quelques jeunes et
gracieuses figures de femmes, qu'à leurs coiffures en
brocart d'or ou d'argent, constellées de pierreries,
il était facile de reconnaître pour appartenir à la
plus haute Noblesse de France.

Quand le calme et le silence se furent rétablis,
deux nouveaux huissiers parurent, sur les pas desquels venaient immédiatement les membres de la
Cour.

Ce solennel cortége de magistrats, qui étaient au
nombre de vingt-deux, était ouvert par neuf graves
personnages, revêtus de longues robes rouges, coiffés de bonnets noirs bordés d'hermine, et chaussés
de poulaines en velours écarlate. C'étaient les Conseillers-Laïcs, qualifiés de *Messires*, lesquels portaient
la barbe à la mode du temps, et qui allèrent prendre
place sur l'Estrade, à la droite du siége fleurdelisé,
destiné à Monsieur le Premier Président de la Cour,
le Chancelier Henri de Marle.

Après eux venaient les Conseillers de l'Église, ou

Conseillers-Clercs, comme on le disait alors, en nombre égal aux précédents. Ceux-ci, qui avaient le titre de *Maîtres*, portaient la robe violette avec le camail de même couleur ; ils étaient coiffés également d'un bonnet noir, rebrossé d'hermine et surmonté d'une houppe violette ; et ils étaient chaussés de mules en velours noir, mais ces mules étaient sans poulaines ; et ils portaient la barbe rase, ainsi que l'exigeaient les ordonnances du Concile de Sens.

Ils allèrent se ranger à la gauche du siége du Premier Président, et directement en face de Messieurs les Conseillers-Laïcs.

Enfin, les quatre derniers membres de la Cour qui venaient à leur suite, se composaient des trois Présidents à mortier et de Monseigneur Henri de Marle, lequel avait été élevé en 1413, c'est-à-dire l'année précédente, à cette dignité de Premier Président du Parlement de Paris, non par ordonnance royale, mais, ce qui était plus glorieux, par la voie de l'élection, et à la majorité des suffrages exprimés par tous les Membres du Parlement réunis.

Le costume de ces quatre personnages, les plus considérables du Palais, était la robe d'écarlate avec le manteau d'hermine, retroussé sur l'épaule gauche. Tous les quatre, ils portaient leurs armoiries brodées sur le devant de la poitrine, et celles de Monseigneur Henri de Marle, qui étaient *d'argent à la bande de sable, chargée de trois molettes du champ,* étaient timbrées d'un mortier en toile d'or, brodé de même et rebrossé d'hermine, qui était la marque distinctive de la haute dignité dont il était revêtu. Son costume, en effet, ne différait de celui des trois autres Prési-

dents, que parce qu'il coiffait un mortier qui était en
drap d'or, au lieu d'être en drap écarlate ; et encore,
parce que son manteau d'hermine, au lieu d'être rat-
taché sur l'épaule par des cordons en soie rouge,
l'était au moyen de trois laitices d'or. Enfin, Monseigneur Henri de Marle portait, attachée sur le côté
gauche de sa poitrine, la décoration de l'Étoile d'or
que nous connaissons déjà, et, à son cou, était passé
le collier de l'Ordre de la Cosse de Genêt, autre
décoration fondée par saint Louis en 1254, et qui
était composée de cosses de genêt émaillées au naturel, entrelacées de fleurs de lis d'or dans des losanges
percées à jour et émaillées d'azur, le tout se ratta-
chant à une chaîne d'or, au bout de laquelle pendait
une croix florencée de même métal.

Les trois Présidents à mortier se placèrent, à leur
tour, derrière le siége de Monsieur le Premier Président, laissant libre à leur gauche une quatrième place
que ne devait pas tarder à venir occuper Monsieur le
Bailli du Palais, qui, dans toutes les audiences solen-
nelles, était admis à siéger parmi les membres de la
Cour, sans avoir pour cela voix délibérative.

Enfin, Monseigneur Henri de Marle, sur qui tous les
regards de l'assistance étaient dirigés, et qui justifiait
cette attention soutenue, donnée à sa personne, par
sa mâle et noble figure, ainsi que par sa haute taille
et par la distinction parfaite de sa démarche et de ses
manières, monta avec un air de souveraine dignité
sur le siége destiné à la Présidence. Un murmure
d'approbation louangeuse circula, à sa vue, d'un bout
à l'autre de la Chambre nuptiale de saint Louis ; tant
il est vrai que c'est de la personne du magistrat sur-

tout que la loi tire le prestige et l'autorité qui lui sont nécessaires.

Au bout de quelques instants, indispensables pour que tous les membres de la Cour fussent définitivement installés, le Président se couvrant de son mortier, qu'il avait ôté à son entrée dans la salle, dit d'une voix ferme et grave :

— L'audience est reprise.

Il ajouta, après avoir fait une courte pause, et en s'adressant au personnage qui avait annoncé la rentrée de la Cour :

— Huissier, faites venir l'accusé.

Ici, l'attention générale se porta vers la gauche de l'Estrade, c'est-à-dire du côté opposé à celui par lequel Messieurs de la Cour venaient de rentrer dans la Chambre-Dorée. Une petite porte, qui communiquait avec la Tour de César, s'ouvrit aussitôt, et l'on vit s'avancer dom Pierre Candrin, conduit par quatre Sergents du Palais.

Bien que huit jours seulement se fussent écoulés depuis son arrestation, Monsieur l'Archiprêtre de Saint-Jacques était devenu à peu près méconnaissable. Pas un fil d'ébène n'était demeuré dans son opulente chevelure, qui, autrefois, d'un noir de jais, était aujourd'hui semblable à celle d'un vieillard que l'hiver de la vie aurait poudré à blanc du givre des années. Son regard, jadis si pénétrant et si incisif, était complétement atone ; et ses noires prunelles s'apercevaient à peine derrière ses paupières, qu'une étrange bouffissure de tout le visage avait envahies, et qui, faisant ventre au-dessous de chaque œil, donnait à sa physionomie quelque chose de hideux et de repoussant.

Disons en passant, que tel était ordinairement l'effet que la Question par l'eau, et surtout la Question extraordinaire, produisait sur les malheureux qui y avaient été soumis : l'énorme quantité de liquide qu'ils étaient contraints d'avaler ne tardait pas à se répandre dans toutes les parties du corps, et, pour longtemps, donnait à leur personne cette apparence si connue d'un homme qui est envahi par une hydropisie générale.

Le malheureux Archiprêtre s'avança en trébuchant, et soutenu par un des Sergents du Bailli, jusqu'à la sellette qui lui était réservée. Mais, au moment de prendre place sur ce siége infamant, il leva les yeux vers la grande Tribune dont nous avons parlé, et les fixa sur la partie de cette Tribune, où était assis Monseigneur Gérard de Montaigu. Le Prélat qui, bien évidemment, paraissait épier un instant favorable pour faire quelque signe d'intelligence à son protégé, se hâta, aussitôt que leurs regards se rencontrèrent, d'incliner légèrement la tête, en même temps qu'un sourire de satisfaction vint s'épanouir sur ses lèvres.

La traduction de ce langage mimique était facile à faire ; il signifiait positivement :

— La Cour est pour vous, espérez !

Mais, si rapide qu'eût été cet échange de regards entre l'accusé et notre Prélat, il n'échappa pas à l'un des assistants, et ce curieux, à l'œil si alerte, c'était Cascaret, qui, avec sa pénétration habituelle, en démêla facilement le sens, surtout en voyant l'impression que la pantomime de Monseigneur produisit sur l'Archiprêtre. Celui-ci, en effet, tressaillit dans toute sa personne ; ses lèvres s'écartèrent comme pour donner passage à quelque joyeuse interjection, et, en même temps, une légère rougeur monta à son front, qui, l'instant d'avant, était pâle comme la cire.

— Dites donc, Papa l'Arrose-Bec, demanda vivement le Clerc de la Basoche au Tavernier, avez-vous vu ce qui vient de se passer?

— Quoi donc, Messire? dit le Père l'Entonnoir d'un air surpris.

— Comment! vous n'avez pas vu le signe d'intelligence que Monseigneur l'Évêque vient d'échanger avec le Curé de Saint-Jacques?

— Nenni! vraiment, Messire.

— Eh bien! moi, je l'ai, je vous assure, saisi au passage, comme un joueur qui prend la balle au bond dans le jeu de paume de la Croix-Blanche, au carrefour Bucy, et je vous assure que me voilà désormais fixé sur l'issue du procès.

— Est-ce que vous supposeriez, Messire, que Monseigneur, pendant la suspension de l'audience, a été prendre langue....

— Auprès des Juges? Mais certainement, Vieux Brave, que je le suppose; et je parierais avec vous une chaise d'or contre une maille tournois, que le signe que notre révérendissime Évêque de Paris vient de faire à Monsieur l'Archiprêtre est pour lui annoncer qu'il sera mis hors de Cour.

— Vous croyez? dit la Margot qui avait entendu le dialogue qui se tenait entre le Basochien et le Tavernier.

— Je le crois d'autant mieux, aimable Laitière, que la simarre et la soutane, bien qu'ennemies dans le fond, se passent ainsi qu'on le dit, dans l'occasion, la rhubarbe pour le séné. Elles sont comme les femmes, voyez-vous, qui se soutiennent toutes en public par esprit de corps, et qui, en particulier, se déchirent à belles dents, par jalousie de métier.

En ce moment, la voix de l'huissier coupa court à la conversation de nos trois personnages, en leur adressant cette brusque apostrophe, de sa voix la plus aigre :

— Silence aux manants du haut de la Barre !

Cette courtoise invitation était à peine faite, que les derniers grains de poudre de corail du sablier de Monsieur le Greffier Criminel tombèrent de l'ampoule supérieure dans l'ampoule inférieure, et au même instant midi sonna à l'horloge d'Henri de Vic.

— Monsieur le Bailli du Palais, dit Monseigneur Henri de Marle, aussitôt que le douzième coup eut retenti, donnez vos ordres pour que les portes de la Chambre soient ouvertes à deux battants.

Ce commandement fut aussitôt transmis par le Bailli à ses Sergents, et il fut immédiatement mis à exécution par la force armée du Palais.

— Monsieur le Premier Huissier de la Cour, reprit le Président, quand l'accès de la Grand'Chambre fut libre, faites votre Sommation publique aux témoins défaillants du Monitoire.

Le personnage à qui cet ordre était donné s'avança gravement jusque sur le seuil de la porte, tenant dans sa main droite la Verge fleurdelisée et sommée d'une main de Justice, qui était l'emblème de sa charge, et, d'une voix retentissante, il prononça la formule de cette solennelle sommation :

« — Au nom de notre bien-aimé Seigneur Charles

le Sixième, que Dieu veuille avoir en sa sainte et
digne garde, et de Nos Seigneurs du Parlement de
Paris, siégeant en audience de Plaidoyer, en la
Grand'Chambre du Palais, Nous, Premier Huissier
assermenté près ladite Chambre, aux termes du Monitoire décerné le deuxième jour du présent mois de
septembre par Nos Seigneurs de l'Officialité de Paris,
et ledit jour, lu au prône de toutes les paroisses et
affiché à la porte desdites églises, faisons sommation à tous ceux et celles qui, en quelque sorte et
manière que ce soit, sont à même d'éclairer la Justice sur tout ou partie des circonstances qui ont précédé, accompagné ou suivi le très détestable meurtre
commis sur la personne de feu Messire Jehan de Tarenne, en son vivant orfévre, tenant sa boutique sur
le Pont-aux-Changeurs, qu'ils aient à comparoir sur
l'heure et sans plus de délai, par devant la Cour Souveraine, s'ils ne veulent encourir les censures ecclésiastiques et la peine de l'excommunication qui sera
requise et prononcée contre eux. »

L'huissier avait à peine achevé de faire sa sommation, que, du milieu de la foule qui se pressait sur
le seuil de la Grand'Chambre, une voix féminine,
aiguë et perçante, retentit tout à coup.

— Place! place! place! disait-elle avec animation.

Et, au même moment, des voix nombreuses répé-
tèrent à l'envi :

— Place! place! pour un témoin du Monitoire!

Aussitôt les Sergents de Monsieur le Bailli, qui gar-
daient l'entrée de la Grand'Chambre, firent ouvrir les
rangs de la multitude, et l'on vit s'avancer, donnant
le bras à un jeune et charmant écolier, qui avait d'ad-

mirables yeux noirs et des cheveux d'un blond cendré, une femme à la démarche gracieuse et légère,
laquelle était entièrement vêtue de noir, mais dont
les traits se dérobaient aux regards des curieux sous
un long et riche voile en point d'Alençon.

Aux brèves paroles par lesquelles cette jeune
femme avait répondu à la sommation faite par le
premier huissier de la Grand'Chambre, l'assemblée
tout entière avait tressailli de surprise, et, d'un mouvement commun, tous les regards s'étaient dirigés
vers la porte de la sa'le. Les membres de la Cour,
eux-mêmes, laissaient lire sur leurs visages l'étonnement dont ils étaient frappés, car, de mémoire de
juge, on n'avait pas souvenance qu'un seul témoin
eût jamais répondu à ce suprême appel, qui, bien
qu'il fût considéré par tout le monde comme étant
de pure formalité, n'en était pas moins toujours fait
au lieu et à l'heure voulus, dans toutes les affaires où
l'on avait recours à la citation juridique du Monitoire.

Quant à l'accusé, l'impression qu'il en ressentit
fut si vive et si inattendue, qu'il ne put en dissimuler
l'effet : sa figure devint plus pâle encore qu'elle ne
l'était ; son regard, tout à l'heure sans expression,
s'il'umina d'un éclair rapide ; ses narines se dilatè-
rent et sa lèvre inférieure trembla.

Une bête fauve qui a échappé une première fois
aux chasseurs, et qui, de nouveau, entend les limiers
donner de la voix à quelque distance du lieu où elle
s'est dérobée à la poursuite de la meute, ne trahit
pas plus vivement l'effroi qu'elle éprouve.

La jeune femme voilée fit son entrée dans la Grand'-

Chambre du Parlement, précédée du premier huissier de la Cour, et sans quitter la main du jeune et
bel écolier qui l'accompagnait. Mais à peine eurent-
ils fait tous les deux quelques pas dans l'intérieur de
la salle, que le jeune homme s'arrêtant et se penchant
à l'oreille de sa compagne, lui dit de façon à n'être
entendu que d'elle seule :

— Du courage, chère Nanine! je vous en conjure,
au nom de votre enfant et par la mémoire de votre
bienfaiteur!

— Ah! je sens que j'en ai plus besoin que jamais, répondit celle-ci d'une voix extrêmement
émue.

— Remettez-vous et ne tremblez pas ainsi; songez
que ce que vous allez faire est un devoir sacré que
vous remplissez.

Et le bel écolier, que nos lecteurs ont déjà reconnu pour être Orfano en personne, s'écarta aussitôt
vers la droite, où il se mêla à la foule des spectateurs. Nanine, restée seule, continua de marcher sur
les pas de l'huissier, qui la conduisit jusque vers le
milieu de la barre. Arrivée là, elle s'arrêta, fit une
profonde révérence à la Cour, et attendit que M. le
Président lui adressât la parole.

En ce moment, l'assemblée tout entière, dont la
curiosité était éveillée au superlatif par l'apparition
de cette jeune femme en deuil et voilée, se trouva
plongée dans un silence si profond, qu'on put entendre des deux bouts de la salle, nous ne dirons
pas le soupir, mais le gémissement plein d'angoisse
qui s'échappa de la poitrine de dom Pierre, à la vue
de ce mystérieux personnage, qui, pareil à la statue

de la Fatalité, se dressait devant lui et le glaçait d'épouvante par son funèbre vêtement.

— Dites donc, Papa l'Arrose-Bec, dit Cascaret en se penchant à l'oreille du Tavernier, et en lui parlant à voix basse, m'est avis que cela commence à devenir intéressant; et je crois, foi de Basochien, que j'ai fait un marché de dupe avec vous, en n'exigeant qu'une double quarte d'hypocras blanc aux fines épices, pour vous avoir fait entrer ici à la place de mon ami Maclou le Muflard.

— Cela promet, en effet, répondit le Vieux Sergent; et si le corps d'armée répond à l'avant-garde, eh bien! Messire, au lieu de l'ambe, nous pousserons jusqu'au quaterne.

— Ce qui veut dire qu'au lieu d'une double quarte d'hypocras, nous en chopinerons deux?

— C'est ce que j'ai voulu dire, en effet.

— Et vous le jurez, ô généreux Tavernier?...

— Je le jure par la bataille de Rosebec!

— Cela vaut pour moi le serment du Styx du seigneur Jupiter, surnommé l'Olympien.

— Silence aux manants de la Barre! cria de nouveau l'huissier qui était de service dans le parquet de la Cour, et il accompagna cette fois son apostrophe d'un regard si menaçant et si évidemment adressé à nos deux interlocuteurs, que ceux-ci, qui en comprirent le sens, obéirent aussitôt à l'injonction qui leur était faite.

En ce moment, Monseigneur Henri de Marle prit la parole.

— Huissier! dit-il, faites avancer le témoin jusqu'au pied de la Cour.

L'huissier, pour se conformer à cet ordre, fit glisser dans sa rainure la barre qui séparait la partie de la salle réservée aux juges de celle qui était destinée au public, et il conduisit Nanine jusqu'au bas de l'Estrade royale, juste en face de Monsieur le Chancelier, et à quelques pas seulement de l'accusé, dont les regards épouvantés ne pouvaient se détacher de cette sinistre apparition.

— Levez votre voile, dit le Président au témoin.

Nanine leva son voile d'une main tremblante, et tous les membres de la Cour restèrent frappés d'admiration devant la beauté intelligente et fine de la jeune fille.

— Comment vous nommez-vous? reprit Monseigneur Henri de Marle.

— Anne Grugeon, répondit Nanine d'une voix très émue.

— Quel âge avez-vous?

— J'aurai vingt ans à la mi-octobre prochaine.

— Êtes-vous en puissance de mari?

— Non, Monseigneur, dit la jeune fille en rougissant fort vivement.

— Quel métier exercez-vous et où demeurez-vous?

— Monseigneur, répondit Nanine tellement impressionnée que sa voix était tremblante, je tiens boutique de mercière-épinglière dans le petit Corridor des Charniers, sous l'ancienne arcade de maître Nicolas Flamel, à l'enseigne du *Chaperon-Joli*.

— Vous paraissez être quelque peu troublée, mon enfant, dit le Président sur le ton de la plus grande bonté; voulez-vous qu'on vous apporte un escabeau pour vous y asseoir?

— Comme il plaira à Monseigneur.

Le Chancelier fit signe à l'un des huissiers, et celui-ci alla, tout aussitôt, quérir l'escabeau demandé.

Pendant le court instant de silence qui se fit alors,
la Commère Margot, qui avait failli tomber à la ren-
verse en reconnaissant Nanine dans cette jeune femme
vêtue de longs habits de deuil, dit à Cascaret, en lui
prenant les mains et en le regardant avec des yeux
où se peignait, de la façon la plus expressive, le trouble
étrange qui s'était emparé de son esprit :

— Mais c'est ma fille, Messire; c'est mon joli Bouton-d'Or en personne. Et que vient-elle faire ici, je
vous le demande?

— Comment, vraiment, dit Cascaret tout surpris
à son tour; cette belle et gracieuse personne-là est
votre fille?

— Mais oui, Messire, ma fille unique.

— Eh bien! foi de Basochien, vous pouvez vous
vanter, ma Commère, d'avoir fait un vrai chef-d'œuvre
le jour de sa naissance. Après cela, ajouta-t-il galamment, cela n'a rien qui doive si fort me surprendre ; le proverbe ne dit-il pas que bon chien
chasse de race?

Mais la Laitière était trop préoccupée en ce moment pour répondre aux galanteries du jeune homme,
et s'adressant au Tavernier, qui, en reconnaissant
Nanine dans la nouvelle venue, n'avait pas été moins
étonné que la Grugeonne, elle lui dit d'un ton tragi-
comique :

— Eh bien! Vieux Brave, qu'est-ce que vous dites
de l'aventure? Vous attendiez-vous à celle-là, hein?
Ma fille fourrée dans ce procès; et dans quelle toi-

lette encore : tout de noir vêtue comme si elle avait
perdu père et mère ! Y comprenez-vous quelque
chose ?

— Nenni, en vérité, dit le Vieux Sergent.

— Mais qu'est-ce qu'elle vient faire ici ? De quoi
va-t-elle parler, que va-t-elle dire ?

— La meilleure manière de le savoir, dit Cascaret,
c'est de nous taire et de l'écouter : car, maintenant
que voilà votre joli Bouton-d'Or assis sur son escabeau, Monseigneur va continuer de l'interroger.

Le Président de la Cour, en effet, après avoir laissé
à la jeune fille quelques instants pour calmer son
émotion, lui adressa de nouveau la parole.

— Anne Grugeon, dit-il, en continuant de parler
à Nanine d'une voix très douce et sur un ton presque affectueux, en vous présentant en ce moment
par devant la Cour Souveraine, n'avez-vous fait
qu'obéir à la citation donnée par le Monitoire, ou
y auriez-vous été poussée par quelque motif de haine
ou de vengeance personnelle ?

— J'ai simplement obéi aux ordres du Monitoire,
Monseigneur.

— S'il en est ainsi, pourquoi donc avez-vous at-
tendu si tard pour venir faire vos révélations à la
Justice ? Est-ce que vous n'auriez eu connaissance du
Monitoire qu'hier seulement ?

— Pardonnez-moi, Monseigneur, j'ai eu connaissance du Monitoire dès le jour même où il a été
affiché sur la porte de l'Eglise des Saints-Innocents,
laquelle est tout proche de ma boutique, ainsi que
chacun sait.

— Quelles raisons donnez-vous, alors, du retard

que vous avez mis à venir en témoignage par devant
nous?

— Monseigneur, dit Nanine, qui, à mesure qu'elle
parlait, retrouvait son assurance ordinaire, si je ne
suis pas venue plus tôt en témoignage par devant la
Justice, c'est que, de cette nuit seulement, j'ai eu
connaissance des faits que je viens lui révéler ; je n'ai
donc point perdu de temps à me rendre aux ordres
qui ont été donnés à tous les fidèles par Nos Seigneurs de l'Officialité.

Le Président fit un signe de tête, qui signifiait, bien
évidemment, qu'il se contentait de cette raison, tout
extraordinaire qu'elle lui parût.

L'assemblée qui, ainsi qu'on le dit, était *tout yeux
et tout oreilles,* parut redoubler d'attention, en entendant ces paroles de la jeune fille, paroles qui
étaient de nature à piquer davantage encore la curiosité.

Quant à dom Pierre, dont l'épouvante allait gran-
dissant de minute en minute, toutes les puissances
de son être semblaient s'être concentrées en ce moment dans ses deux noires prunelles, et les regards
qu'il tenait attachés sur la jeune fille étaient, qu'on
nous passe cette comparaison, ceux d'un tigre altéré
de sang qui verrait bondir une gazelle à quelques pas
du lieu où il est enchaîné, et qui aurait la rage dans
le cœur de ne pouvoir s'élancer sur elle et de la dévorer.

Après quelques instants de silence, Monseigneur
Henri de Marle s'adressant à l'Archiprêtre, lui dit :

— Accusé, levez-vous.

Dom Pierre obéit sans mot dire, et il se dressa,

non sans de pénibles efforts, au milieu des quatre
Sergents du Bailli, qu'il dominait de sa haute sta-
ture.

— Anne Grugeon, poursuivit Monseigneur, recon-
naissez-vous l'accusé ici présent pour être Pierre
Candrin, Archiprêtre et Doyen de l'Eglise Saint-
Jacques-de-la-Boucherie?

— Oui, Monseigneur, je le reconnais parfaitement.

— Vous savez qu'il est accusé d'avoir, de complicité
avec la Dame Charlotte des Essarts, méchamment
et traîtreusement mis à mort Messire Jehan de Tarenne, orfévre et bourgeois de Paris, dans la nuit du
25 juillet 1394, il y a de cela, par conséquent, vingt
ans révolus.

— Oui, Monseigneur, je le sais.

— Je dois vous dire que l'accusé a été mis à la
Question ordinaire et extraordinaire par l'eau, et
qu'il n'a point avoué sa participation à ce crime
odieux. Il a reconnu, néanmoins, dès le début de
l'instruction, qu'il avait eu des relations adultères
avec la Dame de Tarenne, mais il a constamment
protesté de son innocence touchant le détestable
meurtre dont il est accusé, et que Charlotte des Essarts
a spontanément déclaré avoir commis seule et sans
l'assistance d'aucune personne étrangère.

— Oui, Messeigneurs, dit l'Archiprêtre d'une voix
suppliante et en levant vers ses juges ses mains garrottées, oui, je suis innocent de ce crime, je vous le
jure, par le sang du Christ!

— Tu mens! Pierre Candrin, s'écria Nanine en
s'élançant de son siége et en foudroyant, à son tour,
l'accusé de son regard, qui lançait des éclairs.

L'auditoire tout entier tressaillit à ce coup de théâtre.

—Tu mens! te dis-je, prêtre sacrilége et assassin, car c'est toi qui, dans cette fatale nuit du 25 juillet 1394, enfonças cet horrible clou doré dans la tête de Jehan de Tarenne, et cela pendant que ce malheureux vieillard était plongé dans le sommeil.

Et la jeune fille, prenant résolûment sur la table voisine le crâne du vieux changeur, en retira la broche de fer à tête ciselée et dorée qui y était enfoncée, et la plaçant à quelques pouces seulement du visage de l'Archiprêtre, elle lui dit sur le ton du sarcasme le plus amer :

— Est-ce que tu feindrais de ne pas le reconnaître, ce noble instrument de ton crime?

Bien qu'atterré par cette assurance de Nanine, l'accusé sentit combien il lui importait de faire bonne contenance et de défendre le terrain pied à pied.

— Je reconnais, en effet, ce clou pour m'avoir appartenu, dit-il d'un ton beaucoup plus calme qu'on n'aurait pu l'attendre de lui durant une pareille scène; mais j'ai déclaré et je déclare de nouveau à la Justice qu'en donnant ce clou doré à la Dame de Tarenne, j'ignorais complétement le criminel usage qui devait en être fait par elle.

— Et par toi, monstre d'hypocrisie, poursuivit impétueusement Nanine; car, tandis que ton adultère complice tenait, d'une main, la lampe destinée à éclairer cet exécrable forfait, et que, de son autre main placée sur la bouche de son vieil époux, l'infâme s'apprêtait à étouffer les cris de la victime, toi, Pierre Candrin, tu enfonçais, à coups de maillet, comme je le fais en ce moment, vois-tu ? cette longue broche mal aiguisée dans la tempe gauche du malheureux Jehan de Tarenne.

Et Nanine, joignant le geste à la parole, présenta de sa main gauche le clou doré à l'entrée de la brèche qu'il avait faite vingt ans auparavant dans le crâne du vieux changeur ; et, de son petit poing fermé, elle se mit à le frapper à coups redoublés, et jusqu'à ce qu'il eût pénétré entièrement dans l'ivoire jauni de cette tête de mort.

Un frisson d'horreur courut dans toute la salle à cet épouvantable récit fait par la jeune fille.

Le prêtre, avec une feinte indignation, s'écria, en s'adressant à ses juges :

— Mensonge, Messeigneurs, mensonge et calomnie ; je vous le répète, je suis innocent !

— Faut-il te dire, Pierre Candrin, quel était le marteau que tu avais à la main pour accomplir ce meurtre ? C'était le propre maillotin en plomb, avec lequel Jehan de Tarenne avait, en 1381, combattu pour la défense des franchises municipales, et qu'il conservait religieusement comme un souvenir du triomphe, remporté par le peuple et par la bourgeoisie de Paris, sur les rapaces percepteurs des Aydes et de la Gabelle. Dis, suis-je assez bien renseignée sur tes faits et gestes durant cette abominable nuit ?

L'Archiprêtre qui, de pâle qu'il était tout à l'heure était devenu livide, demeura muet et comme atterré devant une aussi précise accusation.

Le Président de la Grand'Chambre, s'adressant alors à la jeune fille :

— Anne Grugeon, lui dit-il de sa voix mâle et

ferme, la Cour ne met point en doute, un seul instant, la droiture des intentions qui vous ont amenée
devant elle ; mais elle ne saurait voir dans les révélations que vous lui faites, en ce moment, des faits qui
soient de nature à constituer des charges contre l'accusé, à moins que vous ne soyez en mesure d'appuyer ce que vous venez d'avancer, par des preuves
matérielles et saisissables.

— C'est aussi, ce que je vais faire, dit résolûment
la jeune fille.

— Et, d'abord, votre âge seul, s'opposant à ce que
vous ayez assisté à l'horrible scène dont vous parlez,
il faut donc supposer que le meurtre commis sur la
personne de Jehan de Tarenne a eu d'autres témoins,
et que ces témoins, vous les connaissez.

— Oui, Monseigneur, l'assassinat du vieux Changeur a été commis, non pas en présence de plusieurs
personnes, mais devant un seul et unique témoin,
que le hasard, ou pour parler plus justement, que
Dieu avait conduit là pour que les coupables ne
pussent échapper, un jour, à la punition de leur
monstrueux forfait.

— Et quel est le nom de ce témoin ?

— Isaac Lévy ! dit Nanine, en portant rapidement
son regard sur l'Archiprêtre, afin de voir quel effet
ce nom allait produire sur l'accusé.

Mais, sûrement, le malheureux s'était préparé à
tout entendre, afin, sans doute, de mieux dissimuler
ses impressions, car ce fut à peine si une fugitive
contraction des traits se fit remarquer sur son masque de marbre pâle.

— Isaac Lévy, répéta Monseigneur Henri de Marle,

voilà un nom qui n'indique que trop clairement que
le témoin, dont vous parlez, appartenait à la race
proscrite des Juifs, et, par conséquent, qu'il était
l'ennemi de notre sainte religion.

— En 94, en effet, Monseigneur, Isaac Lévy appartenait à la religion israélite, mais, depuis, il a reçu
le sacrement du Baptême.

— Et c'est lui qui vous a raconté comment le
meurtre de Jehan de Tarenne avait été perpétré sous
ses yeux?

— Oui, Monseigneur.

— Et par quel concours de circonstances cet
homme se trouvait-il être présent pendant la fatale
nuit du 25 juillet 94, dans la demeure de ce malheureux vieillard?

— Messeigneurs, dit Nanine en s'adressant cette
fois, non plus seulement au Président, mais à tous
les membres de la Cour; cet Isaac Lévy, que bon
nombre de gens, actuellement encore existants, se
rappellent, sans doute, avoir connu, était, il y a vingt
ans, l'homme de confiance de Nicolas Boulard et de
Jehan de Tarenne, qui étaient associés, à cette époque, pour faire le négoce de la joaillerie et des
pierres précieuses. Or, dans le temps que ce dernier
était retenu en Abyssinie pour la pêche du corail et
des coquilles perlières, son enfant, alors âgé d'environ une année, étant venu à mourir, Isaac Lévy fut
envoyé par la Dame de Tarenne à son époux pour
lui porter la nouvelle de ce malheureux événement.
L'infortuné père, frappé dans ce qu'il avait de plus
cher au monde, abandonna de suite, en d'autres
mains, les travaux de son négoce. Il revint donc en

France, accompagné de son fidèle Juif Isaac Lévy, et rapportant, dans plusieurs coffrets de fer des perles, des coraux et des gemmes, pour une somme considérable. Mais, au nombre de ces coffrets, il en était un qui renfermait des joyaux du plus grand prix, joyaux dont Jehan de Tarenne avait fait l'acquisition pour son propre compte, et en dehors de son association avec Nicolas Boulard. Mais, désirant que cela fût tenu dans le plus grand secret, il avait confié ce coffret, qui avait peu de volume, à Isaac Lévy, qui ne devait le lui remettre que dans la nuit même de leur commune arrivée à Paris, et, à cet effet, Jehan de Tarenne avait donné au dépositaire du coffret, la clef d'une petite porte, qui, de la rue de la Savonnerie, conduisait, par un escalier dérobé, au premier étage de l'Hôtel de la Cour-Pavée, et de là dans la propre chambre à coucher du vieillard.

— Et à quelle heure de la nuit, demanda Monseigneur Henri de Marle, Isaac Lévy devait-il rapporter le coffret à son maître ?

— Après le coup de minuit, continua Nanine, et ce fut, en effet, ce qu'il fit très exactement. Mais lorsqu'il pénétra dans la chambre de M. de Tarenne, il trouva celui-ci couché et profondément endormi. Ne voulant pas interrompre trop brusquement un sommeil dont le pauvre vieillard souffrant et chagrin avait un si grand besoin, il prit le parti de s'asseoir sur un escabeau, derrière le chevet du lit, et là, caché par la pente des courtines, il attendit quelque temps, espérant que son maître ne tarderait pas à se réveiller. Mais bientôt, succombant lui-même à la fatigue, il appuya sa tête alourdie contre

un des coussins, et il ne tarda pas à s'endormir.
Tout à coup, il fut réveillé en sursaut par des cris
étouffés qui partaient d'à côté de lui. Il se leva aussitôt, écarta brusquement les courtines du lit qui lui
dérobaient la vue de son maître ; et c'est alors, Messeigneurs, qu'il se trouva en présence d'un cadavre
et de deux assassins.

A cet endroit de son récit, Nanine se tournant
brusquement du côté de l'Archiprêtre, lui dit :

— Pierre Candrin, est-ce bien ainsi que la figure
épouvantée d'Isaac Lévy vous est apparue, à toi et à
Charlotte des Essarts, ta complice ?

Dom Pierre, qui semblait être pétrifié, ne répondit
point.

L'assistance, on le devine, était en proie à l'émotion la plus vive, et les magistrats eux-mêmes, qui,
tout à l'heure inclinaient manifestement vers l'innocence présumée de l'accusé, s'entre-regardaient
maintenant d'un air consterné.

— Continuez votre déposition, dit Monseigneur
Henri de Marle à la jolie mercière-épinglière des
Charniers.

— En voyant que le meurtre qu'ils venaient de
commettre avait eu un témoin, poursuivit Nanine,
Pierre Candrin et la Dame de Tarenne n'eurent
qu'une même pensée, celle de s'en défaire, à l'instant, par un nouveau crime. Mais Isaac Lévy, com-
prenant l'extrême danger qu'il courait, se jeta aux
genoux de l'Archiprêtre qui, déjà, le menaçait de son
maillotin en plomb, et à force de supplications, à
force de serments surtout, par lesquels il s'engagea,
lui vivant, à ne jamais révéler ce qu'il avait vu, il

obtint des deux assassins d'avoir la vie sauve. Il se
retira donc par où il était venu ; mais il eut l'adresse
de remporter avec lui le précieux coffret aux joyaux,
qu'il jugea être de son devoir de s'approprier, plutôt
que de le remettre en des mains teintes du sang de
son maître. Quelques mois plus tard, chassé de
France, ainsi que ceux de sa religion, Isaac Lévy
avait quitté Paris et était sorti du royaume.

Quand Nanine eut cessé de parler, Monseigneur
Henri de Marle s'adressa à dom Pierre :

— Accusé, lui dit-il froidement, qu'avez-vous à
répondre à cette révélation si précise faite par Anne
Grugeon ?

— Messeigneurs, répondit l'Archiprêtre, que cette
question à lui faite par Monsieur le Président tira
brusquement de sa torpeur, et comme s'il eût reçu
tout à coup quelque décharge électrique, je ne sais,
en vérité, ce que cette jeune fille veut dire ; il
faut que ce soit quelque ennemi acharné à ma
perte qui l'ait poussée à venir vous débiter cette fable
odieuse, dont elle ne saurait vous fournir la moindre
preuve. Si un Juif, en effet, avait été, comme elle
l'affirme, témoin du meurtre dont on m'accuse,
pourquoi, puisque ce Juif a reçu le sacrement de
Baptême et qu'il est devenu Chrétien, par conséquent, ne se présente-t-il pas en personne, pour déposer contre moi ?

— Ah ! tu oses demander pourquoi, Pierre Candrin ! reprit, sur le ton de la plus vive indignation,
la jeune fille qui, croisant ses bras devant sa poitrine, s'avança jusqu'auprès de l'accusé en le foudroyant de son regard chargé de la haine vengeresse

dont son cœur était rempli. Eh bien! vil scélérat que
tu es! continua-t-elle, apprends donc ce que tu ne
feins si bien d'ignorer, que pour mieux en imposer
à la Justice : si Isaac Lévy n'est point ici à ma place
pour te confondre, c'est qu'ainsi que tu l'as fait pour
Jehan de Tarenne, tu l'as assassiné lâchement dans
les caveaux de ton Église, et que tu as jeté son cadavre dans un IN-PACE de la Tour Saint-Jacques.

La foudre tombant aux pieds de l'Archiprêtre l'aurait, à coup sûr, moins épouvanté que ces paroles
prononcées par la jeune fille. A cette révélation inattendue, le malheureux comprit qu'il était perdu sans
ressources. Aussi, toute espérance de salut s'éva-
nouissant, il sentit ses jambes se dérober sous lui, vit
un bandeau de flammes passer sur ses yeux, et tomba,
à peu près évanoui, sur la sellette de bois qu'il venait
de quitter.

Ce coup de théâtre, accompli en moins de temps
qu'il n'en faut pour l'écrire, fit sur l'assemblée l'impression la plus extraordinaire. Un cri d'horreur s'é-
chappa de toutes les bouches, des paroles d'imprécations retentirent aux quatre coins de la salle, et, sans
le respect inspiré à la multitude par la majesté du
lieu, nul doute que le misérable prêtre n'eût été, en
un instant, déchiré en lambeaux par la foule in-
dignée.

— Oui, Messeigneurs, reprit Nanine, lorsque le
calme se fut rétabli dans l'auditoire, l'infortuné Isaac
Lévy a été, il y a quinze jours seulement, frappé
d'un coup de dague de la propre main de cet homme,
dans le sanctuaire même du Dieu dont il est l'indigne
ministre, et où le corps de ce malheureux est encore

gisant à l'heure qu'il est. Plaise à la Cour, ajouta solennellement la jeune fille, ordonner qu'une perqui-
sition soit faite à l'instant dans les souterrains de la
Tour Saint-Jacques, et elle aura, cette fois, une
preuve matérielle et saisissable du nouveau crime que
je viens lui dénoncer.

— Avant de faire droit à votre requête, Anne Grugeon, dit Monseigneur Henri de Marle, la Cour vous
enjoint de lui révéler, dans tous leurs détails, les
circonstances dans lesquelles ce second meurtre a été
commis. En avez-vous connaissance?

— Oui, Monseigneur.

— En ce cas, faites-en la révélation sincère et ex-
plicite à la Justice.

— J'ai dit à la Cour, reprit la jeune fille en s'efforçant d'être calme et en cherchant à raffermir sa voix,
qui était fort émue l'instant d'auparavant, qu'Isaac
Lévy avait dû quitter Paris, ainsi que ceux de sa religion, quelques mois après l'assassinat de M. de Tarenne. Mais, par des circonstances toutes particulières, ayant laissé expirer le délai de grâce de quelques
heures seulement, ce malheureux Juif, qui fut reconnu pour tel, allait être massacré par la populace,
lorsqu'il se réfugia dans l'Église Saint-Jacques, porteur de ce même coffret en fer qui avait appartenu à
Jehan de Tarenne, et dans lequel toute sa fortune était
renfermée. Dom Pierre, à qui il s'adressa pour avoir
la vie sauve, le fit aussitôt descendre dans les caveaux
de la Tour, l'y cacha deux jours entiers, et le fit, durant la seconde nuit, sortir de Paris à la faveur d'un
habit de pèlerin qu'il lui avait procuré. Mais comme
Isaac Lévy craignait, par-dessus tout, que son précieux

coffret ne tombât entre les mains des Chrétiens, il le confia à Pierre Candrin, qui, en sa présence, le déposa au fond d'un IN-PACE, et qui lui donna un reçu de ce dépôt, signé de sa main et revêtu de son scel.

— Et l'accusé savait-il ce que contenait le coffret qui lui était ainsi laissé en dépôt? demanda le Président de la Cour.

— Non, Monseigneur; le Juif, qui se méfiait, et pour cause, de la probité de son dépositaire, s'était bien gardé de lui apprendre que son coffret était rempli de joyaux et de pierreries, et il le lui avait remis comme renfermant seulement les livres rituels de sa religion. Mais l'Archiprêtre, après le départ d'Isaac Lévy, soupçonnant la vérité, retira le coffret de l'IN-PACE, et s'empara du trésor qu'il contenait. Pendant vingt ans, le Juif ne donna aucun signe de vie, captif qu'il était dans les prisons de Gondar, et dans l'impossibilité, par conséquent, de revenir en France pour y chercher son trésor. Mais, la liberté lui ayant été enfin rendue, il brava la mesure de proscription qui pesait sur ceux de sa race, et eut la hardiesse de revenir à Paris.

— Et à quelle époque le retour d'Isaac Lévy a-t-il eu lieu? demanda Monseigneur Henri de Marle.

— La veille même du jour où fut faite la cérémonie de la Consécration de l'Église Saint-Jacques. Et à cette occasion, Messeigneurs, ajouta Nanine en parcourant du regard les siéges dressés aux deux côtés de l'Estrade, ne vous souvient-il pas d'avoir ouï dire que, vers la fin de cette cérémonie, et dans le temps que l'Archiprêtre donnait la bénédiction solennelle

aux assistants, il chancela tout à coup et comme s'il
eût été frappé d'un subit éblouissement?

— Parfaitement, dirent le Président et les membres de la Cour.

— Eh bien ! Messeigneurs, ce que tout le monde
croyait être un pur effet du hasard n'était que le résultat de la violente émotion que l'Archiprêtre avait
éprouvée en reconnaissant, caché derrière le pilier
de Jacqueline la Bourgeoise, Isaac Lévy qui venait
lui redemander son trésor.

En cet endroit du récit de Nanine, dom Pierre,
écrasé de honte par l'épouvantable vérité qui éclatait
de toutes parts, pencha subitement la tête et se cacha
le visage dans ses mains.

— Ce ne fut pourtant que cinq mois plus tard, reprit la jeune fille, et, après avoir fait un voyage dans
le midi de la France, que le vieux Juif vint sommer
dom Pierre de lui remettre le coffret qu'il lui avait
laissé en dépôt vingt ans auparavant. L'Archiprêtre,
qui avait, à loisir, médité son projet homicide, choisit
une nuit pour l'exécuter. Ce fut celle du 24 au 25
août dernier, cette même nuit d'orage pendant laquelle le tonnerre, par une permission spéciale de
Dieu, est tombé sur la Tour Saint-Jacques, à l'heure
même où un crime odieux se commettait dans
les caveaux de cet édifice. A minuit, en effet, Isaac
Lévy, à qui Pierre Candrin avait donné rendez-vous
à la petite porte de l'Église qui fait face à la maison
de Maître Nicolas Flamel, était introduit par lui dans
le sanctuaire religieux, et, tous les deux, ils descendaient dans les souterrains de la Tour, à la lueur d'une
lampe, qui était celle du Bréviaire public d'Henri Béda.

Ici, Nanine s'arrêta de nouveau, et, apostrophant, une dernière fois, l'Archiprêtre, qui, par suite de son émotion croissante, était en proie à une sorte de spasme ou de tremblement nerveux de tous les membres :

— N'est-ce pas, Pierre Candrin, lui dit-elle, qu'à cette heure avancée de la nuit, dans ce souterrain sans écho, et en présence de cet IN-PACE qui allait devenir son tombeau, ton cœur a dû battre avec une suprême volupté, à la pensée que le seul témoin du crime que tu avais commis jadis, allait disparaître pour toujours d'entre les vivants, et que, désormais, l'impunité vous serait acquise, à toi et à Charlotte des Essarts, ton infâme complice ?

Le malheureux Candrin resta muet.

— Pourquoi donc ne réponds-tu pas ? Mais, parle donc, Prêtre doublement assassin ? Dis donc toi-même à la Justice, dont le glaive est déjà levé sur toi, qu'après t'être assuré que ce pauvre vieillard était bien réellement porteur du reçu que tu lui avais donné autrefois, de son dépôt, tu l'invitas à se pencher vers le gouffre que tu avais ouvert toi-même, et que, tandis qu'ainsi courbé vers le sol, il cherchait à apercevoir le coffret de fer qui contenait son trésor, tu le frappas par derrière avec une dague acérée que tu tenais cachée dans les plis de ta soutane, et qu'aussitôt tu précipitas son corps dans l'IN-PACE. Ajoute donc, enfin, qu'avant de laisser retomber la lourde dalle de ce sépulcre sur ta malheureuse victime, qui respirait encore, et qui, de ses deux mains, cherchait à se retenir aux bords de l'abîme, tu eus l'atroce courage de broyer sous tes pieds les doigts crispés du moribond, afin de lui faire lâcher prise.

Nous renonçons à peindre le saisissant tableau qu'offrait, en ce moment, l'auditoire tout entier de la Grand'Chambre. Toutes ces figures bouleversées, ces lèvres entr'ouvertes, ces regards fixes, ces traits pâles, ces attitudes terrifiées, témoignaient assez de l'horreur et du dégoût que ce dramatique récit avait fait passer dans l'âme de tous les assistants.

Après un intervalle de quelques minutes, pendant lequel chacun avait, à sa façon et sans pouvoir s'en défendre, trahi de la voix et du geste l'étrange émotion à laquelle il était en proie, Monseigneur Henri de Marle prit la parole :

— Anne Grugeon, dit-il à la jolie fille de la Commère Margot, sur laquelle les regards de toute la salle étaient fixés avec le plus sympathique intérêt, je vous ferai remarquer que, dans l'importante déposition que vous venez de faire par devant la Justice, il existe une contradiction des plus manifestes, et qui, si vous ne pouviez en donner une explication satisfaisante à la Cour, serait de nature, non-seulement à enlever à votre déposition tout le poids qu'elle pourrait avoir, mais encore à la faire arguer de faux témoignage.

— Je sais, Monseigneur, ce que vous voulez dire, répondit la jeune fille avec un calme parfait; c'est que si Isaac Lévy a été assassiné il y a quinze jours, il n'a pu me faire cette nuit la révélation des scènes de meurtre que je viens de raconter à Nos Seigneurs du Parlement.

— C'est là, en effet, reprit le Président, l'importante remarque que l'assemblée tout entière a pu faire, ainsi que les membres de la Cour, et sur laquelle je vous invite à nous donner immédiatement des explications.

Mais avant de transcrire la réponse de Nanine, nous demanderons à nos lecteurs la permission de leur présenter quelques brèves remarques sur les préjugés juridiques du temps, remarques qui seront de nature à leur faire mieux apprécier, et le sens, et la portée que devait avoir cette réponse.

Pour qui a fait une étude quelque peu attentive de notre histoire nationale, il ressort bien évidemment que les hommes du moyen âge étaient essentiellement, et avant tout, religieux, c'est-à-dire que dans ces cœurs primitifs la foi était la première comme la plus vivace de toutes les vertus chrétiennes : c'est ce qui nous explique avec quelle naïve et quelle grossière crédulité ils admettaient, comme étant du domaine de la réalité, l'existence de certains phénomènes surnaturels, tels que les opérations cabalistiques, les évocations démoniales, l'apparition de l'âme des morts, et toutes ces histoires, enfin, de spectres, de revenants, de loups-garous, de fantômes et de moines bourrus, qui, à cette époque, trouvaient créance jusque dans les classes les plus élevées de la Société. La jurisprudence criminelle alors en vigueur, et l'on sait qu'elle constitue le reflet le plus saisissant des mœurs d'une époque historique, nous donne la preuve la plus certaine que les juges eux-mêmes tenaient ces faits, prétendus surnaturels, pour être constants, puisque chaque jour ils étaient appelés à juger de prétendus criminels, accusés de sorcellerie, et que, dans certains procès, les arrêts, rendus par eux, étaient uniquement motivés sur le témoignage des morts qui étaient apparus aux vivants, et qui étaient ainsi censés leur avoir révélé la vérité.

C'est d'un semblable témoignage que notre gentille mercière-épinglière allait se porter garant.

— Monseigneur, répondit-elle au Président de la Grand'Chambre, ce qu'il me reste à vous révéler va vous donner la preuve la plus éclatante que c'est Dieu lui-même qui poursuit ici le châtiment des coupables. Mais il faut d'abord que vous sachiez que, dès les premiers jours de son retour en France, Isaac Lévy, qui faisait le commerce des patenôtres, s'était, par hasard, trouvé en rapport avec moi, et qu'il m'avait chargée de vendre pour son compte ces objets de sainteté dans ma Boutique des Charniers, où toutes les Dames élégantes de Paris se donnent rendez-vous. Après une absence de cinq mois, Isaac Lévy étant de retour de son voyage dans le midi de la France, vint me faire visite, et, bien que les riches patenôtres en perle et corail qu'il m'avait confiées fussent toutes, ou en partie, vendues, il refusa d'en recevoir le prix et me quitta en m'annonçant qu'à quelques jours de là il viendrait toucher la somme qui lui était due. Depuis lors, Messeigneurs, je ne l'ai plus revu vivant.

— Est-ce à dire que son ombre vous soit apparue après sa mort, demanda Monsieur le Président de la Cour sur le ton d'un homme qui s'attend à quelque révélation de ce genre, et qui est tout disposé à y ajouter foi ?

— Oui, Monseigneur, et c'est cette nuit même, quelques heures avant les premières clartés du crépuscule.

— Et dans quel lieu cette apparition s'est-elle manifestée à vos regards ?

— Sous les Corridors du Cloître des Saints-Innocents, dans lesquels une pénible insomnie m'avait forcée d'errer pendant une partie de la nuit. Or, à l'heure où je me disposais à regagner mon Logis, je vis tout à coup, à la lumière argentée de la lune, glisser lentement, sous les sombres arceaux de la voûte et venir à ma rencontre, la forme vague d'un fantôme que, tout d'abord, je pris pour une de ces humides vapeurs qui se dégagent, pendant la nuit, de la couche des trépassés. Mais, à mesure que ce fantôme s'approchait de moi, je le reconnus pour être l'ombre d'Isaac Lévy, et je m'arrêtai, saisie de terreur, en voyant ses traits qui semblaient être encore contractés par les tortures d'une lente agonie, et ses lèvres que recouvraient les pâles violettes de la mort.

— Anne ! Anne ! me dit l'ombre du vieillard d'une voix qui n'avait plus rien d'humain, tu me reconnais, je suis Isaac Lévy ; j'ai été mis à mort dans les caveaux de la Tour Saint-Jacques par Pierre Candrin, et c'est à toi que je viens confier la mission de venger ce crime, ainsi qu'un meurtre qui a été commis, il y a vingt ans, par les mains du même scélérat. Le vieillard me raconta alors, avec tous les détails que j'ai fait connaître à la Justice, comment s'étaient accomplis, et le meurtre commis autrefois sur Jehan de Tarenne, et l'assassinat dont il avait été lui-même la victime. Comme il terminait son récit, je vis tout à coup une croix de pourpre se dessiner sur le haut de son visage ; un cri de surprise m'échappa, et Isaac Lévy ajouta ces paroles :

— Ce signe de la Rédemption des pécheurs que tu vois briller sur mon front, te dit assez que j'ai abjuré les erreurs de la religion hébraïque, à mon heure dernière, et que je suis mort dans la foi du Christ. C'est un miracle que Dieu a daigné faire en ma faveur. Écoute : au moment où je fus précipité dans le sépulcre par la main de mon assassin, le désir que je nourrissais en moi, depuis longtemps, de devenir Chrétien, se réveilla avec plus de force que jamais. J'élevai alors, du fond de mon cœur, une voix suppliante vers l'Éternel, en lui offrant mon sang en holocauste, et en le priant de me recevoir dans son sein miséricordieux, comme si j'avais été purifié par l'eau lustrale du baptême. Ma prière monta jusqu'au Très-Haut, car, au même moment, la dalle de mon sépulcre se leva, un Ange du Seigneur apparut, me prit dans ses bras, trempa son doigt dans la pourpre de mon sang, et, traçant sur mon front le signe divin du crucifiement, il me dit de sa voix céleste :

— Au nom de la Sainte Trinité, du Père, du Fils et du Saint-Esprit, Isaac Lévy je te baptise.

Puis il ajouta en abaissant mes paupières décolorées sur mes yeux éteints :

— En attendant que l'heure marquée pour la punition des coupables arrive, dors en paix dans le sein de Dieu !

Et je m'endormis aussitôt dans la mort.

Mais voilà que, cette nuit, le même messager céleste est venu me réveiller dans l'IN-PACE de la Tour Saint-Jacques.

— L'heure est arrivée, m'a-t-il dit en me transmettant les ordres qu'il avait reçus, et, retirant de

ma poitrine le poignard qui y était resté enfoncé, il
me le mit à la main, ainsi que ce fragment de parchemin qu'il avait sauvé des flammes. Il me dit alors :

— Va dénoncer à la Justice des hommes un double
crime, dont le Seigneur réclame l'éclatante et légitime réparation !

— Et, en prononçant ces dernières paroles, Messeigneurs, l'ombre d'Isaac Lévy, avant de s'évanouir
pour toujours, m'a remis ce dépôt que l'envoyé de
Dieu lui avait confié. Le voici, ajouta Nanine en retirant de dessous ses longs habits de deuil une dague
ensanglantée et un fragment de parchemin à demi-
brûlé, qu'elle déposa solennellement sur la table qui
était devant elle.

Sur l'ordre de Monseigneur Henri de Marle, le
premier huissier de la Cour lui présenta ces deux
objets, et le Président, après avoir mentalement
restitué le texte du reçu à demi brûlé, en donna
lecture à haute voix et de façon à bien faire saisir à
l'auditoire quels étaient les membres de phrases de-
meurés intacts et quels étaient ceux qu'il avait jugé
à propos d'y ajouter, pour compléter le sens exact de
cet écrit.

Voici quelle était la teneur de ce reçu ainsi recom-
posé :

« Je soubsigné, Curé de la Pa - *roisse Saint-Jacques de la*
» Boucherie, ai reçu à titr - *e de dépôt, des mains du*
» Juif Isaac Lévy, un cof - *fret renfermant les livres*
» sacrés du culte israélite, que — *je lui rendrai*
» à sa première réqu - *isition.*
   » Faict à Paris, ce dix - n - *euvième jour*
» d'octobre 1394. »

A l'un des angles de ce lambeau de parchemin tout raccorni, pendait un sceau en cire verte, portant les armes de l'Archiprêtre, lequel sceau était encore intact ou à peu près.

Aussitôt cette lecture terminée, et au milieu de l'agitation générale qui lui succéda, Monseigneur Henri de Marle, après avoir, au nom de la Cour, remercié Anne Grugeon de l'empressement qu'elle avait mis à se rendre aux ordres du Monitoire, déclara que l'audience allait être, de nouveau, suspendue, afin que des Commissaires-Examinateurs, nommés en la Chambre du Conseil, fissent une descente de justice dans les caveaux de la Tour Saint-Jacques, pour y constater juridiquement le nouveau meurtre dont Pierre Candrin était accusé.

IV

LA GÉHENNE AUX CABRES

IV

LA GÉHENNE AUX CABRES

Le lecteur n'a peut-être pas oublié certaine porte
basse que notre ami Cascaret avait fait remarquer au
Tavernier et à la Laitière, pendant que, tous les trois,
ils cheminaient de compagnie à travers le dédale du
vieux Palais.

Cette porte qui, ainsi que nous l'avons dit, était
pratiquée dans l'angle tronqué formé par la Galerie
de Saint-Louis avec la Galerie des Tournelles, conduisait, par un escalier fort étroit et fort roide, dans
la Chambre de la Question, qui était située au rez-
de-chaussée de la Tour Bon-Bec.

C'est par cette porte que nous allons pénétrer dans
ce Tartare de la Justice humaine, où, pendant des
siècles entiers, la Torture, sous toutes ses formes et

avec tous ses raffinements de cruauté, fut infligée aux
accusés, et qui ne fut définitivement rayée de la procédure du Grand Criminel qu'en l'année 1789, et en
vertu des suffrages unanimes de l'Assemblée consti-
tuante.

Après avoir descendu les dix-sept marches du
degré, lesquelles (chose horrible à penser!) étaient
déjà, à l'époque dont nous nous occupons, si fortement usées par les pieds des malheureux qui les
avaient franchies, que l'empreinte de leurs pas était
marquée dans la pierre de chacune d'elles, on se
trouvait dans une vaste salle circulaire, qui n'était
percée par aucune ouverture donnant sur le dehors,
et qu'éclairait, en tous temps, une lampe de fer à
triple bec, suspendue à la clef centrale de la voûte
par une chaîne de même métal.

Tout autour de cette salle étaient accrochés à la
muraille, ou posés sur des rateliers, des instruments
de formes bizarres et de grandeurs différentes, dont
on ne pouvait, sans frémir, voir la rouille et l'usure,
en songeant que toute cette ferraille avait émoussé
ses dents et arrondi ses ongles sur les chairs palpi-
tantes des malheureux qui avaient été soumis à leurs
épouvantables morsures.

Au fond d'une cheminée pratiquée dans les murs
fort épais de la Tour, et à laquelle son manteau sur-
baissé donnait l'apparence d'un four, plusieurs grosses
bûches achevaient de brûler, et, sur la braise ardente
répandue dans l'âtre, un immense gril en fer, dont
les barreaux étaient d'un rouge blanc, attendait les
redoutables engins du Tortionnaire.

Enfin, dans le milieu de cet antre infernal, et placé

directement sous la lampe dont nous avons parlé,
était un lit en cuir très allongé et très étroit. Chacun
des bouts de ce lit correspondait à deux gros anneaux
en fer, qui étaient scellés dans la muraille, à une
toise de distance l'un de l'autre, et dans chacun de
ces anneaux était engagée une très forte corde, qui,
par son extrémité libre et pendante, se terminait en
formant le nœud coulant, tandis que son autre extrémité allait s'enrouler sur un treuil en bois de chêne,
qui était placé au-dessous et en dehors de l'anneau,
et qui, ainsi que lui, était scellé fortement dans la
pierre du mur.

Nous devons dire que le cuir de ce lit de torture,
véritable lit de Procuste, ainsi que les quatre cordes
à nœuds coulants dont nous venons de parler, étaient
depuis si longtemps et si profondément imprégnés de
sang, que la couleur en était devenue presque noire ;
tandis qu'au contraire, les bâtons ou les leviers des
treuils, à l'aide desquels on tendait les cordes, étaient
devenus blancs et luisants, par suite du frottement
réitéré des mains qui les mettaient en mouvement.

Au moment où nous introduisons nos lecteurs dans
cette redoutable Chambre de la Question, trois personnes seulement s'y trouvaient réunies.

C'était, en premier lieu, le Lieutenant Criminel de
Monsieur le Prévôt, Messire Guillaume Le Tur, qui
remplissait ce jour-là, ainsi que nous le savons déjà,
les fonctions de Procureur du roi près la Grand'-
Chambre du Parlement, et que nous retrouvons,
en ce moment, nonchalamment assis sur le bord du
matelas de cuir qui recouvrait le Lit de la Torture.
Monsieur le Lieutenant Criminel tenait entre ses mains

une des courroies latérales qui servaient à sangler le
patient sur son lit de douleur, et, du bout de son
doigt, il s'amusait, machinalement, à faire sonner la
boucle de fer qui terminait cette courroie, en la
frappant au moyen de son ardillon.

De l'autre côté du lit était assis, sur un escabeau
en bois, un homme d'une cinquantaine d'années environ, à la mine froide et dure, aux petits yeux noirs
enfoncés, mais fort brillants, aux sourcils gris et
hérissés, aux lèvres minces, au teint pâle et à l'encolure pleine de roideur. Ce personnage, qui était, en
outre, d'une assez grande maigreur, était le Mire
juré des Prisons du Palais, « maistre Gille-Soubz-le-
Four, docteur Régent en la Faculté de médecine de
la rue de la Bucherie, » le chirurgien le plus savant
de son époque, mais, à coup sûr, le personnage le
plus pédant de l'Université, et qui s'était rendu la
terreur des empiriques, des renoueurs et des rhabil-
leurs de son temps.

Enfin, le dernier de nos trois personnages, dont
le hoqueton de camelot mi-partie rouge et violet dis-
paraissait presque entièrement sous son tablier de
cuir à collet, et sous ses manches montantes également en cuir, et qui présentait une large face apo-
plectique sur son cou de taureau, était le Tourmenteur
juré en personne. Il était assis, en ce moment, devant
la cheminée basse dont nous avons parlé, et paraissait
très occupé à fourbir, avec une peau de chamois, un
grand miroir en acier bruni, dont la surface polie
réfléchissait et faisait danser, sur les horribles engins
accrochés à la muraille, les lueurs incandescentes de
la fournaise.

Son nom était Gaspard Hurlot, mais dans le peuple il avait été, depuis longtemps, surnommé le *Vautour de Bon-Bec.*

Tout en polissant son miroir, notre homme étendait, de temps en temps, sa grosse main calleuse vers un coquemar en cuivre rouge, qui chauffait doucement à une certaine distance de l'âtre, et il en remuait doucement le contenu avec une sorte de gros pinceau en soies de sanglier et à manche de bois, sans paraître donner la moindre attention au dialogue établi en ce moment entre Messire Guillaume Le Tur et Maître Gille-sous-le-Four; et cependant, la conversation de ces Messieurs ne manquait pas d'être fort instructive : qu'on en juge plutôt.

— Ainsi donc, très savant maître, disait le Lieutenant Criminel au docteur, vous croyez pouvoir m'assurer que dom Pierre Candrin ne résistera pas à cette étrange Torture de la Géhenne aux Cabres, comme il l'a fait lorsque nous lui avons donné la Question extraordinaire par l'eau ?

— C'est mon avis, et mon avis motivé, dit sentencieusement le vieux chirurgien. Avec la complexion athlétique dont il est doué, et devant l'horrible peur qu'il a de la mort, soyez sûr que votre prêtre italien, à la peau brune et aux muscles d'acier, supporterait, sans faire aucun aveu, je ne dirai pas seulement la Question par *les Brodequins* et par *l'Estrapade*, que vous avez coutume d'employer dans le ressort du Parlement de Paris, mais encore les *Grésillons* et les *Jarretières* de Metz, *l'Echelle* de Nancy, *le Moine du camp* et les *Escarpins* de Dijon, *la Mordache* de Toulouse, et même cette fameuse et si terrible *Veglia* qui nous a été apportée de Rome.

— Et comment expliquez-vous, Maître Gille, que cette simple action de provoquer le chatouillement sur ces certaines parties du corps, soit un supplice plus intolérable que les souffrances déterminées par les énergiques moyens de Torture dont vous venez de parler?

— Je l'explique, Messire, par cette raison que, dans toutes les sortes de Questions que je vous citais tout à l'heure, il n'y a jamais qu'une partie des nerfs du corps qui soit foncièrement ébranlée par la douleur; tandis que dans la Géhenne aux Cabres, comme nos anciens la nommaient, et dont l'invention prouve en faveur de leur ingénieux esprit d'observation, l'arbre nerveux tout entier entre en révolte, depuis ses plus petits rameaux jusqu'à ses maîtresses branches; et cela est si vrai, que si cette Torture n'était pas suspendue de minute en minute, la mort en serait promptement et infailliblement le résultat.

— Et ce miroir que vous faites placer en face de la figure du patient, et cela au moment de ses plus affreuses souffrances, dans quel but y avez-vous recours, mon maître?

— Quant à ceci, c'est de mon invention, dit l'aimable savant avec un sourire de satisfaction, qui vint dérider un instant son visage de cire jaune; et j'ose dire, ajouta-t-il sur le ton de l'enthousiasme, que c'est là une des plus heureuses applications qui aient jamais été faites des principes de la Psychologie à l'art de donner la Question. J'ai expérimenté, en effet, que ce miroir, dans lequel le torturé voit ses traits réfléchis, lui donne de la mort une terreur plus grande

encore que celle dont il est saisi, et que cette horreur,
qu'il a de lui-même, devient bientôt assez forte pour
lui enlever tout son courage et le pousser à faire
l'aveu qui lui est demandé.

— Quelle admirable chose que la science ! dit Monsieur le Lieutenant Criminel en laissant échapper sa
courroie et en frappant ses deux mains l'une contre
l'autre.

— Ah ! oui, dit Gille-sous-le-Four, et qui est la
source, à la fois, des plus pures comme des plus
agréables jouissances de l'esprit.

A cet endroit de leur intéressant dialogue, nos
deux fanatiques admirateurs de l'Art du Tortionnaire
furent interrompus par l'entrée en scène de trois
nouveaux personnages. C'était un des valets du Tourmenteur, lequel menait en lesse, devant lui, deux
grandes et fortes chèvres, à la robe noire et blanche,
aux cornes luisantes et à la longue barbiche. L'extrémité fourchue de leurs sabots, fortement relevée à la
façon des chaussures du temps, c'est-à-dire en
pointes de poulaines, indiquait assez que ces animaux, au lieu de paître en liberté « dans ces prés fleu-
ris qu'arrose la Seine, » ainsi que l'aurait dit M⟨sup⟩me⟨/sup⟩ Des-
houlières si elle eût vécu de leur temps, étaient
tenus constamment en chartre privée.

C'est qu'en effet ces deux chèvres, qui faisaient
partie intégrante de l'Arsenal de la Tour Bon-Bec,
étaient parquées, en tout temps, dans un des étages
souterrains du 'Palais; et le prix de leur entretien
figurait chaque année, pour une certaine somme, aux
comptes des frais généraux de la Justice Criminelle.
Quant au lait qu'elles donnaient et aux produits de

leur « gésine, » il va sans dire que le Tourmenteur
juré en faisait son profit.

A peine ces deux chèvres avaient-elles pénétré
dans la chambre de la Question, qu'avec cette vivacité
d'allures qui est particulière à ces animaux, elles se
mirent à lever et à virer la tête, dilatant leurs narines mobiles comme pour aspirer quelque subtile
vapeur qui aurait été répandue dans l'air, et, en
même temps, allongeant, en dehors de leur museau
noir, une langue rose, toute frétillante et pleine de
sensualité. Puis, tout à coup, entraînant du côté de
la cheminée le valet qui les tenait en lesse, elles
vinrent, d'un commun accord, flairer l'ouverture du
coquemar qui chauffait lentement à quelque distance
du foyer.

— Ah ! les gourmandes biques ! dit le Tourmenteur sans cesser de fourbir son miroir, et sur le ton
d'une tendresse non équivoque, vont-elles bien se ré-
galer aujourd'hui, les belles filles !

Puis, comme dans l'empressement que les *gour-*
mandes biques mettaient à lécher les bords du coquemar, celui-ci courait fort le risque d'être renversé,
Gaspard Hurlot, du revers de sa grosse main calleuse,
donna une tape sur le museau de chacune de ses
chèvres en leur disant :

— Arrière donc ! Jeanne ; à bas les pattes ! la Fanchon.

Mais tout cela n'empêchant point les deux chèvres
de revenir à la charge, il se hâta d'ajouter, en indiquant du doigt à son valet un des gros anneaux en
fer scellés dans la muraille :

— Antoine, va me les attacher là-bas, ou, sans

cela, ces goulouses cabres vont renverser toute la saumure dans les cendres.

C'était, en effet, de la saumure de poisson qui était en train de chauffer dans le coquemar. On sait combien les chèvres sont avides de tout ce qui contient du sel ou du salpêtre, et nous verrons, tout à l'heure, le parti que les ingénieux inventeurs de la Géhenne aux Cabres avaient su tirer de ce goût si prononcé chez ces animaux.

Monsieur Guillaume Le Tur et Maître Gille-sous-le-Four avaient suivi d'un œil curieux et attentif ces mouvements empressés des deux chèvres, mouvements qui, nous devons le dire, leur avaient paru être d'un très excellent augure.

— Voici deux luronnes, dit le Lieutenant Criminel au docteur, qui m'ont tout l'air d'être disposées à opérer de la bonne façon. Qu'en pensez-vous, Maître Gille?

— C'est aussi mon avis, répondit le Mire juré, et je suis déjà impatient de les voir à l'œuvre.

Monsieur le Lieutenant Criminel, se tournant alors du côté du Tourmenteur, lui dit avec une certaine vivacité :

— Voyons, Gaspard, en aurez-vous bientôt fini avec tous vos apprêts?

— Voilà qui est fait, Monseigneur, répondit le Tortionnaire en se redressant vivement et en saluant son supérieur avec toutes les marques de la plus obséquieuse soumission.

— En ce cas, reprit Guillaume Le Tur, qu'on fasse descendre l'accusé.

Sur un signe de tête fait par Gaspard Hurlot, le va-

let, qui venait de lier les chèvres à l'un des anneaux
de la muraille, se hata de remonter l'escalier, et alla
transmettre à qui de droit l'ordre donné par Monseigneur le Lieutenant Criminel.

Mais, quelques minutes devaient s'écouler avant
que l'accusé parût, et c'est de ce court instant d'entr'acte que nous profiterons pour apprendre à nos
lecteurs ce qui s'était passé depuis deux heures environ que nous avons quitté la Grand'Chambre du
Parlement.

Les Commissaires-examinateurs, nommés par la
Cour pour faire une descente de justice dans les caveaux de l'Eglise Saint-Jacques, avaient, sans désemparer, mis à exécution le mandat dont ils étaient
chargés. Avec l'assistance de Maître Gille-sous-le-
Four, le Mire juré du Parlement que nous connaissons maintenant, ils étaient descendus dans les souterrains de la Tour, et avaient fait ouvrir l'IN-PACE
dans lequel le corps d'Isaac Lévy avait été précipité
par Pierre Candrin. Le cadavre du vieux Juif, qu'on
retrouva dans un état parfait de conservation, ayant
été retiré de cette étroite fosse, l'examen attentif en
avait été fait par l'homme de l'art, et le meurtre, par
suite duquel le vieillard avait succombé, avait été juridiquement constaté. En effet, les dimensions de
l'unique plaie, faite à la poitrine de ce malheureux,
répondaient parfaitement à la forme et à la grandeur
du poignard que Mlle Anne Grugeon avait déposé entre les mains de la Cour; et, chose qui émerveilla
outre mesure les Commissaires nommés par le Parlement, la croix sanglante, si miraculeusement mise
sur le front du moribond, fut retrouvée intacte là où

Nanine avait déclaré à la Justice que l'ange envoyé
par Dieu l'avait, de son propre doigt, tracée avec le
sang d'Isaac Lévy, à l'heure suprême où celui-ci avait
été fait Chrétien par ce baptême *in extremis*.

De tout quoi, un rapport dûment détaillé et cir-
constancié avait été dressé par les Commissaires-
examinateurs, et avait été déposé sur le bureau de
la Cour.

Lors donc que celle-ci, après être rentrée en
séance, eut pris et donné connaissance de ce rapport,
Monsieur le Lieutenant Criminel, faisant les fonctions de Procureur du Roi, avait pris des conclusions
tendant à ce que, en présence d'un nouveau crime
commis, et vu l'obstination de l'accusé à nier toute
participation à ce crime, il plût à la Cour ordonner
que Pierre Candrin serait de nouveau appliqué à la
Question préparatoire, par tel procédé de Torture qui
serait jugé devoir être le plus efficace.

La Cour ayant fait droit à cette demande, il avait
été décidé, sur l'avis donné par Maître Gille-sous-
le-Four, que la Géhenne aux Cabres serait préférée
à toute autre Question, et nous venons de faire assister nos lecteurs aux préparatifs que ce genre de Torture, assez rarement employé dans le ressort du
Parlement de Paris, avait nécessités.

Ce n'est pas, hâtons-nous de le dire, qu'il restât
désormais, dans l'esprit des juges, l'ombre d'un doute
touchant la culpabilité de l'accusé. Les preuves qui,
dans le principe, avaient fait défaut étaient, on peut
le dire, devenues surabondantes maintenant. Mais,
qu'on ne l'oublie pas, il y avait là, sur la table des
pièces à conviction, un petit cercueil de plomb, dans

lequel une souche de bois avait autrefois pris la
place du corps d'un enfant, et ce cercueil, à coup
sûr, cachait une énigme dont la Cour avait à cœur de
connaître le mot. Or, ce mot, elle ne doutait pas un
instant que Pierre Candrin ne fût à même de le lui
révéler, et c'est pour cela qu'elle n'hésitait pas à lui
infliger la Torture pour la seconde fois, dans l'espérance de lui arracher enfin ce fatal secret.

Trois heures sonnaient à l'horloge du Palais, lorsque l'Archiprêtre de Saint-Jacques, conduit par les
Sergents du Bailli, fit, pour la seconde fois, son entrée
dans la Chambre de la Question. A sa suite, venaient
quatre Conseillers de la Cour, deux clercs et deux
laïcs, ainsi que le Premier Greffier Criminel, dont le
rôle était de rédiger le procès-verbal de Torture.

Disons, en passant, que dans ce procès-verbal, qui
était la narration de tout ce qui avait lieu depuis que
l'accusé était présenté à la Question, jusqu'à ce qu'il
en eût été retiré, il était fait une mention scrupuleuse
de tous les détails, c'est-à-dire qu'il y était rendu
compte non-seulement du nombre de *coins*, de *cheva-
lets* ou de *pots d'eau* qui avaient été employés, mais
encore des plaintes, des jurements, des cris de douleur, des imprécations et des défaillances du torturé,
ainsi que des réponses qu'il faisait aux demandes
qui lui étaient adressées.

Sans perdre une minute, Monsieur le Greffier Criminel avait été s'asseoir devant une table placée à
droite de la cheminée; et, tandis que le valet du
Tourmenteur apportait sur cette table une « torche
de cire jaune » allumée, et un sablier dont l'ampou-
lette inférieure seule était remplie de poudre rouge,

Messire Pierre Quatelives (c'était le nom du Greffier) disposait sur cette même table ses feuilles de parchemin réglées à l'avance, son cornet à écrire et une vieille Bible, contenant l'Ancien et le Nouveau Testament, laquelle, vu le long usage qu'elle avait fait dans des circonstances analogues, s'ouvrit d'elle-même au frontispice de l'Évangile de saint Mathieu.

En même temps, les quatre Conseillers, délégués par la Cour, se placèrent à la droite du lit de la Torture, tandis que les quatre Sergents du Bailli allèrent se ranger de front devant les dernières marches du degré. Quant à Monsieur le Lieutenant Criminel, et à Maître Gille-sous-le-Four, ils étaient restés là où nous les avons vus tout d'abord, c'est-à-dire à la gauche de l'horrible grabat; seulement, à l'arrivée de l'accusé, ils s'étaient levés tous les deux, l'un de son matelas de cuir et l'autre de son escabeau de bois.

Ces dispositions préliminaires étant prises, le Tourmenteur et son aide s'approchèrent de l'Archiprêtre et se placèrent, le premier à sa droite, et le second à sa gauche; mais, à une certaine distance du malheureux, et attendant, pour porter les mains sur lui, que Monsieur le Lieutenant Criminel leur en eût intimé l'ordre.

— Pierre Candrin, dit à ce moment Messire Guillaume Le Tur, d'une voix très calme et très tranquille, persistez-vous à soutenir que vous êtes innocent du meurtre commis sur la personne d'Isaac Lévy, dont le corps vient d'être retrouvé dans un IN-PACE de la Tour Saint-Jacques?

— Oui, Monseigneur, dit l'Archiprêtre, dont la voix

était à peine articulée et dont le visage était d'une grande pâleur.

— Persistez-vous aussi, reprit l'autre, dans la déclaration que vous avez faite entre les mains de Nos Seigneurs de la Cour, que vous êtes dans l'ignorance entière et absolue de ce qui se rapporte directement ou indirectement au fait de la suppression du petit enfant de Jehan de Tarenne et à la substitution qui a été faite d'une souche de bois au prétendu cadavre de cet enfant?

— J'y persiste, dit Pierre Candrin d'une voix plus basse encore que tout à l'heure.

— C'est très bien, fit le Lieutenant Criminel d'un air fort dégagé. Vous allez être mis à la Question.

Puis s'adressant au Tortionnaire et à son valet :

— Emparez-vous de l'accusé et menez-le devant les Saints Evangiles, pour qu'il y prête le serment requis.

Gaspard Hurlot et son aide, saisissant dom Pierre chacun par un bras, le conduisirent devant la table du Greffier.

— Pierre Candrin, dit celui-ci qui s'était levé de son siége, vous jurez, sur les Saints Évangiles que voici, de dire vérité et rien que vérité sur les faits, circonstances, dépendances, et généralement sur tout ce qui se rattache, de près ou de loin, au très détestable meurtre d'Isaac Lévy, dont vous êtes accusé, et, pour l'aveu duquel meurtre, la Question qui a été ordonnée contre vous par Nos Seigneurs du Parlement, tenant audience criminelle en la Grand'Chambre, va vous être infligée en la forme du droit et suivant les coutumes du Ressort?

L'Archiprêtre posa sa main droite sur sa poitrine
(ainsi que cela était d'usage alors pour les ecclésiastiques qui étaient appelés à prêter serment, tandis
que les laïcs le faisaient en levant la main), et, d'une
voix sourde, il dit en détournant les yeux du Saint
Livre sur lequel il ne craignait pas de se parjurer
pour la seconde fois :

— Je le jure !

— Acte vous est donné de votre serment, et que
Dieu vous assiste ! ajouta le Greffier ; après quoi il se
rassit et prit sa plume.

— Gaspard Hurlot, dit alors M. Guillaume Le Tur,
faites marcher le sablier et mettez-vous à l'œuvre.

Le Tourmenteur, ayant tourné le sablier, ramena
l'accusé vers le lit de la Question, et, avec l'aide de
son valet, il le dépouilla de ses vêtements jusqu'à la
ceinture et lui mit les jambes nues à partir des genoux.

L'Archiprêtre fut ensuite couché et sanglé sur le
matelas de cuir, et on lui passa autour de chaque
poignet et au-dessus des chevilles de chacun des
pieds, les nœuds coulants des quatre cordes, qui,
ainsi que nous l'avons vu plus haut, étaient engagées
par une de leurs extrémités dans les solides anneaux
de fer scellés à la muraille. Puis, l'extension du corps
fut faite au moyen des treuils, que l'on mit en mouvement, c'est-à-dire que les quatre membres du patient furent tirés en sens contraire, et de façon à
rappeler, par l'ensemble de leur disposition, ce qu'on
nommait alors la Croix de Saint-André ou la Croix
de Bourgogne. Toutefois, il convient d'ajouter que
cette extension, dans le genre de supplice dont nous

nous occupons, n'ayant d'autre but que d'empêcher
les mouvements que le patient aurait pu faire, fut li-
mitée au degré nécessaire pour obtenir cette immobilité, et fut loin, par conséquent, d'être portée,
ainsi que cela avait lieu dans d'autres espèces de Tortures, jusqu'au point de disloquer les jointures, de
déchirer les muscles et de faire éclater les tendons.

Cela fait, Gaspard Hurlot alla prendre devant
l'âtre le coquemar dans lequel chauffait la saumure,
tandis que, sur son ordre, son valet se mettait en
devoir de délier les deux chèvres.

Puis, le Tourmenteur juré, s'armant du pinceau à
soies de sanglier qui lui avait, précédemment, servi à
remuer le liquide contenu dans le coquemar, endui-
sit la plante des pieds du patient d'une très légère
couche de la saumure, laquelle était quelque peu
gluante et visqueuse, et, par conséquent, adhérait
facilement aux surfaces sur lesquelles elle était
étendue.

Ce fut alors que les chèvres ayant été amenées, et
que chacune d'elles, ayant été mise en présence d'un
des pieds de l'Archiprêtre, les deux *goulouses cabres*,
pour les appeler comme Gaspard Hurlot, commencèrent leur office de Tortionnaires.

Ceux-là seuls qui, en parcourant le midi de l'Espagne, ont remarqué avec quelle avide sensualité les
bouquetins des côtes de Cadix usent, à force d'y passer la langue, les hauts promontoires de sel taillés à
pic par les flots de l'Océan, pourront se faire une idée
exacte de l'ardeur gloutonne avec laquelle nos deux
chèvres se mirent à lécher les pieds enduits de saumure du malheureux Curé de Saint-Jacques.

Leurs langues roses, nerveuses et frétillantes, animées de mouvements qui étaient aussi variés que rapides, tantôt s'allongeaient en pointes pour se glisser entre les orteils du torturé, comme une liane flexible qui s'enroule autour des rameaux d'un jeune arbuste; tantôt, s'étalant et s'élargissant à la façon d'une palmette, elles rampaient tout le long de la plante du pied, en se moulant exactement sur les saillies et sur les dépressions qui s'y rencontrent.

Pendant ce temps, Gaspard Hurlot, en homme attentif à remplir dignement les devoirs de son office, renouvelait, de minute en minute, le liquide salin dont ses chèvres étaient si friandes, et, de la voix et du geste, il les animait, l'une et l'autre, à la besogne, en leur prodiguant les mots les plus élogieux et les plus caressantes appellations.

Quelle contenance, cependant, tenait le malheureux Archiprêtre, ainsi livré à cette originale Torture?

Dès les premiers attouchements qui lui furent faits par ces langues voraces, dom Pierre fut pris d'un tressaillement si subit et si général, que tout son corps se souleva brusquement de dessus le matelas de cuir sur lequel il était étendu. Puis, survint le rire qui est l'effet inévitable du chatouillement; rire nerveux, vif, éclatant d'abord, et qui s'accompagna de ces mouvements rapides et multipliés par lesquels la personne qu'on chatouille cherche à échapper à l'action du corps chatouillant. Mais cette action étant continuée sans trêve ni merci, le rire naturel devint bientôt un rire nerveux, puis un rire saccadé, sanglotant, guttural; puis, ce furent des cris aigus ac-

compagnés de spasmes ; puis des hurlements affreux
poussés au milieu des plus horribles convulsions. A
ce moment, les yeux hagards du malheureux semblè-
rent sur le point de sortir de leurs orbites ; une sueur
froide et visqueuse commença à perler sur toute la
surface du corps, la lividité des chairs et des ongles
survint, un râle profond sortit de la gorge, une écume
fine et sanglante parut aux deux coins de la bouche ;
tout annonçait qu'une défaillance était imminente,
et que la mort elle-même pouvait en être la suite.

— Arrêtez ! dit tout à coup aux deux Tortionnaires
Maître Gille-sous-le-Four, qui, de l'index placé sur
l'artère du poignet, avait senti les battements du
pouls prêts à manquer.

Gaspard Hurlot retira aussitôt Jeanne, en la saisissant par ses longues cornes noires, et son valet en
fit autant pour la Fanchon.

Après quelques instants laissés à l'Archiprêtre pour
qu'il pût reprendre ses esprits, Monsieur le Lieutenant Criminel, se penchant vers la figure du patient,
lui dit de sa voix calme et reposée :

— Accusé, êtes-vous décidé à faire l'aveu de votre
crime ?

Et comme le malheureux dom Pierre, pris d'un
frisson qui lui faisait claquer les dents, gardait le
silence, Messire Guillaume Le Tur reprit sur le ton
de l'impatience :

— Voyons, répondez-moi promptement par *oui*
ou par *non*. Ces Messieurs et moi nous ne sommes
point ici pour notre bon plaisir.

— Eh bien ! non ! répondit le torturé d'une voix
encore très assurée.

— En ce cas, Gaspard, reprit le Lieutenant Criminel, lâchez les cabres.

Le Tortionnaire et son valet rendirent la liberté aux deux chèvres, qui se précipitèrent sur les pieds du patient avec plus de voracité que jamais.

Alors, la scène que nous venons de décrire se répéta de point en point; seulement, elle fut de moindre durée, et se termina par une défaillance si complète, que, pour rappeler le malheureux prêtre à la vie, il fallut non-seulement retirer les chèvres, mais desserrer les cordes et asperger d'eau glacée le visage et la poitrine du torturé. Mais, quand celui-ci fut revenu à la connaissance, et que M. Guillaume Le Tur lui eut demandé, de nouveau, s'il était décidé à faire des aveux, il répondit négativement, ainsi qu'il l'avait fait tout à l'heure.

Pour la troisième fois donc, la Question fut reprise. Mais, sur l'ordre de Maître Gille-sous-le-Four, le grand miroir d'acier bruni ayant été apporté, le Tourmenteur le plaça, immobile, devant la figure de l'Archiprêtre, pendant que son valet menait les chèvres.

En rencontrant ses traits bouleversés dans cette surface réfléchissante, dom Pierre, saisi d'un nouvel effroi, essaya d'abord de fermer les yeux pour se soustraire à cette épouvantable vision. Mais, les angoisses inqualifiables de son supplice le forcèrent à les rouvrir malgré lui. Il se regarda alors, le malheureux, avec la curiosité du désespoir, et, en apercevant sa face livide, ses yeux hagards et convulsés, ses cheveux hérissés sur sa tête, ses lèvres violettes et couvertes d'une écume sanglante, la peur de la

mort le prit, et, dans un élan de terreur qui touchait
de près au délire, il s'écria d'une voix râlante :

— Arrêtez ! arrêtez ! j'avoue tous mes crimes !

Ici, Maître Gille-sous-le-Four, qui suivait avec la
plus minutieuse attention cette *expérience psychologi-
que,* comme il l'avait dit à Monsieur le Lieutenant
Criminel, adressa à celui-ci un regard de triomphe,
qui signifiait bien évidemment : *Ne vous l'avais-je
pas prédit !* Ce à quoi Messire Guillaume Le Tur répondit par un autre regard, tout rayonnant d'admiration, et qui voulait dire, à son tour : *Décidément,
Docteur, vous êtes un homme de génie !*

Après quoi, le Lieutenant Criminel, se penchant
de nouveau vers le torturé, lui dit lentement et en
appuyant sur chacune de ses paroles :

— Ainsi, Pierre Candrin, vous êtes prêt à faire des
aveux complets ?

— Oui, dit l'Archiprêtre.

— En ce cas, vous vous reconnaissez coupable, non-
seulement du meurtre commis sur la personne d'Isaac
Lévy, mais encore de celui de Jehan de Tarenne ?

— Oui, poursuivit le patient ; mais, de grâce, dé-
livrez-moi, éloignez cet horrible miroir, faites retirer
ces affreuses bêtes...

— Et le jeune enfant de Monsieur de Tarenne, vous
savez donc aussi ce qu'il est devenu ?

— Oui, oui, je sais tout, et je dirai tout ; mais arrêtez donc cette infernale Torture, car je sens que je
vais mourir.

— Messieurs, dit alors le Lieutenant Criminel avec
un ton solennel, dans lequel perçait la plus vive satisfaction de lui-même, la Question est terminée.

Gaspard, déliez l'accusé et menez-le près du feu.

Aussitôt, le miroir fut emporté, les deux chèvres retirées, et le patient fut débarrassé de ses liens. Suivant la recommandation qui en avait été faite par Monsieur le Lieutenant Criminel, on conduisit dom Pierre, tout grelottant, devant la cheminée, où on le fit asseoir sur un escabeau, et où on lui fit boire quelques gorgées d'un cordial qui ne tarda pas à le ranimer.

Lorsque le malheureux eut entièrement repris ses sens, Messire Guillaume Le Tur commença à l'interroger, et, à mesure que l'Archiprêtre répondait à ses questions, le Greffier Criminel enregistrait les réponses qu'il avait faites.

Quand l'interrogatoire fut terminé, l'accusé fut récolé sur ses dires, après quoi il dut, suivant l'usage, signer et parafer le procès-verbal de Torture.

C'était là la suprême formalité qu'il eût à remplir dans cette fatale Chambre de la Question, qu'il allait quitter, le malheureux, en y laissant sa dernière espérance.

Puis, il fut ramené à l'audience du Parlement, où nous allons le suivre.

V

SUITE ET FIN

DE LA

GRAND'CHAMBRE DU PARLEMENT

V

SUITE & FIN DE LA GRAND'CHAMBRE DU PARLEMENT

La nouvelle que l'accusé avait fait des aveux complets pendant la Torture circulait déjà, de bouche en
bouche, dans tout l'auditoire de la Grand'Chambre,
lorsque dom Pierre fut ramené devant la Cour. Aussi,
son arrivée fut-elle accueillie par des huées et par
des vociférations qui témoignaient, de la façon la
moins équivoque, et de la colère et de l'indignation
qui étaient dans tous les esprits. Quelque accablé,
sous le poids de la honte et du désespoir, que le malheureux Archiprêtre se sentît, ces marques si élo-
quentes de la réprobation publique firent néanmoins
monter, une dernière fois, la rougeur à son front. C'est
alors qu'il leva les yeux vers la grande Tribune, sans
doute pour y chercher dans les regards du digne et

vertueux Prélat, qui avait été si longtemps son protecteur et son ami, ce suprême motif d'espérance auquel les criminels les plus indignes de pardon se rattachent jusqu'à la dernière minute de leur existence.

Mais le siége occupé, tout à l'heure encore, par Sa Grandeur était vide maintenant. Monseigneur Gérard de Montaigu, informé, à temps, de ce qui s'était passé dans la Tour Bon-Bec, était sorti du Palais en toute hâte, et cela pour ne pas être témoin de l'opprobre qui allait atteindre le parti clérical dans la personne du premier Prêtre cardinal de son Église. En se voyant ainsi abandonné de tous, dom Pierre sentit un désespoir affreux s'emparer de son esprit; il laissa retomber lourdement sa tête sur sa poitrine, et, comme une masse inerte, s'abandonna aux mains de ses gardes, qui le portèrent, plutôt qu'ils ne le conduisirent, jusque sur la sellette des accusés.

En même temps qu'on ramenait le torturé dans la Chambre-Dorée, le procès-verbal de la Question avait été remis par Messire Pierre Quatelives, le Greffier Criminel, entre les mains de Monseigneur Henri de Marle. Celui-ci en avait aussitôt pris connaissance, et dès que l'Archiprêtre se trouva en état de répondre à ses questions, le Président de la Cour s'adressant à lui :

— Accusé, lui dit-il d'une voix ferme et calme, dans le cours de la Question à laquelle vous venez d'être appliqué, vous avez été amené à reconnaître que vous étiez l'auteur des deux traîtres et abominables meurtres qui ont été commis, le premier dans l'année 1394 sur la personne de Jehan de Tarenne, et

le second, il y a quinze jours seulement, sur celle
d'Isaac Lévy, ayant appartenu jadis à la religion hébraïque, et qui a été fait Chrétien à l'heure de sa
mort par un miracle de la toute-puissance divine.
Persistez-vous dans les aveux que vous avez faits ?

— Oui, dit l'Archiprêtre d'une voix sombre.

— Persistez-vous pareillement à soutenir que ces
deux crimes ont été commis par vous à la sollicita-
tion et sur les mauconseils de la Dame de Tarenne,
et que cette même Dame de Tarenne vous a servi
de complice pour la perpétration du premier de ces
meurtres ?

— Oui, répondit encore dom Pierre sur le même
ton.

— Enfin, reconnaissez-vous que chacun de ces
deux assassinats a été accompli par vous dans les
conditions et avec les circonstances qu'Anne Grugeon, le témoin entendu tout à l'heure, à la requête
du Monitoire, a révélées à la Cour ?

— Je le reconnais, confessa encore le malheureux
Archiprêtre.

Ici il se fit un instant de silence, pendant lequel
Monseigneur Henri de Marle échangea à voix basse
quelques mots avec ses collègues, après quoi il reprit la parole en s'adressant à l'accusé :

—Pierre Candrin, lui dit-il, la Cour vous dispense de
lui faire de nouveau le récit que vous avez fait dans
la Chambre de la Question, au sujet des deux meurtres
dont vous êtes accusé, votre culpabilité, à cet égard,
étant désormais établie, et par vos propres aveux et
par les preuves les plus accablantes. Mais il importe
à la Justice et à la Vérité que vous révéliez de nou-

veau, en présence de tout l'auditoire, les faits qui se
rapportent à la mystérieuse disparition du jeune
Charles de Tarenne, ce petit enfant, dont pendant
vingt années, le cercueil de plomb, que voici, a été
censé renfermer les restes mortels.

A ces paroles du Président de la Cour, un mouvement très marqué de curiosité s'opéra d'un bout à
l'autre de la Grand'Chambre, et l'on vit, en même
temps, à travers le grillage doré des deux petites Tribunes réservées dont nous avons parlé, de fraîches
et roses figures de femmes s'encadrer dans les volutes
et les arabesques dessinées par la ferronnerie.

Et comme l'Archiprêtre gardait le silence :

— Accusé, reprit Monseigneur, vous avez entendu
l'ordre que je viens de vous donner ; la Cour vous
écoute ; parlez !

Mais, au lieu d'obéir à cette nouvelle injonction
qui lui était faite, Pierre Candrin continua de rester
muet. Evidemment, l'esprit du malheureux était
comme paralysé par la terrible perspective du sort
qui était réservé à ses crimes.

Monseigneur Henri de Marle en eut pitié.

— Préférez-vous, lui dit-il, répondre à mes inter-
rogats ?

L'accusé fit un signe affirmatif.

— Eh bien ! donc, reprit le Président de la Grand'-
Chambre, dans le but d'écarter un futur témoin de
ses déportements, et afin, surtout, de s'approprier la
fortune tout entière de son époux, laquelle fortune
devait, à la mort de celui-ci, lui appartenir sans ré-
serves, à défaut d'héritier direct, la Dame de Tarenne, ainsi que vous l'avez dit, ne conçut-elle pas,

dans les premiers mois de l'année 1394, le projet
de se débarrasser de son enfant, qui était alors âgé
d'une année environ ?

— Oui, fit l'Archiprêtre, plutôt encore du geste
que de la voix.

— Ce projet vous ayant été communiqué par la
mère de cet enfant, avec laquelle vous entreteniez,
dès cette époque, des relations adultères, vous l'avez,
de concert avec elle, mis à exécution. Pour cela,
profitant d'une légère indisposition dont cet enfant
était atteint, vous l'avez, vous, Pierre Candrin, emporté secrètement, pendant la nuit, et remis à une
mendiante italienne, dont vous aviez acheté le silence
à prix d'argent. Puis, dès le lendemain matin, le
bruit de la mort du jeune Charles de Tarenne était
répandu dans la ville ; et chacun parlait avec admiration du dévouement sublime et du courage surhu-
main de la pauvre mère, qui, après avoir, nuit et jour,
prodigué ses soins à son enfant vivant, l'avait elle-
même enseveli et déposé, après sa mort, dans le cercueil qui lui était destiné. Mais la vérité, qui nous est
connue maintenant, c'est que cette mère, aussi hypocrite que dénaturée, avait mis une souche de bois
(celle que voici, dit le Président en étendant la main
vers la table sur laquelle étaient déposées les pièces de
conviction), à la place du prétendu cadavre de son
enfant ; et que vous, Prêtre indigne, qui alliez préluder
au meurtre par le sacrilége, vous fîtes à ce simulacre
de cercueil tous les honneurs d'une pompeuse cérémonie funèbre. Est-ce bien ainsi, répondez-moi, que
s'est accompli cet odieux rapt de l'enfant de Jehan
de Tarenne ?

— Oui, Monseigneur, j'en fais de nouveau l'aveu, répondit l'Archiprêtre d'une voix faible, mais très distincte.

La curiosité générale redoubla.

— Poursuivons, reprit le Président de la Cour. L'infortuné père, à qui un exprès avait été envoyé jusqu'en Abyssinie, pour lui porter la nouvelle de la mort de son fils, revint en France, contrairement à ce que la Dame de Tarenne et vous aviez pensé, et cela, afin d'avoir la suprême consolation de pouvoir pleurer sur la tombe de son enfant. Mais, hélas! les jours de ce malheureux vieillard étaient chiffrés d'avance! Que dis-je, les jours? ce sont les heures, ce sont les minutes qui étaient d'avance comptées! Car, à peine arrivé sous le toit conjugal, Jehan de Tarenne était lâchement assassiné durant son sommeil, par sa propre femme et par l'amant de celle-ci. Désormais, tout obstacle à vos sacriléges amours avait disparu, et, pour prix de son odieux forfait, la Dame de Tarenne était déclarée l'héritière universelle des biens de celui qu'elle venait de faire descendre au tombeau.

Ici, Monseigneur Henri de Marle fit une pose d'un instant, et si grande était l'attention que l'auditoire tout entier prêtait à ses paroles, qu'on eût entendu, pour employer la commune expression, le bruit des ailes d'un insecte qui aurait dirigé son vol à travers l'atmosphère silencieuse de cette Grand'Chambre du Parlement.

Notre grave Magistrat reprit bientôt en ces termes:

— Or, pendant que la veuve scélérate et son infâme complice se vautraient dans la luxure et dissi-

paient en orgies la fortune amassée par Jehan de Tarenne, qu'était devenu l'enfant dépouillé par eux de
son état, de son nom et de son patrimoine? Par un
reste de pitié, avez-vous dit dans les déclarations qui
ont été faites par vous dans la Chambre de la Question, vous ne voulûtes point le faire exposer sur le
bois de lit scellé dans le Parvis Notre-Dame, et qui
est destiné aux Enfants-Trouvés. La Cour, je dois vous
le dire, Pierre Candrin, ne voit en cela qu'un motif
de prudence qui vous a retenu. Il pouvait arriver, en
effet, que cet enfant, tout jeune qu'il fût, fût reconnu
par quelqu'un, et les suites de cette reconnaissance
ne pouvaient être que dangereuses pour vous et pour
la Dame de Tarenne. D'un autre côté, laisser cet
enfant entre les mains d'une mendiante étrangère
dont vous aviez acheté le silence, n'était-ce pas vous
mettre pour l'avenir à la merci de cette femme, qui,
à un jour donné, pouvait soit par cupidité, soit par
remords de conscience, révéler à la Justice le crime
dont vous vous étiez rendu coupable? Que fîtes-vous
alors, Charlotte des Essarts et vous, à la fois, pour
éloigner ce témoin dangereux, et pour rester les
maîtres du sort de l'enfant que vous aviez à jamais
exilé de la maison paternelle? Avec un cynisme qui
ne saurait plus étonner personne, quand il se rencontre dans deux criminels tels que vous, vous réso-
lûtes d'affubler votre scélératesse de la livrée de la
Bienfaisance. Pour ce faire, le jeune Charles de Tarenne fut laissé entre les mains de l'étrangère jusqu'à
la mort du vieux Changeur. c'est-à-dire, pendant un
certain nombre de mois, suffisant pour que personne,
d'entre ceux qui l'avaient vu jadis, ne pût le recon-

naître désormais. Puis, quelques semaines s'étant
écoulées après le tragique événement dont l'Hôtel de
la Cour-Pavée avait été le théâtre, un petit enfant fut
trouvé, un matin, abandonné dans le banc d'Œuvre de
l'Église Saint-Jacques, enveloppé dans une grossière
couverture de camelot, à laquelle était attaché un
parchemin portant quelques lignes écrites en langue
italienne. Dans cet écrit, fort grossièrement tracé,
la prétendue mère de cet enfant, prétextant de son
extrême misère pour justifier l'abandon qu'elle faisait
de sa progéniture, invoquait la pitié et la charité de
Monsieur le Doyen de cette Église, qu'elle savait être,
comme elle, né sur le sol italien, et, avec les termes
les plus pressants, elle lui recommandait, dans le présent et dans l'avenir, son pauvre et malheureux Orphelin, *il suo povero ed infelice Orfano.*

Ces dernières paroles du Président de la Grand'-
Chambre étaient à peine prononcées, qu'un cri perçant éclata tout à coup dans le fond de la Salle. Au
même instant, un grand mouvement se fit dans cette
partie de l'auditoire, la foule s'écarta avec empressement, et, en moins de quelques secondes, un svelte
et beau jeune homme en costume d'écolier, pâle
d'émotion, mais la joie dans les yeux et un radieux
sourire sur les lèvres, s'avança jusqu'aux pieds de la
Cour, qu'il salua avec autant de respect que de noblesse.

L'Archiprêtre, que la survenue de ce nouveau personnage avait tiré de sa torpeur, leva lentement la
tête, et quand il reconnut Monsieur le Gonfalonier de
Saint-Jacques, qu'il croyait mort depuis quinze jours,
le malheureux devina tout à coup la plus grande

partie de la vérité, et les regards pleins d'une rage impuissante qu'il lança sur Orfano, n'apprirent que trop à celui-ci que sa vengeance était complète. Mais trop généreux à la fois, et trop humain pour accabler dans son triomphe l'ennemi qu'il voyait terrassé à ses pieds, le noble jeune homme détourna simplement les yeux, et porta désormais son regard du côté de l'Estrade royale.

— Qui êtes-vous, et que demandez-vous? lui dit alors le Président de la Cour, qui, ainsi que tous les juges, et nous pouvons ajouter que l'assemblée tout entière, paraissait on ne peut plus surprise de voir ce bel écolier comparaître à la barre sans y avoir été mandé.

— Monseigneur, répondit Orfano en s'efforçant de maîtriser la violente émotion à laquelle il était en proie, il n'y a qu'un instant encore, pour satisfaire à la question qui m'est adressée, et pour rendre hommage à ce que je croyais être alors la vérité, j'aurais eu l'honneur de vous déclarer que je n'étais, hélas! qu'un pauvre enfant trouvé, ramassé un matin, il y a vingt ans de cela, dans le banc d'Œuvre de l'Église Saint-Jacques où j'avais été abandonné par une inconnue, et dont un vertueux et charitable prêtre avait eu assez de pitié pour lui donner à la fois le pain du corps et le pain de l'âme, comme Dieu donne le grain de mil au petit passereau abandonné par sa mère.

— Et maintenant? dit Monseigneur Henri de Marle, qui, dès les premiers mots, avait, ainsi qu'une grande partie de l'auditoire, deviné quel était le personnage intéressant qui venait d'entrer en scène d'une façon si inopinée.

— Maintenant, Monseigneur, grâce à l'éclatante vérité que Dieu a fait luire tout à coup dans ce ténébreux procès, n'est-il pas évident pour tout le monde, pour la Cour comme pour l'auditoire, qu'à la demande que vous m'avez fait l'honneur de m'adresser, mon devoir est de répondre que je suis Charles de Tarenne, c'est-à-dire ce malheureux enfant que le crime enleva dès le berceau à la tendresse de son père, et que c'est au nom de Jehan de Tarenne, si lâchement assassiné, que je viens, en ce moment, vous demander vengeance du sang répandu?

A cette révélation soudaine, un murmure général de satisfaction s'éleva d'un bout à l'autre de l'assemblée, et, pour un instant, vint faire diversion aux émotions navrantes dont les dramatiques incidents qui s'étaient succédés dans le cours de cette audience, avaient rempli le cœur de tous les assistants.

— Et quelles preuves, dit le Président avec bonté, pouvez-vous donner à la Cour que vous êtes bien ce même Orfano qui, s'il fallait en croire la rumeur publique, aurait été tué par le feu du ciel, dans la Cage de bois de la Tour Saint-Jacques, cette même nuit pendant laquelle eut lieu l'assassinat d'Isaac Lévy?

— Monseigneur, répondit Monsieur le Gonfalonier, bon nombre de personnes, même parmi celles ici présentes, pourraient, s'il le fallait, vous certifier mon identité; mais je crois que ce qu'il importe le plus à la Justice de savoir, c'est si ce même Orfano qui a été recueilli, et qui a été élevé par Pierre Candrin, est bien l'enfant qui a été abandonné, il y a vingt ans, dans le banc d'Œuvre de l'Église Saint-Jacques. Or, ajouta le jeune homme en écartant vivement les plis de son

pourpoint et en arrachant de son cou un parchemin
roulé qui y était suspendu par un cordonnet de soie
noire, la meilleure de toutes les preuves que je puisse
en fournir à la Cour, est de lui représenter le propre
parchemin, écrit en langue italienne, qui a été trouvé
cousu après les langes dans lesquelles le prétendu
orphelin abandonné par sa mère était enveloppé; parchemin qui m'a été remis, il y a quelques années
seulement, par un vieux sacristain de Saint-Jacques,
celui-là même qui me ramassa dans le banc d'OEuvre
et me porta à Monsieur le Doyen, et qui, dans l'espoir qu'un jour ce parchemin pourrait m'être utile,
l'avait gardé précieusement et ne me le confia qu'à
l'heure de sa mort.

Et, en prononçant ces paroles, Monsieur le Gonfalonier, s'avançant jusqu'au bas de l'Estrade royale,
remit respectueusement entre les mains de Monseigneur Henri de Marle le parchemin jauni qu'il avait
déroulé.

Après un court instant de silence, pendant lequel
il fit lecture de l'écrit qui lui était présenté, le
Président reprit en s'adressant à l'Archiprêtre :

— Pierre Candrin, il vous reste un dernier aveu à
faire à la Cour, c'est celui de reconnaître ici, publiquement, le porteur de ce parchemin comme étant
Charles de Tarenne, c'est-à-dire ce même petit enfant que vous avez enlevé nuitamment de la maison
de son père, et dont Charlotte des Essarts avait annoncé la mort. Déclarez-le à haute et intelligible
voix, afin que chacun, dans cette assemblée, vous entende.

— Oui, Monseigneur, je le déclare, Orfano est bien

le fils de Jehan de Tarenne, dit l'Archiprêtre en faisant un suprême effort sur lui-même, et comme si
on lui eût arraché les paroles du fond de la gorge.

Malgré le respect dû à la majesté de la Justice, des
bravos unanimes éclatèrent aussitôt dans toute la
salle, et, par-dessus les voix les plus enthousiastes,
on entendait surtout celles de Nanine, de la Laitière,
du Tavernier et de notre ami Cascaret le Gabeur.

Quand le calme se fut rétabli, Monseigneur Henri
de Marle, continuant de s'adresser à l'accusé, lui demanda pour quel crime il avait fait embastiller le
jeune clerc dans la Logette de l'Évêque.

— C'était, répondit dom Pierre d'une voix sombre,
pour le punir d'avoir cherché à abuser de l'innocence
de ma propre nièce.

— Cet homme ment, Monseigneur, s'écria Orfano
avec indignation. Je proteste en face de l'Image de
Notre Sauveur que voici, que je n'ai jamais eu pour
la noble et vertueuse fille du Comte de Champ-Rosé
que le plus pur et le plus respectueux attachement.
Le crime dont cet indigne prêtre m'accuse est donc
imaginaire. Mon véritable crime, Messeigneurs, faut-
il vous dire quel il fut? C'est que, par le plus simple
effet du hasard, et, cela, à différentes reprises, j'avais
découvert le commerce sacrilége que l'assassin de
mon père avait avec la Dame Charlotte des Essarts,
sa complice. Quant à la façon dont j'ai été délivré de
l'odieuse prison dans laquelle j'ai langui pendant
cinq longs mois, c'est là un secret qui ne m'appartient pas, un secret que j'ai juré de garder éternellement, et je supplie humblement la Cour d'accepter
mon silence, à cet égard, comme étant l'accomplisse-

ment d'un devoir qui m'est commandé, à la fois, par
la foi donnée et par la reconnaissance.

De nouveaux applaudissements, qui partirent de
tous les points de la salle, vinrent apprendre au noble
jeune homme que les sympathies de tous les assistants lui étaient acquises.

Quant aux Membres de la Cour, ils s'étaient mis à
délibérer entre eux, et bientôt Monseigneur Henri
de Marle, s'adressant au jeune clerc, lui dit d'une voix
solennelle :

— Monsieur le Gonfalonier de Saint-Jacques, la
Cour, appréciant, comme elle doit, les raisons qui ne
vous permettent pas de lui apprendre comment vous
avez pu vous échapper de votre prison, vous donne
acte de votre silence qu'elle approuve; et voulant,
sans aucun retard, vous rétablir dans les droits qui
sont vôtres, elle vous reconnaît et vous proclame
hautement comme étant le fils légitime et l'unique
héritier de Jehan de Tarenne, et elle vous autorise,
dès ce moment, à en porter le nom. En même temps,
la Cour vous donne main-levée du séquestre qui a été
mis sur les biens tant meubles qu'immeubles ayant
appartenus à votre père, et elle ordonne, qu'à la diligence de deux Commissaires-Examinateurs, assistés
d'un Huissier à verge, vous soyiez à l'instant même
mené honorablement à votre principal manoir de la
Cour-Pavée, et réintégré, séance tenante, dans l'universalité de vos biens, titres, priviléges et immunités.
Et sur ce, Messire Charles de Tarenne, que Dieu vous
ait en sa sainte et digne garde !

Orfano, car c'est ainsi que nous continuerons de le
nommer, après cette solennelle déclaration de la

Cour, qu'il avait écoutée dans un silence digne et recueilli, s'inclina profondément, et par trois fois, devant les Membres de la Grand'Chambre, et, sans avoir jeté un seul regard sur l'assassin de son père, il sortit de la salle d'audience précédé de deux Commissaires-Examinateurs et d'un Huissier à verge du Parlement. Est-il besoin d'ajouter que, sur son passage, il recueillit les témoignages les plus expressifs de l'intérêt général, et en premier lieu surtout, les cordiales et touchantes félicitations de notre jolie mercière-épinglière ?

A peine avait-il franchi les portes de la Chambre-Dorée, que Monseigneur Henri de Marle donna la parole à Messire Guillaume Le Tur, qui remplissait les fonctions de Procureur du Roi près de la Cour.

Nous n'avons pas l'intention de suivre Monsieur le Lieutenant Criminel à travers tous les méandres de son réquisitoire. Contentons-nous de dire que ce chef-d'œuvre d'éloquence judiciaire, bourré de citations empruntées aux auteurs tant sacrés que profanes, semé de tropes à effets et émaillé de fleurs de rhétorique en plein épanouissement, ne dura guère plus d'une heure, et qu'il aurait infailliblement produit sur les auditeurs présents l'effet stupéfiant des pavots de Morphée, si les dramatiques incidents dont ce procès avait été semé, n'avaient tenu en éveil la curiosité générale.

Est-il nécessaire d'ajouter que les conclusions de ce morceau oratoire tendaient à ce que la peine capitale, avec ses préliminaires et ses accessoires obligés, fût prononcée, contradictoirement, contre dom Pierre Candrin, et, par contumace, contre la Dame Charlotte des Essarts, douairière de Tarenne ?

Immédiatement après ce réquisitoire, la Cour se retira dans la Chambre du Conseil pour délibérer.

Et si le lecteur, surpris de ne pas voir le défenseur de l'accusé se lever et prendre la parole, à la suite du Ministère public, nous demandait les raisons de cette omission, nous lui répondrions qu'à cette époque l'assistance d'un conseil était absolument interdite dans toute les affaires du Grand Criminel. Les auteurs qui ont écrit sur la Jurisprudence du moyen âge, et Jousse en particulier, justifient en ces termes cette règle inouïe :

« Comme il ne s'agit ordinairement, dans les procès » criminels, que de faits que personne ne connaît » mieux que l'accusé, le Conseil qui lui serait donné » ne pourrait servir qu'à lui suggérer des moyens » propres à altérer la vérité de ces mêmes faits et à » éloigner la punition du crime (1). »

On conviendra qu'il n'est pas possible de donner ni plus naïvement, ni plus brutalement, un démenti historique à l'intégrité consciencieuse, qui, dans le passé comme aujourd'hui, fut toujours l'apanage des hommes qui ont embrassé la noble profession d'avocat.

Après une demi-heure de délibération dans la Chambre du Conseil, les Juges revinrent prendre leurs places sur l'Estrade royale.

Un grand silence se fit alors dans toute la salle.

Les Sergents du Bailli firent mettre l'accusé à genoux.

_____

(1) Jousse, *Justice criminelle*, t. II, p. 268.

Puis, Monseigneur Henri de Marle se levant et se couvrant la tête de son mortier de drap d'or, prononça l'arrêt de la Justice d'une voix grave et solennelle :

« La Cour,

» A déclaré et déclare le nommé Pietro Candrino-
» Candrini, né natif des États de la Seigneurie de
» Venise et tenant les fonctions et dignités de Curé,
» Doyen et Archiprêtre de l'Église parrochiale de
» Saint-Jacques-la-Boucherie, à Paris,
  » Duement atteint et convaincu d'avoir :
  » Premièrement, dans la nuit du vingt-cinquième
» jour du mois de juillet de l'an de grâce 1394, et
» de complicité avec la Dame Charlotte des Essarts,
» impliquée audit procès, et contumax, par retrait
» d'asile, meurtri et mis à mort Messire Jehan de Ta-
» renne, en son vivant établi marchand d'or et d'ar-
» gent ouvrés, sur le Pont-aux-Changeurs, à l'enseigne
» du *Trébuchet d'Or ;*
  » Et secondement, dans la nuit du vingt-quatrième
» jour du mois d'août de la présente année, mécham-
» ment et proditoirement mis à mort le nommé Isaac
» Lévy, de la religion hébraïque en son vivant, mais
» devenu chrestien à l'heure de sa mort, par un mi-
» racle de la toute-puissance célestièle ;
  » Pour réparation desquels meurtres, la Cour l'a
» condamné et le condamne à faire amende hono-
» rable, nud, en chemise, la corde au col, ayant au
» poing une torche de cire ardente du poids de deux

» livres, par devant la grand'porte de l'Eglise métro-
» politaine, c'est à sçavoir la très gracieuse Notre-
» Dame de Paris, où il sera mené et conduit par
» l'exécuteur, dans un tombereau servant à enlever
» les immondices de la ville, ayant écriteau devant
» et derrière, avec ces mots :

» Prêtre adultère et assassin ;

» Et là, estant tête nue et à genoux, déclarer que mé-
» chamment et proditoirement il a commis les dicts
» crimes, dont il se repent et en demande pardon à
» Dieu, au Roy et à Justice ;
     » Et, ce fait, sera conduit par le dict exécuteur
» dans le même tombereau en la place publique de
» Grève, pour y estre attaché à un poteau avec un
» carcan de fer et bruslé vif, son corps réduit en
» cendres, et icelles jetées au vent ;
     » Finalement, déclarons ses biens meubles et im-
» meubles confisqués au domaine de Monseigneur le
» Roi, son nom réputé infâme entre tous, et sa mé-
» moire vouée à l'exécration publique. »

     La lecture de cet arrêt fut accueillie par un morne
silence de la part de l'auditoire.
     Quant à dom Pierre, il était tombé, en l'entendant,
la face contre terre, en proie à une sorte d'attaque
convulsive et épileptique.
     Or, au moment où le malheureux, reprenant con-

naissance, redressait vers ses juges sa face livide et
épouvantée, Monseigneur Henri de Marle lui dit au
milieu du silence général :

— Pierre Candrin, la Cour dont vous venez d'entendre l'arrêt souverain, en vous reconnaissant pour
être le plus abominable prêtre qu'elle ait jamais eu
à punir, s'applaudit grandement de ce qu'un scélérat tel que vous a reçu le jour hors du gentil et plai-
sant pays de France !

Puis, sans désemparer, Monseigneur fit donner
par Maître Pierre Quatelives, le premier Greffier Criminel de la Grand'Chambre, lecture d'un second
arrêt, rendu par contumace contre la Dame Charlotte des Essarts, douairière de Tarenne, laquelle
était pareillement condamnée à faire amende honorable devant l'Eglise de Notre-Dame, et, de là, devait être menée aux Halles pour y avoir la tête
tranchée, en sa qualité de femme noble ou de *gentille femme*, ainsi que le voulaient les ordonnances en
vigueur.

A cet arrêt était jointe une supplique signée par
tous les membres de la Cour, et adressée « à notre
dit très redouté Monseigneur le Roy, » supplique par
laquelle la Cour, considérant que « l'exécrable et très
horrible Charlotte des Essarts s'étant rendue indigne
de bénéficier du droit d'Asile, par ses crimes d'adultère, de suppression d'enfant, de meurtre et de mauconseils à ce tendant, » demandait au Roi de faire, de
vive force et à main armée, arracher ladite Charlotte
des Essarts de la Chambre d'Asile où elle était retirée, afin que la Justice pût avoir son exécution « au
bon exemple de tous et de chacun. »

Un hourra général de satisfaction accueillit cette
décision prise par Nos Seigneurs de la Grand'Chambre ; après quoi, l'audience étant levée, tous les curieux sortirent du Palais en proie aux émotions les
plus diverses.

Margot la Grugeonne, déclinant poliment l'invitation qui lui était faite par le Vieux Sergent et résistant
aux sollicitations pressantes de Cascaret, s'éloigna
en compagnie de sa fille, à qui elle avait, disait-elle,
une *ribambelle* de questions à adresser.

Le Tavernier et le Basochien prirent donc seuls
le chemin de la Taverne du *Verre-Luisant*, où ils arrivèrent dans les plus heureuses dispositions du
monde.

Le bienheureux hypocras blanc aux fines épices
fut incontinent mis sur la table, et nous devons dire,
en historien véridique, que ce ne furent pas seulement deux doubles, mais trois doubles quartes qui
furent joyeusement *chopinées* par nos deux amis, et
cela *rubis sur l'ongle*, ainsi qu'on le disait déjà dans
ce bon vieux temps.

Un certain nombre de Pèlerins de Saint-Jacques, à
la mine rubiconde, qui étaient venus s'attabler dans
la Taverne du Père l'Entonnoir, avaient, il est vrai,
pris une large part à ces libations. Ces braves *Co-
quillards*, enhardis, sans doute, par la jeunesse et les
franches allures de Cascaret, s'étaient offerts à lui
céder un certain nombre de leurs coquilles bénites,
au prix coûtant, disaient-ils. Mais ils avaient compté
sans l'expérience et sans la malice de notre spirituel
Basochien, qui avait très irrévérencieusement pris

congé d'eux, en leur chantant ces vers qu'il venait d'improviser :

A qui vendez-vous vos coquilles,
Francs Cafards de tous les pays ?
Vous espériez fort à Paris
Mettre à tous nos trous vos chevilles ;
Mais les Parisiens sont huppés,
Et savent tous vos tours d'étrilles ;
Troussez-nous vos sacs et vos quilles,
Et rempochez vos dés pipés.

LIVRE DIXIÈME

I

A L'HOTEL SAINT-POL

I

A L'HOTEL SAINT-POL

Les arrêts au criminel rendus par la Grand'Chambre du Parlement, étant toujours en dernier ressort, devaient être mis à exécution, sinon le jour même, au plus tard le lendemain du jour où ils avaient été prononcés. Il n'y avait d'exception possible à cette règle qu'autant que ce lendemain se trouvait tomber un dimanche ou un jour de fête.

Or, le jugement qui avait condamné dom Pierre Candrin et la Dame de Tarenne à la peine capitale, ayant été rendu le samedi 8 septembre, jour de la fête de Notre-Dame, son exécution, d'après ce qui vient d'être dit, ne pouvait donc avoir lieu, ni dans la même journée, ni dans celle du lendemain, et elle fut, par conséquent, renvoyée au lundi suivant.

Dans l'après-midi du dimanche qui séparait le jour
de la condamnation du jour de l'expiation, et, au moment où le premier coup des vêpres métropolitaines
sonnait aux tours de Notre–Dame, Monseigneur
Gérard de Montaigu sortit de son Palais épiscopal
par la principale porte de ce remarquable édifice,
qui était situé entre la Cathédrale et le bras méridional de la Seine, édifice datant du douzième siècle, et
auquel ses hautes tours donjonnées donnaient l'apparence d'un château féodal.

Sous le porche fermé par des grilles de fer, qui
était au devant de l'entrée du Logis Episcopal, sta-
tionnait la litière du Prélat, avec ses quatre Porteurs et le Coureur qui devait la précéder.

Sa Grandeur, qui paraissait être beaucoup plus
souffrante encore ce jour-là que la veille, marchait
avec une extrême difficulté, et elle était soutenue,
de droite et de gauche, par ses deux Archidiacres,
qui, après avoir bien douillettement installé leur
Évêque sur les coussins moelleux de sa chaise, lui
souhaitèrent bonne chance et réussite dans la démarche qu'il allait entreprendre.

Monseigneur les remercia par un geste amical et
par un sourire plein d'affabilité; après quoi, s'adressant à son Coureur qui attendait ses ordres à la por-
tière opposée :

— A l'Hôtel Saint–Pol! lui dit-il gravement.

Le Prélat ajouta aussitôt, mais cette fois sur un
ton des plus paternes:

— Et surtout, mes enfants, allez très doucement,
je vous en prie!

Certes, il fallait un motif bien puissant pour dé-

terminer ce brave Prélat, ainsi travaillé par la
goutte, à s'éloigner de son Logis Episcopal, lorsque,
le matin même, son docte Mire et ami, maître Simon Allegret, dans lequel il avait toute confiance,
malgré tout ce qu'il en disait, lui avait intimé la défense absolue, non-seulement de quitter la chambre,
mais encore les courtines bien closes et bien chaudes
de sa couche, faite de fine laine et de fin duvet.

Mais, depuis la veille, Monseigneur Gérard de Montaigu avait montré, qu'ainsi que noblesse, dignité
oblige, et la démarche qu'il allait faire à l'Hôtel
Saint-Pol prouvera à quel point ce haut dignitaire
de l'Église avait présent à l'esprit le véritable sentiment du devoir.

Si le lecteur daigne l'avoir pour agréable, au lieu
de suivre, pas à pas, la Litière de notre Prélat à travers les rues étroites et tortueuses du vieux Paris,
nous allons franchir à tire-d'aile la distance qui séparait l'Évêché de la demeure de Sa Majesté Charles VI, et, en attendant l'arrivée de Monseigneur,
nous renseigner, avec quelques détails, sur ce qu'é-
tait, à cette époque, une habitation royale.

Vu à vol d'oiseau, l'Hôtel Saint-Pol qui, avec ses
dépendances, ne couvrait pas moins de trente arpents
de terrain en superficie, dessinait un gigantesque
trapèze à l'extrémité orientale de la ville et sur la
rive droite de la Seine.

Les deux côtés parallèles de ce trapèze étaient for-
més, au couchant, par la vieille muraille à *tours rondes*
de Philippe-Auguste, et, au levant, par la nouvelle
enceinte à *tours carrées* que Charles V avait fait
construire.

Au nord, la limite de cette demeure souveraine
était la grande rue Saint-Antoine, le long de laquelle
elle n'avait pas, à proprement parler, de muraille
fortifiée, mais un simple mur de clôture; tandis que,
du côté du midi, elle mirait fièrement, dans les eaux
de la Seine qui venaient en battre le pied, les dix-
huit tours crénelées et bastionnées qui la défen-
daient.

Des quatre angles de ce vaste trapèze, les deux plus
voisins de la Seine étaient : en amont, la grosse
Tour de Billy, qui était ronde, contrairement à ce
que nous avons dit de la forme générale donnée aux
tours de la nouvelle enceinte; et en aval, la vieille
Porte Barbelle-sur-l'Eau, qui, de porte de ville
qu'elle avait été pendant deux siècles environ, servait actuellement d'entrée principale au Logis Barbeau, un des douze Hôtels dont se composait ce curieux microcosme désigné sous le nom collectif
d'Hôtel Saint-Pol, ainsi que nous n'allons pas tarder
à le dire.

Enfin, le Logis de Monsieur le Prévôt de Paris,
avec sa tour basse et écrasée vers le couchant, et la
Bastille Saint-Antoine, vers le levant, formaient les
deux autres angles de ce gigantesque trapèze. Et
nous devons dire qu'entre cet unique donjon féodal
du Prévôt et la haute et épaisse gerbe de tours qui
formaient la redoutable forteresse bâtie par Charles V, il y avait, certes, une différence aussi tranchée que celle qui existait entre l'autorité du magistrat qui est chargé de veiller sur une seule ville, et la
toute-puissance du Monarque de qui dépend le salut
d'un grand Empire.

C'était là, encadré dans cette pittoresque ceinture de murailles, qu'apparaissait, aux regards éblouis du spectateur, le féerique Hôtel Saint-Pol, avec ses combles d'ardoises et de tuiles de couleur, coupés par d'élégantes tourelles, avec les angles relevés de sculptures de ses façades, avec sa forêt de clochetons, d'aiguilles, de cheminées, de girouettes et de gargouilles ; avec ses longues pelouses vertes émaillées de corbeilles de fleurs ; avec les futaies ombreuses de ses vergers, ses volières peuplées d'oiseaux rares, et ses viviers aux eaux limpides et profondes, dont les cygnes, qui voguaient à leur surface, plissaient légèrement les nappes argentées.

Et ce qui rendait ce tableau encore plus gracieux et plus attrayant, c'était le pêle-mêle plein de caprice et le poétique désordre avec lesquels les Logis ou Hôtels secondaires de cette royale Chartreuse étaient groupés autour des deux principaux Hôtels qui formaient le Logis du Roi et celui de la Reine.

C'étaient d'abord, du côté de la Seine et en remontant le cours du fleuve, l'Hôtel Barbeau avec sa vieille porte saxonne dont nous avons dit un mot tout à l'heure ; puis, les Hôtels des Grands et Petits-Lions, avec leurs larges herses de fer aux barreaux dorés, d'où s'échappaient des rugissements intermittents ; puis, l'Hôtel de la Reine, dont la toiture de plomb, damasquinée en cuivre, était couronnée par un élégant Belvédère ; puis, enfin, l'Hôtel du Petit-Musc, dont les combles trapus, couverts en tuiles de couleur et vernies, offraient, dans un centre compliqué d'arabesques, le monogramme du Christ surmonté d'une croix latine.

Du côté de la rue Saint-Antoine se dressaient les Hôtels Beautreillis et de la Cerisaie, qui avaient emprunté leurs noms, le premier aux magnifiques treilles en berceaux dont il était entouré, et le second, à l'immense verger planté de cerisiers qui le séparait du couvent des Célestins.

Entre ce dernier Hôtel et l'Arsenal se voyait l'Hôtel neuf d'Orléans, ou le Séjour d'Orléans, comme on l'appelait alors, magnifique et somptueuse demeure, à laquelle faisait suite la chapelle du même nom, appartenant au Couvent que nous venons de nommer, et qui, par la beauté, par la richesse et par le nombre des tombeaux en marbre et des statues funéraires qui la décoraient, ressemblait davantage à un musée qu'à une chapelle.

Enfin, les Hôtels de Saint-Maur, de Sens, d'Étampes et du Pont-Perrin, situés dans le voisinage de l'Église Saint-Pol, et séparés les uns des autres par d'immenses jardins, dans lesquels se voyaient toutes sortes d'arbres fruitiers plantés de la propre main de Charles V, complétaient cet ensemble d'Hôtels secondaires, dans lesquels le roi de France pouvait loger somptueusement vingt-deux princes de la qualité du Dauphin et du duc de Bourgogne, sans parler de leur suite et de leurs domestiques.

La plupart de ces Logis princiers communiquaient avec le Logis du Roi, ou Hôtel Saint-Pol proprement dit, par des galeries à vitraux et à colonnettes; et chacun d'eux avait sa chapelle à double étage, ainsi que cela était d'usage, alors, dans les habitations royales.

En outre, dans cet amas confus de bâtiments, se

voyaient six grands préaux entourés de Galeries voû-
tées en arcs de cloître, et sous lesquelles on pouvait
« s'ébastre » durant les jours de pluie, ainsi qu'un
nombre illimité de Lices et de Cours, parmi lesquelles
la *Cour des Joûtes*, la plus vaste de toutes, était destinée aux jeux d'adresse, tels que ceux de la Paume,
de la Bague et du Tir-au-Coulon. Les autres Cours,
réservées à des usages plus vulgaires, étaient celles
de la Fruiterie, de l'Épicerie, de la Paneterie ou de la
Fourille; celles de la Pâtisserie, de la Saucerie, du
Garde-Manger et des Cuisines; celles de l'Échanson-
nerie et de la Bouteillerie; la Cour où l'on faisait
l'Hypocras; la Cour des Glacières; la Cour des « Caves
au vin le Roy; » et enfin celles de la Lavanderie, de
la Toilerie, de la Lingerie et de la Pelleterie.

Qu'on ajoute à cette longue énumération les Écu-
ries et les Étables, les Volières et les Fauconneries,
les Bassins destinés aux oiseaux de basse-cour, les
Faisanderies où se voyaient les plus beaux paons du
monde, les Ménageries dont nous avons parlé, un Bâ-
timent spécial pour les tourterelles, et, enfin, des
Colombiers sans nombre établis à l'étage supérieur
des tours, et d'où s'échappaient incessamment des
bandes si considérables de pigeons, qu'on avait dû
faire treillager en fil d'archal toutes les fenêtres des
bâtiments pour en interdire l'accès à ces oiseaux, et
l'on aura une idée à peu près exacte de ce qu'était, à
cette époque, l'*Hôtel solennel des Grands ébastements*,
ainsi que Charles V avait nommé cette vaste agglo-
mération de Logis princiers.

Quant à l'Hôtel qu'habitait personnellement
Charles VI, et qui était situé au centre de tous les

autres, c'était le même hôtel dans lequel il avait passé
une partie de sa jeunesse, et qui, pendant plusieurs
années, avait porté le nom de *Logis du Dauphin*,
qu'il échangea, à la mort de Charles V, contre celui
de *Logis du Roy*. C'est dans ce Logis que nous allons
maintenant pénétrer, en suivant la Grande Galerie,
c'est-à-dire celle qui mettait en communication l'Hôtel de la Reine avec l'Hôtel Saint-Pol proprement dit.

La description de cette Galerie, au bout de laquelle
se trouvait la Chambre à coucher de Charles VI, ou,
pour parler le langage du temps, la *Chambre où gist le
Roy*, nous a été conservée par l'auteur de l'*Histoire
des Antiquités de la Ville de Paris*, et elle mérite d'être
citée ici textuellement :

« Depuis le lambris, dit Sauval, jusque dans la
» voûte de cette Galerie, étoit représenté sur un fond
» vert et dessus une longue terrasse qui régnoit tout
» autour, une grande forêt pleine d'arbres et d'ar-
» brisseaux, de pommiers, poiriers, cerisiers, pru-
» niers et autres semblables, chargés de fruits et en-
» tremêlés de lys, de flambes (d'iris), de roses et de
» toutes sortes d'autres fleurs ; des enfants, répandus
» en plusieurs endroits du bois, y cueilloient des
» fleurs, y mangeoient des fruits ; les autres pous-
» soient leurs branches jusque dans la voûte peinte
» de blanc et d'azur, pour figurer le ciel et le jour ;
» et, enfin, le tout étoit de beau vert-gai, fait d'or-
» pin et de florée fine. »

Sauval ajoute que le Ciel de cette Galerie était peint
en véritable azur d'Allemagne, qui valait dix livres
parisis la livre, et que le tout ensemble avait coûté
six vingts écus.

La *Chambre où gist le Roy*, qui lui faisait suite,
était précédée, suivant le même auteur, « par un por-
» che de menuiserie à cinq faces, fait en bois d'Ir-
» lande, couvert d'ornements et terminé de figures
» et enchérissements gothiques. »

Après avoir franchi une large porte dont les deux
battants étaient chargés de ces admirables et capri-
cieuses arabesques, comme la ferronnerie délicate du
temps savait si bien les dessiner, on entrait de plain-
pied dans une salle très régulièrement carrée et très
haute de portée, dont les poutres et les solives étaient
rehaussées de fleurs de lis d'étain dorées, et dont
les caissons, ou entrevous, étaient peints de couleur
d'azur en détrempe.

En face de la porte d'entrée se voyait tout d'abord
le lit, ou, pour parler le langage du temps, la *couche
du Roi*, qui n'avait pas moins de douze pieds de largeur sur onze pieds de longueur. Elle était placée sur
une estrade élevée de trois marches, « encourtinée
d'un moult beau parement de drap de soie à fond
bleu, semé de fleurs de lys d'or, » avec un ciel garni
d'une pente de tapisserie, « ouvrée très richement
de fin or de Chypre, » et bordée d'une longue cré-
pine à gros boutons de perles et de rubis. Sur deux
grands dressoirs à dais, placés à chacun des bouts de
la couche royale, étaient rangées différentes pièces
de vaisselle en or et en argent, dont la majeure partie avait appartenu au feu Roi « Charles-le-Quint, »
et parmi les plus belles pièces on remarquait l'aiguière et le hanap en or massif que le duc de Bourgogne, Philippe le Hardi, avait offerts avec tant d'os-
tentation à Charles VI, le 8 mai 1403, dans un dîner

demeuré fameux dans l'histoire, et à la suite duquel
le Roi, et les seigneurs de sa Cour qui y assistaient,
reçurent des mains de leur amphitryon la vaisselle
qui avait servi à ce magnifique festin.

Les deux hautes fenêtres à croisées de pierre qui
éclairaient cet appartement n'y laissaient arriver
qu'un jour fort doux, « obscurcies qu'elles étaient
par leurs vitres chargées d'images de saints et de
saintes, de diverses devises, et des armoiries du Roi
et de la Reine, dont le panneau revenait à deux
sols. » Ces fenêtres étaient percées dans la muraille
orientale, en face d'une immense cheminée en pierre
de Tonnerre, dont les admirables sculptures étaient
dues au ciseau de Jean de Saint-Romain, un des plus
habiles sculpteurs de ce temps-là.

Cette cheminée qui, à elle seule, était un véritable
monument d'art, avait pour principal ornement deux
grands chevaux en pierre, *effarés* ou *cabrés,* c'est-à-
dire dressés sur leurs pieds de derrière, et qui passaient alors pour être le chef-d'œuvre de l'artiste
que nous venons de nommer. Le couronnement de
cette cheminée était terminé par un grand éousson
aux armes de France, sculptées et peintes, lesquelles
étaient sommées d'un panonceau ondoyant, attaché
à une pique, et portant, pour devise, le cri de guerre
de Clovis à Tolbiac :

MONJOIE—SAINT—DENYS.

Sur deux énormes chenets en fer ouvré, dont l'histoire a pris soin de nous conserver, et le poids, qui

était de 198 livres pour la paire, et le prix du fer,
qui avait coûté seize deniers la livre, brûlaient deux
longues bûches de bois, dont les flammes dansantes
léchaient les fleurs de lis en ronde bosse d'une immense plaque de fonte, armoriée, elle aussi, à l'é-
cusson royal, mais dont les chroniqueurs ont omis
de mentionner le poids, qui, s'il faut en juger par
celui des chenets, devait être vraiment prodigieux.

Devant cette cheminée monumentale, était assis,
au moment où nous pénétrons dans cette partie de
l'Hôtel Saint-Pol, un homme de quarante-cinq ans
environ, occupé à tisonner dans le milieu de l'âtre,
à l'aide d'un traifeu en fer, dont la pomme était en
argent massif et ciselé.

C'était le Roi Charles VI.

Sa Majesté, rasée et coiffée de frais, était vêtue
d'un grand surcot de velours pers, fourré d'hermine,
entr'ouvert par le devant et laissant voir *son jaque,*
pour parler comme Froissard, c'est-à-dire son justaucorps de satin brun, qui était tout brodé, du haut
en bas, de larges dessins ayant la forme de chevrons
d'or. Ses pieds, qui reposaient sur la barre d'appui
des deux grands chenêts, étaient chaussés de fortes
mules en velours noir, mais sans poulaines, et ses
chausses en soie, de même couleur que le justaucorps, se moulaient exactement sur une jambe fort
belle, un peu amaigrie peut-être, mais dont les saillies musculaires, encore fort accentuées, étaient en
parfait rapport avec les formes athlétiques des mains,
des épaules et du cou surtout, lequel était gros,
carré, et gonflé par de fortes veines.

La tête du Roi, qu'il avait petite par rapport à sa

haute taille, l'était plutôt par le médiocre développe-
pement du crâne que par celui de la face, laquelle,
au contraire, avait des traits fort saillants et large-
ment accusés.

Son nez, surtout, était des plus grands; il était
quelque peu aquilin, avec de fortes ailes, et gros du
bout, et il descendait, par sa pomme, presque au niveau de la bouche. Ses yeux, dont les globes étaient
ronds et saillants, quoiqu'ayant un regard plein
d'une expression vague et indécise, offraient, néanmoins, le caractère d'une très grande bonté, caractère
qui se retrouvait peut-être encore plus marqué dans
la ligne admirablement bien serpentée de ses lèvres.
Mais, à la racine par trop large du nez, à la minceur
trop évidente de ses sourcils et à la forme du menton
qui avançait fortement et qui était relevé d'une façon
exagérée, il était facile de reconnaître un esprit pusil-
lanime, craintif, et tout à fait incapable d'une énergie
soutenue.

Sa bouche était grande, mais régulièrement des-
sinée ; ses lèvres grosses et charnues, et l'inférieure
surtout, qui était, après le nez, le trait le plus accentué
de la physionomie, dénotait, par son développement
excessif, par son renversement en bec d'aiguière et
par ses vives couleurs, un homme qui, pour employer le langage d'un auteur contemporain, « était
moult porté à faire dommage au nœud conjugal. »

Quant au front de Sa Majesté, bien qu'on ne pût
l'apercevoir en ce moment, caché qu'il était par le
chaperon de velours noir fourré d'hermine qui était
fortement enfoncé sur la tête, il était évident, par le
peu qu'on en voyait, qu'il ne manquait pas d'un cer-

tain développement; mais ce front, quoique proé-
minent par sa partie la plus élevée, était beaucoup
trop enfoncé vers sa base, et il trahissait, à des yeux
expérimentés, un esprit peu fait pour les grandes
entreprises, et plutôt doué d'amour-propre et d'opi-
niâtreté que de pénétration et de vigueur.

Enfin, la nuance de ses cheveux et de ses sourcils,
qui était d'un blond par trop clair, pour ne pas dire
fade, ainsi que la couleur bleu-de-faïence des iris,
ne faisaient que confirmer ce que nous avançons.

C'est là, au reste, un jugement que l'histoire
ne justifie que trop, lorsqu'elle nous représente
Charles VI comme ayant une constitution délicate,
quoiqu'avec les apparences d'une robuste santé;
comme aimant à faire parade de sa force musculaire
et de son autorité souveraine, sans posséder ni l'une
ni l'autre; comme étant, enfin, très vain et très entiché
de ses propres opinions, mais incapable d'y demeurer
fermement attaché, et se rangeant toujours à l'avis
de celui qui avait, le dernier, porté la parole devant
lui.

Nous avons vu plus haut que le monarque, un riche
traifeu à la main, était occupé à tisonner les bûches
du foyer, opération manuelle qui, à ce que l'histoire
rapporte, était dans les habitudes et dans les goûts
de Sa Majesté. Mais nous devons dire qu'en ce moment c'était là une action tout à fait automatique de
sa part, et que son attention était bien manifestement
attirée ailleurs.

De quoi donc le Roi se préoccupait-il si fort? nous
demandera-t-on. Etait-ce par hasard du contenu de
cette longue feuille de vélin, couverte d'écriture, qui

était sur la table placée à sa droite, et qui avait toutes
les allures d'une requête, apportée là pour y recevoir la royale signature du chef de l'Etat ?

Nullement, cher lecteur, et s'il faut vous l'avouer,
les regards de Sa Majesté étaient tournés dans une
direction diamétralement opposée, et très occupés
à examiner une scène pleine de grâce et d'espièglerie,
qui, depuis un instant, avait fait éclore sur les traits
chagrins et sur la physionomie morose de ce pauvre
Charles VI, un de ces doux sourires, dans lesquels
le cœur semble s'épanouir en même temps que les
lèvres.

A deux pas de lui, en effet, sur sa gauche, et gracieusement accroupie sur la natte de paille de Florence qui recouvrait le carreau de la Chambre, une
blanche, rose et blonde petite fille de quatre ans tout
au plus, aux longs cheveux soigneusement séparés
en deux sur le haut de la tête, et retombant en boucles
brillantes jusque sur ses épaules, s'amusait à mettre
à la file les uns des autres un troupeau de gentils
petits moutons blancs en bois peint, lequel troupeau
était précédé de son bélier qui avait des cornes dorées, était flanqué de son chien ayant une son-
nette d'argent à son cou, et était suivi de son berger
portant sa panetière sur le dos et sa houlette à la
main.

A côté de cette charmante enfant, qui offrait tous
les signes de la plus florissante santé, un grand chat
d'Angore (une des belles raretés du temps), aux fines
et longues soies entièrement blanches, et dressé, en
ce moment, sur ses pattes de derrière, suivait, en
allongeant son joli museau rose, et en tenant tout

grands ouverts ses deux yeux, dont la prunelle noire
en grain d'orge était entourée d'un cercle d'or, le
balancement gracieux qu'imprimaient aux boucles
flottantes de sa chevelure les mouvements faits par la
petite fille.

L'espiègle animal, à qui ce jeu plaisait sans doute
beaucoup, voulant y faire sa partie, donnait, d'instants à autres, un léger coup de l'une de ses pattes
fourrées d'hermine sur ces spirales soyeuses dont il
accélérait ainsi le balancement. L'enfant, qui s'en
était aperçue, s'y prêtait avec une fort bonne grâce de
son côté, et, tout en imprimant à sa tête un doux
mouvement d'avant en arrière, pour faire onduler
davantage la cascade d'anneaux brillants qui s'en
échappait, elle retenait, quoiqu'à grand'peine, la folle
envie de rire qu'elle avait, pour ne pas effaroucher la
gracieuse petite bête.

A l'aspect de ce riant tableau, Charles VI se tournant à demi sur son siége, interpella doucement une
jeune femme qui était assise entre les deux fenêtres,
occupée à garnir de fleurs un magnifique vase en
verre blanc, dont les anses étaient de verre bleu, et
sur la panse rebondie duquel se voyaient les armes
de France gravées au diamant.

— Odette, dit le Roi fort doucement et en mettant,
en manière d'éventail, le revers de sa main gauche
au devant de ses lèvres, regarde donc un peu Margot
et son chat?

La jeune femme à qui ces paroles étaient adressées,
pouvait être âgée de vingt à vingt-deux ans environ.
Sa ressemblance avec la petite fille dont nous venons
de parler était des plus frappantes. Elle était blonde,

rose et blanche comme elle, et elle avait d'admirables yeux bleus foncés, dont les doux et tranquilles
regards dénotaient la plus extrême bonté unie à une
inaltérable égalité d'humeur.

La beauté chaste et reposée de cette jeune femme
n'empruntait rien aux grâces piquantes de ces brunes
filles du Midi, dont les âpres baisers du soleil ont
bronzé les plastiques attraits. Tout en elle respirait,
au contraire, la poésie du sentiment. Elle avait ce
galbe pur et suave des Vierges du Nord, dont les
peintres de tous les temps se sont appliqués à reproduire la beauté pudique et correcte, pour maté-
rialiser à nos yeux la divine croyance en ces angé-
liques protecteurs qui veillent sur nous, du haut du
ciel, depuis le berceau jusqu'à la tombe.

Nos lecteurs auront reconnu de suite, dans la gracieuse jeune femme dont nous parlons, cette Odette
de Champdivers, qu'Isabeau de Bavière elle-même
avait fait entrer par surprise dans la couche de son
royal époux, pour y tenir sa place, et qui, par sa
douceur, par sa patience et sa tendresse avait, en
moins de quelques années, pris un tel empire sur
l'esprit de Charles VI, que seule elle parvenait à se
faire écouter du pauvre roi, alors même que celui-ci
était en proie à ses plus furieux accès de démence.

Au rapport du Père Anselme, Odette était la fille
d'un simple marchand de chevaux, et elle avait dû à sa
remarquable beauté d'être admise au nombre des
filles d'honneur d'Isabeau de Bavière. Elle était connue dans tout Paris sous le nom de *la Petite Reine*,
et le roi avait eu d'elle la charmante enfant que nous
venons de voir accroupie à ses pieds, et qui fut plus

tard légitimée sous le nom de *Marguerite de Valois*.

Ajoutons que compagne inséparable, aussi bien le jour que la nuit, de l'infortuné Charles VI, auquel elle prodiguait, avec un dévouement sans bornes, les soins les plus intimes et quelquefois les plus rebutants, Odette lui rendait le calme à ses heures d'égarement, soit en lui prodiguant les douces paroles et les tendres caresses, soit en l'égayant par de joyeuses chansons, soit, enfin, en l'amusant au moyen de différents jeux, au premier rang desquels il faut mettre celui des Tarots, qui était devenu le passe-temps favori du pauvre insensé.

Puis, quand la raison était revenue au monarque, l'amie toujours dévouée, l'amante toujours tendre, savait, avec une merveilleuse sûreté de vue, remplir auprès de lui le rôle de conseillère intime, même sur le terrain des questions d'État, et, nouvelle Ariane, elle mettait bien souvent, aux mains de son royal amant, le fil conducteur qui devait l'aider à se guider à travers le labyrinthe embrouillé de la politique et de l'administration.

Aux paroles que lui adressait Charles VI, la jeune femme tourna subitement la tête du côté du Roi, et en voyant le groupe charmant formé par la petite fille et par le chat, elle dit, avec un de ces sourires attendris, qui sont l'expression la plus éloquente de l'orgueil maternel :

— Est-elle gentille ainsi !

Cette exclamation lui était à peine échappée, qu'un cri perçant, poussé par l'enfant, retentit aux oreilles de la jeune mère. Odette, jetant de côté les fleurs qu'elle tenait à la main, s'élança près de la petite fille, la prit dans ses bras, et en essuyant sous ses baisers les grosses larmes qui roulaient déjà sur les joues de la petite Marguerite, elle lui demanda ce qui lui était arrivé.

— C'est le vilain chat, répondit l'enfant à travers ses sanglots, qui m'a graffigné mon oreille.

La jeune maman s'empressa de s'assurer par elle-même du dommage que la griffe du chat avait pu faire à la fraîche petite oreille de sa fille ; mais en voyant l'insignifiante égratignure dont le joli cornet rose était le siége, il devint évident, pour elle, que l'enfant avait eu plus de frayeur qu'elle n'avait de mal, et elle pensa que ce qu'il y avait de mieux à faire, pour la consoler, c'était de distraire son attention par la montre de quelque joujou favori.

— Ce n'est rien, ce n'est rien, ma mignonne Margot, lui dit-elle en la baisant bien doucement sur l'oreille égratignée, et si tu veux me promettre de ne plus pleurer, je te donnerai, tout de suite, les beaux Tarots de papa Charlot pour t'amuser.

Et, sans attendre la réponse de l'enfant, la jeune femme courut prendre, sur l'un des deux dressoirs dont nous avons parlé, le jeu de cartes promis. Mais elle eut beau les étaler sur la natte, en les désignant par leurs noms les unes après les autres, la petite fille demeurait inconsolable, et ses larmes continuaient de couler comme de limpides diamants le long de ses joues, dont le vif incarnat l'aurait disputé à celui des plus belles roses du bouquet d'Odette.

Charles VI, pendant ce temps, et dans la même intention que la jeune maman, avait saisi, par ses pattes de devant, le beau matou d'Angore qui, aux cris

jetés par l'enfant, était venu se réfugier entre ses
jambes, et qui, sans plus se soucier du délit dont il
était l'auteur, frottait délicatement son petit museau
de carmin contre les mollets de Sa Majesté.

Le Roi approcha son prisonnier de la désolée Margot, et, tandis que, d'une main, il l'empêchait de
s'échapper, il se mit, de l'autre, à lui tirer assez rudement les oreilles.

— Ah! mauvais garçon, lui dit-il en même temps,
vous vous permettez d'égratigner ainsi ma gentille
petite Mie! Tenez, Monsieur le Matou, voilà qui vous
apprendra à être plus sage à l'avenir et à ne plus
donner des coups de griffe à Margot.

Ce fut au tour du chat, aussi vertement tancé, à
jeter des cris lamentables, et le pauvre animal, pour
s'échapper des mains de son bourreau, se mit à faire des
contorsions si grotesques et si drolatiques, que l'enfant, oubliant tout à coup son chagrin devant ce spectacle divertissant, se mit à rire aux éclats tout au travers de ses larmes. Odette et Charles VI en firent
autant tous les deux, et le Matou d'Angore, profitant
du répit qui lui était accordé, alla, au plus vite, se
cacher sous les courtines de la couche royale.

Mais, une fois ses larmes taries, la petite Marguerite reporta son attention sur les beaux tarots qui
étaient étalés devant elle. C'était, pour le dire en passant, un des trois jeux dont il est fait mention au
compte de l'argentier Poupart, et qui « peints à or et
à diverses couleurs, et ornés de plusieurs devises »
par Jacquemin Gringonner, « en la rue de la Voirerie, » avaient été payés à cet artiste, en l'année 1392,
à raison de cinquante-six sols parisis les trois jeux.

Ces tarots, dont les peintures, exécutées avec autant de délicatesse et de soins que les miniatures des
manuscrits, sur un fond doré rempli de points qui
figuraient des ornements en creux, étaient entourés
d'une bordure argentée, dans laquelle un pointillage
semblable imitait un ruban roulé en spirale. C'était
à cette *tare*, ou espèce de gaufrure, que les *Tarots* devaient le nom qu'ils portaient, et nos Cartes actuelles
en ont gardé, en quelque sorte, une empreinte dans les
arabesques ou dessins imprimés en noir ou en couleur qu'elles offrent par derrière. Le Cabinet des Es-
tampes de la Bibliothèque impériale possède encore
dix-sept de ces tarots, qui sont appelés *Cartes de Charles VI;* leur hauteur est de dix-huit centimètres, leur
largeur de neuf environ, et ils sont peints à la détrempe sur un carton épais d'un millimètre.

Leur composition, qui est ingénieuse, et parfois sa-
vante, offre un dessin correct et plein de caractère,
et leur enluminure éclatante y est rehaussée d'or et
d'argent. Quant à l'idée morale qui a présidé au
choix des personnages de ce jeu, nous ne pouvons
en dire ici qu'un seul mot, c'est que, sous une forme
mystique et religieuse, ces Tarots offraient une représentation philosophique de la vie humaine, en
montrant l'homme dans les différents états de la société, guidé par ses vertus ou entraîné par ses vices,
allant à la fortune ou tombant dans la misère, faisant
une fin chrétienne ou impie, et, après sa mort, trans-
porté par les Anges dans le royaume des Élus, ou précipité par les démons dans le gouffre de l'Enfer.

— Papa Charlot, dit la petite Marguerite en désignant une des cartes, qu'est-ce que c'est donc que

cette dame-là, qui est montée sur une roue et qui a
des cheveux d'or?.

— C'est la Fortune, ma Mie, dit Charles VI.

— Et qu'est-ce que c'est donc qu'elle a sur les
yeux?

— Elle porte un bandeau, ce qui veut dire qu'elle
est aveugle.

— Et pourquoi donc qu'elle est aveugle?

— C'est, s'empressa de répondre Odette de Champdivers, qui ne voulait pas laisser passer l'épisode du
Matou blanc sans en faire sortir une petite leçon à
l'usage de sa fille, parce qu'elle n'a pas été obéissante à sa maman, et qu'elle a été jouer avec le chat,
qui lui a crevé les yeux avec ses vilaines griffes.

— Et celle-là? continua l'enfant en mettant son
doigt sur une autre carte, qu'est-ce que c'est donc,
papa Charlot?

— C'est la Mort, ma Mignonne, qui fauche avec
sa grande faux tous les hommes, aussi bien les
grands que les petits, aussi bien les riches que les
pauvres, aussi bien les beaux que les laids.

— Ah! mais, dis donc, papa Charlot, quand est-ce
donc que j'irai voir la *Danse Macabre* au Cimetière
des Saints-Innocents, moi? Tu sais bien que tu m'as
dit, l'autre jour, que tu m'y ferais mener si j'étais
bien sage?

— A propos! dit le Roi comme frappé d'un souvenir subit que ces mots de l'enfant venaient de rappeler, et allant se rasseoir sur son siége au devant
de la table dont nous avons parlé, et moi qui oubliais
que Messire Pierre Quatelives, le premier Greffier
Criminel du Parlement, est là qui attend, depuis une

heure au moins, que j'aie mis mon seing royal au
bas de la requête de Messieurs les membres de la
Grand'Chambre, à cette fin d'ordonner que la Dame
douairière de Tarenne soit, demain matin, tirée de
la Chambre d'Asile de la Tour Saint-Jacques, pour
être de là menée aux Halles, et y être décollée par
la main du bourreau.

— Ah! la malheureuse femme, dit Odette, il faut
convenir qu'elle ne mérite pas la moindre pitié, et
que c'est justice de faire droit à une pareille requête.
Mais, ajouta-t-elle imprudemment, que va dire et
que va faire, devant un pareil ordre, Monseigneur
de Paris, lui qui s'est toujours montré d'une suscep-
tibilité si ombrageuse à l'endroit des priviléges et des
immunités de son Église?

— Il en dira ce qu'il lui plaira, répondit Charles VI
en se saisissant d'une plume d'oie qu'il trempa dans
l'écritoire, et à l'aide de laquelle il traça d'une main
assez peu sûre d'elle-même, et en caractères d'une
dimension significative, les sept lettres qui composaient son nom.

Au moment où il reposait la plume dans le bassin
de l'encrier, l'Huissier de la Chambre royale, après
avoir gratté à la porte, entra et annonça à Sa Majesté
la visite de Monseigneur Gérard de Montaigu, évêque
de Paris.

En entendant prononcer le nom du Prélat, Charles VI pâlit visiblement; mais il se remit aussitôt de
son émotion, et, d'une voix, en apparence, calme et
tranquille, il dit à l'huissier :

— Introduisez Sa Grandeur.

Odette, à qui le mouvement de contrariété éprouvé

par le Roi n'avait point échappé, alla, sans mot dire,
se rasseoir devant sa crédence, où elle reprit son
bouquet commencé, satisfaite, intérieurement, d'assister à cette entrevue du Monarque et de l'Evêque,
qu'elle pressentait devoir être quelque peu orageuse.
Quant à la petite Marguerite, sans garder plus longtemps rancune au matou d'Angore qui lui avait, tout
à l'heure, égratigné le bout de l'oreille, elle profita
de ce que l'attention de son père et de sa mère n'é-
tait plus fixée sur elle, et elle alla relancer la jolie
bête jusque sous les épaisses courtines de la couche
royale, où celle-ci s'était réfugiée.

C'est alors que Monseigneur Gérard de Montaigu
fit son entrée dans la Chambre du Roi, après avoir été
annoncé par le Premier Huissier, qui le précédait.

Le Prélat s'avança en boitant légèrement, et il
s'inclina par trois fois devant Sa Majesté, qui s'était
levée à son approche, mais qui reçut les compliments
que le nouveau-venu lui adressa sur l'état prospère
de sa santé, avec une froideur des plus marquées, et
dont Sa Grandeur tira, aussitôt, un fort mauvais augure touchant le succès de la démarche qu'elle venait faire près du Chef de l'État. Néanmoins, sans
paraître aucunement décontenancé par cet accueil
glacial de Sa Majesté, Monseigneur, se tournant du
côté d'Odette de Champdivers, adressa à la jeune
femme un salut plein de grâce et d'affabilité, lequel
était tempéré, toutefois, par un certain air de réserve qui ne manquait ni d'à-propos ni de bon goût,
quand on se souvient de la position délicate qu'occupait à la Cour la personne à laquelle ce salut était
adressé.

Quant à la jeune femme, qui se tenait debout depuis le moment où Monseigneur Gérard de Montaigu
avait fait son entrée dans la chambre du Roi, elle répondit au salut de Sa Grandeur par une révérence
des plus profondes, et en laissant lire sur ses traits
charmants l'expression du plus grand respect.

Le Prélat revint ensuite près de Sa Majesté, qui
avait repris sa place sur son siége, et qui, par manière de contenance, avait saisi de nouveau son traifeu et tisonnait de plus belle les bûches embrasées
du foyer.

Aux yeux d'un observateur superficiel, le Roi aurait
pu passer pour être, sinon tout à fait calme, pour se
trouver, du moins, dans un de ces instants de taci-
turnité qu'on savait lui être habituelle, dans les intervalles de repos que lui laissait sa funeste maladie.
Mais Monseigneur Gérard de Montaigu n'était rien
moins qu'un observateur superficiel, et en voyant le
tremblement nerveux dont les mains de Charles VI
étaient agitées, en voyant la façon dont le Monarque
mordait de ses deux dents d'en haut sa grosse lèvre
d'en bas, et, surtout, en remarquant les battements
violents dont les veines de son cou, gonflées outre
mesure, étaient le siége, le Prélat fut forcé de convenir, dans son for intérieur, qu'il ne pouvait pas
tomber sur un plus fâcheux moment pour présenter sa requête à Sa Majesté; mais il n'y avait plus
moyen de battre en retraite, et Sa Grandeur cherchait, dans son esprit, par quelles précautions ora-
toires elle allait entrer en matière, lorsque le Roi, faisant un brusque demi-tour sur son siége, lui dit tout
à coup :

— A quoi dois-je l'honneur de votre visite, Monseigneur? Est-ce que, par hasard, Votre Grandeur
viendrait solliciter de notre clémence royale des Lettres de Grâce en faveur de Pierre Candrin, le protégé
de votre noble famille? En ce cas, je suis fâché de
vous dire que vous avez bien mal à propos quitté
votre Logis Épiscopal.

L'entrée en matière n'était rien moins qu'enga-
geante, on en conviendra. Monseigneur n'en fit pas
moins bonne contenance, cependant, et répondit d'un
ton calme et mesuré :

— Que Votre Majesté daigne m'excuser si je prends
la liberté de lui dire que tel n'est point le sujet qui
m'amène à l'Hôtel Saint-Pol. Bien que navré jusqu'au
fond du cœur, en voyant aujourd'hui que l'homme,
que nous avons comblé de bienfaits, mon noble frère
et moi, n'était qu'un monstre d'hypocrisie et de per-
versité, et, tout en gémissant sur la condamnation
infamante dont il est frappé, et qui rejaillit sur tous
les membres de mon Église, je suis cependant le premier à reconnaître que ses crimes sont tout à fait
indignes de pardon, et ce n'est nullement pour in-
voquer à son égard la clémence de Votre Majesté,
que j'ai cru qu'il était de mon devoir de quitter non-
seulement mon Logis Episcopal, mais encore le lit
de douleur où je suis retenu depuis quelques jours.

Et Monseigneur Gérard de Montaigu, en prononçant ces paroles, laissa, avec l'intention bien mani-
feste qu'elle fût remarquée, passer sur ses traits l'expression de la vive souffrance à laquelle il était en
proie, et qu'il s'était efforcé, jusque-là, de dissimuler.

Le Roi n'eut pas l'air de s'apercevoir de cette protestation mimique de son visiteur; mais Odette de
Champdivers, sans doute plus accessible à la pitié
que son amant, et peut-être aussi dans le but de
conjurer un orage qu'elle sentait se rapprocher de
plus en plus, à mesure que la mauvaise humeur de
Charles VI allait croissant, se hâta de prendre un
siége et de l'offrir à notre Prélat, en lui disant, sur
le ton du plus sincère et du plus touchant intérêt :

— Votre Grandeur paraît bien souffrante, en effet,
et peut-être a-t-elle besoin de se reposer pendant
quelques instants? Veuillez donc prendre place sur
cet escabeau, Monseigneur.

Le Prélat se montra fort sensible à cette attention
de la jeune femme, qu'il remercia aussitôt dans les
termes de la plus exquise politesse; mais il ne profita de l'invitation qui lui était faite de s'asseoir,
que lorsque le Monarque, intérieurement confus du
manque d'égards qu'il venait d'avoir pour un des
personnages les plus considérables de son Royaume,
lui en eut, par un geste de la main, donné l'autori-
sation bien positive.

Mais, hélas! la pauvre Odette avait, sans s'en douter, outrepassé le but qu'elle se proposait d'atteindre,
car le Roi, dont le sentiment intérieur de l'affront
immérité qu'il venait de faire au Prélat, avait redou-
blé la mauvaise humeur, ajouta, sur le ton bourru
d'un homme qui est à la fois mécontent des autres et
de lui-même :

— Eh! oui, asseyez-vous là, Monseigneur; mettez-vous à votre aise; après quoi vous voudrez bien,
n'est-ce pas, m'expliquer, sans ambages et sans

périphrases, le motif qui vous amène aujourd'hui à l'Hôtel Saint-Pol.

Sans se laisser désarçonner par cette royale bourrasque, Monseigneur Gérard de Montaigu prit d'abord place sur son escabeau, puis d'un ton calme, mais ferme et résolu :

— Sire, dit-il au Roi, une députation de cinq des Membres de la Grand'Chambre du Parlement a eu l'honneur de remettre, ce matin même, entre vos royales mains, une Requête tendant à ce qu'il plaise à Votre Majesté d'ordonner que demain, au lever du soleil, la Dame douairière de Tarenne soit, en violation du droit d'Asile, tirée de force de la Tour Saint-Jacques, où elle est actuellement en franchise, pour, de là, être menée aux Halles de Paris et y avoir la tête tranchée par la main du Maître des Hautes-Œuvres.

— Ah ! nous y voilà ! dit Charles VI en regardant l'Évêque bien en face, et avec des yeux dans lesquels la colère allumait déjà des éclairs avant-coureurs de la foudre.

Il ajouta, après une courte pause, et d'un ton sec et bref :

— J'ai reçu la Députation et la Requête. Ensuite ?

— Sire, comme chef de l'Église de Paris, et, en cette qualité, chargé de maintenir les droits et immunités qui sont attachés à cette Église, je viens humblement prier Votre Majesté de mettre à néant ladite Requête, comme étant attentatoire à l'exercice de la puissance spirituelle, dont j'ai été investi par les mains du Souverain Pontife.

Avant de répondre à ce discours du Prélat, le Roi

se tourna du côté de la petite table qui était à sa
droite, mais il le fit avec une telle précipitation, que
le pied de son siége écorcha la natte de paille d'Italie
qui recouvrait le carreau de la chambre. Sa Majesté
prit sur la table la double feuille de vélin au bas de
laquelle nous lui avons vu, tout à l'heure, apposer sa
royale signature, et la présentant à l'Évêque :

— Monseigneur, lui dit-elle d'un ton dans lequel
l'ironie perçait, par trop visiblement, sous les apparences du regret, je suis fâché de vous dire que vous
arrivez trop tard de quelques minutes. Tenez, voyez
par vous-même; l'encre de notre seing est encore
toute fraîche.

— Qu'à cela ne tienne, Sire, riposta le Prélat fort
librement; l'écriture n'en sera que plus facile à biffer.

— Biffer notre seing royal! reprit Charles VI, dont
la face et le cou commençaient à s'injecter de sang,
et qui donc aurait cette si grande hardiesse que de le
faire ?

— Votre Majesté elle-même, dit l'Évêque.

— Ma Majesté, répliqua le Monarque du ton le
plus hautain, a décidé que la Dame de Tarenne serait, demain matin, tirée de la Chambre d'Asile de la
Tour Saint-Jacques, et cela à main armée s'il le faut.
Or, ajouta le Roi en regardant fixement l'Évêque et
en contractant ses sourcils de telle façon qu'un double sillon vertical se creusa aussitôt vers la base du
front, quand j'ai résolu quelque chose, vous saurez,
Monseigneur, que je n'ai pas pour habitude de me
déjuger.

— En ce cas, Sire, dit le Prélat sans rien perdre de
son calme ni de son sang-froid, il ne me reste plus

qu'à remplir, vis-à-vis de Votre Majesté, un devoir sans doute fort pénible pour moi, mais qui m'est commandé, à la fois, par le titre que je porte et par les intérêts les plus sacrés de notre sainte Religion.

— Et ce devoir, quel est-il ? demanda Charles VI, qui avait toutes les peines du monde de se contenir.

— C'est de déclarer nettement à Votre Majesté que de l'heure où l'un de ses Sergents royaux aura posé le pied sur la première marche du degré de la Tour Saint-Jacques, moi, Gérard de Montaigu, Évêque de Paris, je lancerai l'interdit sur toutes les Églises du diocèse, jusqu'au jour où j'aurai obtenu une éclatante et solennelle réparation de l'abus de pouvoir que Votre Majesté n'aura pas craint de commettre.

Nous renonçons à peindre l'étrange métamorphose que tous les traits du Monarque subirent à ces paroles du Prélat, qui avaient été prononcées sur le ton du défi, et avec une hauteur si pleine de menaces, qu'il était évident qu'en ce moment Monseigneur n'entendait pas traiter de sujet à souverain, mais bien de puissance à puissance.

— Un abus de pouvoir ! dit le Roi qui bondit aussitôt sur son siége et dans les regards duquel la raison commençait à vaciller. Voilà donc, Race incorrigible que vous êtes, comment vous voudriez mettre en tutelle notre souveraine autorité ! Ah ! vous espérez faire du Roi de France le vassal du Pape ! Vous voulez créer un second État dans notre Royaume ! Vous prétendez mettre l'autel au-dessus du trône et votre goupillon à la place de mon sceptre ! Oh ! non, Messieurs les Clercs, cela ne sera pas, cela ne doit pas

être! Oubliez-vous donc ce qu'un homme d'Etat
éminent, ce qu'un des plus grands Docteurs de l'É-
glise, ce que saint Bernard, enfin, écrivait au Pape
Eugène III, qui prétendait, comme vous, joindre la
domination à l'apostolat? « Il t'est défendu, lui disait-
il, de cumuler ces deux choses, et si tu veux posséder l'une et l'autre, tu les perdras infailliblement
toutes deux. » Eh bien! moi, je vous déclare, à mon
tour, que jamais l'autorité royale ne périra entre mes
mains; et, quand il le faudra, je saurai vous montrer que la Pragmatique-Sanction, par laquelle mon
auguste aïeul saint Louis a mis une digue aux empié-
tements de votre puissance spirituelle, n'est point
une lettre morte, et que, tant que je vivrai, j'entends
qu'on en respecte et la lettre et l'esprit, à tous les
degrés de la hiérarchie sacerdotale.

— Mais, Sire, reprit le Prélat en s'animant par
degrés, le texte même de cette Ordonnance dont vous
prétendez vous faire une arme dans la circonstance
présente, est précisément ce qui vous condamne :
car, dans la Pragmatique-Sanction, le saint Roi a
positivement reconnu que les Asiles étaient des lieux
sacrés; il a déclaré que leur inviolabilité était réputée tenir à la Religion même, et il a enfin défendu à
la Justice d'en franchir le seuil pour en tirer les criminels, quels qu'ils fussent.

— Oui, certes, dit le Roi en se levant brusquement
de dessus son siége et tout en gardant son traifeu de
fer à la main, je reconnais, en effet, que saint Louis
a consigné, dans sa fameuse Ordonnance, tout ce que
vous venez de rappeler, Monseigneur; mais, à quelles conditions, je vous prie, ce glorieux monarque

a-t-il déclaré que les lieux d'Asile seraient inviola-
bles? A la condition que le Clergé lui-même mettrait
hors de ces Asiles les criminels à l'égard desquels la
preuve juridique serait faite ; et il a pris soin d'y con-
signer, en toutes lettres, que « si le Clergé ne les
chassait pas, les Officiers royaux pourraient les aller
prendre jusqu'au pied des autels. » Or, la preuve
juridique des crimes de la Dame de Tarenne ayant
été faite, chassez-la hors de la Chambre d'Asile de la
Tour Saint-Jacques, et vous aurez ainsi rendu l'Ordonnance que je viens de signer inutile et de nul
effet.

— *Non possumus !* Sire, répondit Monseigneur
Gérard de Montaigu avec une fermeté pleine de noblesse. Jamais, ajouta-t-il, je ne consentirai à livrer
au pouvoir séculier les malheureux qui seront venus
se mettre à couvert des poursuites de la Justice dans
les saints Asiles de mon Église, et malheur à qui les
en arrachera ! J'attirerai sur sa tête les foudres ven-
geresses du Vatican, et, eut l'imprudence d'ajouter le
fougueux Prélat en levant un regard plein de rébel-
lion jusque sur le chaperon fourré du Roi, cette tête
s'abritât-elle même sous les Fleurs de lys !

Odette de Champdivers qui, depuis quelques instants, assistait toute tremblante à cet entretien du
Roi et de l'Evêque, se rapprocha aussitôt de Charles VI, dont la figure avait pris, à ces dernières paroles du Prélat, une expression d'égarement telle
qu'il était évident, aux yeux expérimentés de la jeune
femme, que le Monarque allait de nouveau être pris
d'une de ses attaques de démence furieuse.

En effet, ses cheveux et ses sourcils s'étaient hé-

rissés, et ses paupières, fortement écartées l'une de
l'autre, laissaient voir le globe de l'œil tout entier,
dont l'expression avait quelque chose de fixe et de
hagard; en même temps, ses lèvres, retroussées par
un rictus horrible, permettaient d'apercevoir ses
dents serrées, tandis qu'une fine écume venait
blanchir, de ses bulles savonneuses, les deux com-
missures de la bouche fortement relevées en haut et
tirées en arrière.

Le premier mouvement de la jeune femme fut de
chercher à désarmer le Roi du traifeu qu'il tenait à
la main, tandis qu'elle jetait au Prélat ce salutaire
avertissement :

— Fuyez! fuyez! Monseigneur!

Mais, avant qu'Odette ait pu s'emparer de l'instrument de fer que Charles VI brandissait de la plus
menaçante façon, celui-ci s'élança sur le grand dignitaire de l'Eglise en poussant d'abord des hurlements sauvages :

— *Avant! avant sur les traîtres!* s'écria-t-il ensuite,
comme, lorsque dans la forêt du Mans, ainsi que le
rapporte Froissard, « il se desroya par foiblesse de
chef. »

Et le monarque déchargea un si furieux coup de
son traifeu dans la direction de son visiteur, que,
sans le rapide mouvement de côté que fit Monseigneur Gérard de Montaigu, celui-ci aurait eu infailliblement la tête fracassée par l'énorme masse de fer.
Le traifeu s'abattit sur l'escabeau que Sa Grandeur
venait de quitter, et le bois peint de roses et enluminé de dorures vola bruyamment en éclats.

A ce bruit, et aux cris poussés par Odette et par la

petite Margot, les huissiers de la Chambre, qui étaient
de service dans la Galerie voisine, entrèrent incontinent et se précipitèrent sur le Roi qu'ils saisirent et
qu'ils désarmèrent.

Puis, arrivèrent successivement le médecin en
titre du Roi, Maître Guillaume Lepelletier (*Guillel-
mus Pellionis*), et le Prévôt de Paris, Monseigneur
Tanneguy du Châtel.

Tandis que Monsieur l'Archiâtre, « en longue houppelande d'écarlate rosée, fourrée de martres, » inter-
rogeait le pouls du malade et ordonnait qu'on en-
voyât quérir le maître chirurgien pour qu'il pratiquât
une saignée à Sa Majesté, Odette de Champdivers,
ayant l'un de ses bras passé autour du cou de Charles VI, et sa bouche vermeille collée sur les lèvres
violettes du Roi, lui disait de sa voix la plus douce :

— Charlot, mon bon Charlot, c'est moi, c'est ta
petite Odette qui t'aime tant et qui veut que tu
viennes te coucher de suite auprès d'elle. Voici la
nuit qui arrive, vois-tu ; allons, viens dans mes bras,
et je passerai mes doigts dans tes cheveux pour t'endormir.

Et, chose surprenante à voir, le pauvre insensé,
calmé tout à coup par ces paroles de la *Petite Reine,*
se laissa docilement entraîner vers sa couche.

Quant à Monsieur le Prévôt de Paris, après s'être
fait rendre un compte exact de ce qui venait de se
passer entre le Roi et le Prélat, il avait commencé
par se saisir de l'Ordonnance au bas de laquelle Sa
Majesté avait apposé sa signature, et il l'avait placée
dans une des poches de son justaucorps de satin blanc
fleurdelisé. Puis, reconduisant, avec toutes sortes de

politesses, l'Évêque de Paris jusqu'à sa litière, il dit
à Sa Grandeur au moment de la quitter :

— Monseigneur, je viens de recevoir à l'instant la
nouvelle que le très vénérable Archevêque de Sens,
Monseigneur Henri de Savoisy, est à toute extrémité.

— Est-il bien possible ! dit notre Évêque, qui ne
put retenir un très vif mouvement de surprise, nous
allions presque dire de satisfaction, à ces paroles de
Messire Tanneguy du Châtel !

— Cela n'est malheureusement que trop certain,
reprit Monsieur le Prévôt de Paris, et si Votre Grandeur est toujours dans l'intention de postuler ce siége
important, sur lequel, déjà, un membre de sa famille
s'est assis, je l'engage à se faire recommander promptement et vivement, surtout auprès de Monseigneur
le Dauphin, qui, vu l'état de démence où Sa Majesté
vient de retomber, sera sans doute chargé par le
Conseil de Régence de proposer cette nomination.

— Dans les termes d'amitié où vous êtes avec notre
très gracieux Prince, Monseigneur, dit le Prélat d'un
ton caressant, la meilleure recommandation que je
pourrais avoir près de lui, ce serait la vôtre, à coup
sûr.

— Votre Grandeur s'exagère assurément mon
crédit près de Monseigneur le Dauphin ; cependant,
si je savais pouvoir lui être utile en quelque chose
dans cette circonstance....

— Vous pouvez tout pour moi, Monseigneur !

— En ce cas, Votre Grandeur peut compter que je
plaiderai chaudement sa cause.

— Et quand serez-vous assez bon pour entretenir
de cette affaire notre très gracieux Prince ?

— Demain, aussitôt que Messire Enguerrand de
Marcoignet, à qui je vais en faire donner l'ordre,
aura, à la tête de ses Archers, tiré la Dame de Tarenne de la Chambre d'Asile de la Tour Saint-Jacques.

Et, sans attendre la réponse du Prélat, Monsieur le
Prévôt de Paris salua Sa Grandeur et disparut.

Quant à Monseigneur Gérard de Montaigu, brisé
par tant d'émotions successives, il se laissa aller sans
force sur les moelleux coussins de sa litière, et, pour
échapper sans doute aux conseils contradictoires que
lui donnaient, en même temps, et son devoir et son
ambition, il ne songea héroïquement qu'à sa maladie,
se répétant à lui-même, tout le long du chemin, et
de la meilleure foi qu'il pût y mettre :

— Bien sûr, ma goutte va me remonter dans l'estomac. Ne songeons donc qu'à suivre les prescrip-
tions de mon docte ami, Maître Simon Allegret. A
plus tard les affaires ; la santé avant tout !

Et le Prélat, fermant les yeux et croisant ses deux
mains sur la moelleuse rotondité de son abdomen, s'a-
bandonna à une douce somnolence, à laquelle, d'ailleurs, le disposait si bien le balancement lent et ré-
gulier de son riche palanquin épiscopal.

Mais quand il arriva dans la Cité, à l'angle de
Sainte-Geneviève-des-Ardents, et qu'il fut réveillé
tout à coup par le bruit des cloches de sa cathédrale,
Monseigneur Gérard de Montaigu s'écria, avec un
geste qui prouvait que, dans son âme droite et hon-
nête, le sentiment du devoir l'avait enfin emporté sur
les calculs de l'ambition :

— *Non possumus ! non possumus !* Advienne que
pourra !

II

DENT POUR DENT

ET...

CLOU POUR CLOU

II

DENT POUR DENT, ET... CLOU POUR CLOU

Enfin, le jour de la double expiation juridique
arriva.

Dès les premières clartés du matin, les quatre aides
attachés au service du « Maître des Hautes-Œuvres de
la Vicomté et de la Prévôté de Paris, » sortirent de
dessous le hangar de la Maison-aux-Piliers, maison
appelée aussi le *Parloir-aux-Bourgeois*, et qui occupait l'emplacement sur lequel a été construit, depuis, l'Hôtel de Ville de Dominique Bocador.

Ces quatre *valets du Bourreau*, pour les désigner
par le nom que le peuple avait coutume de leur donner, étaient d'anciens garçons bouchers à l'encolure
épaisse, aux membres trapus et vigoureux, et qui
portaient pour vêtement une casaque de camelot

grossier, mi-partie rouge et jaune, laquelle était bla-
sonnée, sur le devant de la poitrine, aux fleurs de
lis royales, et par derrière le dos, aux armes de la
Ville de Paris.

Sous la conduite de l'un d'eux, qui paraissait être
leur chef, ils traversèrent, en se dirigeant vers la
Seine, la Place de Grève, qui, à cette heure matinale,
était à peu près déserte et silencieuse, et ils montèrent à bord d'un grand bateau chargé de bois, lequel était amarré le long de la rive droite du fleuve,
à l'un des énormes anneaux en fer scellés dans le
pavé du port.

Là, ils firent emplette, pour le compte de Monsieur
le Prévôt, et au prix de trente-cinq sols parisis, de
deux cents et demi, tant de bourrées que de cotrets
bourguignons, «tout bois sec et du meilleur,» qu'ils
transportèrent sur leurs épaules, et en autant de
voyages que cela fut nécessaire, jusqu'au pied du
vieux Gibet qui se dressait au centre de la Place.

Ce Gibet, appelé la *Justice de Grève*, et qui était la
plus haute et la plus redoutée de toutes celles qui foi-
sonnaient alors dans Paris, consistait en un lourd
pilier carré en pierre, de dix pieds de hauteur environ
et composé de trois tronçons seulement. Il avait pour
support un massif en pierres de taille, qui formait à
l'entour de sa base une étroite plate-forme sur laquelle on avait accès par un roide escalier ayant une
quadruple rampe, et qui était élevé de sept ou huit
marches au-dessus du sol. Enfin, ce Gibet avait pour
couronnement une potence en fer, dont le bras
sinistre et toujours menaçant était étendu dans la direction du fleuve. Ajoutons que sur chacune des

faces de cette colonne patibulaire, et à quatre pieds
environ au-dessus de la plate-forme dont nous venons de parler, étaient scellées dans la pierre de longues et fortes chaînes en fer, lesquelles étaient destinées à attacher à cette Justice permanente les malheureux que le Parlement condamnait à périr par le
supplice du feu.

Quand tous les cotrets eurent été transportés du
bateau sur la Place, les valets du Bourreau, s'armant
de la serpe et de la cognée, se mirent en devoir d'é-
lever autour de ce Gibet une sorte d'enceinte carrée,
à l'aide des fagots qu'ils empilèrent symétriquement
les uns au-dessus des autres. Ils eurent soin, toutefois, de laisser sur l'une des quatre faces de cette enceinte, une étroite ouverture, par où le condamné
devait être introduit dans l'intérieur de ce fatal bûcher, et ils mirent en réserve un nombre suffisant de
bourrées, qui, plus tard, leur serviraient à fermer ce
passage, quand il en serait temps. Puis, ce travail
étant achevé, trois d'entre eux s'en furent quérir,
sous le hangar de la Maison-aux-Piliers, « six gluis
de feure, » c'est-à-dire six bottes de paille, ayant
coûté douze deniers parisis, qu'ils répandirent à la
base du bûcher, et par-dessus lequel « feure » ils
semèrent pour dix sols tournois de soufre en poudre.

Pendant les deux premières heures du jour, qui
avaient été employées à ces lugubres apprêts, le soleil s'était levé radieux derrière le profil ondulé des
collines situées à l'orient, et ses premiers rayons
étaient venus coiffer d'un chaperon vermeil le sommet des hautes cheminées de la Maison-aux-Piliers.
Puis, à mesure que l'astre-roi, pareil à un disque d'or

qui sortirait d'une fournaise, s'était élevé au-dessus
de l'horizon, il avait allumé des rougeurs d'incendie
à toutes les vitres des maisons qui bordaient le côté
occidental de la Place de Grève, capricieuse rangée
de pignons pointus, au-dessus et au delà desquels
on apercevait la Tour Saint-Jacques, dont les vives
arêtes et les sculptures délicates étaient, depuis longtemps déjà, festonnées d'un galon de pourpre et d'or,
et qui se détachait comme un dais splendide sur le
limpide azur du ciel.

En même temps, la ville s'était éveillée de toutes
parts; la porte de chaque Logis s'était ouverte, et,
véritables abeilles travailleuses, les pionniers parisiens étaient sortis de leurs ruches, remplissant les
rues et les places de cet immense bourdonnement
qui est comme le souffle respiratoire des grands
centres de population, et qui, à la longue, devient un
bruit nécessaire pour l'oreille qui est habituée à l'entendre.

Un petit groupe de curieux n'avait pas tardé à se
former à l'entour du Gibet, et ces curieux exami-
naient d'un œil attristé l'ignoble valetaille du Maître
des Hautes-OEuvres, qui déjà prise de vin à cette
heure matinale, accomplissait sa sinistre besogne
au bruit des rires les plus bruyants et en tenant les
plus cyniques propos.

Puis, peu à peu, et à mesure que de nouveaux curieux étaient venus s'ajouter au noyau primitif, ce
petit groupe de spectateurs s'était changé en un véritable rassemblement; celui-ci, à son tour, avait pris
les proportions d'une multitude, la multitude s'était
faite foule, et cette foule, après avoir rempli toute

l'étendue du carré long formé par la Place de Grève,
avait été contrainte de refluer peu à peu par les em-
bouchures des cinq rues, qui se dégorgeaient alors,
dans cette vaste Place, comme autant de rivières
qui se jetteraient dans un lac.

L'exécution de Pierre Candrin avait été annoncée
comme devant avoir lieu à six heures précises.

Or, une demi-heure avant que l'Angélus sonnât à
l'Église de Saint-Jean-en-Grève, dont on apercevait, par-dessus les toits de la Maison-aux-Piliers,
les deux élégantes tours jumelles, dont celle du
nord était surmontée d'une flèche très aiguë, un
grand mouvement s'opéra tout à coup dans la foule,
vers le bas de la rue du Mouton, qui s'ouvrait dans
le fond de la Place, c'est-à-dire dans la partie de la
Grève opposée à la Seine.

C'était l'arrivée, au grand trot de leurs chevaux,
de trente hommes d'armes de la Compagnie de Messire
Enguerrand de Marcoignet, sous les ordres du Lieutenant Gaston Ferry, surnommé *le Bourguignon*, ce
même Officier, on se le rappelle, qui avait fait *buisson creux* le jour où il avait été chargé, par son Capitaine, de l'arrestation de Charlotte des Essarts, à
l'Hôtel de la Cour-Pavée.

Ces trente Archers de l'Ordonnance du Roi, armés
de pied en cap et ayant l'espadon à la main, parvinrent, non sans peine, à se frayer un passage à travers
la foule ; et, une fois qu'ils eurent atteint le centre de
la Place, ils se mirent en devoir, sur l'ordre de leur
chef, d'agrandir la circonférence du cercle que les
spectateurs formaient à l'entour du Gibet.

Une pareille manœuvre, on le devine aisément, ne

s'exécuta pas sans que bon nombre de personnes
n'eussent à souffrir de leur brutalité révoltante ; et
bientôt, de toutes parts, s'élevèrent des cris de douleur et d'imprécation. C'est qu'aussi, ces agents de
l'autorité prévôtale ne se montraient, nous devons
le dire, ni fort patients, ni fort humains, dans la façon dont ils mettaient leur consigne à exécution ; et
pour qui les eût vus, faisant dans ce cercle d'hommes, comme dans un manége, galoper leurs chevaux
en rond et à la file les uns des autres, et distribuant,
de çà et de là, des coups de plat d'espadon sur la tête
et sur les épaules des curieux, on eût été tenté de
croire qu'ils prenaient, au contraire, un barbare
plaisir à multiplier les navrures et les contusions.

Ces violences déployées par Messieurs les Archers
à l'endroit de la multitude inoffensive, faillirent, à
un moment donné, avoir un dénoûment des plus tragiques.

Une jeune fille, qu'à sa mise soignée et même élégante, on reconnaissait, de suite, pour appartenir à la
classe bourgeoise, et qui, dans la compagnie de sa
mère, était placée aux premiers rangs des spectateurs,
fut tout à coup renversée sur le pavé de la Place, par
suite du brusque mouvement de recul qui s'opéra
parmi la foule. La mère, éperdue, poussa aussitôt
des cris de détresse, et la malheureuse femme allait,
bien certainement, avoir l'affreux spectacle de sa fille
foulée et mutilée par les pieds des chevaux, quand un
jeune Clerc de la Basoche, qui était en arrière et à
quelques pas d'elle seulement, monté, lui et deux
autres Clercs de ses amis, sur le rebord du bassin de
la Fontaine de Grève, laquelle Fontaine était située

en face de la rue de la Vennerie, se jeta lestement à
terre, à la vue du danger que courait la jeune fille, et se
porta résolûment à son secours. Il la saisit par l'é-
toffe de soie de son surcot, la releva d'une main
ferme, l'attira à lui, la prit entre ses bras, et, léger
comme un daim, il bondit, chargé de son fardeau,
jusqu'à la place qu'il venait de quitter. Mais, dans
l'élan plein de rapidité et de vigueur qui l'avait
reporté du sol sur la vasque de pierre de la Fontaine,
il se heurta si rudement du coude contre l'un de ses
deux amis, qui, nous le savons déjà, étaient, ainsi
que lui, montés sur cette même vasque, que, de la
force du coup, l'ami, ainsi heurté, perdant l'équi-
libre, tomba lourdement assis, juste au milieu et au
fond du bassin de la Fontaine, lequel bassin, malheureusement pour lui, était plus d'aux trois quarts
rempli d'une eau à la fois malpropre et glacée.

— Allons, bon ! dit, en partant aussitôt d'un joyeux
éclat de rire, celui-là même qui venait d'être l'auteur
involontaire de cette grotesque catastrophe, voilà
maître Maclou le Muflard qui va prendre un bain de
siége aux frais et dépens de la bonne Ville de Paris.
Ami Guillot, ajouta-t-il en s'adressant à l'autre Basochien qui était présent, hâte-toi de retirer de son
baquet cette superbe tête de veau qui fait le plus bel
ornement du Royaume de la Basoche, sans quoi son
heureux possesseur va trembler, à son tour, la fièvre
quartaine.

Et en parlant ainsi, Cascaret, que nos lecteurs auront tout d'abord reconnu, et même avec plaisir, nous
aimons à le penser du moins, dans ce brave et intrépide jeune homme qui avait volé si résolûment au se-

cours de la jeune fille en danger, Cascaret, disons-
nous, déposa bien doucement la pauvre enfant, debout à côté de lui, et à la même place que Maclou le
Muflard venait de quitter. Et, dans la crainte qu'il ne
lui arrivât quelque mésaventure du genre de celle
dont son ami était, en ce moment, la victime, notre
attentif et galant Basochien, non-seulement prit soin
de placer sa protégée de façon à ce qu'elle pût trouver un point d'appui contre le massif en pierres de
taille qui formait le corps de la Fontaine, mais encore
il eut l'attention de la tenir serrée contre lui, au
moyen de son bras gauche qu'il passa autour de la
taille de la jeune fille.

Quant à celle-ci, qui était toute pâle et toute tremblante, son extrême émotion l'avait rendue muette.
Mais nous devons dire que si sa bouche ne pouvait
exprimer les sentiments de gratitude dont son cœur
était animé, en revanche ses yeux le faisaient avec
une telle éloquence, que notre jeune Basochien en
fut troublé de prime saut et peut-être plus qu'il
n'était de raison. Il se mit, dès lors, à examiner attentivement celle à qui, par son courage et sa présence
d'esprit, il venait bien positivement de sauver la vie,
et cet examen l'amena à conclure que c'eût été grand
dommage, en vérité, qu'il fût arrivé malheur à une
personne pourvue d'autant de beauté et de distinction.

C'est, qu'en effet, c'était une charmante et fraîche
jeune fille, qui paraissait n'avoir que seize ans tout
au plus. Elle avait des yeux bleus d'une nuance adorable, un nez fin et légèrement busqué, une petite
bouche dont les lèvres étaient d'un carmin aussi vif

que celui de la cerise, et une chevelure d'un blond très tendre, mais des plus francs, laquelle chevelure était si abondante et si plantureuse, que la jolie tête qu'elle couronnait paraissait fléchir sous le poids des admirables nattes serrées, fermes et brillantes, qui, après avoir formé sur son sommet comme un riche diadème d'or, retombaient très bas et en s'arrondissant gracieusement de chaque côté du visage.

Qu'on ajoute à cela des traits d'une pureté on pourrait dire angélique, un fin corsage déjà plein de promesses, des mains et des pieds d'enfant, et, ce qui était de nature à rehausser encore la valeur de tant de charmes réunis dans une même personne, un air si touchant de candeur, d'innocence et de bonté, qu'un peintre de madones n'aurait pu rencontrer une plus céleste expression à donner à la propre image de la Reine des Vierges.

Le danger qu'avait couru un instant cette aimable fille avait, on le devine, impressionné au plus haut degré ceux qui en avaient été les témoins. Mais l'effroi qui était peint sur tous les visages fit bientôt place à la joie, quand la malheureuse enfant eut été relevée et emportée saine et sauve dans les bras de notre ami Cascaret, en l'honneur duquel la foule battit aussitôt des mains avec le plus vif enthousiasme, et que l'heureuse mère, dont il venait de sauver la fille, se mit à accabler des témoignages les plus touchants et les plus expressifs de sa reconnaissance.

Le petit drame épisodique que nous venons de raconter avait si exclusivement captivé l'attention des spectateurs, que le plus grand nombre de ceux-ci ne

s'étaient point aperçu, tout d'abord, de la chute que
Maclou le Muflard venait de faire d'une façon si bur-
lesque au centre même du bassin de la Fontaine de
Grève.

Mais quand notre infortuné Basochien, au secours
duquel nous devons dire que Guillot Chante-Merle était
venu avec le plus louable empressement, fut vu, tout
à coup, sortant de la piscine avec ses vêtements tout
salis et tout ruisselants d'eau, avec ses membres gre-
lottants et sa mine plus allongée encore que de coutume, un fou rire éclata aussitôt sur toutes les lèvres,
et les quolibets commencèrent à pleuvoir dru et menu
sur ce *Baigneur malgré lui.*

L'un lui demandait d'un ton railleur si la saison
des bains froids était déjà revenue et si l'on pouvait
déserter les étuves pour aller faire de beaux plon-
geons dans la Seine, en amont de la Tour Billy; un
autre, avec une gravité toute moqueuse, croyait devoir
l'avertir charitablement qu'il courait, à pareil jeu,
le risque d'attraper quelque gros rhume de cerveau,
et sur ce mot de *gros rhume de cerveau,* ainsi que sur
les éternuments plus ou moins *sonores* qui en devaient être la suite, les équivoques les plus incon-
grues et les plus grossières allaient leur train; à sa
droite, une bourgeoise endimanchée le tançait de la
plus verte façon, parce qu'il éclaboussait la cotte de
ses voisines, en se secouant, disait-elle, ni plus ni
moins qu'un caniche qui sortirait de l'eau en bas de
l'abreuvoir Popin.; et à sa gauche, enfin, un garçon-
fournier, c'est-à-dire un *mitron,* pour parler comme
aujourd'hui, dans le léger costume de l'emploi, lui
donnait le conseil, pour se sécher, de se débarrasser

comme lui de son justaucorps et de ses chausses ; tandis qu'un voisin, beaucoup mieux avisé, lui suggérait l'idée d'un expédient tout à fait infaillible pour se réchauffer promptement, et qui consistait à changer son rôle contre celui du condamné, et à se laisser, par consé-quent, mettre sur le bûcher en son lieu et place.

Quant à Guillot Chante-Merle, il était de l'avis que son ami Maclou rentrât, au plus vite, dans son logis, pour y changer de vêtements, s'il ne voulait pas s'ex-poser à trembler bientôt la fièvre quartaine ; et le neveu du chanoine appuyait ce prudent conseil par le vers si connu d'Ovide :

Principiis obsta, sero medicina paratur.

Mais, soit que notre brave Muflard se sentît d'un cuir assez coriace pour n'avoir rien à redouter des suites du bain d'eau glacée qu'il venait de prendre, soit que son vif désir d'assister au supplice de Pierre Candrin l'emportât sur la crainte qu'il pouvait avoir de s'enrhumer du cerveau, ou d'attraper la fièvre quartaine, toujours est-il qu'il prit le parti de demeurer là où il était, claquant quelque peu des dents, il est vrai, et maugréant tout bas contre son ami Cascaret qui, après l'avoir mis dans la désagréable situation où il se trouvait, n'avait pas même un mot de pitié ou d'encouragement à lui adresser.

Tout occupé, en effet, de la belle jeune fille au se-cours de laquelle il avait volé avec tant de bravoure et d'à-propos, notre ami le Gabeur, après avoir laissé à sa protégée le temps de se remettre de son émotion, avait noué avec cette charmante enfant, ainsi qu'avec Madame sa Mère, une conversation qui n'avait pas tardé à devenir des plus intimes, et dans laquelle il avait promptement appris en face de quelles personnes le hasard l'avait placé.

C'étaient la veuve et la fille unique de feu Mahiet-Druson, en son vivant « drapier-drapant, » ou, comme on le disait encore à cette époque, « tixerand de draps, » établi à la Porte Saint-Honoré, à l'enseigne des *Trois Foulons d'Or*, lequel était mort deux années auparavant, laissant une fort riche succession, il est vrai, mais succession qui, par suite de la cupidité ou de la mauvaise foi d'un certain Gille Le Houdin, l'associé du défunt, avait donné lieu à un fâcheux procès, lequel était encore pendant, et menaçait de s'éterniser, au grand profit et contentement des gens de loi, qui y prenaient leurs franches lippées et y mordaient à plein râtelier. C'est du moins ce qu'assurait la veuve dudit Mahiet-Druson, en affirmant qu'il lui paraissait fort dur de voir le plus clair de son bien s'en aller ainsi, maille à maille, entre les griffes des « Robins, » et en ajoutant qu'elle regrettait beaucoup que sa fille Mahiette ne voulût point consentir à la proposition qui leur était faite, ce qui cependant couperait « cette souche à chicanes » dans sa racine, et rapprocherait définitivement les deux parties par un bon accord.

Et comme notre ami Cascaret avait demandé quelle était cette proposition, la veuve du « drapier-drapant » lui avait répondu qu'il s'agissait d'un mariage à faire entre l'aîné des fils de Gille Le Houdin et sa

propre fille, proposition qu'elle trouvait, quant à elle,
des plus acceptables, mais que Mlle Mahiette, disait-
elle, s'obstinait à repousser, par des raisons tout à
fait ridicules et qui n'avaient pas l'ombre du sens
commun.

Ce à quoi la jeune fille avait incontinent répliqué
qu'en refusant d'accepter pour époux le fils de Gille
Le Houdin, qui était de chétive apparence, qui était
laid, qui n'avait nul esprit et qui manquait d'éducation, elle croyait faire au contraire acte de sens et de
raison, et elle avait tout aussitôt ajouté, en jetant à
notre gentil Basochien un regard qui donna à réflé-
chir à celui-ci, qu'il lui resterait toujours assez de
fortune pour pouvoir se marier suivant son goût, et
qu'elle était plus que jamais résolue à n'accepter
pour mari qu'un homme qui fût capable de la défendre et de la protéger.

Nos trois personnages en étaient là de leur conversation, lorsque le Bourdon de Notre-Dame commença à se lamenter du haut de la tour méridionale
de la vieille Basilique, et aussitôt les cloches de
toutes les Églises de Paris, à l'exception cependant
de celles de la Tour Saint-Jacques, qui restèrent
muettes, firent entendre leur mélancolique sonnerie
des Morts.

— Messire, dit Mlle Mahiette à notre ami Cascaret,
que signifie donc ce lugubre carillon qui se fait entendre de tous les côtés?

— Cela signifie, répondit notre Basochien, que le
condamné, à l'heure qu'il est, fait amende honorable
par devant la principale porte de Notre-Dame, et
comme il a qualité d'Archiprêtre, toutes les Églises

doivent sonner son glas funèbre, depuis cet instant
jusqu'à celui où il montera sur le bûcher.

— Et pourquoi les cloches de Saint-Jacques ne le
sonnent-elles pas aussi, son glas funèbre? demanda
à son tour la veuve du « drapier-drapant. »

— Parce qu'en raison des crimes commis dans
cette Église par Pierre Candrin, elles sont, comme
tous les autres objets servant au culte, réputées *pro-
fanées*, et qu'on ne pourra les mettre en branle de
nouveau que lorsque l'édifice religieux aura été ré-
concilié par les propres mains de Monseigneur Gérard de Montaigu, le Révérend Évêque de Paris.

— Et le condamné va-t-il bientôt venir? reprit la
jeune fille qui paraissait être tant soit peu émue à
l'idée du drame qui se préparait.

— Avant dix minutes, il ne peut manquer d'être
ici; d'autant que Messire Guillaume Le Tur, qui pré-
side à l'exécution, est d'un naturel fort expéditif et
ne laisse pas le temps, à ceux qu'il mène à la fête,
de jouer à *Je vous prends sans vert* le long de la
route.

— Ah! mon Dieu! dit la charmante Mahiette que
l'émotion gagnait de plus en plus, cela me fait fris-
sonner malgré moi, de penser que, dans quelques
instants, un homme plein de vie et de santé va être
brûlé vif, là, sous nos yeux! Cela fait si mal de se
brûler seulement le petit bout du doigt!... Qu'est-
ce que cela doit donc être, quand on a tout le corps
enveloppé de flammes?

— Veux-tu que nous rentrions au Logis? lui dit
sa mère en remarquant que la jeune fille avait pâli
depuis quelques minutes.

— Oh ! nenni, nenni, ma mère, répondit Mahiette avec une singulière vivacité.

— Mais si pourtant cela te fait une trop pénible impression d'assister à cet affreux spectacle, reprit la veuve du « drapier-drapant, » il vaudrait mieux nous en aller que de rester. Tu sais, d'ailleurs, que ce n'est que pour toi seule que je suis venue ici.

— Oh non ! ma mère, ne nous en allons pas, restons, je vous en prie.

— Et si tu allais bellement tomber en pamoison, mon enfant !

— Eh bien ! dit avec résolution la jeune fille, Monsieur, qui a eu la complaisance de passer son bras autour de ma taille, saurait bien me retenir et m'empêcher de glisser à terre.

— Sans doute, mais ne serait-il pas plus prudent de ne point s'exposer à ce que cela t'arrivât? Tu sais comme un rien te met en émoi !

— Oh ! cela ne m'arrivera pas, ma mère, j'en suis certaine. D'ailleurs, je n'ai plus peur de rien maintenant, je vous l'assure.

— Et depuis quand donc es-tu devenue si brave ?

— Depuis que j'ai trouvé un bras pour me défendre, dit la jeune fille, qui envoya le plus tendre regard à l'adresse de notre beau Clerc.

— Et un cœur pour vous aimer, dit tout bas Cascaret à l'oreille de M¹¹ᵉ Mahiette, qui, de pâle qu'elle était tout à l'heure, devint rouge aussitôt comme une grenade en fleur.

En ce moment une grande clameur s'éleva parmi la foule, dans cette partie de la Place qui avoisinait la

Seine, et, au même instant, des milliers de voix firent retentir ces paroles :

— Voici le condamné ! Il approche ! C'est lui !

Bientôt, en effet, le sinistre cortége qui menait Pierre Candrin au supplice fit son apparition à l'angle occidental du quai de la Grève, et la multitude s'écarta tumultueusement devant les Arbalétriers royaux qui le précédaient.

Six Sergents de la Douzaine, à pied et la hallebarde sur l'épaule, tenaient la tête du cortége. Ils avaient endossé le hocqueton de cérémonie, dont la forme et les couleurs étaient encore les mêmes que du temps de saint Louis qui les avait institués, et ils portaient, sur le devant de la poitrine, les douze bandes de soie alternativement blanche, rouge et verte que les ordonnances de ce même Roi leur avaient données.

Ils étaient immédiatement suivis par quatre hérauts d'armes, qui venaient également à pied, et qui avaient chacun « une buccine, » c'est-à-dire une trompette à la main.

Après eux s'avançait Monsieur le Lieutenant Criminel, Messire Guillaume Le Tur, monté sur une mule qui était couverte d'un riche caparaçon armorié à l'écu de France, et ayant, à sa droite, Messire Pierre Quatelives, le premier Greffier Criminel de la Grand'-Chambre du Parlement, lequel était vêtu d'une longue robe rouge, et portait, dans sa main droite, un rouleau de vélin auquel pendaient deux lacs de soie verte, réunis par un large sceau en cire de même couleur.

A la suite de ces deux représentants de l'autorité royale et de la puissance du Parlement, marchait d'un pas grave un personnage habillé de rouge de la tête aux pieds, ayant une large épée pendue à son ceinturon de cuir noir, et portant brodés sur les deux faces de sa casaque, en avant l'écusson aux Fleurs de lis royales, et en arrière les armoiries de la Ville.

C'était Simonet Capeluche, que le peuple, dans son langage expressif, continuait de désigner sous le nom de *Bourreau*, bien qu'une ordonnance du Grand-Châtelet défendît, sous peine d'amende, de lui donner ce nom, et à qui les Lettres de commission de son office, qu'il lui fallait, lors de sa prise d'emploi, ramasser sous la table où on les jetait après les avoir enregistrées et scellées, et, cela, pour marquer l'infamie du métier, donnaient la qualification de «Maître des Hautes-Œuvres de la Prévôté et Vicomté de Paris.»

A la vue de ce sinistre personnage, la charmante Mahiette fit un mouvement d'effroi qu'elle ne put réprimer, et tournant sa jolie figure du côté de notre Basochien :

— Messire, lui dit-elle d'une voix quelque peu émue, est-ce que cet homme, qui est tout de rouge vêtu, serait le Bourreau, par hasard?

—.Oui, charmante Damoiselle, c'est lui-même en chair, en os et en fer émoulu. Et, à ce propos, je dois vous avertir charitablement que vous vous exposez à être mise à l'amende de deux sols parisis, en l'appelant, ainsi que vous venez de le faire publiquement, par son vilain nom.

— Il n'est donc pas permis de le nommer le?...

— N'achevez pas, de grâce, ou vous allez être amendable du double, c'est-à-dire de quatre sols pa-

risis, ce qui ferait six sols d'amende à payer; et, en
cas d'une seconde récidive, vous pourriez être appré-
hendée au corps par les Sergents de la Douzaine et
menée séance tenante au Grand-Châtelet, où, pendant vingt-quatre heures, vous auriez l'agrément de
pincer du luth avec les barreaux de la *Griesche*,
c'est-à-dire de la prison qui est réservée aux femmes,
et qui est située tout au haut de la vieille Tour de
César.

— Et tout cela, reprit la jeune fille qui paraissait
n'avoir pas moins d'esprit que de beauté, pour avoir
appelé par son vrai nom un homme que je tiens, dans
mon esprit, pour être plus bas placé que l'être le plus
immonde, un homme infâme, un homme maudit,
enfin.

— Que dites-vous donc là, chère Damoiselle? Mais
apprenez que le maître des Hautes-OEuvres de la Prévôté et Vicomté de Paris est, au contraire, un personnage des plus considérables par le temps qui
court. Savez-vous bien que Messire Capeluche s'est
mis, l'an passé, sur les rangs pour être Capitaine de
la Milice Bourgeoise (1).

— Et il s'est trouvé un milicien assez indigne pour
lui donner son suffrage?

— Ce n'est pas un, mais ce sont plusieurs centaines de miliciens qui ont voté pour lui, et il paraît
qu'il ne s'en est fallu que de quelques voix seulement, qu'il l'emportât sur son compétiteur, qui était
Jehan le Pontonnier, vous savez bien le gendre à

(1) Historique.

feu Guillaume de Saint-Yon, le riche boucher de la
Porte-de-Paris, et qui fut élu Capitaine de la Milice
Bourgeoise. Mais on dit que maître Simonet Capeluche ne se tient pas du tout pour battu, et qu'il
sème, chaque jour, l'or et l'argent pour s'assurer la
majorité des suffrages aux prochaines élections.

— Mais il gagne donc bien gros à faire son horrible métier, pour pouvoir acheter ainsi les votes
dont il a besoin?

— S'il y gagne gros? Oh! que oui, chère Damoiselle; car, outre les revenus fixes de son office, qui
sont considérables et qui priment, dit-on, ceux d'un
Président à mortier de la Grand'Chambre du Parlement, il a droit à cinq sols parisis par chaque *pilorié*,
et à une même somme sur tous les pourceaux qui sont
trouvés vaguant par la ville, à l'exception toutefois
de ceux qui appartiennent à l'Abbaye Saint-Antoine.
Sans compter que la défroque des suppliciés, de la
ceinture en bas, et quelque riche qu'elle soit, lui appartient. Outre ce, il prétend droit de *havage* sur le
marché aux grains, c'est-à-dire qu'il prend, dans
chaque sac, autant de grain que sa main peut en
contenir.

— Fi! quelle horreur! dit Mlle Mahiette en faisant
un geste de dégoût. Et comment est-il permis à un
pareil homme de souiller, par le contact de son infâme main, les denrées qui sont exposées en vente
publique?

— Rassurez-vous, charmante Damoiselle! Une
telle souillure n'est plus de mode aujourd'hui, et le
droit de *havage*, outre qu'il est mis à exécution par
des préposés qui sont à la solde de Simonet Cape-

luche, doit s'exercer à l'aide d'une cuiller en fer battu,
dont les maîtres jurés mesureurs de grains fixent
eux-mêmes la capacité.

— Et sur les autres denrées des Halles et Marchés,
est-ce qu'il prélève aussi quelque chose?

— Oui, certes! et il jouit de pareils priviléges non-
seulement sur les fruits, sur le verjus, sur les raisins, les noix, les œufs, le sénevé, le chènevis, le foin
et la laine, mais encore sur la marée et les harengs,
sur le poisson d'eau douce, sur les gâteaux de la
veille de l'Épiphanie, sur les vendeurs de cresson,
sur les marchands forains pendant deux mois, sur
chaque malade de Saint-Ladre, en la banlieue de Paris, et même sur le passage du Petit-Pont, dont il est
péager pour le cinquième.

— Je commence à comprendre maintenant, dit la
jeune fille, comment la perception de ces divers
droits donne à ce sinistre personnage un peu de cette
considération qui accompagne toujours la richesse.

— Ajoutez-y encore, dit Cascaret en riant, le lucratif négoce qu'il fait dans tout Paris, et à vingt lieues
à la ronde, de la fameuse *graisse de Pendu*, qui est souveraine, dit-on, contre les navrures, les ulcères et
les maux d'aventure, ainsi que la grande habileté
qu'il possède pour rebouter les membres démis; ce
qui fait, charmante fille, que si, dans votre chute de
tout à l'heure vous vous étiez ou déboîté l'épaule ou
disloqué le genou, il vous aurait peut-être fallu, ce
soir, passer par les mêmes mains qui vont ce matin
hisser sur le bûcher Monsieur l'Archiprêtre de Saint-
Jacques.

— Oh! le malheureux prêtre, dit la jeune fille dont

les yeux, tout grands ouverts, étaient fixés sur un point
assez rapproché du funèbre cortége, le voilà ! le voilà
qui arrive dans son tombereau ! Dites, Messire Clerc,
cela ne fait-il pas pitié de le voir dans l'état où il est?

Sur les pas de Simonet Capeluche, en effet, rou-
lait, avec un bruit sinistre, un ignoble tombereau
tout maculé par les boues noires qu'il servait à enlever, chaque jour, dans Paris lequel tombereau était
attelé d'un fort cheval normand et conduit par un des
valets du Maître des Hautes-Oeuvres.

C'était sur le plancher de ce char d'infamie que
Pierre Candrin se tenait debout, soutenu par son
confesseur, qui était un moine Cordelier appartenant
au monastère du Saint-Sépulcre. On sait que, jusqu'à
Charles VI, les secours de la religion étaient refusés
aux criminels condamnés à mort. Mais, par Ordonnance à la date du 12 février 1397, ce Monarque leur
avait enfin accordé cette faveur suprême, et l'Ordre
des Cordeliers avait été, exclusivement à tous les autres Ordres religieux, chargé du soin d'assister ces
malheureux dans leurs derniers moments.

L'Archiprêtre, dont la tête était nue et laissait
voir ses cheveux hérissés, avait le corps affublé d'une
longue chemise de laine blanche, mais si fortement
soufrée qu'elle en paraissait jaune. Par l'une des larges manches de cette chemise sortait son bras droit,
qui était brun et velu, et il tenait, dans la main du
même côté, une torche de cire jaune du poids de deux
livres, dont la flamme ardente vacillait plus encore
par suite du tremblement nerveux dont ses membres
étaient agités, que par l'effet de l'air, qui était calme
et doux durant cette belle matinée d'automne.

En voyant la face livide et épouvantée du condamné, un murmure de pitié s'éleva aussitôt de toutes
parts, et l'horreur, que ses crimes ne pouvaient manquer d'inspirer, se tut, un instant, devant le spectacle
des terribles angoisses de cet homme, qui portait
dans sa propre main la flamme qui allait servir à allumer le bûcher qui devait le dévorer.

Mais ce premier moment donné à la pitié fut de
courte durée, et l'indignation générale reprenant
son essor, les huées et les imprécations de la multitude accueillirent bientôt le misérable sur son passage.

Pendant ce temps, le Révérend Père Cordelier, qui
assistait le condamné, s'efforçait de ranimer son courage en murmurant à son oreille les suprêmes consolations de la religion, et en portant à ses lèvres
l'image du divin Sauveur attaché sur la croix.

Quand il aperçut le sinistre bûcher sur lequel l'expiation de ses crimes allait s'accomplir, la terreur
ressentie par l'Archiprêtre amena sa lâche nature à
ce point de défaillance, qu'aussitôt ses jambes refusèrent de le soutenir, et que la torche qu'il portait
s'échappa de sa main et tomba sur le rebord du tombereau; mais, sans doute que Simonet Capeluche s'attendait à quelque épisode de ce genre, pendant la
longue marche qui avait lieu, car un autre de ses valets, aposté par lui à la droite du char funèbre, s'élança rapidement, et ramassa la torche au moment
même où elle allait rouler et s'éteindre sur le pavé.

Le reste du cortége se composait des douze Portechapes de Notre-Dame, avec leur Grand-Chantre,
celui-ci ayant son bâton cantoral couvert d'un crêpe;

des membres du Tribunal de l'Officialité, en tête
desquels étaient l'Official, flanqué de son greffier et
de ses quatre appariteurs ; et des délégués religieux
de tous les Prieurés, Monastères et Abbayes de Paris,
à la suite desquels un second piquet de trente Arbalétriers royaux fermait la marche.

En moins de quelques minutes, ce fatal cortége
eut atteint le pied de la Justice de Grève. Aussitôt,
et sur l'ordre de leur maître, les valets de Simonet
Capeluche tirèrent de son ignoble véhicule le condamné, qui paraissait être plus mort que vif, et,
profitant de cet instant de défaillance, sans laquelle
un homme de la taille et de la force de dom Pierre
aurait pu leur susciter quelque grave embarras, ils le
firent entrer dans l'intérieur du bûcher par l'ouverture qu'ils avaient réservée sur le côté qui faisait
face à la Tour Saint-Jacques, le hissèrent jusqu'à la
petite plate-forme qui servait de soubassement au
Gibet, et à l'aide des chaînes en fer dont nous avons
parlé, ils l'attachèrent étroitement à la fatale colonne
patibulaire ; puis, sortant, l'un après l'autre, par la
brèche du bûcher, ils se mirent en devoir de fermer
cette brèche avec les fascines qu'ils avaient mises en
réserve pour cet usage.

A ce moment, la voix du bourdon de Notre-Dame
cessa tout à coup de se faire entendre, et aussitôt le
carillon mortuaire de toutes les Églises se tut. Ce fut
alors que les chantres de Notre-Dame, à la tête desquels s'était mis le Révérend Père Cordelier, que
nous avons vu tout à l'heure assistant le condamné,
commencèrent à entonner l'Office des Morts, que le
peuple se mit à réciter avec eux.

Quand on fut au *Dies iræ*, Monsieur le Lieutenant
Criminel, à la gauche duquel s'était placé le Maître
des Hautes-OEuvres, ayant dit quelques mots à celui-
ci, Simonet Capeluche s'approcha de ses valets qui
achevaient de fermer la brèche avec leurs bourrées,
et, d'un air indifférent, prenant un épieu ferré qui
était fort long et fort aigu, il le plaça entre deux des
bourrées supérieures du bûcher et la pointe dirigée
vers le centre de celui-ci.

Bien que ce détail des préliminaires du supplice se
fût passé en face de plusieurs milliers de spectateurs,
nous devons dire que bien peu d'entre eux, cependant, en avaient compris la portée. De ce nombre fut
notre ami Cascaret, à qui rien n'échappait, ainsi qu'on
a été à même de le voir plus d'une fois, et qui dit à mi-
voix et en se penchant du côté de sa jolie voisine :

— Ah! ah! il paraît qu'il y a un *Retentum* au bas
de l'arrêt qui a été rendu par Nos Seigneurs de la
Grand'Chambre du Parlement!

— Un *Retentum*, dit Mlle Mahiette d'un air surpris,
qu'est-ce que c'est donc que ça, Messire?

— Charmante Damoiselle, reprit le Basochien,
c'est un adoucissement que les juges apportent à la
rigueur du supplice auquel ils condamnent un criminel, et dont l'énoncé est couché en toutes lettres
au bas de la sentence qu'ils ont rendue, mais sans
qu'il en soit donné aucunement connaissance au condamné.

— Et comment cet épieu, placé par le... Maître
des Hautes-OEuvres (puisque c'est ainsi qu'il faut
dire), dans le bûcher de Monsieur l'Archiprêtre,
pourra-t-il adoucir la rigueur de son supplice?

— Comment?... Oh! de la façon la plus simple du monde. Et pour vous le faire deviner, remarquez un peu, je vous prie, comment cet épieu est placé par rapport au condamné.

— Je vois que la pointe de l'épieu répond à la poitrine de dom Pierre.

— Et vers quel côté de la poitrine est-elle plus particulièrement dirigée?

— Vers le côté gauche, dit Mahiette.

— Et, continua Cascaret, qui, en même temps qu'il parlait, appuya assez vivement le bout de l'index de la main qui était passée autour de la taille de la jeune fille, à l'endroit précis où battait le cœur de celle-ci, quel organe si intéressant y a-t-il donc dans ce fameux côté gauche de la poitrine ?

— Oh! mais c'est horrible, cela! dit Mahiette, qui, par la pantomime expressive dont le Clerc de la Basoche accompagnait son langage, avait de suite compris l'usage qui devait être fait de l'épieu en question, et dont toute la gentille personne avait frémi de la tête aux pieds.

— Et c'est là, observa avec non moins d'effroi la veuve du « drapier-drapant, » qui, elle aussi, avait entendu et compris les paroles de Cascaret, ce que Nos Seigneurs du Parlement appellent un adoucissement apporté à la rigueur du supplice?

— Mais sans doute, répondit le Basochien, car le fatal coup d'épieu étant porté juste au milieu du cœur, à l'instant même où les flammes commenceront à entourer le condamné, la mort sera ainsi rendue instantanée, et, partant il n'aura point à souffrir la lente et douloureuse agonie que le feu lui ferait éprouver.

— C'est vrai ; mais c'est bien horrible, dirent les
deux femmes, qui avaient pâli, l'une et l'autre, à cette
explication donnée par notre ami Cascaret.

En ce moment la brèche du bûcher se trouvant
être complétement fermée, Monsieur le Lieutenant
Criminel fit un geste de la main, et aussitôt les quatre porteurs de « buccines » se mirent à sonner de la
trompette. C'était le signal usité pour commander le
silence à la foule.

Quand ce silence se fut établi, le Greffier Criminel de la Grand'Chambre, Messire Pierre Quatelives, déroula lentement le vélin qu'il portait à la
main, et, d'une voix de Stentor, il se mit à lire l'arrêt de la Grand'Chambre, que nous connaissons, et
par lequel « Pietro Candrino-Candrini, né natif des
» Etats de la Seigneurie de Venise, et tenant les fonc-
» tions et dignités de Curé, Doyen et Archiprêtre de
» l'Église parocchiale de Monseigneur Saint-Jacques
» le Majeur, en la Boucherie de Paris, était con-
» damné à être brûlé vif en la Place de Grève. »

Pendant cette lecture, que la foule écouta avec une
religieuse attention et une curiosité quelque peu
mêlée de terreur, le malheureux Pierre Candrin, qui,
depuis le moment où il avait été attaché sur le bûcher, n'avait pas donné un seul signe de vie, tressaillit tout à coup et releva lentement la tête.

Par un effet tout naturel, à la fois et du lieu élevé
qu'il occupait, et de la direction dans laquelle ses
yeux étaient tournés, son premier regard, lorsqu'il
souleva ses paupières appesanties, rencontra la moitié supérieure de la Tour Saint-Jacques, qu'un radieux et riant soleil d'automne teignait de sa pourpre

matinale, ainsi que nous l'avons dit au début de ce
Chapitre.

A cette vue le malheureux fut pris d'un frisson
glacial qui lui courut de la tête aux pieds, une larme
de désespoir brilla dans ses yeux, et le mot de *grâce*
vint expirer sur ses lèvres.

C'est qu'alors toutes les joies du foyer, toutes les
tendresses de la famille, tout l'avenir de bonheur
enfin qu'il avait perdus par sa faute, vinrent se représenter à son esprit, comme pour lui rendre plus
affreuse encore la terrible expiation que la Justice
humaine allait lui infliger.

En même temps, le misérable songea à cette femme
dont la fatale beauté, pareille à celle de l'Ange des
Ténèbres, l'avait entraîné, de chute en chute, jusqu'au fond d'un abîme, d'où il lui avait fallu monter
sur cet infâme bûcher qui allait le dévorer.

Comme il se demandait intérieurement si Dieu,
dans sa justice, laisserait impunie, sur la terre, l'o-
dieuse créature qui avait failli causer la perte de son
âme, comme elle était l'auteur de la perte de son
corps, une étrange apparition eut lieu, tout à coup,
sur ce même faîte de la Tour Saint-Jacques, d'où son
regard ne pouvait se détacher.

Il vit, avec la dernière épouvante, s'élancer et demeurer debout sur la balustrade culminante de ce
haut clocher, une femme en cotte hardie de soie jonquille, serrée à la taille par une cordelière à nœuds,
qui, sa chevelure déroulée et flottant au vent, et ses
deux bras étendus vers lui, semblait lui faire un dernier appel, en même temps que lui adresser un suprême adieu. A cette attitude, à la fois pleine d'au-

dace et de passion, bien mieux encore qu'aux traits
de son visage qu'il ne pouvait distinguer nettement,
Pierre Candrin reconnut Charlotte des Essarts, sa
fatale complice.

Mais, au même instant, une suffocante vapeur de
soufre monta jusqu'à lui, et, bientôt, un ardent rideau de flamme qui passa devant ses yeux, lui déroba la vue de la Tour Saint-Jacques.

Le malheureux comprit que son heure était venue,
et la malédiction qu'il s'apprêtait à lancer à travers
l'espace, à cette femme qu'il regardait, et avec raison,
comme ayant été son mauvais génie, expira en même
temps sur ses lèvres.

C'est alors que la pensée de la chaste et pure jeune
fille, qu'il appelait sa nièce, lui vint comme le suprême sourire d'un ange, pour adoucir l'amertume
de ses derniers instants.

Mais, aussitôt, il sentit comme un dard froid et
acéré qui lui déchirait le cœur ; il jeta un cri étouffé,
leva, puis laissa retomber sa tête, et il expira, ayant
sur les lèvres le doux nom de Sabine.

En effet, après la lecture de l'arrêt du condamné
faite au peuple par le Greffier Criminel de la Grand'-
Chambre du Parlement, le maître des Hautes-Œuvres, sur l'ordre de Messire Guillaume Le Tur, avait,
à l'aide de la torche de cire ardente que nous avons vu
tout à l'heure s'échapper des mains de l'Archiprêtre,
mis le feu aux quatre coins du bûcher.

Après quoi, et sans perdre de temps, Simonet Capeluche, saisissant, d'une main sûre, l'extrémité de
l'épieu dont il avait fiché la pointe dans la muraille
du bûcher, avait percé, de part en part, et avec au-

tant d'adresse que de sang-froid, la poitrine et le cœur
du sacrilége amant de Mme de Tarenne.

Cascaret, ainsi que les deux dames dont il s'était
constitué le cavalier servant, avaient suivi d'un œil
ému les moindres détails de cette partie latente du
drame, qui avait, il faut le dire, échappé à l'immense
majorité des spectateurs. Guillot Chante-Merle avait
néanmoins, comme son ami le Gabeur, deviné le dénoûment caché de cette tragédie, et il avait charitablement fait part de ses remarques à Maclou le Muflard qui, ne sachant s'il devait, oui ou non, ajouter
foi aux dires du neveu du Chanoine, s'était rapproché de Cascaret pour lui demander son avis, à ce sujet.

Après qu'il eut confirmé dans l'esprit du gros garçon la vérité des affirmations à lui données par Guillot Chante-Merle, notre spirituel Basochien, que sa
verve gouailleuse n'abandonnait jamais, lui dit à
·brûle-pourpoint :

— Et quelle morale, cher Ami, allez-vous tirer
de cet intéressant spectacle qui nous est offert?

— Comment! quelle morale? dit le brave Maclou
interloqué par cette question, et hors d'état, bien entendu, d'y répondre quoi que ce soit.

— Eh! mais, sans doute, reprit Cascaret; comme
au temps où, sur les bancs du collège de Navarre,
nous traduisions les fables de maître Esopus sous le
Révérend Père Goizet, qui nous faisait, tant bien que
mal, expliquer le fameux Ο μυθος δηλοι οτι.

— Est-ce que je sais, moi! dit niaisement l'épais
Maclou, en retrouvant sa mine de cancre qu'il devait si bien avoir à l'époque dont parlait son ami.

— Eh bien! puisque tu ne le devines pas, je vais

te le dire, moi. Ouvre donc toutes grandes tes deux
oreilles.

— *Auriculas asini*, dit Guillot qui avait entendu la
demande faite à Maclou.

— Voici la morale demandée, dit Cascaret :

> Ο μυθος δηλοι οτι... (1)
> Par ce cafard vif-rôti,
> Et d'un coup d'épieu nanti,
> Qu'en tout temps et n'importe où,
> Dieu nous fait payer, Maclou,
> Dent pour dent, et... clou pour clou.

— C'est, par ma foi ! vrai, dit le gros garçon avec
un rire plus bête encore que d'habitude, et je ne me
souvenais pas de ce passage de maître Esopus. Je
conviens le premier que je n'ai pas votre mémoire,
moi.

Pour ce pauvre Maclou, comme pour beaucoup
trop de ses semblables, la verve, l'esprit, les talents,
le génie, tout se résumait dans ce seul mot : *la mémoire*.

Nous ne poursuivrons pas plus loin la description
du supplice de Pierre Candrin, dont les sinistres
détails ne pourraient qu'exciter un profond dégoût
dans l'esprit de nos lecteurs, comme ils le firent dans
celui de la charmante jeune fille dont Cascaret pressait la jolie taille dans ses bras.

A peine, en effet, eut-elle aperçu, à travers les

---

(1) *Cette fable montre que...* C'est le début obligé de la morale
de chacune des fables grecques de Phèdre et d'Ésope.

flammes dansantes du bûcher, la face carbonisée et les membres en lambeaux du supplicié, que Mlle Mahiette, qui sentait son petit cœur défaillir, fit à Madame sa mère la proposition de rentrer au plus vite au Logis, proposition qui, nous devons le dire, fut acceptée avec empressement par la veuve de feu Mahiet Druson, le « tixerand de draps » de la Porte Saint-Honoré.

— Mais, au moment où ces Dames allaient s'éloigner, la mère, à qui sa fille avait préalablement dit quelques mots à l'oreille, après avoir, de nouveau, remercié Cascaret, en termes pleins de chaleur, sur le dévouement dont il avait fait preuve à l'endroit de Mlle Mahiette, lui dit en lui serrant affectueusement la main :

— Messire Clerc, dimanche prochain, nous mangeons une oie rôtie en famille, et ce serait nous faire un grand honneur, à ma fille et à moi, que de vouloir bien venir en notre Logis pour en prendre votre part. Le voulez-vous pas, dites-moi ?

— De très grand cœur, vraiment ! répondit Cascaret, moins heureux encore de l'invitation qui lui était portée par la mère, que du tendre regard qui lui était adressé par la fille.

Et les compliments de politesse obligée ayant été échangés de part et d'autre, les deux Damoiselles bourgeoises se perdirent aussitôt au milieu de la foule.

— J'aurais cru que Messer Apollo se serait fait un devoir d'accompagner Mme Vénus jusqu'à son Logis ? dit Guillot Chante-Merle à Cascaret.

—Oh ! que tu as bien raison ! *Amice Canta-Garrule*, d'appeler de ce nom cette aimable et charmante fille ;

n'est-ce pas Vénus elle-même, en effet; la Vénus *aux Belles Nattes?*

— Est-ce avec l'orthographe de Messer Quintus Horatius Flaccus, que tu écris ces *Nates* là, c'est-à-dire avec un seul T?

— Ah ! Guillot, mon ami, vous effarouchez très fort ma pudeur en ce moment, et m'est avis que ce gros grain de sel attique, vous l'avez pris, hier au soir, dans la salière de quelque Nonnain callipyge d'un des couvents de la rue de Glatigny!

— La discrétion en amour mène tout droit à recevoir comme faveur ce qu'on n'avait dérobé qu'à titre de larcin.

— Taisons-nous vite, Guillot, ou je me fâcherais sérieusement si tu plaisantais plus longtemps sur la vertu de cette candide et pure jeune fille, dont je te déclare que je serais trop heureux de devenir un jour le mari.

— C'est pour le coup que tu serais à même de pouvoir répondre à la question que je te faisais tout à l'heure.

— Oui. Mais quelle apparence qu'une fille aussi riche veuille jamais de moi pour époux ?

— Bah! Est-ce qu'on sait ce qui peut arriver! Qui est-ce qui te dit que par les conseils qu'elle ne manquera pas de te demander et que tu sauras bien lui donner, la Veuve du « drapier-drapant » ne gagnera pas son grand procès? Auquel cas, la Mère reconnaissante ne manquera pas de te donner la main de sa fille :

Connubio junxit stabili propriamque dicavit.

— *Amen !* dit Cascaret, à qui cette perspective conjugale paraissait sourire très agréablement. Ce jour-là, ajouta-t-il, mon cher Guillot, tu seras mon premier garçon de noces, et c'est à toi que reviendra l'honneur d'enlever la jarretière de la mariée.

Et nos deux Basochiens, à qui l'horrible odeur de corne brûlée qui emplissait la Place de Grève donnait des nausées, depuis un instant, firent signe à Maclou de les suivre, et prirent aussitôt le chemin de la Taverne de la *Femme-sans-Tête,* Taverne qui était située, ainsi que nos lecteurs le savent déjà, dans la rue de la Place-aux-Veaux, et dont l'enseigne portait ces mots écrits en belles lettres dorées :

> Fors le chignon,
> Tout en est bon.

III

LA CHAMBRE D'ASILE

III

LA CHAMBRE D'ASILE

Bon nombre de lecteurs n'auront sans doute pas manqué de se demander, à la fin du Chapitre précédent, si l'étrange apparition qui avait frappé les regards de Pierre Candrin, en lui montrant Charlotte des Essarts, qui, debout sur la balustrade culminante de la Tour Saint-Jacques, étendait ses deux bras vers la place de la Grève, devait être mise au rang des choses réelles, ou si, au contraire, elle n'avait été que le résultat d'une hallucination éclose dans l'esprit épouvanté d'un agonisant.

Hâtons-nous de dire que cette apparition n'avait rien eu de chimérique, et qu'elle formait, en quelque sorte, le point de jonction entre deux scènes qui s'étaient jusque-là déroulées parallèlement : la première,

au centre de la Place de Grève et sous les yeux de
plusieurs milliers de spectateurs, c'est celle qu'on
vient de lire ; la seconde, dans la Chambre d'Asile
de la Tour Saint-Jacques et en présence de Mlle Sabine de Champ-Rosé, c'est celle qu'il nous reste
maintenant à raconter.

Ce même jour donc, dès les quatre heures du matin, Sabine, accompagnée de sa vieille gouvernante
Brigitte La Voirin, sortit de l'Hôpital Sainte-Catherine, qui était situé à l'angle méridional formé par
la rue Saint-Denis et celle des Lombards, dans lequel
Hôpital elle s'était retirée, depuis la surveille au soir,
et elle se rendit à l'église Saint-Jacques-de-la-Boucherie, pour y entendre la messe des Morts dans la
Chapelle matutinale de Collin Boulard ; car, bien que
l'exercice du culte eût cessé d'avoir lieu dans tout le
reste de cet édifice profané, la réconciliation de la
chapelle de Boulard avait eu lieu *ipso facto*, en vertu
des priviléges que le Pape Urbain VI avait attachés à
cette chapelle, lors de sa fondation, en l'année 1386.

La jeune fille dont le jour, à peine naissant, ne permettait pas d'apercevoir la figure pâle et les traits
amaigris, vint, avec ses longs habits de deuil, s'agenouiller pieusement dans le coin le plus sombre de
cette chapelle, où, pendant une heure entière, elle
appela, par les plus ferventes prières, le pardon du
Ciel sur les deux malheureuses créatures qui avaient
eu ses premières affections dans la vie, et qui, chose
horrible à penser, allaient tout à l'heure expier, par la
mort réservée aux plus vils scélérats, les abominables
crimes dont elles s'étaient rendues coupables. Quand la
messe d'obit fut achevée, Sabine, avec une émotion

dont elle avait peine à se rendre maîtresse, se sépara
de sa gouvernante, quitta la *Chapelle matutinale*, et,
après avoir gagné le bas de la grande nef, s'engagea
dans l'escalier de la Tour, dont elle franchit les cin-
quante-cinq premiers degrés avec des battements de
cœur si violents et si douloureux, qu'elle faillit, à diverses reprises, s'évanouir durant cette ascension.

Quand elle eut atteint la Terrasse-aux-Chapelles,
où tout ce qui s'offrit à sa vue ne fit qu'ajouter encore à son émotion, elle se trouva en présence du
nouveau Porte-clefs, qu'elle reconnut aussitôt pour
être le fils aîné de Jean Carmen, le premier chantre
de l'Église, que, depuis l'arrestation de dom Pierre,
Messieurs du Conseil de l'Œuvre avaient mis à la
place de Monticelli, le valet italien de l'Archiprêtre.

Bien que la consigne de ce jeune homme fût de ne
laisser communiquer personne avec la dame de Tarenne, consigne que, jusque-là, il avait très scrupuleusement observée, il n'eut cependant pas le courage de repousser la prière que Mlle de Champ-Rosé
lui adressait avec ses mains jointes et avec des larmes
dans les yeux, et, prenant une des clefs de l'énorme
trousseau passé à sa ceinture, il ouvrit la petite porte
vitrée du premier étage de la Tour, et Sabine put
ainsi pénétrer dans la Chambre d'Asile.

La jeune fille aperçut tout d'abord sa *Belle marraine*, qui était montée sur le couvercle du bahut
placé au bas des deux petites fenêtres jumelles, prati-
quées, ainsi que nous l'avons dit ailleurs, dans le
mur oriental de la Tour, et qui, le visage collé aux
vitres de l'une d'elles, était occupée à regarder très
attentivement dans la direction de la Place de Grève.

Du haut de cette petite fenêtre, en effet, et à travers une échappée de vue formée, sur la droite, par
l'espèce de golfe que la rue de la Tannerie dessinait
en s'abouchant avec la Place de Grève, on pouvait
voir facilement la partie de cette Place qui touchait
à la rive droite du fleuve, ainsi que les grands bateaux de bois amarrés le long du rivage.

Quant au centre même de la Place, c'est-à-dire à
l'endroit où se dressait le vieux Gibet de pierre, le
pâté de hautes maisons, formé par la rue de la Cou-
tellerie, en masquait si complétement, la vue qu'on
n'apercevait qu'à grand'peine les combles de la Maison-aux-Piliers avec leurs pignons chargés de sculptures en ronde bosse.

L'attention de Mme de Tarenne était si vivement
attirée vers la partie de la Grève, qu'elle pouvait
embrasser de son regard, qu'elle n'entendit ni le
bruit que la porte de la Chambre d'Asile fit en s'ouvrant, ni celui que les pas de Sabine éveillèrent sous
la voûte sombre et surbaissée de ce lieu de refuge,
voûte dont les nervures saillantes et multipliées, partant des quatre angles rentrants de l'édifice, conver-
geaient toutes vers une ouverture centrale, de forme
circulaire, qui était destinée à la montée et à la descente des cloches.

La nièce de dom Pierre, dont, en ce moment, l'é-
motion était à son comble, s'arrêta sur le seuil de
cette chambre, pâle, frissonnante, et, comme nous en
avons été les témoins si souvent, cherchant, à l'aide
de ses deux mains appuyées sur le côté gauche de sa
poitrine, à comprimer les atroces battements de son
cœur ; mais la pauvre jeune fille sentant, au tremble-

ment de ses jambes, que ses forces allaient l'abandonner, alla vivement s'asseoir, ou, pour parler plus juste, courut se jeter sur un escabeau de bois grossier qui était tout près de la porte.

Au bruit que ce rapide mouvement détermina, Mme de Tarenne, arrachée à sa contemplation, tourna la tête et aperçut sa noble filleule, Mlle de Champ-Rosé.

Un grand cri, à la fois de surprise et de joie, lui échappa. Elle s'élança du haut du bahut sur lequel elle était montée, vint tomber à genoux devant la nièce de l'Archiprêtre, lui prit les mains et se mit à les lui couvrir de ses baisers frénétiques.

Puis, d'une voix que le saisissement où elle était rendait saccadée et stridente, elle lui dit, en l'enveloppant de ses regards, dans lesquels rayonnaient toutes les puissances de la tendresse et de la passion :

— Oh ! ma bien-aimée Sabine, mon enfant, ma fille, c'est toi, te voilà ! Tu ne m'as donc pas oubliée, tu ne me méprises donc pas trop, tu m'aimes donc encore, puisque tu es venue à moi ? Ah ! si cela était vrai, mon Dieu, il me semble que ce serait là le pardon de tous mes crimes. Oh ! parle-moi ; que je l'entende sortir de ta bouche, ce pardon que j'implore ; que je la reçoive de toi, cette assurance qui va me rendre si heureuse, qu'il reste encore quelque amitié pour moi dans le cœur de Sabine !

— Hélas ! oui, Madame, dit la jeune fille avec un profond soupir, et attachant sur Charlotte des Essarts ses regards remplis d'une douloureuse pitié. Oui, répéta-t-elle, cela n'est que trop vrai, mon affection pour vous a survécu à vos horribles.... malheurs, et j'ai encore la faiblesse de vous aimer, à cette heure où je devrais, au contraire, vous haïr.

— Oh ! tais-toi ! tais-toi ! Ne parle pas ainsi, s'écria impétueusement la belle veuve en joignant ses mains et en levant sur Sabine des regards suppliants. Non, non, tu ne dois pas me haïr, tu ne le peux pas, ce serait contre nature, entends-tu !

Elle ajouta, après une courte pause et, cette fois, avec une nuance très marquée d'attendrissement dans la voix et dans les regards :

— Ah ! si tu savais, chère Enfant !

Mais aussitôt elle s'arrêta, comme si elle eût craint d'en dire davantage.

— Je ne sais qu'une chose, Madame, dit la jeune fille, dont le trouble était extrême, une seule chose, mais une chose bien horrible : c'est que, par la maudite et damnable influence de votre beauté et de votre esprit, l'homme que depuis mon enfance j'avais appris à aimer et à respecter à l'égal d'un père, c'est que celui que je croyais être, à la fois, le modèle de toutes les vertus chrétiennes et le plus pur d'entre les ministres du Seigneur, celui-là en est arrivé, de chute en chute et de crime en crime, jusqu'au pied d'un infâme Gibet, sur lequel son corps va être attaché, dans un instant, pour y être dévoré par les flammes.

A ces dernières paroles de Sabine, la Dame de Tarenne se redressa vivement, et fixant sur les yeux de la jeune fille ses regards, dans lesquels le sentiment de la pitié était uni à celui d'une profonde terreur, elle lui dit, en lui montrant du doigt la petite fenêtre par laquelle elle était occupée à regarder tout à l'heure :

— Oh! mon Dieu, mes pressentiments ne m'avaient donc pas trompée! En voyant, dès la pointe du jour, les valets du Bourreau transporter des fascines depuis les bateaux jusqu'au cœur de la Grève, cent fois je me suis demandé à qui était destiné le bûcher qu'ils allaient dresser, et cent fois je me suis répondu que c'était à l'homme que j'ai tant aimé.

Ici elle s'arrêta et elle porta la main à ses yeux, comme pour essuyer une larme furtive qui s'en échappait.

— Ainsi donc, reprit-elle bientôt après, la Justice du Parlement a rendu contre lui une sentence de mort! Le malheureux! Comme toujours il aura été faible, il aura été lâche devant la souffrance physique, et le Tortionnaire lui aura arraché son fatal secret.

A ces paroles, dites d'une voix brève et saccadée, Sabine comprit, mais trop tard, que la belle et coupable veuve avait été, jusqu'à cette heure, tenue dans l'ignorance des événements qui, depuis deux jours, avaient décidé de son sort et de celui de l'Archiprêtre. Aussi, à la pensée qu'elle allait avoir à remplir le rôle d'une messagère de mort, si elle voulait, ensuite, aborder celui de consolatrice, pour lequel elle était venue, son cœur fut-il pris d'une si soudaine défaillance, qu'elle ne put trouver la force nécessaire pour accomplir cette fatale mission, et qu'elle resta muette et inanimée comme la statue de marbre d'un sépulcre.

Mais, en ce moment, le bourdon de Notre-Dame commença à sonner le glas funèbre, et toutes les Églises de la Ville joignirent leur lugubre sonnerie à la sienne. Aussitôt Mlle de Champ-Rosé se laissa tomber à genoux sur les dalles de la Chambre d'Asile, croisa ses mains devant sa poitrine et éleva vers le Ciel ses yeux d'où s'échappèrent deux longs ruisseaux de larmes. Et, en même temps, de ses lèvres entr'ouvertes, une suprême prière monta, portée sur les ailes de la Foi, jusqu'au trône où s'assied le Dieu des miséricordes et du pardon.

De son côté, Mme de Tarenne, dès qu'elle entendit ce lugubre carillon, dont elle comprit la fatale signification, était demeurée debout, pâle, les narines frémissantes et ses yeux vert de mer fixés sur la jeune fille, avec une expression indéfinissable de compassion et de tendresse. A plusieurs reprises elle avait ouvert la bouche comme pour parler, mais, à chaque fois, la parole avait expiré sur ses lèvres, en même temps que les traits de son visage avaient trahi l'épouvantable combat que des sentiments opposés se seraient livrés dans son cœur.

Puis, tout à coup, et comme si une soudaine détermination venait de se faire dans son esprit, elle tomba à genoux, à son tour, en face de la jeune fille, et lui saisissant les mains, qu'elle appuya sur sa propre poitrine, elle lui dit d'une voix basse et en jetant autour d'elle les regards inquiets d'une personne qui aurait à redouter la présence de quelque invisible témoin :

— Oh ! oui, pleure, mon Enfant, pleure toutes les larmes de ton corps, car le malheureux qui marche en ce moment vers le lieu du supplice, eh bien !.....

— Eh bien ? demanda Sabine, dont un horrible soupçon traversa aussitôt la pensée....

— Eh bien! celui-là est ton père!! dit Mme de Ta-renne.

Et ces paroles furent prononcées d'une voix si basse et si peu articulée, que la jeune fille les devina plutôt qu'elle ne les entendit.

— Mon père! s'écria-t-elle, en se redressant subitement, et en sentant qu'un frisson d'épouvante lui courait jusque dans la racine des cheveux.

— Oui, Pierre Candrin est ton père, répéta Charlotte des Essarts, qui s'était relevée en même temps que Sabine, et qui avait saisi celle-ci dans ses bras.

— Oh! mais ce que vous m'apprenez là est horrible, Madame, dit la jeune fille avec désespoir. Et moi, ajouta-t-elle, qui croyais être descendue d'un Comte, d'un Gentilhomme, d'un père à la fois brave, généreux, honorable et honoré! Moi, qui me consolais du malheur de n'avoir pas connu ce noble auteur de mes jours en faisant, depuis l'enfance, à sa chère mémoire, le serment de porter toujours pures et immaculées les trois roses d'argent qui chargent son blason, faut-il que j'apprenne aujourd'hui que je dois la naissance à qui, mon Dieu! à un prêtre sacrilége, à un vil assassin! O Ciel! ajouta Sabine en se tordant les bras de désespoir, mais que vous ai-je donc fait pour m'avoir rendue aussi misérable?

Devant cette attitude de la jeune fille, dont les traits bouleversés, les lèvres pâles et les yeux remplis de larmes attestaient on ne peut plus éloquemment les tortures, à la fois, morales et physiques, Mme de Tarenne demeura comme interdite, et les paroles par lesquelles elle s'apprêtait à consoler la pauvre enfant expirèrent, une seconde fois, sur ses lèvres.

Il se fit un instant de silence entre nos deux personnages, silence affreux qui n'était troublé que par le glas funèbre du Bourdon de Notre-Dame, lequel continuait à se lamenter dans sa cage de pierre, et dont les tintements sinistres rappelaient à l'esprit des deux acteurs de cette scène l'imminence de l'horrible drame qui allait se passer sur la Place de Grève.

Ce fut Sabine qui rompit ce silence tout à coup :

— Mais, demanda-t-elle vivement à Mme de Tarenne, si je suis la fille de cet infâme prêtre, je ne puis avoir eu pour mère la Comtesse de Champ-Rosé, puisqu'elle était la propre sœur de cet homme?

Et comme la belle veuve qui, en ce moment, paraissait avoir perdu une très grande partie de son assurance habituelle, hésitait à répondre à cette question, Sabine ajouta aussitôt :

— Est-ce donc, Madame, qu'il me resterait encore quelque nouveau tissu d'horreurs à connaître, quelque secret incestueux à apprendre, que vous gardez le silence à cette question que je vous fais?

— Oh! non, non, s'écria Mme de Tarenne comme arrachée violemment à ses funestes pensées! Vous n'êtes pas la fille de la Comtesse de Champ-Rosé.

— Mais alors, qui donc est ma mère, Madame? La connaissez-vous; vit-elle encore; où est-elle! Ou si elle n'existe plus, a-t-elle, au moins, avant de mourir, reçu le pardon de l'odieux crime auquel je dois la naissance?

— Sabine, mon enfant, écoutez-moi, dit Charlotte des Essarts, dont l'émotion, en ce moment, était si profonde que ses dents s'entrechoquaient, et que de

nombreuses gouttes d'une sueur froide étaient venues
perler tout à coup sur son front et sur les deux côtés
de la racine du nez.

Elle s'arrêta un instant comme vaincue par son
propre trouble, puis bientôt, maîtrisant son émotion, elle reprit, mais d'une voix encore mal assurée :

— Oui, je sais qui fut votre mère, Sabine. Mais
avant de vous révéler son nom et son rang, avant de
vous dire ce qu'elle est devenue, laissez-moi d'abord
vous apprendre, ce qu'elle fut, lorsqu'à vingt ans,
jeune et belle comme vous, et, comme vous encore,
unissant tous les dons de l'esprit à toutes les grâces
du corps, elle faisait ce rêve doré de toutes les jeunes
filles, rêve insensé, rêve irréalisable, en un mot,
le rêve de l'amour dans le mariage.

— Ah! quel blasphème prononcez-vous là? Et
pourquoi donc, Madame, l'amour dans le mariage
serait-il un rêve insensé, dit Sabine, que les paroles
de la veuve avaient blessée dans la plus chère de ses
illusions?

— Vous me demandez pourquoi? Ah! fasse le
Ciel, chère Enfant, que vous ne l'appreniez pas un jour
aux dépens de votre propre bonheur, comme cela est
arrivé à votre infortunée mère. Sachez donc que le
cœur plein d'amour pour un homme qui ne pouvait
être à elle, il lui fallut, contrainte, en cela, par sa
propre famille, donner sa main à un riche vieillard
qu'elle n'aimait pas, qu'elle ne pouvait aimer; un
vieillard fâcheux et jaloux, une sorte de geôlier fa-
rouche qui, nuit et jour, tremblant qu'un autre ne
lui dérobât la tendresse de la belle et froide statue
dont il avait décoré le sépulcre de son hymen, avait

fait, de son Logis, une sorte de prison au fond de laquelle il dérobait son trésor à tous les yeux.

— Pauvre femme! se prit à dire Mlle de Champ-Rosé.

— Ah! oui, pauvre femme, reprit la belle veuve, et pourtant, moins malheureuse encore par les tourments que son vieil époux lui faisait endurer, que parce qu'elle ne pouvait satisfaire l'amour irrésistible, implacable, fatal, qui brûlait en secret dans le plus profond de son cœur; douée d'une imagination ardente, d'une force de volonté peu commune, et surtout, entraînée par sa funeste passion, elle parvint, avec un art inouï, à rendre de nul effet toutes les précautions que son époux avait prises pour l'isoler entièrement du monde, et elle put enfin, pendant l'absence de cet époux détesté, et sans éveiller l'ombre d'un soupçon, posséder en toute liberté l'homme qu'elle appelait de ses vœux depuis si longtemps.

— Et cet homme, dit Sabine, c'était?...

— C'était dom Pierre! c'était votre père, chère Enfant! qui alors, dans tout l'éclat de la jeunesse et de la beauté, dans tout l'épanouissement de la force, et dans toute l'ardeur de la passion, était, à la fois, et l'amant le plus tendre et l'esclave le plus soumis. Nul ne saura jamais de quelles félicités les premiers mois de cette union mystérieuse furent entourés! Mais bientôt les signes d'une prochaine maternité vinrent troubler le bonheur des deux amants. Ce n'est pas qu'ils ne l'aimassent déjà avec une extrême tendresse, ce fruit clandestin de leurs amours; au contraire, les dispositions les plus ingénieuses et les plus sûres avaient été prises par eux pour que cet

enfant, dès qu'il naîtrait, fût emmené loin de Paris
et remis entre des mains fidèles. Mais, ô fatalité !
l'époux qu'un long voyage en pays étrangers devait
retenir bien au delà du terme assigné par la nature
à la délivrance de la jeune femme, arriva tout à coup
et sans que son retour fût seulement soupçonné. Ab-
sent de Paris depuis dix mois environ, il allait donc
retrouver celle qui lui appartenait sur le point d'être
mère ! Dès le premier coup d'œil, les indices les plus
certains de son déshonneur, et qui avaient pu rester
cachés pour les autres, allaient lui être révélés. Dans
la jalouse fureur qui n'allait pas manquer de s'emparer de lui, qui pouvait prévoir à quels horribles
transports il était capable de se livrer? Ce n'était plus
la vie de la mère coupable, seulement, c'était encore
celle de l'enfant innocent qui allait se trouver en
danger ! Dans ces conjonctures affreuses où la conscience humaine se trouve obscurcie par les ténèbres
épaisses de la passion, la pensée d'un crime s'éveilla,
tout à coup, dans l'esprit des deux amants, et la mort
de l'époux outragé fut résolue.

— Grands dieux! s'écria Sabine en s'arrachant
soudain des bras de Charlotte des Essarts et en courant se réfugier dans l'angle le plus éloigné de la
Tour, taisez-vous, Madame, taisez-vous ! car j'ai enfin
deviné le dernier mot de cette épouvantable tragédie!...

— Eh bien! oui, c'est moi qui suis ta mère ! dit
avec tout l'emportement de la passion la malheureuse
femme, qui, bien que brûlant de presser la jeune fille
entre ses bras, n'osa point faire un pas vers Sabine,
comme si elle avait eu conscience qu'elle ne pouvait

que souiller, par son contact, cette chaste et pure enfant, qui la regardait avec des yeux épouvantés.

— Oh! ne me regarde pas ainsi, mon Enfant! ma Fille! ma Sabine chérie, continua-t-elle en joignant les mains, mais, aie pitié de moi!... pardonne-moi!... je t'en supplie!... je t'en conjure!... Oui, je le reconnais, j'ai été une indigne épouse, une femme adultère! Oui, j'ai trempé mes mains dans le sang innocent!.... Mais tout cela, pour qui l'ai-je fait? sinon pour toi! Si tu en doutais un instant, apprends donc qu'à la faveur d'une maladie simulée, je pus, une fois devenue veuve, mener à fin une grossesse que personne n'avait soupçonnée; que, dévorant mes cris et mes souffrances, je te mis au monde dans le plus grand secret, et qu'aussitôt que tu fus née, ton père t'emporta nuitamment et alla te confier aux soins d'une nourrice, dans un lieu fort éloigné de Paris. Mais ce n'est pas tout encore : il fallait que, plus tard, nous pussions, dom Pierre et moi, t'avoir près de nous, pour te voir grandir, pour t'aimer, pour te chérir, pour nous enivrer de tes caresses! Par une singulière rencontre du hasard, la propre sœur de dom Pierre, la comtesse de Champ-Rosé, qui était devenue veuve depuis quelques mois, mourut dans le fond de la Bretagne, en donnant naissance à un enfant qui ne lui survécut que de quelques jours. Ce fut pour nous un coup de fortune cent fois plus heureux que nous n'aurions osé l'espérer, car dom Pierre, en annonçant partout la mort de la jeune comtesse, eut soin de déclarer que sa sœur laissait une orpheline en mourant, et, sans tarder, il se mit en route, soi-disant pour l'aller chercher. Voilà comment tu pus prendre

place dans la maison de dom Pierre, qui te fit passer
pour sa nièce; voilà comment je pus, par suite d'une
pitié toute naturelle, te servir de première marraine;
voilà comment, enfin, tu as grandi sous nos yeux, sans
jamais rien savoir du mystère de ta naissance et entourée par nous de soins, de tendresse et d'amour,
comme seuls, un père et une mère, sont capables d'en
prodiguer à leur enfant bien aimé.

Pendant que Mme de Tarenne lui parlait de la sorte,
Sabine s'était laissé tomber sur un siége voisin du
lit, et s'était caché la figure dans ses deux mains;
puis d'affreux sanglots étaient venus soulever sa poitrine, et bientôt ses larmes avaient fait irruption entre
ses doigts délicats.

Devant ce tableau déchirant, la malheureuse Charlotte des Essarts s'élança vers Sabine, se jeta à ses
genoux, et elle s'écria, en lui baisant les pieds :

— Oh! pitié pour moi, ma fille! grâce et pardon!

Mais Mlle de Champ-Rosé, à ce contact flétrissant,
se leva brusquement de son siége, se retira avec dégoût, et foudroyant la malheureuse créature de ses
regards chargés de mépris et de haine, elle lui dit,
d'une voix sombre et comme égarée :

— Ma mère, je vous maudis!

A cette horrible imprécation, Mme de Tarenne, se
traînant sur ses genoux, tendit ses deux mains vers
sa fille pour implorer de nouveau sa grâce; mais,
sans lui laisser le temps de prononcer le premier
mot de la prière qui était déjà sur ses lèvres, Sabine
lui dit, en la regardant en face et avec le désespoir
peint dans tous ses traits :

— Peut-être vous aurais-je pardonné vos crimes,

Madame, si je ne savais en ce moment qu'Orfano
est mon frère.

— Orfano ! dit Mme de Tarenne, au comble de la
surprise et de l'égarement. Mais qui donc a pu vous
révéler un pareil secret ? ajouta-t-elle en tombant
brisée sur les dalles de pierre de la Chambre d'Asile.

Et comme la jeune fille, en proie à son désespoir,
ne répondait à cette demande que par de nouvelles
larmes et de nouveaux sanglots, Charlotte des Essarts ajouta :

— Eh bien ! ce nouveau crime, que je ne nie pas,
et que je croyais, à tout jamais, enseveli dans le
plus profond mystère, n'est-il pas encore une nouvelle preuve et de mon amour et de ma tendresse
pour toi, Sabine ? Et puisqu'il faut ici te dévoiler ma
honte tout entière, ajouta-t-elle, en s'animant par
degrés, apprends donc qu'avant d'épouser M. de Tarenne, je m'étais donnée vierge à l'homme que j'ai-
mais. Mais ces amours nouées, dans l'ombre et entre-
nues dans le plus grand mystère, elles n'avaient été,
elles n'avaient dû être que d'infécondes amours, et
ce ne fut qu'après dix mois d'un hymen détesté, dix
mois pendant lesquels je ne cessai pas un instant d'être
gardée à vue par mon geôlier, que je mis au monde
un fils, qui hérita, dès sa naissance, de l'aversion
que j'avais conçue pour l'auteur de ses jours. Peut-
être que s'il eût été mon unique enfant, ma tendresse maternelle se fût éveillée pour lui dans la
suite. Mais quand, pendant la longue absence d'un
époux abhorré, j'eus pu revoir et combler de nouveau de mes caresses l'homme que je n'avais jamais
cessé d'aimer, et que bientôt l'espérance d'une nou-

velle maternité, me fut acquise, oh! alors, la cause
du fils légitime fut perdue sans retour, et si j'éloignai
du foyer et de l'héritage paternels cet enfant, dont
la présence m'était odieuse, ce fut pour concentrer
sur ta seule tête tous les trésors de tendresse que
mon cœur renfermait pour toi, ce fut pour faire de
ma fille une des plus riches héritières de tout Paris;
ce fut, enfin, pour pouvoir te faire monter, quelque
jour, au rang des plus nobles Dames de la Cour, où
t'appelaient ta naissance, ton titre et ta merveilleuse
beauté. Et, dit-elle en terminant et avec toutes les
marques du plus profond désespoir, c'est pour me
récompenser de ce fanatisme d'amour maternel que
tu viens de me maudire, ingrate!

— Mais à votre tour, Madame, apprenez donc un
secret, qu'au titre de mère, vous auriez dû pressentir
depuis longtemps.

— Un secret! Et lequel?

— C'est qu'Orfano et moi nous nous aimons d'a-
mour; c'est que nous sommes fiancés l'un à l'autre;
et que l'épouvantable révélation que vous venez de
me faire, va être notre malheur éternel à tous les
deux.

— O fatalité! s'écria Mme de Tarenne en se dressant sur ses genoux, et en arrachant à pleines mains
ses longs cheveux, qui s'étaient dénoués pendant
cette horrible scène; il était donc écrit que je per-
drais tous ceux que j'ai aimés avec le plus de passion!

— Oui, malheureuse femme! dit la jeune fille avec
désespoir, et sans réussir à vous sauver vous-même,
car l'heure de la Justice humaine ne va pas tarder
à sonner aussi pour vous.

Au même instant, des pas de chevaux retentirent dans la rue du Porche, des trompettes sonnèrent et la voix d'un héraut d'armes se fit entendre ; mais nous devons dire que cette voix était trop confuse pour que de la Chambre d'Asile on pût distinguer les paroles qu'elle prononçait.

— Grands Dieux ! dit Charlotte des Essarts, en se relevant tout à coup et en se rapprochant de Sabine, que signifie ce que vous venez de dire, et ce bruit d'armes et de trompettes qui arrive jusqu'à nous ?

— Cela signifie, ma Mère, dit tristement la jeune fille, que vos crimes ont attiré sur votre tête la colère du Ciel, et que la Grand'Chambre du Parlement vous a condamnée à avoir, aujourd'hui même, la tête tranchée aux Halles de Paris.

— Mais je suis ici en lieu d'Asile, dit la misérable femme ; et, sur le seuil de cette sainte Église, toute-puissance temporelle demeure sans effet.

— Le Roy, Madame, a décidé que vous étiez indigne de cette sainte protection, et il a ordonné que le lieu de refuge où vous vous êtes mise en franchise, serait forcé ce matin même, et que vous en seriez tirée morte ou vive.

— Dieu de justice ! tu l'emportes, dit Mme de Tarenne, en se dressant de toute la hauteur de sa taille, et en levant ses deux poings fermés vers le Ciel, comme pour lui porter un dernier défi. Mais, ajouta-t-elle, avec l'accent d'une suprême fierté, Charlotte des Essarts ne tombera pas vivante entre les mains de ses Bourreaux.

— Qu'allez-vous faire, Madame ? dit Sabine avec épouvante.

— Ah! viens, viens, ma Fille, que je t'embrasse pour la dernière fois!

Et Mme de Tarenne voulut envelopper la jeune fille dans ses bras; mais Sabine se jetant de côté, avec un intraduisible mouvement de dégoût et d'effroi, lui cria d'une voix pleine d'angoisses :

— Oh! laissez-moi, ne m'approchez pas, ne me touchez pas, Madame, car vous me faites horreur!

Mais la malheureuse mère se précipitant sur une de ces belles mains qui faisaient le geste de la repousser, la saisit comme entre deux griffes d'acier et y imprima un long baiser, qui fit jeter un cri à la jeune fille, comme si elle eût été touchée par un fer rougi au feu.

Puis, d'une voix profondément altérée, elle lui dit, en la couvrant de son regard où l'amour maternel rayonnait dans toute sa puissance :

— Adieu, adieu, ô ma Fille chérie, ô ma Sabine bien-aimée; j'aurais donné mon sang pour te rendre au bonheur, si cela n'eût dépendu que de ta malheureuse mère.

Et s'élançant avec rapidité dans la petite Galerie, dont la porte vitrée était restée ouverte, elle arriva dans l'escalier de la Tour, qu'elle se mit à monter avec la frénésie du désespoir.

Derrière elle un bruit d'armes et de pas retentit aussitôt, et elle entendit la voix du fils de Jean Carmen qui disait dans la cage du degré :

— Hâtez-vous, Messire Capitaine, hâtez-vous, car voilà la condamnée qui fuit vers le sommet de la Tour.

Lorsqu'elle fut arrivée sur la plate-forme supé-

rieure de l'édifice, Mme de Tarenne, dont les cheveux s'étaient déroulés entièrement sur ses épaules,
courut aussitôt vers cette partie de la balustrade de
pierre qui fait face à la Place de Grève.

C'est alors qu'elle aperçut au-dessus du bûcher,
qui n'était point encore allumé, la tête pâle et épouvantée de Pierre Candrin. Des hommes d'armes formaient un grand cercle à l'entour du Gibet ; et elle
vit Simonet Capeluche qui, une torche ardente à la
main, et après avoir pris les ordres d'un grave personnage, qui était monté sur une mule, s'en alla
mettre le feu à chacun des quatre angles du bûcher.

Aussitôt elle monta sur la balustrade d'appui, et,
debout sur les bords de l'abîme, elle étendit ses
deux bras vers le malheureux Archiprêtre :

— Oh ! mon Pierre chéri, lui cria-t-elle à travers
l'espace, la mort va me sembler douce, puisque je la
partage avec toi.

En ce moment, une grande nappe de flammes lui
déroba la vue de son amant. Elle joignit les mains et
s'écria d'une voix déchirante :

— Adieu ! adieu pour jamais, ô mon beau Prêtre
que j'ai tant aimé !

Et elle se précipita.

Mais, tout à coup, elle sentit comme une affreuse
secousse qui l'arrêtait dans sa chûte ; son corps fit un
mouvement de bascule qui ramena sa tête en haut, et
elle vit, au-dessus d'elle, le large buste du Capitaine
des Archers de l'Ordonnance du Roi, Messire Enguerrand de Marcoignet, qui, de sa puissante main, la retenait dans l'espace, au moyen de la cordelière de sa
cotte hardie, dont il avait saisi une des deux extrémités.

— Ah ! pour cette fois, Vipère, s'écria le Capitaine, en regardant la malheureuse femme avec un sourire de triomphe, tu ne me glisseras pas entre les mains comme tu l'as fait il y a dix jours. Il ajouta, en élevant fortement la voix : A moi ! Vous autres, et vivement !

— Malédiction ! dit la malheureuse Charlotte des Essarts, qui d'abord pensa qu'elle ne pouvait échapper aux mains des Archers.

Mais, avec la promptitude de l'éclair, et avec cet infernal sang-froid qui lui appartenait, et que la vue du danger ne faisait que rendre plus grand encore, elle saisit elle-même, à deux mains, la fatale cordelière, regrimpa, à la force des poignets, le long du cordon de soie, et, lorsque son visage se trouva à la portée de la main de Messire Enguerrand, elle lui enfonça dans la chair ses trente-deux dents de léopard.

Aussitôt un horrible cri de douleur se fit entendre, la main sanglante du Capitaine lâcha prise, et la misérable tomba.

Les Archers, qui étaient accourus à l'appel de leur Commandant, et celui-ci, lui-même, se penchant aussitôt par-dessus la balustrade de la plate-forme, virent le corps de Charlotte des Essarts se briser, en tombant sur la crête de l'un des contre-forts de l'Église, d'où il rebondit sur le toit des bas-côtés méridionaux de la nef. De là, glissant rapidement sur ce plan incliné, il fut lancé jusque dans la cour d'un des Logis de la ruelle Arrode, où la boîte osseuse du crâne éclata sur la pierre du *Montoir,* qui, de temps immémorial, servait à chaque homme de guerre de la vaillante maison des Sires de Broisseilles, à qui cet Hôtel appartenait, à sauter en selle sur son bon cheval de bataille.

IV

FRÈRE ET SŒUR

IV

FRÈRE ET SŒUR

En proie au désespoir le plus profond, par suite de la terrible révélation qui venait de lui être faite, Sabine était demeurée anéantie à la même place où nous l'avons laissée, sans avoir eu, un seul instant, l'idée de s'opposer à la fuite de Mme de Tarenne, et, à plus forte raison, sans avoir soupçonné de quelle épouvantable catastrophe cette fuite allait être suivie.

Une seule pensée remplissait son esprit, pensée affreuse, inexorable, fatale : c'est qu'Orfano était son frère, c'est qu'Orfano était à jamais perdu pour elle !

Les traits bouleversés, le visage pâle, les yeux en pleurs et levés vers le Ciel, la jeune fille était restée

tout à fait étrangère aux bruyantes clameurs qui, de
l'intérieur de la Tour, d'abord, et des rues voisines,
ensuite, avaient retenti jusque dans la Chambre
d'Asile. Que sont, en effet, les vains bruits du monde
si on les compare au fracas des orages du cœur !

— O mon Dieu ! disait-elle d'une voix étouffée par
ses sanglots, prenez ma vie, car je suis sans force,
désormais, pour lutter contre la destinée qui m'attend ! Ah ! je le sens maintenant mieux que jamais,
si j'ai eu le courage de supporter tous les malheurs
dont vous m'avez frappée, c'est que la pure et chaste
flamme que vous aviez allumée dans mon sein était
une divine émanation de votre toute-puissance, et
que, grâce à cette merveilleuse force que donne
l'amour, toute Croix est légère à porter, tout Calvaire
facile à monter, toute Couronne d'épines peu douloureuse à ceindre ! Mais désormais, Seigneur, qu'il
m'est défendu d'aimer l'homme qui est à mes yeux
le plus beau d'entre tous, le meilleur, le plus aimable et le plus séduisant, que vais-je devenir sur la
terre, sinon la plus infortunée et la plus misérable
de toutes les créatures ? Ce ne sont ni la naissance,
ni les titres, ni les honneurs, ni la fortune que je
regrette, vous le savez, mon Dieu ! A mes yeux, la
possession du cœur de mon ami d'enfance était cent
fois préférable à cela, puisque, avec lui, je me serais
toujours trouvée assez noble, assez puissante, assez
riche et assez honorée. Mais, sans lui, que va être le
monde pour moi, sinon un désert ; la vie, sinon un
supplice ; le souvenir, sinon la plus affreuse des tortures ? Envoyez-moi donc la mort ; je vous la demande comme la grâce la plus signalée, je l'appelle

de tous mes vœux, je la souhaite, je la désire, je l'attends; et, en mourant, Seigneur, ma bouche vous adressera une dernière action de grâce, pour vous remercier de ce signalé service.

Et Sabine s'était laissée tomber à genoux dans l'attitude de la prière, lorsque, tout à coup, des pas s'étant fait entendre derrière elle, la jeune fille tourna la tête et aperçut Orfano.

Nos deux amants, si le lecteur veut bien s'en souvenir, ne s'étaient point encore revus depuis la fatale nuit pendant laquelle le hasard, ou pour parler plus justement, une permission du Ciel les avait rendus témoins du meurtre d'Isaac Lévy.

Jusqu'au jour, et, même, jusqu'à l'heure du jugement rendu par la Grand'Chambre, Sabine était demeurée à l'Hôtel du Presbytère, solitaire et retirée dans son petit Logis du Porche, qu'elle n'avait quitté, la pauvre enfant, que pendant la soirée de ce jour fatal, et pour se rendre, ainsi que nous l'avons déjà dit, chez les Hospitalières de Sainte-Catherine, et cela sur l'invitation que lui en avait faite la Mère Supérieure de cette communauté, qui, bien que beaucoup plus âgée qu'elle, était, depuis longtemps, devenue une véritable amie pour la nièce de M. l'Archiprêtre de Saint-Jacques.

Orfano, de son côté, était, jusqu'au matin du même jour, resté caché dans la demeure d'Hugonnet Charnailles, d'où il n'était sorti que pour se rendre dans la Grand'Salle du Palais, où il avait donné rendez-vous à Nanine; et il nous reste à expliquer, maintenant, par quel concours de circonstances il avait été amené à pénétrer dans la Chambre d'Asile de la Tour

Saint-Jacques, quelques minutes après que Charlotte des Essarts s'en fut échappée.

On n'a point oublié sans doute que, dans le cours de l'audience tenue au Grand Criminel pardevant la Chambre-Dorée du Parlement, et quelques instants avant que le double arrêt qui condamnait à mort l'Archiprêtre et la belle veuve fût prononcé, Monsieur le Gonfalonier de Saint-Jacques, solennellement reconnu pour être le fils de l'infortuné Jehan de Tarenne, avait été, sans tarder, et sur l'ordre de Monseigneur Henri de Marle, rétabli en possession de tous les biens de son père, et, qu'en outre, il avait été mené jusqu'à l'Hôtel de la Cour-Pavée par deux Commissaires-Examinateurs chargés de lever les scellés qui avaient été mis dans cette somptueuse demeure, et d'y installer officiellement l'héritier légitime du Vieux Changeur.

Pendant la nuit qui suivit ce mémorable jour, nuit qu'il passa seul dans ce vaste Logis désert, où il errait tristement de salle en salle et de chambre en chambre, en évoquant par la pensée les scènes de débauche et de meurtre dont elles avaient été le théâtre, Orfano, qui avait eu connaissance, par la rumeur publique, de la double condamnation à mort qui avait été prononcée par la Grand'Chambre contre l'Archiprêtre et Mme de Tarenne, ainsi que de la requête qui avait été adressée au Roi par Nos Seigneurs du Parlement, tendant à ce que cette dernière fût tirée de force de la Chambre d'Asile pour être menée au supplice, Orfano, disons-nous, se sentit pris peu à peu, pour la malheureuse Charlotte des Essarts, dont il ne pouvait oublier qu'il était le fils, d'une géné-

reuse et profonde pitié, et il résolut de tout mettre
en œuvre pour l'arracher au sort ignominieux qui lui
était réservé.

Dans la matinée du lendemain, il se rendit donc
au Palais de l'Évêque, et fit demander à Monseigneur
Gérard de Montaigu la faveur d'une entrevue immé-
diate. Cette entrevue lui ayant été accordée, notre
beau Lévite avait supplié sa Grandeur de lui venir
en aide, sinon pour obtenir du Roi la grâce de sa
mère (elle n'en était pas digne assurément), du
moins pour empêcher Sa Majesté d'accueillir favorablement la Requête qui devait, ce même jour, lui être
présentée par les membres de la Grand'Chambre du
Parlement.

Cette prière, adressée à notre Evêque, était trop
conforme à ses propres idées touchant le droit d'A-
sile attaché à certaines Églises de son diocèse, pour
qu'il ne s'empressât pas d'y souscrire ; et, dans un
des Chapitres précédents, nous avons mis nos lecteurs à même d'assister à la démarche que Monseigneur Gérard de Montaigu avait faite à l'Hôtel Saint-
Pol, démarche qui, non-seulement, n'avait été suivie
d'aucun succès, mais qui avait failli même causer la
disgrâce du Prélat.

En apprenant que Monseigneur avait complétement
échoué dans sa tentative auprès du Roi, et que le monarque avait, de sa propre main, signé l'ordre d'arracher, le lendemain à l'heure de l'Angélus, et, à l'aide
de la force armée, si cela était nécessaire, la Dame de
Tarenne de la Chambre-d'Asile où elle s'était mise
en franchise, Orfano, dont la belle âme nous est connue, résolut aussitôt de se poster, dès la pointe du

jour, près de l'entrée de la Tour Saint-Jacques, afin de voir, une dernière fois, cette femme adultère qui avait trempé ses mains dans le sang d'un époux, cette mère dénaturée qui avait rejeté son enfant de son sein, et pour lui accorder généreusement, tant en son propre nom qu'au nom du malheureux Jehan de Tarenne, le pardon de tous les crimes qu'elle avait commis.

C'est ce qu'il fit, en effet, et, dès l'aube du jour qui suivit, le pieux jeune homme était venu s'agenouiller sur les dalles du sanctuaire, tout près de cette petite porte surmontée d'un arc en accolade qui donne accès dans l'escalier de notre haut Clocher, et, par laquelle porte, il n'avait pas tardé à voir s'engager le Capitaine des Archers de l'Ordonnance du Roi à la tête de plusieurs hommes d'armes de sa Compagnie.

Il attendait leur retour avec une impatience et un trouble d'esprit qui ne se conçoivent que trop facilement, quand de l'intérieur de la Tour, d'abord, puis quelques minutes après, du fond de la ruelle Arrode qui longeait les bas côtés méridionaux de l'Église, des cris répétés se firent entendre, qui lui donnèrent à penser que quelque événement extraordinaire venait d'avoir lieu.

Il hésitait sur la question de savoir s'il devait, oui ou non, franchir à son tour les degrés du Clocher, quand, soudain, un homme tout effaré fit son entrée dans l'Église par la porte du Porche. C'était Jean Carmen, le maître chantre du lieu, qui lui apprit que la malheureuse Charlotte des Essarts venait, pour échapper aux Archers royaux, de se précipiter du haut de la Tour Saint-Jacques, et qu'elle s'était fracassé la tête sur le Montoir du Logis de Broisseilles.

Au même instant, Orfano vit accourir vers lui, de
l'autre bout du sanctuaire, une vieille femme qu'il
reconnut, avec la plus vive émotion, pour être Brigitte La Voirin, et qui, tout inquiète des étranges
clameurs qu'elle avait entendues, elle aussi, partir
de la Tour et de la ruelle Arrode, crut devoir lui apprendre que, depuis une heure environ, sa jeune
maîtresse était montée, seule, au premier étage de la
Tour Saint-Jacques.

Sans en écouter davantage, notre beau Gonfalonier
s'était élancé sur les marches de l'escalier, et, en
moins de quelques secondes, il avait pénétré dans
la Chambre d'Asile.

Dès que nos deux amants s'aperçurent, ils se je-
tèrent, d'un commun élan, dans les bras l'un de
l'autre, et, pendant quelques instants, ils se tinrent
embrassés, ayant les yeux fixés sur les yeux, les lèvres sur les lèvres, si profondément émus, si acca-
blés par le poids des tragiques événements qui pesait
sur eux, qu'ils ne purent, d'abord, rompre le silence
autrement que par cette double exclamation :

— Chère Sabine !

— Cher Orfano !

Mais, quand cette première émotion fut un peu
calmée, le jeune homme, faisant asseoir la jeune fille
sur l'escabeau le plus voisin, s'agenouilla devant elle,
et lui dit, du ton le plus tendre et en même temps
qu'il couvrait de baisers les blanches mains de sa
fiancée :

— Oh ! merci, ma bien-aimée, merci du fond du
cœur pour ce dernier acte de générosité et de charité chrétienne ! Oui, je le devine, c'est un suprême,

c'est un généreux pardon que vous êtes venue apporter à la malheureuse femme à laquelle vous n'avez
pas oublié que je dois le jour, et à qui je n'ai pu pardonner moi-même. Que Dieu, ajouta-t-il en levant
les mains et les yeux au Ciel, daigne, à son tour, lui
pardonner, comme nous lui pardonnons, tous les
crimes qu'elle a commis, et surtout le dernier, dont
elle vient de se rendre coupable.

Et, comme à ces paroles d'Orfano, Sabine tour-
nait vers le jeune homme ses regards voilés par des
larmes, mais dans lesquels la surprise avait, pour
un instant, pris la place de la douleur, celui-ci
ajouta :

— Ignorez-vous donc, chère Sabine, que l'infortunée Charlotte des Essarts vient de se faire justice à
elle-même, en se précipitant du haut de la Tour
Saint-Jacques ?

— Grands dieux ! s'écria la jeune fille, m'aviez-
vous donc réservé ce dernier coup, et faut-il que ce
soit moi qui, en la maudissant dans mon désespoir,
aie poussé cette malheureuse femme à attenter à ses
jours ?

— Vous, Sabine, maudire quelqu'un ! Et pourquoi
donc auriez-vous maudit la mère de votre fiancé ?

— Oh ! tais-toi ! tais-toi ! ne me donne plus jamais
ce nom ! Une fatale barrière nous sépare désormais,
et c'est parce que je ne puis plus être à toi, que je
l'ai maudite, cette mère coupable !

— O ma bien-aimée, dit le jeune homme, que cet
étrange langage amena à penser que, sans doute, sous
l'influence des tragiques événements qui venaient de
s'accomplir, l'esprit de Sabine était troublé, votre

douleur vous égare, votre raison vous abandonne!
Oh! revenez à vous et reconnaissez-moi!

— Ah! plût à Dieu, en effet, que la folie se fût emparée de moi! s'écria la jeune fille en dévorant du regard la pâle et poétique figure d'Orfano, aux baisers duquel elle voulait en vain se soustraire, et en cherchant à fuir loin de lui, à tout le moins, je ne sentirais pas, comme je le fais en ce moment, l'étendue de la perte que j'ai faite!

A ces paroles, dont il ne pouvait démêler le véritable sens, le jeune homme, entourant Sabine de ses bras, la força de se rasseoir sur l'escabeau qu'elle venait de quitter, et, se mettant de nouveau à ses genoux, il lui dit, de sa voix la plus douce et la plus tendre :

— Et moi, ma bien-aimée, est-ce que je ne te reste pas pour te consoler, pour te protéger, pour t'aimer, pour veiller sur toi avec toute la sollicitude et toute la tendresse d'un compagnon d'enfance, d'un ami, d'un frère...

— D'un frère, hélas!

— Et surtout d'un...

— Oh! n'achève pas, ne le dis pas ce mot qui est sur tes lèvres; tu ne dois plus, tu ne peux plus me parler d'amour, Orfano, car ce serait un crime, entends-tu?

— Un crime! dit le jeune homme effrayé, et en devenant tout à coup fort pâle.

— Oui, un crime! car Dieu n'a pas permis à un frère et à une sœur de s'aimer d'amour, et...

— Et?

— Et nous sommes frère et sœur, Orfano!

— Frère et sœur ! dit Monsieur le Gonfalonier d'un ton plein d'épouvante. Et il laissa, à l'instant, échapper de ses mains les mains de Sabine, que tout à l'heure il couvrait de ses baisers.

— Oui, Frère et Sœur ! malheureux que nous sommes, reprit la jeune fille, dont les larmes allèrent redoublant. Oui, je suis ta Sœur, oui, tu es mon Frère ! Connais-le donc enfin, cet horrible, ce fatal secret qui met entre nous une barrière éternelle.

— Oh ! mais non, cela n'est pas possible, cela ne peut pas être ; ce serait par trop affreux, mon Dieu, dit Orfano, dont, pour la seconde fois, l'esprit cherchait à se rattacher à cette encourageante pensée, que sa fiancée ne jouissait pas, en ce moment, de toute la plénitude de sa raison !

— L'indigne créature, reprit Sabine, qui n'a échappé à la Justice humaine que par le suicide, a été notre mère à l'un et à l'autre. C'est elle-même qui, il n'y a qu'un instant, ici, à cette place (et la jeune fille indiquait du doigt une des dalles voisines de son escabeau), m'a révélé le terrible secret de ma naissance, et, du même coup, m'a fait connaître que je devais le jour à un prêtre à la fois sacrilége, adultère et assassin. Était-ce assez d'infamie, ô mon Dieu ! je vous le demande ; et ne me pardonnerez-vous pas d'avoir maudit une pareille mère !

— Frère et Sœur ! répéta pour la seconde fois Orfano en se frappant le front de ses deux poings crispés.

Et notre beau Lévite, qui était en proie au plus violent désespoir, se leva brusquement et s'enfuit jusqu'à l'extrémité opposée de la Chambre, où il s'accouda sur le haut bahut dont nous avons parlé ; et, bientôt, deux longs ruisseaux de larmes, s'échappant de ses yeux, se mirent à couler silencieusement sur son visage.

Cette muette douleur, plus expressive et plus éloquente cent fois que si elle eût été accompagnée de sanglots et de gémissements, fit sur la jeune fille une si profonde impression, qu'avec cette abnégation sublime, dont une femme qui aime est seule capable elle oublia aussitôt son propre malheur pour ne songer qu'à celui de son amant.

— O mon Ami ! s'écria-t-elle en s'élançant vers Orfano et en lui parlant de si près que sa douce haleine glissait sur les lèvres du jeune homme, pareille à cette brise rafraîchissante qui souffle après l'orage, et qui fait se redresser sur leurs tiges alanguies les fleurs qui sont encore toutes baignées des limpides diamants du ciel, ô mon Ami, ne vous laissez pas ainsi abattre par le malheur ! Reprenez, je vous en conjure, ce mâle courage que j'ai toujours admiré en vous. Ah ! sans doute, c'est un bien cruel réveil aux songes délicieux que nous avions faits, vous et moi, que cette terrible révélation qui vient de briser ainsi, d'un seul coup, les liens qui nous unissaient l'un à l'autre ! Mais, si nous ne pouvons être époux, cher Orfano, nous pouvons toujours nous aimer comme le frère et la sœur le font, c'est-à-dire avec cet amour épuré, avec cette chaste flamme, avec cette tendresse mystique, qui sont l'essence du véritable amour, et qui donnent aux cœurs qui en sont embrasés comme un avant-goût de la béatitude céleste.

— Ah ! Sabine, s'écria impétueusement Orfano,

l'amour que j'avais pour toi était un amour que rien
ne pourra jamais remplacer dans mon cœur. Que me
parles-tu de tendresse fraternelle ! Le titre d'époux
que tu m'aurais donné me semblait et me semble encore être le plus beau et le plus digne de tous les titres
qu'un noble cœur puisse ambitionner. Celui de frère
m'est odieux.

— O mon bien-aimé ! ne parle pas ainsi, dit la
noble jeune fille. Si Dieu a permis que nous connus-
sions à temps les liens du sang qui nous unissent,
c'est qu'il avait ses vues sur nous ; et notre devoir est
de nous abandonner à ses sages desseins. Pour ne parler que de toi, ô mon cher Orfano ! ne vois-tu donc
pas comment, dans sa sagesse profonde, il t'a tiré de
l'état de misère où tu avais grandi, pour te donner,
d'un seul coup, le nom, la richesse et le rang que tu
mérites si bien de posséder ! Sans doute, c'est au prix
de la plus douloureuse blessure que tout cela t'est
rendu ; mais tu es homme, ô mon Ami ! et dans un
cœur d'homme, dit-on, l'amour n'occupe que la seconde place. La blessure qui saigne en ce moment
se cicatrisera ; un autre amour, sans doute, viendra
remplacer dans ton cœur celui que tu avais pour moi.
Quelle femme, d'ailleurs, ne serait fière et heureuse
d'être aimée par toi, de devenir ta compagne et de te
rendre le père d'enfants qui perpétueront ton nom !
Doué de cet esprit supérieur que Dieu a mis en toi,
ton rôle n'est-il pas tracé d'avance ? Tu dois être et tu
seras l'un des premiers hommes de ton siècle ; quelque
jour, je n'en doute pas, tu deviendras illustre, et, du
fond de la retraite où j'aurai été cacher ma douleur et
mes larmes, je bénirai le Ciel qui aura su te rendre

le calme et le bonheur que je ne connaîtrai peut-être jamais moi-même.

— Sabine ! Sabine ! s'écria douloureusement Orfano, qui n'avait écouté les paroles de la jeune fille qu'en faisant un effort sur lui-même pour ne pas l'interrompre, ne blasphème pas ainsi l'amour que j'ai pour toi !

Puis, enveloppant de ses bras, et avec un irrésistible mouvement de passion, cette belle et pure enfant, qu'il aimait plus que lui-même, et dont il couvrit les lèvres de ses baisers les plus ardents, il ajouta d'une voix sombre et comme égarée :

— Tu m'appartiens ! Tu es ma compagne devant Dieu, je n'aimerai jamais une autre femme que toi ; et, ajouta-t-il en entraînant Sabine devant le crucifix en plomb accroché au-dessus du prie-Dieu de la salle, je te renouvelle, devant cette sainte image, le serment que je t'ai fait durant cette fatale nuit, pendant laquelle nous nous sommes mutuellement donné le titre de fiancés !

Un rayon d'une joie céleste illumina en ce moment tous les traits de Sabine, et la jeune fille eut le courage de sourire à travers ses pleurs.

— Oh ! oui, dit-elle, avec cet enthousiasme qui poussait jadis les vierges chrétiennes au martyre, et, en partageant la mystique tendresse de son amant ; oh ! oui, unissons-nous devant Dieu pour l'éternité. Si un temps d'épreuves nous reste à passer sur la terre, l'espoir d'une félicité éternelle en adoucira l'amertume, et un jour viendra où nous pourrons goûter ensemble, dans le sein de Dieu, les ineffables délices d'un amour éternel !

Nos deux amants se prosternèrent alors au pied
de l'humble Crucifix, comme jadis ils l'avaient fait
déjà devant la Madone aux Pervenches et par-devant
la Notre-Dame des Accordés ; et Monsieur le Gonfalonier, tirant de son doigt l'anneau que le Vieux Juif
Lombard lui avait confié en mourant, le passa au
doigt de Sabine, en lui disant :

— Je te donne cet anneau en signe de l'alliance
éternelle que nous contractons ensemble, et comme
le gage du lien mystique qui nous fait Epoux dans le
Ciel, bien qu'étant Frère et Sœur sur la terre.

— Et maintenant, cher Époux, dit la jeune fille,
que me voici votre Épouse soumise et obéissante, que
m'ordonnez-vous de faire et où dois-je porter mes
pas?

— Chère Sabine ! dit Orfano, notre destinée doit
être la même. A dater de ce jour, je vais consacrer,
au service des autels, les années qu'il plaira à Dieu
de me faire passer sur cette terre d'épreuves et dont
je le supplie de diminuer le nombre. Quant à vous,
demeurez dans la sainte maison où vous avez trouvé
un refuge ; prenez-y le voile des Vierges Hospitalières, et priez Dieu, chaque jour, que par une
prompte mort, il nous réunisse bientôt là-haut,
puisque nous ne saurions l'être désormais ici-bas.

— Que votre volonté soit faite, cher Époux, dit la
jeune fille en pleurant et en faisant un pas comme
pour s'éloigner.

— Adieu, chère Sabine, adieu chère Épouse! dit
le jeune homme tout en larmes ; il ajouta, avec l'élan
mal contenu de la passion : Tu emportes mon cœur
avec toi !

Et Orfano, serrant pour la dernière fois Sabine dans ses bras, imprima un long baiser sur les lèvres de la jeune fille.

— Oh! grâce, grâce, cher Époux! dit celle-ci que ces brûlantes caresses trouvaient sans force; oh! va-t'en! ajouta-t-elle d'une voix singulièrement émue, car je n'aurais plus, quant à moi, le courage de m'éloigner de toi!

Orfano, à demi vaincu lui-même, s'arracha avec de douloureux soupirs des bras de sa bien-aimée, et, comme s'il se fût défié de ses propres forces, il s'enfuit en courant, pâle, les yeux égarés et le désespoir au fond du cœur.

Lui parti, Sabine tomba la face contre terre, poussant de douloureux gémissements, et s'écriant avec l'accent de la plus horrible souffrance :

— Seigneur, mon Dieu! envoyez-nous promptement la mort à tous les deux, cette mort que je vous demandais tout à l'heure, puisque, seule, la tombe peut être désormais notre couche nuptiale!

LIVRE ONZIÈME

I

ENCORE LA VIEILLE HAUDRIETTE

1

ENCORE LA VIEILLE HAUDRIETTE

Dix jours se passèrent.

On était arrivé au vendredi des Quatre-Temps d'automne, c'est-à-dire à l'une de ces époques de jeûne et de mortification que l'Église impose aux fidèles, en vue « d'attirer les bénédictions du Ciel sur les Biens de la terre, et sur l'Ordination des Prêtres,» qui se fait à chacune de ces quatre stations religieuses de l'année.

Or, le matin de ce même vendredi, un vénérable Prêtre, en costume de Chapelain, et qui n'était autre que « religieuse personne et honneste frère Jehan le Charron de Gisors, religieux de l'Ostel-Dieu,» et directeur spirituel des bonnes femmes de la Chapelle de Maître Haudri, se présenta au Parloir de « l'hos-

pital Saincte-Katherine, sis en la rue des Lombards,»
et, avec l'agrément de la Mère Supérieure, demanda
à parler à Mlle de Champ-Rosé.

Dès que Sabine fut en présence du vieux Chapelain, celui-ci lui déclara qu'il venait au nom et à la demande d'une des pauvres veuves Haudriettes prier la
jeune fille de se transporter, sans retard, dans l'Asile
de Maître Haudri, où l'une des bonnes femmes qui y
étaient retirées, désirait instamment l'entretenir en
particulier, avant qu'elle rendît le dernier soupir.

Émue, à la fois, et par la nouvelle de la mort prochaine de sa bonne vieille amie qu'elle avait reconnue
sur-le-champ, et par le désir que celle-ci avait témoi-
gné de la voir et de lui parler avant de mourir, Sabine suivit aussitôt le vénérable Prêtre qui s'était fait
le messager de la mourante. Nos deux personnages,
ayant franchi la distance qui séparait la rue des Lombards de la Place de Grève, entrèrent dans la rue de
la Mortellerie; puis, à quelque vingt pas plus loin,
ils tournèrent sur leur droite dans une autre petite
rue très étroite et très basse, qui était appelée la rue
des Haudriettes, et à l'angle nord-ouest de laquelle
se trouvait la Chapelle hospitalière de Maître Haudri.

C'était un assez vaste édifice, d'une architecture
plus lourde et plus massive qu'élégante (à l'exception
toutefois de la Chapelle proprement dite, qui était
bâtie dans le plus pur style gothique du treizième
siècle), et dans lequel, au rapport d'une tradition
manifestement entachée d'erreur, sainte Geneviève, la
patronne de Paris, avait rendu le dernier soupir sur
un lit qui y était conservé, et qui, jusqu'en 1622,
époque à laquelle les Haudriettes furent transférées

au couvent de l'Assomption, servit aux bonnes femmes de cette Chapelle à prélever un impôt sur la charité des personnes crédules, auxquelles elles le faisaient voir, en leur racontant que c'était au-dessus de ce même lit, que les eaux débordées de la Seine avaient jadis formé une voûte miraculeuse, qui ne mouilla nullement la chaste fille de Nanterre, paisiblement endormie sous ces limpides et tremblants arceaux.

Le vieux Chapelain ayant introduit Mlle de Champ-Rosé dans cette maison hospitalière, fit ensuite monter la jeune fille par un grand escalier de pierre dans une petite salle du premier étage qui servait d'infirmerie, et dans laquelle quatre lits seulement étaient placés. Maître Jehan le Charron, s'approchant alors de celui de ces quatre lits qui était le plus voisin de la fenêtre, se pencha dans l'entre-bâillement des pentes de serge verte qui entouraient cette vieille couchette en bois tout vermoulu, et il dit à la personne qui occupait ce lit :

— Ma bonne mère Toinon, voici la jeune Damoiselle que vous avez désiré voir, et que j'ai été chercher moi-même.

Aussitôt un bras jaune, décharné et flétri saillit de dessous « les couvertoirs de laine » qu'il essaya de soulever, en même temps qu'on entendit une voix encore assez forte, quoique tremblante, qui disait :

— Que Dieu vous bénisse, mon Père, pour cette dernière bonne œuvre que vous avez faite à mon intention !

Prenant alors congé de Mlle de Champ-Rosé, à la façon dont le vieux Nestor aurait salué une des plus nobles filles de la Grèce, le digne Chapelain sortit de la salle, et Sabine resta seule en face de ce lit où gisait une agonisante.

Tandis que la jeune fille examinait ce misérable grabat avec un très vif serrement de cœur, la même voix, qui venait de parler, se fit entendre de nouveau :

— Damoiselle de Champ-Rosé, êtes-vous là ? dit-elle.

— Oui, ma bonne Mère, répondit Sabine, qui écartant aussitôt le rideau correspondant au chevet du lit, aperçut le visage de la vieille Haudriette.

Mais, peu s'en fallut que la jeune fille ne reculât épouvantée devant l'étrange altération des traits que l'approche de la mort avait produite sur la face de sa vieille amie.

La tête de la moribonde, à moitié sortie de son couvre-chef de laine brune, laissait voir quelques rares cheveux en désordre, dont la couleur argentée tranchait sur le flasque et sale coussin de bouracan noir qui lui servait d'oreiller. Elle avait le nez aigu, le front parcheminé, les tempes creuses et sillonnées de veines violettes, les pommettes saillantes, le teint livide, les lèvres pendantes et relâchées. Ses yeux, fortement enfoncés dans leurs orbites, étaient entourés d'un large cercle de bistre, et entre ses paupières, qui semblaient n'avoir plus la force de recouvrir le globe de l'œil en entier, on n'apercevait de celui-ci qu'une bande de nacre à peine échancrée vers son milieu par le disque de la cornée, qui, brillant d'un éclat métallique, s'enfonçait sous la paupière supérieure, à la manière dont la lune se cache durant une nuit d'orage sous le repli d'un nuage obscur.

Cependant, au bruit des paroles prononcées par

la jeune fille, la vie avait paru revenir tout à coup
dans ces yeux éteints. La bonne vieille avait tourné
la tête avec effort, et de son bras qui était étendu
hors du lit, elle avait cherché et saisi la main de Sabine, qu'elle attira, avec une avidité fiévreuse, jusque près de sa bouche, et qu'elle baisa de ses lèvres
déjà froides.

— Mon enfant, mon enfant, dit-elle en même
temps à la jeune fille, et en l'enveloppant de ses regards, dans lesquels on aurait pu croire qu'une force
surnaturelle venait de passer, Dieu a donc permis
que vous soyez arrivée à temps pour que je n'em-
porte pas dans la tombe le secret de votre naissance!

— Le secret de ma naissance! dit vivement Sabine, qui s'imagina aussitôt que la vieille Haudriette
avait, d'une façon quelconque, appris ou découvert
que Mme de Tarenne était sa mère, oh! je ne le connais que trop bien pour mon malheur, ajouta-t-elle
d'une voix navrée.

La mourante s'apprêtait à lui répondre, lorsque,
soudain, ses regards qu'elle avait attachés sur la main
fluette et mignonne de la jeune fille, aperçurent, à
l'un des doigts de celle-ci, la bague au chaton de
carbonado qu'Orfano lui avait donnée, et dont la lumière, qui arrivait par la fenêtre voisine, tirait une
blanche et étincelante aigrette à reflets d'acier.

Ce qui se passa à cette vue, chez la vieille Haudriette, ne saurait se décrire : la vie parut lui être
revenue tout à coup. Elle jeta un cri perçant, se redressa sur son séant, et tint tous grands ouverts ses
yeux que l'agonie avait déjà fermés. Puis, d'une

voix où l'émotion la plus vive avait pris la place de
la faiblesse, elle dit à la jeune fille :

— D'où vous vient cet anneau, chère enfant? L'a-
vez-vous acheté? vous l'a-t-on donné? enfin, savez-
vous le nom de celui à qui il a appartenu?...

— Cet anneau, dit Sabine avec un douloureux
soupir, m'a été donné par mon fiancé, comme le
symbole de sa foi et le gage de sa tendresse.

— Un gage d'amour! reprit la vieille Haudriette
en baisant avec une ardeur extatique le brillant chaton de la bague; quelle étrange ressemblance dans
nos destinées! Mais votre fiancé, chère enfant, de
qui tenait-il cet anneau?... dites, le savez-vous?...

— Hélas! oui, je ne le sais que trop bien, répondit Sabine avec un nouveau soupir non moins douloureux que le premier. Cet anneau a été remis entre
ses mains par un malheureux vieillard, par un infortuné Juif, qui, au moment d'expirer, lui confia le
soin de venger sa mort, car ce vieillard venait d'être
lâchement assassiné, et c'est dans mes bras et dans
les bras de mon fiancé qu'il rendit le dernier soupir.

L'émotion de la vieille Haudriette parut être arrivée à son comble, lorsqu'elle entendit ces paroles :

— Et savez-vous le nom de cet infortuné vieillard?
demanda-t-elle à Sabine.

— Il se nommait Isaac Lévy, dit la jeune fille.
C'est lui-même qui l'a déclaré avant sa mort à celui
qu'il avait chargé du soin de le venger; et c'est sous
ce nom que le Baptême, qu'il désirait recevoir avant
de mourir, lui fut donné à son heure suprême et, à
l'aide de son propre sang, qui, à défaut d'eau lus-

trale, dut être employé pour qu'on lui conférât ce
sacrement de la vie régénérée en Jésus-Christ.

— O mon Dieu! s'écria la vieille Haudriette dans
un élan de reconnaissance sublime, et en élevant vers
le Ciel ses yeux ardents et ses mains décharnées, c'est
maintenant plus que jamais que votre Grandeur et
votre Toute-Puissance éclatent à mes yeux. Vous avez
donc, enfin, exaucé mes prières; vous avez donc permis que l'époux dont j'ai été séparée pendant vingt
ans, ait été touché de votre divine grâce; qu'il se soit
converti à la religion du Christ; et pour mettre le
comble à tant de bontés, Seigneur, vous avez envoyé à ce malheureux père sa fille bien-aimée, pour
qu'elle lui fermât les yeux, comme elle vient, en ce
moment, pour les fermer à sa propre mère.

— Grands dieux! est-ce que cela serait vraiment
possible? Quoi! Isaac Lévy aurait été mon Père, et
vous seriez ma Mère? s'écria Sabine, dont, à cette
heure, la surprise aurait pu passer pour être de l'é-
garement.

La pauvre vieille Haudriette, soit qu'elle fût sous
l'influence de quelque idée préconçue, soit par suite
de l'état de faiblesse dans lequel elle se trouvait,
ne vit, dans ce premier mouvement de la jeune
fille, que l'explosion du désespoir, que ne pouvait
manquer, suivant elle, de traîner à sa suite une aussi
terrible, une aussi fatale révélation.

Aussi, joignant les mains en signe de prière, et
fixant sur les yeux de la jeune fille des regards pleins
de supplication :

— Oh! oui, oui, ma chère enfant, lui dit-elle, je
ne comprends que trop bien à quel point cette affreuse,

cette épouvantable découverte doit me nuire à vos yeux. Cela n'est-il pas bien naturel, en effet? S'être crue, vingt années durant, le seul, l'unique rejeton d'une belle, d'une noble, d'une antique famille, et apprendre ainsi, tout à coup, qu'on a eu pour Père un pauvre Juif proscrit, et pour Mère une malheureuse créature entretenue aux frais de la charité publique. Oh ! mais par grâce, ma chère Fille, par pitié pour moi, qui n'ai plus que quelques heures à vivre, contenez votre indignation, suspendez votre mépris, et attendez que j'aie fermé les yeux pour me maudire.

— Moi, vous maudire, ma Mère! s'écria Sabine dont les regards étaient rayonnants; mais je vous bénis au contraire, je vous bénis du fond de mon cœur, je vous bénis avec joie, avec tendresse, avec amour!

Et en prononçant ces paroles pleines de passion, la jeune fille avait jeté ses bras caressants autour du cou de la vieille Haudriette; puis, de ses lèvres ardentes, elle se mit à lui baiser ses mains sèches et ridées, puis ses joues qui étaient sillonnées par d'affreuses cicatrices, et jusqu'à ses cheveux blancs, qui flottaient en désordre sur ses épaules flétries.

La bonne vieille femme, toute émue et retrouvant des larmes sous ces caresses de sa fille, baisait, de son côté, les vêtements de crêpe, l'élégante ceinture et jusqu'à la riche aumônière de Sabine, et, d'une voix attendrie, elle lui disait, à travers ses sanglots :

— Ma Fille, mon enfant, cela est donc bien vrai, tu me pardonnes de m'être séparée de toi, et tu ne me renies pas pour ta Mère! Ah! jamais, non jamais je n'aurais osé espérer un bonheur aussi grand que ce-

lui qui m'arrive ; et je me demande ce que j'ai pu faire
pour que tu me donnes une pareille félicité au moment
où je suis sur le point de descendre dans la tombe !

— Ce que vous avez fait pour moi, ma Mère ?
Mais vous venez, à l'instant, de me rendre au bonheur ; vous venez de nous sauver du désespoir, mon
Fiancé et moi ; car, bien qu'épris du plus ardent
amour l'un pour l'autre, un obstacle, que nous regar-
dions comme insurmontable, allait nous séparer pour
jamais, et le secret de ma naissance, que vous venez de me révéler, le fait disparaître.

— O mon tendre époux ! ô mon cher Isaac, dit la
vieille Haudriette en levant ses mains jointes vers la
voûte de la salle, je vais donc pouvoir, en me réu-
nissant à vous dans la demeure des Élus, vous porter
la nouvelle du bonheur de notre chère Siona, de notre fille bien-aimée, qui, un jour, nous sera rendue
dans le Ciel, après nous avoir été enlevée sur la Terre.

— Siona ! dit Sabine avec étonnement, et comme
cherchant à se rappeler dans quelles circonstances
ce nom avait déjà frappé son oreille.

— Ce nom est le tien, chère enfant ; c'est celui que
ton père et moi nous t'avons donné lorsque tu es
née, et dont j'ai eu le barbare courage de tracer la
première lettre, un Samech, qui est l'S des Hébreux,
sur ton bras gauche, au moment où j'ai dû me séparer de toi pour la seconde fois ; et cela, pour pouvoir te reconnaître, à ce signe certain, dans tous les
temps et dans tous les lieux.

Et la vieille Haudriette, retroussant la large manche du surcot de Sabine, mit à nu le bras ferme et
blanc de sa fille, comme elle l'avait fait autrefois,

lors de sa visite à l'Hôtel du Presbytère ; et, en donnant tous les signes de la plus démonstrative tendresse, elle appuya lentement, et pendant longtemps,
ses vieilles lèvres toutes flétries sur ce satin brillant
et doux, et à la place même où était tracée la figure
rabbinique du Samech.

Mais, durant ces scènes de reconnaissance et d'attendrissement, les forces de la mourante s'étaient
affaiblies, et elle fut prise tout à coup d'une sorte
de défaillance qui fit jeter à Sabine un cri d'effroi
lorsqu'elle vit une subite pâleur envahir tous les
traits de la vieille Haudriette.

— Je ne vais point encore mourir, rassure-toi, mon
enfant, lui dit celle-ci en reposant sa tête sur son
coussin de bouracan. Donne-moi seulement, ajouta-
t-elle, quelques gouttes de ce breuvage qui est là, sur
la crédence, au pied du lit, afin qu'un peu de force
me soit rendue.

La jeune fille courut, en toute hâte, prendre sur
le meuble en question un pot en étain, qui était
appelé *cruchet*, et qui, en raison du petit goulot en
forme de mamelon qu'il portait placé sur le haut de
sa panse, servait à donner à boire aux malades, ainsi
qu'aux enfants et aux vieillards indifféremment. Ce
pot était à demi rempli d'un breuvage tiède, à la fois
fortifiant et aromatique, et la bonne femme de la
Chapelle de Maître Haudri en avala vivement quelques gorgées ; après quoi elle baisa, avec reconnaissance, la belle main qui avait approché le vase de ses
lèvres.

— Eh bien ! ma Mère, vous trouvez-vous mieux,
lui demanda Sabine sur le ton le plus affectueux ?

— Oui, mieux, beaucoup mieux, chère Siona, répondit la vieille femme ; mais, ajouta-t-elle après une
courte pause, nous n'avons pas de temps à perdre,
ne l'oublions pas. Raconte-moi, ma Fille, ce que tu
sais, ce que tu as vu des derniers instants de ton
malheureux Père ; pendant que tu me parleras de
lui, je reprendrai les forces nécessaires pour t'apprendre, à mon tour, comment et pourquoi j'ai dû me
séparer de toi autrefois.

Sabine fit alors à la vieille Haudriette le récit des
scènes dramatiques dont les caveaux de la Tour Saint-
Jacques avaient été le théâtre. Elle raconta, avec une
émotion bien naturelle, comment le Vieux Juif avait
été lâchement assassiné par Pierre Candrin ; comment
son corps, après avoir été jeté dans un IN-PACE, en
avait été retiré par Orfano ; comment le vieillard, sur
le point d'expirer, avait reçu le baptême avec son
propre sang pour eau lustrale ; comment enfin, en
voyant Sabine s'avancer tout à coup vers lui, il lui
avait tendu les bras, lui avait donné le nom de Siona,
l'avait bénie en l'appelant sa fille, et avait rendu le
dernier soupir en tenant ses yeux attachés sur les
siens.

Plus d'une fois, durant cet émotionnant récit, la
vieille Haudriette avait interrompu sa fille par de
soudaines et de vives exclamations, et, surtout, par
de pieuses actions de grâce qu'elle adressait, avec
ferveur, à la toute-puissance et à la miséricorde infinie
du Très Haut.

Quand Sabine eut cessé de parler, la mourante,
avec l'aide de la jeune fille, se mit sur son séant,
passa l'un de ses bras autour du cou de son enfant,

et, sans la quitter un seul instant du regard, elle lui
raconta, à son tour, comment Isaac Lévy et elle, la
fille unique du vieux Rabbin Manassès, s'étaient aimés et s'étaient unis ; comment, après une grossesse
des plus douloureuses, la jeune femme avait mis au
monde Siona dans la nuit pendant laquelle expirait
le délai accordé aux Juifs proscrits pour sortir de Paris ; comment les deux époux s'étaient enfuis à la hâte
de leur Logis du Cul-de-Sac du Chat-Blanc ; comment la jeune mère, tenant sa fille dans ses bras, et
sur le point de tomber entre les mains des écorcheurs de bêtes de la Grande-Boucherie, avait prié
la Notre-Dame-du-Tétin de prendre son enfant nou-
veau-né sous sa sainte protection ; et le sublime dévouement de Jacqueline la Camuse, qui avait sauvé la
pauvre petite créature, sans songer que son dévouement pouvait lui coûter la vie.

Le lecteur, en se rappelant qu'Isaac Lévy avait fait
un pareil récit à son vieil ami, Maître Nicolas Flamel, n'a point oublié, sans doute, comment les deux
époux s'étaient séparés dans cet instant suprême. Il
sait ce qui arriva au père de Siona, et l'infortunée
mère va nous apprendre, elle-même, quelles furent,
de son côté, les suites de cette cruelle séparation.

— En m'éloignant du meilleur et du plus tendre
des époux, que je ne devais plus revoir ici-bas, dit la
vieille Haudriette, je m'élançai en courant dans la
rue du Porche, puis dans la rue de l'Avennerie, puis
dans celle de la Place aux Veaux, d'où j'espérais gagner la berge du fleuve. Mais, au moment où j'allais
déboucher dans le bas de la rue de la Planche-Mi-
bray, un échaudeur de la Grande-Triperie, qui por-

tait à la main une poêlée d'eau bouillante, me reconnut pour être de la religion juive, et, en proférant
d'horribles menaces de mort, me lança, en plein visage, le contenu de son poêlon. Je jetai un cri de douleur et aussitôt je tombai évanouie.

— Ah ! quelle horreur, dit Sabine, en appuyant
tendrement ses lèvres sur le visage tout couturé de
sa mère. Voilà donc comment vous avez été défigu-
rée autrefois?

— Oui, mon enfant, voilà de quelle façon les Chrétiens fanatiques de cette époque nous traitaient, nous
autres malheureux Juifs. Mais, ajouta-t-elle, j'ai tort
de les accuser tous, puisque ce fut à la généreuse
pitié de l'un d'eux que je dus mon salut.

— Comment cela, ma bonne mère?

— Quand je revins à moi, je me trouvai dans la maison d'un jeune et charitable Mire de la rue Jean-de-
l'Épine, qui avait été témoin de l'acte de cruauté
commis à mon égard, et qui, ému de compassion
pour moi, m'avait chargée sur ses épaules et m'avait
portée jusqu'à son Logis.

— Oh ! le digne, le bon, l'excellent jeune homme !
s'écria Sabine.

— Oui, mon enfant, dit la vieille Haudriette qui
retrouva encore une larme sous ses paupières flétries,
au souvenir de celui qui avait été son sauveur, oui,
le meilleur, le plus excellent des hommes, car après
m'avoir gardée secrètement dans sa maison pendant
plusieurs jours, et m'y avoir prodigué, avec une patience et un zèle au-dessus de tout éloge, les secours
intelligents de son art, il me fit sortir de la ville, pendant une nuit des plus noires, et m'accompagna lui-

même jusqu'au bourg Saint-Marceau et jusqu'à la demeure de Jacqueline la Camuse, où je te retrouvai
pleine de vie et de santé.

— Ah! ma bonne mère, que vous avez dû être
heureuse de me revoir!

— De te revoir, non; mais de te toucher, de te
presser sur mon cœur, de te couvrir de mes baisers,
parce que, vois-tu, j'étais devenue aveugle, et que ce
ne fut qu'après deux mois, et plus, de soins assidus,
que, petit à petit, je recouvrai la vue.

— Par quelles épreuves douloureuses, mon Dieu,
vous a-t-il fallu passer!

— La plus cruelle me fut pourtant épargnée : c'eût
été celle de ne pouvoir plus offrir, par suite de la catastrophe dont j'avais été la victime, qu'un sein tari
aux lèvres avides de mon enfant. Mais, grâces en
soient rendues au Seigneur, si la beauté de la femme
était à jamais perdue, la force et la vigueur de la
mère étaient restées intactes ; et si je ne pouvais apercevoir encore, au moins pouvais-je sentir, avec délices, mon enfant suspendue à mes mamelles pleines,
dans lesquelles elle puisait en abondance l'onctueux
breuvage de la santé.

— Pauvre mère! dit Sabine.

— Oh! non pas, mais heureuse mère, puisque je
t'avais près de moi, et que, malgré mes souffrances, tu
croissais, chaque jour, en force, en beauté et en gen-
tillesse. Quand je fus entièrement guérie de mes
blessures, il me fallut, hélas! pour gagner le pain de
chaque jour, utiliser le seul moyen d'existence qui
fût à ma portée. La bonne et dévouée Jacqueline se
mit donc en quête d'un nourrisson pour moi, et bien-

tôt on me confia, par son intermédiaire, une petite
fille qui était orpheline de père et de mère, et qui
était la nièce de dom Pierre Candrin, l'Archiprêtre de
Saint-Jacques-la-Boucherie. Oh ! ce ne fut pas sans
verser bien des larmes que je me décidai à priver de'
mon lait ma jolie petite Siona, pour en nourrir cette
autre enfant qui portait le nom de Sabine, et qui, par
un étrange caprice du hasard, offrait une ressemblance
très marquée avec toi.

— Ah ! je comprends tout, maintenant, dit la
jeune fille, et je ne devine que trop bien quel fut le
sublime sentiment d'abnégation maternelle qui vous
porta à me mettre à la place de la nièce de dom
Pierre.

— Oui, chère enfant, oui, ce fut pour assurer ton
bonheur, ce fut pour t'arracher à la cruelle misère qui
devait être ton partage dans l'avenir, que je résolus
de me séparer de toi à jamais. L'enfant qui m'avait
été confiée étant morte une nuit subitement, je lui
ôtai les riches langes qu'elle portait et je t'en revêtis ;
je couvris ensuite des misérables haillons qui t'appartenaient le corps inanimé du pauvre petit être dont
tu allais prendre la place, et c'est ainsi que, sans
que personne ait pu soupçonner ce qui s'était passé,
tu grandis désormais sous le nom de Sabine de
Champ-Rosé et que tu fus rendue à Monsieur le
Doyen de Saint-Jacques, qui te reçut et qui t'éleva
comme étant sa propre nièce.

— Mais, demanda la jeune fille au comble de la
surprise, la bonne laitière qui m'avait sauvé la vie,
ne sut-elle donc jamais rien de cette substitution faite
par vous ?

— Pas plus que les personnes qui habitaient dans
notre voisinage, elle ne sut rien, d'abord, de ce que
j'avais fait. Mais, lorsqu'il fallut me séparer de toi,
lorsque, surtout, tu fus éloignée de moi, mes larmes
furent si abondantes, mes regrets si poignants, mon
désespoir si insensé, que la pauvre femme, qui trouvait ma douleur excessive en la mettant en balance
de celle que j'avais éprouvée après la prétendue
perte de mon enfant, perte dont j'avais été si vite
consolée, soupçonna bientôt la vérité et me pria de
m'en ouvrir à elle en toute franchise. C'est ce que je
fis, en la suppliant de m'aider dans les démarches nécessaires pour ravoir mon enfant, pour rentrer en
possession de mon adorée petite Siona, des caresses de laquelle je ne pouvais plus me passer désormais. Mais la bonne et prudente Jacqueline me
dissuada d'en rien faire. Elle me représenta les dan-
gers qu'une pareille révélation nous ferait courir à
elle et à moi, me raffermit dans la résolution que
j'avais prise de sacrifier mon amour de mère à l'avenir de ma fille, et ce qui, surtout, fit pencher la balance en faveur des raisons qu'elle m'alléguait, ce
fut la promesse qu'elle me donna de me mettre à
même, bientôt, de te voir chaque jour, en me faisant
admettre au nombre des bonnes femmes de la Chapelle de Maître Haudri.

— Et comment eut-elle le crédit de vous en faire
ouvrir la porte? demanda Sabine.

— En me recommandant, comme étant sa proche
parente, à l'un des membres de la famille du fonda-
teur, dont elle avait, autrefois, allaité les enfants.
Mais, comme mon principal titre, pour être admise

dans cet Asile hospitalier, était la difformité de mon
visage, et que d'autres veuves, qui étaient bien autrement infirmes que moi, avaient postulé en même
temps cette faveur, elles eurent tout naturellement la
préférence, et je dus, pendant près de quatre ans,
attendre que mon tour arrivât.

— Et ces quatre années-là, ma bonne Mère, dit la
jeune fille, est-ce qu'il vous a fallu les passer sans
me voir?

— Oui, mon enfant, sans te voir, sans te voir
même une seule fois, ce que je désirais si fort pourtant, et ce que m'a constamment refusé la vieille Jacqueline, qui avait le courage de résister aux prières
que je lui adressais chaque jour à ce sujet, tant elle
craignait qu'une imprudence commise par moi ne
mît quelqu'un sur la trace de la vérité. Juge donc
quels furent ma joie, mon bonheur, mon délire, quand
un matin, le lendemain même du jour où je fus re-
çue dans l'Asile hospitalier de Maître Haudri, je te
vis, pour la première fois, après quatre années de séparation. Que tu étais devenue belle, mon Dieu! et
quel courage il me fallut pour ne pas me précipiter à
ta rencontre, pour ne pas t'étreindre dans mes bras,
pour ne pas couvrir de mes baisers ton charmant,
ton frais, ton rose et délicieux visage!

— Et, demanda Sabine attendrie, ne pûtes-vous
donc jamais m'embrasser, ma Mère, ainsi que vous
le désiriez si fort?

— Si, mon enfant, si, une fois, une seule fois, dit
la vieille Haudriette dont la voix commençait à s'af-
faiblir, et cela dans l'Église Saint-Jacques où je te
guettais sans cesse. C'était, je m'en souviendrai

éternellement, le lendemain d'un jour de Fête-Dieu, dans l'après-midi; tu jouais seule, alors, près d'un reposoir d'enfant qui avait été fait pour toi dans la Chapelle de Madame sainte Catherine; personne ne pouvait nous voir, je m'approchai de toi, je te pris doucement sur mes genoux et je retroussai d'abord la manche de ton surcot, pour m'assurer si le signe de reconnaissance, qu'au moment de me séparer de toi j'avais fait sur ton petit bras, y était encore. Je le retrouvai à sa place, ce bienheureux signe, et, m'abandonnant, alors, à toute ma tendresse maternelle, je me mis à te couvrir de mes baisers. Mais, hélas! au lieu de répondre à mes caresses, tu fus prise d'une extrême frayeur, tu poussas des cris aigus, et moi, comme si je venais de commettre un crime, je m'enfuis en toute hâte par la Porte du Porche, qui était la plus voisine de nous.

— Ah! ma bonne Mère, dit Sabine avec sentiment, pardonnez-le moi; je ne savais pas ce que je faisais alors.

— De ce jour, reprit la vieille, je dus mettre dans les démarches que je faisais pour me rapprocher de toi la plus extrême circonspection. Bien qu'il en coutât beaucoup à ma tendresse, je me contentais de te voir et de t'admirer de loin, et souvent, cachée dans l'ombre d'une chapelle ou derrière un massif pilier, je versais des larmes, à la fois de joie et de tristesse, en me disant : Elle est ma fille pourtant, et jamais elle ne m'appellera sa mère! Aussi, quel fut mon ravissement lorsque le jour de la Consécration de l'Eglise Saint-Jacques tu daignas, toi la noble et belle quêteuse, si bien atournée, si triom-

phante et si superbe, me remercier avec la grâce
d'une Reine de la maille tournois que j'avais mise
dans ton aumônière, et, plus tard, à ta sortie de
l'Eglise, m'inviter, avec le sourire et la voix d'un
ange, à venir, le lendemain matin, te visiter à l'Hôtel
du Presbytère.

— Oh! c'est qu'alors, dit Sabine avec tendresse,
depuis longtemps déjà j'avais cessé de prendre frayeur
à votre rencontre. Sans doute, ô ma Mère! que quelque chose de votre bon sourire et de vos ineffables
regards avait remué, à mon insu, une des fibres les
plus secrètes de mon cœur, car je le sentais battre
délicieusement du plus loin que je vous apercevais,
et comme si la voix du sang eût déjà parlé en moi.

— Que tu es bonne de me parler ainsi toi-même,
ô ma chère Fille! Dis-moi, ajouta-t-elle avec un sourire ravi, te souviens-tu de cette heure bienheureuse
que je passai près de toi dans ton joli petit logis de
jeune fille?

— Si je m'en souviens! dit Sabine en levant ses
yeux vers le ciel, avec l'expression d'une joie toute
rayonnante. Oh! oui, ma bonne Mère, oui, car c'était
le lendemain du jour où j'avais reçu l'aveu d'un
amour bien tendre et partagé, et mon bonheur était
si grand que ne pouvant renfermer ce secret en moi-
même, je vous en fis la première et l'unique dépositaire. Quels doux instants pour moi, ô mon Dieu!

— Dis pour nous, chère enfant! car ce fut dans ce
même entretien que tu me dis ces paroles qui sont
restées gravées au fond de mon cœur : *Voulez-vous
bien que je vous embrasse comme si j'étais véritablement
votre fille?* Et tu te précipitas dans mes bras, et tu mis

sur mes joues couturées et flétries un baiser aussi
tendre...

— Que celui que j'y dépose encore en ce moment,
dit la jeune fille en embrassant sa mère avec
amour.

La vieille Haudriette rendit avec transport ces caresses à la belle jeune fille, et trop émue pour pouvoir
continuer son récit, elle garda le silence pendant
quelques instants. Sabine, non moins impressionnée
que sa mère, s'aperçut, alors, d'un changement rapide
qui venait de s'opérer sur les traits de la pauvre vieille
femme, dont il n'était que trop évident que les forces
avaient été épuisées par ces émotions successives. En
effet, la mort, qui arrivait à grands pas, avait déjà mis
son empreinte fatale sur le visage amaigri de la pau-
vresse, et, sans doute, que la mourante elle-même la
sentait approcher, car faisant un dernier effort pour
parler, elle ajouta d'une voix de plus en plus défail-
lante :

— Ce fut de ce jour-là, chère enfant, que je pris
la résolution de ne pas mourir sans t'avoir révélé le
secret de ta naissance. Je n'ai pu, vois-tu, résister au
désir de t'entendre, au moins une fois, m'appeler ta
Mère, et je voulais, fût-ce au prix d'une malédiction, avoir cette égoïste félicité de l'agonie maternelle. Mais, ajouta-t-elle avec exaltation, que Dieu
soit loué sur la Terre et dans les Cieux, car tu as
connu le secret de ta Mère et tu ne l'as pas maudite
à son lit de mort.

— Je vous ai bénie, au contraire, et je vous bénis
encore, dit Sabine avec l'accent de la plus vive reconnaissance, car vous m'avez rendue au bonheur,

car, sans vous, ma Mère, j'aurais été à jamais la
plus malheureuse de toutes les femmes.

— Et maintenant, ma Fille, qu'il ne me reste plus
que quelques minutes à vivre, j'exige de toi une promesse.

— Quelle promesse, ma Mère? parlez, je vous obéi-
rai en tout ce qu'il vous plaira de me commander.

— Mon enfant, bien que je me sois faite Chrétienne, ainsi que je l'avais juré par devant l'image
de la Notre-Dame-du-Tétin, le matin du jour où tu
fus si miraculeusement sauvée par son intercession,
je voudrais que ma dépouille terrestre fût traitée,
après ma mort, suivant la touchante coutume de la
religion de mes pères. Tu laveras donc mon corps
de tes propres mains, tu l'enseveliras toi-même dans
son linceul des pauvres, tu le veilleras le jour et la
nuit, sans t'en écarter d'une minute, et tu l'accom-
pagneras jusqu'au champ du repos, pour jeter toi-
même, dans la fosse où il sera descendu, la première
pelletée de la terre qui servira à le recouvrir.

— Je vous le promets, je vous le jure, ma Mère,
dit la jeune fille tout en pleurs.

— Embrasse-moi une dernière fois, mon enfant,
car voilà la mort qui arrive.

Sabine entoura de ses deux bras la mourante, et
elle colla ses lèvres sur les joues déjà froides de la
vieille Haudriette. En voyant que celle-ci pâlissait
de plus en plus, la jeune fille voulut appeler du secours, mais, d'un faible signe de la main, sa mère
l'en empêcha, et elle lui dit pour dernières paroles :

— Que je meure seule, avec toi !

Puis, ses yeux fixés sur ceux de Sabine, elle mur-

mura quelques paroles d'une voix si basse, que les
mots de *Siona* et d'*Isaac* furent seuls compris de la
jeune fille. Enfin, elle fit de la bouche le geste de la
baiser, mais, dans le temps qu'elle entr'ouvrait les
lèvres pour cette suprême caresse, elle rendit le dernier soupir.

Fidèle à la promesse qu'elle avait faite à sa mère
mourante, Sabine lava, ensevelit et veilla pendant
tout ce jour-là, et pendant la nuit qui suivit, le corps
mutilé de la vieille Haudriette.

Le lendemain matin, les funérailles de celle-ci
eurent lieu dans la Chapelle même de l'Asile, et dans
le cimetiere qui y était attenant, c'est-à-dire qui
s'étendait depuis la rue de la Mortellerie jusqu'à la
berge du fleuve.

Sabine y assista, en tête de toutes les bonnes
femmes du lieu, qui versaient des larmes à la mémoire de leur digne et regrettable compagne.

Cette triste cérémonie étant terminée, la jeune
fille sortit de la Chapelle de Maître Haudri, comblée
des bénédictions de toutes les vieilles pauvresses
de cet Asile, que les soins touchants et pieux qu'elle
avait donnés à l'une d'elles, avaient ravies en admiration.

II

L'IMMOLATION

II

L'IMMOLATION

Au moment où Sabine, le cœur à la fois rempli de tristesse et de joie, débouchait sur la place de Grève, en quittant la rue de la Mortellerie, dix heures sonnaient à l'horloge de la Maison-aux-Piliers.

La matinée était tout à fait charmante ; le soleil brillait comme au printemps ; et dans la disposition d'esprit où se trouvait la jeune fille, le souvenir de la riante journée du 24 mars, pendant laquelle avait eu lieu la Consécration de l'Église Saint-Jacques, lui revint aussitôt à l'esprit.

Tout en faisant craquer sous ses petites poulaines de maroquin mordoré le sable grossier des grèves de la Seine, et tout en aspirant l'air frais du matin avec d'autant plus de délices qu'elle venait de passer

vingt-quatre heures, et même davantage, dans un
lieu dont l'atmosphère était lourde et chargée de
vapeurs méphitiques, la fille d'Isaac Lévy et de Tha-
.mar se mit à repasser complaisamment dans sa mémoire les principales scènes de ce jour qu'elle regardait, à bon droit, comme étant l'un des plus beaux
de sa vie.

Elle se revit donc dans son brillant costume de
quêteuse, et l'aumônière à la main, faisant solennellement son entrée dans l'Église Saint-Jacques, menée
par Monseigneur Tanneguy du Châtel, le Prévôt de
Paris. Elle se revit, toujours accompagnée de ce haut
fonctionnaire royal, parcourant les rangs des fidèles
et recueillant sur son passage une ample moisson de
riches pièces d'or et d'argent, qui, à coup sûr, lui
avaient fait moins de plaisir à recevoir que la simple
maille tournois que la bonne vieille Haudriette, sa
mère, lui avait donnée avec une si étrange émotion,
dont elle se rendait bien compte maintenant; qui lui
avaient fait bien moins de plaisir, surtout, que l'of-
frande anonyme du florin d'or qui lui avait été apporté par son gentil Coulon blanc, et dont elle avait
deviné de suite que l'auteur était le doux et tendre
ami de son enfance. Elle se revit enfin, dans la soirée
de ce même jour, sur la Terrasse-aux-Chapelles,
arrachant au désolé Orfano le secret de son amour
pour elle, et lui faisant, à son tour, l'aveu de la vive
tendresse dont elle se sentait éprise pour lui.

Et ce qui ajoutait un charme de plus aux scènes
intéressantes évoquées par la jeune fille, c'est qu'en
ce moment les douze cloches de Saint-Jacques, sonnant à toute volée, remplissaient les airs de leur poé-

tique et harmonieux carillon, comme dans cette belle matinée de la Consécration de l'Église.

Trop profondément impressionnée par le souvenir de ce jour mémorable qui avait décidé de son sort, Sabine n'eut pas la pensée de se demander à quelle occasion cette sonnerie de fête avait lieu, et, tout entière à ses rêves de bonheur dans l'avenir, elle reprit le chemin de l'hôpital Sainte-Catherine, avec l'intention d'écrire et d'envoyer de suite à son cher Orfano une laconique épître dans laquelle elle lui apprendrait qu'elle était la fille du vieux Juif Isaac Lévy et de la vieille Thamar l'Haudriette, et que, par conséquent, rien ne s'opposait plus à ce qu'ils fussent unis l'un à l'autre en qualité d'époux.

Comme à la lecture de cette bienheureuse lettre, son tendre et beau fiancé allait être surpris! De quels doux transports il serait saisi! De quelle joie son cœur allait déborder! Quelle immense félicité, enfin, allait être la sienne! Ah! sans doute, il ne manquerait pas d'accourir tout aussitôt auprès de sa chère et bien-aimée Sabine, pour partager avec elle ce bonheur aussi surprenant qu'inespéré. Elle le voyait, par avance, arriver tout triomphant dans la petite cellule qu'elle occupait, se jeter à ses genoux, comme autrefois dans le Parloir à Messieurs de l'Œuvre, et lui répéter cent fois le serment de l'aimer toujours, avec cette même voix si tendre et si douce, qui, depuis lors, n'avait pas cessé un instant de résonner à son oreille.

Quand la jeune fille arriva dans la maison des Hospitalières de Sainte-Catherine, elle apprit de la bouche de sa vieille Brigitte La Voirin que la veille, dans la

matinée, Messire Orfano, qu'elle n'avait pas revu depuis leur séparation dans la Chambre d'Asile de la
Tour Saint-Jacques, s'était présenté au Parloir et avait
demandé à avoir un instant d'entretien avec Made-
moiselle de Champ-Rosé. Sur la réponse qui lui avait
été donnée que la noble Damoiselle était absente,
Monsieur le Gonfalonier s'était retiré en annonçant
qu'il réitérerait sa visite sur le soir, ce qu'il avait fait,
en effet, mais sans plus de succès que le matin. Il
s'était donc éloigné de nouveau, en paraissant fort
chagrin de ce contre-temps, et après avoir averti que
le lendemain, au point du jour, un messager, dépêché
par lui, viendrait apporter une lettre à l'adresse de la
jeune fille.

Dès le matin, effectivement, le messager annoncé
était venu, au premier coup de l'Angélus de six
heures, sonner à la grille de l'Hôpital, et avait déposé
entre les mains de la tourière un parchemin scellé aux
armes de la maison de Tarenne, que la tourière avait
remis à la vieille Brigitte La Voirin, et que celle-ci, à
son tour, remit entre les mains de sa jeune maîtresse.

En proie à une très vive émotion, Sabine en brisa
le cachet d'une main toute tremblante, et sans pouvoir se rendre compte de l'étrange saisissement que
la seule vue de ce pli scellé lui avait fait éprouver.

Mais, à peine en eût-elle fait la lecture, qu'elle jeta
un cri déchirant, et qu'elle s'élança par la grille du
monastère. Puis, pâle, égarée, en proie à un noir
délire, elle courut, comme une insensée, dans la
direction de l'Eglise Saint-Jacques.

Au bout de quelques minutes elle arriva devant la
grande porte de l'édifice, qui était assiégée par une

multitude considérable de curieux, qui, tous, voulaient pénétrer en même temps dans l'intérieur du
temple.

— Place! Place! s'écria la malheureuse Sabine
avec l'accent du désespoir le plus profond. Oh! par
pitié, ajouta-t-elle en joignant ses mains, laissez-
moi passer, laissez-moi entrer, je vous en conjure;
il y va du bonheur de ma vie entière!

A cette prière pleine d'angoisse, et surtout à la vue
de cette belle et pâle jeune fille, dont tous les traits
bouleversés exprimaient les plus violentes tortures du
cœur, la foule s'écarta avec empressement, et Sabine
put pénétrer dans l'intérieur de l'édifice religieux.

Mais avant de dire quel spectacle l'y attendait, faisons connaître, en quelques mots, ce que contenait
le message scellé aux armes de la maison de Tarenne,
dont la seule lecture avait ainsi fait passer la jeune
fille de la plus extrême joie à la terreur la plus profonde.

Dans cette lettre, où la passion désolée de l'amant
perçait, à chaque ligne, sous la tendresse religieuse
du frère, Orfano mandait à Sabine qu'après avoir
passé dix jours entiers dans la retraite et dans la
prière, afin de s'éclairer des lumières du Saint-Esprit, il avait enfin résolu de ne pas différer davantage
de faire à Dieu le sacrifice de sa liberté, et que, pour
donner à celle qu'il ne pouvait unir à lui, mais qu'il
ne cesserait jamais d'aimer, l'exemple de la résigna-
tion à la sainte volonté du Ciel, il avait réclamé près
de Monseigneur Gérard de Montaigu le bénéfice de la
dispense d'âge qui lui avait été accordée, six mois auparavant, par le Souverain Pontife. Le Prélat, man-

dait-il encore, s'étant rendu à ce désir, il allait le jour même recevoir les Ordres Majeurs dans l'Église Saint-Jacques-de-la-Boucherie, où Monseigneur avait résolu de faire ses Ordinations d'automne, afin, par cette pieuse cérémonie, d'effacer la souillure que les crimes de Pierre Gandrin avaient imprimée, pendant si longtemps, à ce saint édifice. Il ajoutait, en terminant, que la veille, et à deux reprises différentes, il s'était présenté au Parloir des Hospitalières de Sainte-Catherine, pour inviter sa bien-aimée à l'assister de ses prières dans cette solennelle circonstance, en même temps que pour lui donner un dernier et fraternel baiser d'adieu; mais que, n'ayant pas eu cette intime consolation de la voir encore une fois sur la Terre, il lui adressait, par écrit, ce suprême adieu, en l'assurant qu'il allait travailler avec ardeur à mériter l'entrée du Ciel, où il lui donnait rendez-vous après leur mort.

A ces époques de ferveur religieuse où se passe le drame que nous racontons, la cérémonie dans laquelle les Ordinands recevaient des mains du Prélat « ce Sacrement de la loi nouvelle qui donne le pouvoir de faire les fonctions ecclésiastiques et la grâce pour les exercer saintement, » cette cérémonie, disons-nous, ne s'accomplissait pas obscurément, comme cela se pratique aujourd'hui, au fond de quelque chapelle particulière à la dévotion de l'Évêque; mais elle avait lieu, au contraire, publiquement, solennellement, avec toute la pompe et tout l'éclat que l'investiture d'un aussi saint ministère est en droit de comporter.

Conformément donc à cette antique et vénérable

coutume, l'intérieur de l'Église Saint-Jacques, où l'Ordination devait avoir lieu, avait été paré et orné comme aux plus grands jours de fête. Les bannières armoriées, les croix d'or et d'argent, ainsi que les gonfalons de brocard, rayonnaient aux mille lumières des cierges, dans tout le pourtour du sanctuaire, et la Châsse des Saintes-Reliques, placée au-dessus du tabernacle du Maître-Autel, resplendissait comme un gigantesque écrin, au milieu des fleurs de toutes sortes dont elle était entourée.

Dès l'aube du jour, les douze cloches de la Grande-Tour, lancées à toute volée, comme au temps de Pâques Fleuries, avaient appelé les fidèles à la cérémonie de l'Ordination, cérémonie qui devait commencer à neuf heures précises ; et à l'heure fixée par Monseigneur Gérard de Montaigu, dont l'exactitude est, depuis longtemps, connue de nos lecteurs, le Prélat, revêtu de ses habits pontificaux, était monté à l'autel, accompagné de ses deux archidiacres, pour y célébrer solennellement le service divin.

C'était à cette même heure que Messire Jean Le Charron de Gisors, le vieux et digne chapelain de la Maison d'Asile des Haudriettes, en présence de Sabine et des pauvres veuves du lieu, récitait à voix basse l'Office des Morts, devant la bière misérable de la pauvre Thamar Lévy.

Les jeunes Ordinands, qui étaient au nombre de neuf, étaient rangés en demi-cercle, en bas des dernières marches du Maître-Autel. Ils étaient revêtus de l'aube et de la tunique, portaient le manipule sur le bras gauche et tenaient un cierge allumé dans la main droite.

Dans les stalles des deux côtés du chœur, les parents et les amis de ces jeunes Lévites, mais en fait d'hommes seulement, avaient été admis à prendre place, à savoir : les plus proches parents dans le rang des stalles basses, et les parents éloignés, ainsi que les amis, dans le rang des stalles supérieures. A la tête des premiers, c'est-à-dire des plus proches parents, et à la place d'honneur, était Maître Simon Allegret, le médecin, à la fois. et l'ami de Monseigneur Gérard de Montaigu, dont le fils puîné était au nombre des Ordinands, c'est-à-dire allait franchir sa première étape sur la route qui conduisait à cette bonne et grasse abbaye dont notre Prélat était dans l'intention de le pourvoir, ainsi qu'on se rappelle l'avoir ouï dire à Sa Grandeur elle-même, dans le Chapitre de la *Logette de l'Évêque*.

Une expression de joie contenue, mais cependant bien marquée, se lisait sur les traits de notre savant Mire, ainsi que sur le visage de ceux d'entre les assistants qui tenaient de plus près, par les liens du sang, à ces jeunes Lévites qui allaient faire leur début dans les Ordres; car, à ces époques de foi et de pratique religieuse, la carrière cléricale menait le plus souvent aux honneurs et aux dignités, en même temps qu'à la fortune.

Il n'en était pas ainsi, hâtons-nous de le dire, dans la partie féminine de l'assistance qui avait pris place à tous les balcons de la Tribune du Chœur, et qui se composait des mères, des sœurs, et de bon nombre d'autres personnes, qui étaient ou parentes ou amies de Messieurs les Ordinands.

La plupart, pour ne pas dire toutes, étaient, au

dernier point, émues et attendries, pendant cette
touchante et triste cérémonie ; et l'expression qui
dominait sur toutes ces figures de femmes était celle
d'une douloureuse pitié, qui pouvait se traduire
comme étant la naturelle protestation faite au nom
des droits imprescriptibles de la beauté et de l'a-
mour, contre les rigoureuses et austères lois du cé-
libat clérical. Qui sait même, si parmi toutes ces
jeunes vierges, accourues pour être les témoins de
cette volontaire renonciation, que l'homme, sur le
seuil de la virilité, faisait aux plus tendres affections
de ce monde, il ne s'en trouvait pas quelques-unes
qui vissent, avec des larmes dans le cœur, sinon
dans les yeux, leurs plus secrètes comme leurs plus
chères espérances à jamais détruites !

Et ce qui donnerait lieu de le penser, c'est que
ces neuf jeunes Lévites qui étaient brillants de vigueur et de santé, offraient tous cette beauté mâle et
ces formes régulières que les ordonnances des Con-
ciles réclament, avec raison, de ceux qui aspirent à
entrer dans les Ordres, et qui constituent des qualités indispensables pour rehausser l'éclat et pour soutenir la dignité des fonctions sacerdotales.

Mais, parmi ces jeunes hommes, il en était un sur
lequel tous les regards étaient attachés, il en était un
que les assistants se montraient les uns aux autres
avec la plus vive curiosité, et dont le nom était répété à voix basse par toutes les bouches.

C'était Orfano.

Ou plutôt, pour le nommer ainsi que l'assistance
tout entière le faisait, c'était Messire Charles de Tarenne, devenu célèbre, en moins de quelques jours,

à la fois, par les malheurs arrivés à sa famille et par
les dramatiques péripéties qui avaient signalé sa reconnaissance d'état. C'était à qui, dans l'assemblée,
le verrait de plus près ; et, dans cet élan de curiosité
générale, nous devons dire que les dames, surtout,
se faisaient remarquer par l'intérêt passionné qu'elles
témoignaient, en voyant que ce jeune homme, si
noble, si beau et qu'elles savaient être si riche, allait
volontairement renoncer au commerce et aux joies
du monde pour passer tristement ses jours dans l'es-
cargotisme clérical.

Aussi, de toutes parts entendait-on ces paroles
qui étaient répétées avec l'expression du plus profond regret :

— Quel dommage ! Un pareil jeune homme se faire
prêtre !

Cependant, au milieu des émotions de toutes na-
tures qui se partageaient l'âme des spectateurs, la
Cérémonie de l'Ordination avait suivi son cours, et
elle en était arrivée à cet instant solennel où le Prélat, en vertu de sa souveraineté spirituelle, allait imprimer à chacun des Ordinands le caractère ineffa-
çable de l'apostolat sacerdotal.

C'est durant cette partie de l'Office divin qui,
d'après le Rituel suivi aujourd'hui, est appelée *la Pré-*
face, mais qui dans le Rite Gothique ou Gallican avait
reçu le nom, si admirablement expressif, de *l'Immo-*
lation, que ce redoutable sacrement de l'Ordre est
conféré, « au moyen de l'imposition des mains, qui
en est la matière, et par la prière, qui en est la forme
essentielle. »

Au moment où Monseigneur Gérard de Montaigu

allait, de sa voix retentissante, entonner ce majes-
tueux chant de l'Immolation, que la Liturgie de
l'Eglise romaine nous a conservé comme un reste
précieux de l'ancienne musique grecque, le Prélat se
tourna du côté des assistants, et Monsieur l'Archidiacre de Josas, lui présentant les neuf Ordinands
agenouillés au bas des degrés du Maître-Autel, dit à
l'Evêque :

— *Reverende Pater, postulat Sancta Mater Ecclesia
catholica ut hos presentes Acolytos ad onus Sub-Diaconii
ordinetis.* (1)

A quoi le Prélat répondit :

— *Scis ne illos dignos esse ?* (2)

L'Archidiacre reprit :

— *Quantum humana fragilitas nosse finit, et scio et
testifico ipsos dignos esse ad hujus onus officii.* (3)

— *Deo gratias !* (4) ajouta le Prélat ; après quoi il se
mit en devoir d'entonner la Préface propre à cette
cérémonie, en un mot le chant de l'Immolation.

Quand l'Officiant fut arrivé à l'endroit de cet admirable chant, où conjurant l'Esprit-Saint de descendre sur les Ordinands, il l'invoque par ces magnifiques paroles :

---

(1) — Révérend Père, notre Sainte Mère l'Église catholique demande que les Acolytes ici présents soient investis du titre de Sous-
Diacres.

(2) — Savez-vous s'ils sont dignes de l'être?

(3) — Autant qu'il est permis à la faiblesse humaine d'en avoir
connaissance, je sais et j'atteste qu'ils sont vraiment dignes de
porter ce titre.

(4) — Grâces en soient rendues à Dieu !

TU COGNITOR SECRETORUM !

TU SCRUTATOR CORDIUM ! (1)

l'Évêque, s'avançant jusqu'aux dernières marches de l'autel, étendit solennellement sa main droite sur la tête d'Orfano, qui occupait le centre du demi-cercle formé par les neuf jeunes Lévites agenouillés, et il prononça d'une voix grave la formule sacramentelle de l'Ordination :

— *Accipe Spiritum Sanctum ; ad robur et resistendum diabolo et tentationibus ejus, in nomine Domini.* (2)

C'en était fait ! l'immolation de tous ces jeunes cœurs d'hommes était accomplie ! Désormais ils n'appartenaient plus qu'à Dieu.

Mais tout à coup, voilà qu'au milieu du recueillement général, le silence, empreint d'une sorte de terreur religieuse, qui s'était fait d'un bout à l'autre du sanctuaire, après les paroles du Prélat, fut interrompu par des cris perçants.

—Arrêtez ! arrêtez ! disait une voix pleine d'angoisse et de détresse, et qui semblait partir du milieu de la foule dont la grande nef de l'Église était remplie.

Et, au même instant, la multitude, entr'ouvrant ses rangs pressés, livra passage à une jeune fille qui,

---

(1)　　Toi qui pénètres les secrets les plus cachés !
　　　　Toi qui scrutes tous les replis du cœur !

(2) Que l'Esprit-Saint descende sur vous, afin qu'au nom du Seigneur il vous donne la force nécessaire pour résister aux tentations du démon.

pâle, les traits bouleversés, les cheveux flottants et les vêtements en désordre, s'élança comme un tourbillon par la grille du chœur, et vint tomber, haletante et éperdue, sur cette même marche de l'autel où Orfano était agenouillé.

C'était Sabine !

Aux cris qu'elle avait poussés, la surprise et l'effroi s'étaient emparé de tous les assistants, la cérémonie religieuse avait été interrompue, et un silence effrayant s'était fait d'un bout à l'autre du Temple.

La jeune fille, dès qu'elle eut reconnu son amant, se jeta tout égarée dans ses bras, et, à travers ses larmes et ses sanglots, elle lui dit d'une voix presque éteinte :

— Orfano, ah ! ne fais pas de vœux ! Tu n'es pas mon frère ! Je suis la fille d'Isaac Lévy et de Thamar, la vieille Haudriette. Je puis être à toi. Tu peux être mon époux.

Et, sans avoir égard ni à la sainteté du lieu, ni aux ornements sacrés dont le jeune homme était revêtu, elle saisit, avec transport, son ami d'enfance entre ses bras, et déposa sur ses lèvres un ardent et long baiser.

Tout d'abord frappé de stupeur par cette scène vraiment inouïe, Orfano comprit bientôt, au langage qui lui était tenu par Sabine, et le mouvement de joie insensée auquel avait cédé la jeune fille, et le nouveau coup dont la fatalité venait de les frapper tous les deux.

En effet, si cet événement se fût passé quelques minutes plus-tôt, tous les rêves d'avenir et de bonheur qu'ils avaient faits jadis, pouvaient encore se réaliser ; tandis qu'à cette heure, non-seulement une barrière aussi infranchissable que la première les séparait pour toujours, mais il aurait de plus, quant à lui, l'éternel regret de l'avoir élevée, entre eux, de ses propres mains.

— Malédiction ! s'écria-t-il, en laissant échapper le cierge enflammé qu'il tenait à la main, et en repoussant la belle et malheureuse jeune fille, à la pensée que le caractère sacré, dont il était maintenant revêtu, rendait sacriléges les caresses qui lui étaient faites par Sabine.

— Pourquoi donc me repousses-tu, ô mon bienaimé ! lui dit celle-ci d'une voix anxieuse ?

— Parce que je ne puis plus être à toi, Sabine ; parce que j'ai fait vœu de chasteté ; parce que j'appartiens à Dieu pour jamais ! répondit Orfano d'une voix sombre et désespérée.

En entendant ces fatales paroles de son amant, la jeune fille fit un bond sur elle-même, comme si un ressort caché venait de se briser dans sa poitrine. Elle devint aussitôt d'une pâleur affreuse, ses bras se dénouèrent d'eux-mêmes d'autour de la taille du jeune Lévite, ses yeux se tournèrent en haut, ses genoux fléchirent, et elle s'affaissa sur les marches de l'autel, en murmurant d'une voix à peine articulée :

— Trop tard, hélas !

Et le mot d'*adieu*, qui glissa entre ses lèvres, se devina plutôt qu'il ne s'entendit.

A cette vue, Orfano, fou de douleur, se précipita sur la jeune fille, la prit dans ses bras, la releva et la porta sur le siége placé au côté de l'Évangile, et qui était destiné au Prélat. Puis, d'une voix en détresse, il appela au secours de sa bien-aimée toutes les puissances du Ciel et de la Terre.

Maître Simon Allegret était accouru.

Il prit le bras de Sabine, et chercha le pouls, qu'il ne trouva plus; entr'ouvrit ses blanches paupières, qui restèrent inertes; appuya sa main à l'endroit du cœur, qui avait cessé de battre; et, d'une voix aussi émue que si la pauvre créature, au secours de laquelle il était venu, eût été sa propre fille, il dit aux assistants qui, d'un regard anxieux, avaient suivi l'examen qu'il venait de faire:

— Mes Frères, il ne nous reste plus, hélas! qu'à prier Dieu pour cette noble et malheureuse fille, dont la belle âme est remontée vers le Ciel!

Sabine, en effet, venait de rendre le dernier soupir.

— Morte, morte! s'écria Orfano au comble du désespoir et en interrogeant du regard et le vieux Docteur et les assistants, qui tous avaient des larmes dans les yeux. Vous dites qu'elle est morte, ajouta-t-il d'un ton égaré; mais cela ne se peut pas, cela ne saurait être, juste Ciel; ce serait trop affreux, ô mon Dieu!

— La violence de l'émotion que cette malheureuse fille vient d'éprouver, reprit Maître Simon Allegret, a brisé un des vaisseaux nobles du cœur, et la vie s'est enfuie comme un souffle.

— Dieu tout-puissant! s'écria Orfano en se tordant les mains de désespoir, et en levant ses yeux vers le Ciel, faites-moi mourir à l'instant, je vous en prie, car je viens d'atteindre au dernier degré du malheur!

Et, dans l'excès de sa douleur, le pauvre Orphelin

de Saint-Jacques tomba évanoui à côté de la pâle et inanimée Compagne de toute sa vie.

On se hâta de transporter les deux amants à l'Hôtel de la Cour-Pavée.

Durant le trajet, Maître Simon Allegret, qui soutenait le bras gauche de la jeune fille, jeta, par hasard, les yeux sur les lignes tracées dans la paume de la main de Sabine, et, après les avoir examinées fort attentivement, il dit à M. l'Archidiacre de Josas, qui marchait à son côté :

— Il ne faudrait pas beaucoup de cas semblables à celui-ci pour faire croire à ce que prédisent les Bohémiens et les Juifs Lombards, ainsi que tous ceux qui professent l'art de la Chiromancie.

— Et que rencontrez-vous donc de si curieux, Messire, dans la main de cette infortunée jeune fille ?

— Une Ligne Vitale qui est brisée entre le premier et le second quartier.

— Ce qui veut dire ?

— Que cette pauvre enfant devait fatalement mourir avant d'avoir atteint sa vingt-cinquième année.

— En effet, dit Monsieur l'Archidiacre, voilà bien la plus étrange rencontre dont on ait jamais ouï parler.

. . . .

La cérémonie de l'Ordination s'acheva au milieu d'un trouble et d'une agitation inexprimables ; et tous les assistants quittèrent le seuil de l'Église Saint-Jacques avec des larmes dans les yeux et la tristesse au fond du cœur, au souvenir de ce drame digne d'une éternelle pitié.

III

LA RUE
DU CRUCIFIX-SAINT-JACQUES

III

LA RUE DU CRUCIFIX-SAINT-JACQUES

Dix jours après le tragique événement que nous venons de raconter, Orfano, ou plutôt Messire Charles de Tarenne, céda, par acte authentique, à l'OEuvre de l'Église Saint-Jacques-de-la-Boucherie, son Hôtel de la Cour-Pavée, à une double condition : d'abord, que l'emplacement de cette somptueuse demeure, qui serait démolie, serait converti en un Cimetière à l'usage exclusif de la Paroisse ; et ensuite, qu'un riche Crucifix de pierre serait élevé extérieurement à la grande porte de ce Cimetière, comme un monument expiatoire des crimes commis par Charlotte des Essarts, sa mère.

En conséquence, le Logis de Tarenne fut détruit de fond en comble, et la place qu'il avait occupée fut entourée de hauts et grands murs, auxquels s'appuyait, à l'intérieur, une quadruple Galerie, voûtée en arcs de cloître ; mais, par suite de circonstances qui n'appartiennent point à notre récit, ce Cimetière ne reçut jamais aucune sépulture chrétienne.

Quant au Crucifix expiatoire, il fut érigé au lieu et place indiqués par le donateur ; et, lors de son érection, il fut béni en grande pompe par les propres mains de Monseigneur Gérard de Montaigu.

Par la suite des temps, cette magnifique Croix sculptée fut reportée de l'autre côté de la rue du Porche et appliquée contre le Grand Portail de l'Église Saint-Jacques, au-dessous de la verrière occidentale de la Chapelle des Fonts Baptismaux.

C'est devant cette Croix, écrivait l'Abbé Villain en 1758, qu'on a coutume, chaque année, de faire l'Adoration, le Dimanche des Rameaux.

Ce monument, en très grande vénération dans tout Paris, dès l'époque même de sa fondation, ne tarda pas à donner son nom à la rue du Porche, et cette dénomination de *Rue du Crucifix-Saint-Jacques* a subsisté pendant quatre cent trente-huit ans, puisque la rue qu'elle désignait n'a disparu qu'en 1852, à l'époque des travaux entrepris pour le percement de la rue de Rivoli.

Quant à Messire Charles de Tarenne, il se retira, pour quelques mois, chez les Moines de l'Abbaye Saint-Victor, en attendant l'arrivée d'une nouvelle dispense que Monseigneur Gérard de Montaigu avait sollicitée pour lui, près de Sa Sainteté le Pape Jean XXIIIe du nom. En vertu de cette dispense, Orfano devait être ordonné Prêtre *per saltum*, c'est-à-

dire sans passer par le Diaconat, et être mis immédiatement en possession de la Cure des Saints-Innocents, qui était devenue vacante depuis peu, et qu'il
avait postulée et obtenue de Sa Grandeur.

IV

LES NOCES DE NANINE

IV

LES NOCES DE NANINE

Après avoir tenu, pendant tout un long mois, la *Dragée haute* à son beau Quartinier, Mlle Anne Grugeon, vaincue par les prières et les protestations de tendresse de Messire Anténor, lui a enfin donné la préférence sur noble, très noble, infiniment noble dom Fernandez Guzman, hidalgo, marquis de Las Camarinas, etc., et au lieu d'épouser un Grand d'Espagne de la première classe, elle s'est contentée de devenir Madame la Vicomtesse de Chamérobley.

Les Noces de Nanine se sont faites en famille et sans éclat, à l'*Hôtel des Trois-Pucelles*; et, bien que les circonstances prêtassent peu à la gaieté, nous devons dire que l'espiègle Alice, la sœur de notre beau Vicomte, y a ri, cependant, du meilleur de son cœur,

en entendant les pataqu'est-ce et les coq-à-l'âne du
Compère Hugues Grugeon, ainsi qu'en voyant la
tournure ridicule et les manières prétentieuses de la
Commère Margot, qui, maintenant que sa fille était
devenue riche et Vicomtesse, et qu'elle-même s'était,
grâce aux libéralités de Nanine, retirée de son commerce de Laitière, pensait pouvoir marcher de front
avec Mme la douairière de Chamérobley, la mère de
son noble gendre.

Environ trois mois après ses noces, la jeune Vicomtesse mit au monde, non pas un garçon, ainsi
qu'elle l'avait tant désiré autrefois, mais une charmante et délicieuse petite-fille qui, déjà, en naissant,
promettait d'avoir, un jour, et la beauté piquante et
l'heureux naturel de sa mère.

Aussitôt la délivrance de sa fille arrivée, la Commère Margot était accourue, en toute hâte, et avait
proposé à son joli Bouton-d'Or de se charger elle-
même de son enfant, promettant de l'élever avec les
mêmes soins, la même sollicitude et la même surveillance qu'elle avait apportés à l'égard de Nanine.

Mais nous devons ajouter que la jeune mère dé-
clina l'offre qui lui était faite par notre ci-devant Laitière, en lui disant, d'un ton ferme et résolu :

— Merci, ma Mère; les bons principes doivent
se sucer avec le lait; ma fille ne me quittera donc
pas d'un instant; je l'élèverai à m'aimer, à m'obéir,
à me respecter, et surtout à me confier jusqu'à ses
plus secrètes pensées. L'honneur des familles et le
bonheur du foyer domestique ont pour premier fon-
dement la bonne éducation des filles. Je ferai en
sorte que la mienne reçoive cette éducation, à un

point de vue moral et religieux, qui la rendra elle-
même la première et la plus sûre gardienne de sa
vertu. Il n'y a, sachez-le bien, de par le monde, que
trop de Candiotes qui s'endorment le soir, au coin du
feu, tandis que leurs jolies nièces soufflent la lampe
pour pouvoir jaser plus à l'aise avec leurs amoureux.

V

ÉPILOGUE

V

EPILOGUE

Les deux lustres qui devaient s'écouler à la suite
de cette toute gracieuse année 1414, apportèrent des
changements si notables dans la position de quel-
ques-uns des personnages survivants de notre drame,
que nous avons pensé que ce serait faire plaisir à nos
lecteurs, que de les leur signaler avec quelques détails.

Notre Vieux Sergent de Rosebec, le Compère Grégoire Boyrond, quelques mois seulement après que
la Commère Margot a eu cédé, à une autre Laitière,
son fermage de la Pierre-au-Lait, a, lui aussi, pris sa
retraite définitive, et il a été s'installer au Bourg de
Chaillot, dans le voisinage des époux Grugeon, dont
il est le commensal habituel, mais à beaux deniers

comptants, que cela soit bien entendu. Ce brave Père
l'Entonnoir passe, nous devons le dire, les trois
quarts du temps à *chopiner* avec le digne époux de la
Commère Margot, et il a eu lieu de s'apercevoir,
bien des fois déjà, que l'ancienne Laitière de la
Notre‑Dame‑du‑Télin, pour donner aux quartes
d'hypocras blanc aux fines épices, qu'elle sert à nos
deux buveurs, le niveau obligé, a recours, ô influence
d'une habitude trop invétérée! à l'intervention de
cette bienheureuse sainte Margelle du Puits, à la‑
quelle elle a voué, depuis longues années, un culte
aussi fervent que lucratif.

L'ancien voisin de notre Tavernier, maître Nicolas
Flamel, qui mourut, ainsi que nous l'avons dit ail‑
leurs, en l'année 1418, n'a eu garde, dans le long et
diffus testament qu'il laissa après sa mort, d'oublier
la veuve de ce brave compagnon haubergier de la rue
Bertaut‑qui‑dort, Marguerite la Quesnelle, sa Cham‑
brière, ainsi que Collette, la fille de celle‑ci. Il leur
légua donc « le ménage de son hôtel, » ainsi qu'une
part dans ses deux maisons de la rue des Ecrivains et
de la rue de Montmorency, indépendamment de
rentes et d'arrérages, « en telle manière qu'elles
soient toujours de bon et honneste gouvernement,
sans diffame de leurs corps, sur peine de perdre les
dicts lais (*sic*). »

Il est vrai que notre Alchimiste avait attaché à ces
libéralités la clause expresse et passablement égoïste,
que sa Chambrière ne jouirait des « lais » qui lui
étaient faits qu'à la condition « qu'elle ne soit point
mariée; » mais il paraît que la veuve de Jean Ques‑
nel tint fort peu de compte des volontés du testa‑

teur ; car, dans une sentence du Châtelet, à la date
du 27 mars 1420, c'est-à-dire deux ans après la mort
de son maître, elle est appelée « femme Maclou Val-
lier. »

Quant à sa fille Collette, l'histoire reste entièrement muette à son sujet.

Monseigneur Gérard de Montaigu mourut de la
goutte, comme son prédécesseur Pierre d'Orgemont
était mort de la « sablette, » le 25 septembre 1420,
c'est-à-dire en pleine époque de chasse et de ve-
naison, et, sans avoir pu réaliser le plus cher de ses
désirs, celui de parvenir à l'archevêché de Sens.

Nous avons tout lieu de penser que, jusqu'à sa
mort, ce remarquable Prélat dut rester fidèle à ses
opinions absolues touchant le droit d'Asile. Voici, en
effet, ce que nous lisons dans Sauval à son sujet :

« En 1416, les Baudés ou Armagnacs, le 25 mai,
» veille de l'Ascension, ayant fait prendre par le
» Prévôt de Paris quelques personnes dans l'Eglise
» des Quinze-Vingts, Gérard de Montaigu, inconti-
» nent, fit cesser le service, et depuis on n'y officia
» point qu'à la Saint-Laurent, lorsque les Baudés,
» accompagnés de Sergents et de Commissaires, y
» firent chanter la Messe par des prêtres apostés,
» sans que l'Eglise ait été réconciliée et malgré les
» Quinze-Vingts. »

Sa Majesté Charles le Sixième ne survécut que
deux ans au Prélat dont il avait failli briser le crâne
d'un coup de son traifeu. La charmante petite fille
qu'il avait eu d'Odette de Champdivers, Marguerite
de Valois, que nous avons vue enfant à l'Hôtel Saint-
Pol, fut légitimée en 1427, et on lui donna pour

époux Jean de Herpedenne, troisième du nom. Elle reçut, par son contrat de mariage, la terre de Belleville en Poitou, ainsi que la promesse de vingt mille pièces d'or. L'histoire ne dit point si cette promesse fut jamais réalisée. Elle ne nous transmet plus qu'un seul détail touchant cette intéressante fille de la *Petite Reine,* c'est qu'en 1458 elle avait cessé de vivre.

Si, du chef de l'Etat, c'est-à-dire du fonctionnaire le plus éminent du Royaume, nous passons à celui qui en était réputé le plus infime comme le plus infâme, nous verrons Simonet Capeluche, le maître des Hautes-OEuvres de la Prévôté et Vicomté de Paris être élu Capitaine de la Milice Bourgeoise en 1418, et, en cette qualité, venir toucher la main du duc de Bourgogne lors de la rentrée de la Reine dans la capitale. Mais, pour lui aussi, la Roche tarpéienne devait être près du Capitole, car abandonné bientôt par Jean sans Peur, qui ne s'était servi de ce sinistre personnage que pour en faire le chef d'une bande d'assassins, il fut condamné à mort, et dut être exécuté par son valet, devenu son successeur dans l'office de maître des Hautes-OEuvres. Il se passa, alors, une chose bien étrange et que l'histoire nous a fidèlement transmise. Simonet Capeluche étant sur l'échafaud, et voyant que celui qui allait lui trancher la tête, s'y prenait maladroitement, se fit délier les mains, arrangea lui-même le billot, examina le fil de l'épée, donna les instructions nécessaires, et tendit docilement le cou pour être décapité.

Presqu'à la même époque, s'en alla de vie à trépas un autre de nos personnages qui faisait au Bourreau de Paris une redoutable concurrence en matière d'on-

guents, d'emplâtres et de graisses d'origine suspecte,
lesquels étaient, en ce temps-là, fort recherchés de la
populace, qui se les procurait au poids de l'or et à
titre de panacée universelle. Nous voulons parler du
Compère Hugonnet Charnailles, qui mourut comme
un vaillant soldat qu'il était, c'est à savoir en ouvrant
la tranchée ; et qui, ainsi qu'il en avait maintes fois
exprimé le désir, fut inhumé dans cette même fosse
qu'il était en train de creuser de ses propres mains.
Ainsi justifia-t-il, jusqu'au bout, le surnom de Père
Pioche-Toujours que Cascaret lui avait donné.

Puisque le nom de notre spirituel Basochien se
présente sous notre plume, disons de suite, que le
Clerc de Maître Gilet de Fresnes n'eut garde, le dimanche qui suivit l'exécution de Pierre Candrin, de
manquer à l'invitation qui lui avait été faite d'aller
prendre sa part de la bienheureuse oie rôtie qui devait être mangée en famille au Logis de la Veuve de
feu Mahiet-Druson, en son vivant « drapier-drapant » établi à la Porte-Saint-Honoré, à l'enseigne
des *Trois-Foulons-d'Or*. L'accueil le plus empressé et
le plus cordial lui fut fait par la mère et, surtout, par
la fille ; et, au sortir de ce festin, dans lequel Cascaret
se montra, comme toujours, étourdissant d'esprit et
de gaieté, il fit à ces dames la promesse de revenir
dès le lendemain pour prendre, ainsi qu'on l'en
avait prié, connaissance de toutes les pièces du fameux procès que la mère de Mlle Mahiette avait avec
Gille Le Houdin, l'associé de son défunt mari.

Il vint, en effet, comme il l'avait promis ; et il
faut croire que l'examen des pièces de ce procès
était hérissé de difficultés sans nombre, car notre

Basochien multiplia bientôt les visites à tel point,
qu'il passait presque toutes ses soirées à compulser
les paperasses en question, dans la compagnie, bien
entendu, de la charmante Mahiette, qui paraissait
prendre un goût de plus en plus marqué pour la procédure. Pour ne pas tenir plus longtemps le lecteur
en suspens, disons que, grâce aux conseils de Cascaret, la brave Veuve finit par gagner son procès ; et
que, ainsi que l'avait prédit Guillot Chante-Merle, la
Mère reconnaissante lui accorda la main de sa Fille.
Avec les espèces sonnantes que ce mariage mit en
sa possession, notre Basochien put acheter l'office
de Maître Gilet de Fresnes, son ancien patron, et
devint, bientôt, un des procureurs les plus occupés
du Palais.

Quant au neveu du Chanoine de Notre-Dame,
grâce à l'active protection de son *Oncle*, il parvint,
en moins de quelques années, à occuper le poste important de *Procureur du Roi en Cour d'Église*, poste
dans lequel son goût décidé pour les belles-lettres
latines, trouvait, chaque jour, matière à s'exercer ; et,
pendant longtemps, on s'est souvenu, dans la Grand'-
Chambre du Parlement, de la faconde toute cicéro-
nienne avec laquelle Maître Guillot Chante-Merle
émaillait ses oraisons de *Quemadmodum* et de *Ve-
rum enim vero*.

Maclou Le Muflard, après avoir dissipé dans les Ta-
vernes et dans les Cabarets les plus mal famés de
Paris, la majeure partie de sa « légitime, » a été
contraint, pour vivre, d'accepter les fonctions de
Porte-Clefs des prisons du Grand-Châtelet, place
qu'il n'a obtenue que grâce au crédit de ses deux

amis, et dans l'exercice de laquelle, son intelligence
obtuse et son humeur taciturne lui tiennent lieu de
profondeur et de réserve.

Maître Cascaret qui lui est resté plus attaché que
jamais, bien qu'il prenne toujours le gros garçon
pour point de mire de ses brocards et de ses épigrammes, va, chaque dernier jour du mois, lui faire
une visite, sous les sombres arceaux des vieux don-
jons de Philippe Auguste; et nous aurons l'indiscrétion d'ajouter qu'il ne le quitte jamais sans lui avoir
glissé dans la main un florin d'or du feu roi Charles V. Mais, loin d'apprécier, à sa juste valeur, cet
acte de générosité accompli par son ancien collègue
de la Basoche, Maclou Le Muflard, tout en empo-
chant lestement le florin, se pose en homme qui est
profondément humilié de recevoir une pareille au-
mône, et il ne manque jamais, à cette occasion, de
déplorer d'une façon très prolixe la maudite chance
qui l'a poursuivi pendant toute sa vie, et qui a fait
un misérable Porte-Clefs d'un homme qui, ainsi
que lui, s'était senti, dès l'enfance, une vocation
des plus prononcées pour le Barreau.

Ce à quoi son ami, lassé sans doute de lui entendre répéter éternellement son même refrain, lui
a répondu, un certain jour, *en rimes gauloises*, ainsi
qu'il était coutumier de le faire autrefois :

—   Tu dis, Maclou, que, dès ton plus jeune âge,
        Pour le *Barreau* ton goût s'annonçait fort ;
        Change de nombre en tenant ce langage,
        Parle au pluriel et nous serons d'accord.

Notre Porte-Clefs a accueilli cette épigramme de
Cascaret avec ce rire gauche et épais que les sots
s'imaginent faire accepter aux gens d'esprit comme
étant une preuve de leur pénétration : mais la vérité
est que le brave Mufflard en est encore à savoir ce
que son ami a voulu lui dire.

Quelques velléités de *conjungo* lui étant venues
tout à coup, notre ci-devant Basochien a été prome-
ner « sa superbe tête de veau » devant la boutique
des plus jolies vendeuses du Cimetière des Saint-In-
nocents, et, en particulier, devant celles de Mlles Isabeau la Corbine et Jeannette la Paquotte. Mais, il
faut bien l'avouer, ses propositions matrimoniales
ont été repoussées avec dédain par les deux belles
filles ; la brune Pelletière le jugeant *par trop bête*, et
la blonde Fleuriste le trouvant *par trop laid*.

Nos deux coquettes marchandes, hâtons-nous de
le dire, ont continué, avec le même succès que par le
passé, le trafic en partie double qui est toujours de
mode sous les Corridors des Charniers ; et chacune
d'elles ne désespère pas, *in petto*, à l'exemple de son
ancienne voisine, Anne Grugeon la Mercière-épinglière, qui est devenue Vicomtesse, de trouver, un
jour, quelque riche et généreux Vieillard qui soit disposé à la faire son héritière, parmi les Etrangers qui
affluent, plus nombreux que jamais, dans le Cloître des
Saints-Innocents, pour y voir les admirables peintures
de la *Danse des Morts* que Messire Charles de Tarenne,
le Révérend Curé de cette Paroisse, y a fait exécuter.

Oriano, en effet, dans l'espace des dix années qui
suivirent les dramatiques événements que nous venons de raconter, avait fait peindre, à grands frais,

sur les murs de la Galerie méridionale des Charniers, les principaux *menuets* de la *Danse Macabre*; et à l'exemple des Saints Evêques Maurice de Sully et Pierre de Nemours, qui avaient été, à la fois, les bien-faiteurs et les architectes de leur Cathédrale, il avait dessiné et enluminé lui-même la scène, à coup sûr, la plus intéressante de cette ronde infernale, nous voulons parler de celle dans laquelle la Mort entraîne une jeune et belle accordée, en lui disant :

> Jeune fille, innocente encore,
> Lis des champs, vase de candeur,
> Vierge dont le front se colore
> Sous les roses de la pudeur;
> Au lieu de gaze nuptiale,
> Je vais, de ma main glaciale,
> Du linceul draper ta beauté.
> Allons, ma pâle fiancée,
> Vite à la danse commencée,
> En marche pour l'éternité !

L'amour qui, autrefois, l'avait rendu poëte, l'a fait peintre aujourd'hui. La figure de cette infortunée fille, enlevée par la Mort au printemps de la vie et des amours, c'était celle de Sabine qu'il avait retracée, et tous les traits de cette angélique figure étaient d'une merveilleuse et frappante ressemblance.

Sur la main droite de cette jeune fille était perché un pigeon d'une admirable blancheur, qui portait une pièce d'or dans son bec de corail pâle; et, dans sa main gauche, elle tenait un rouleau de vélin, sur lequel ces deux petits carmes étaient écrits :

Tant que vivrai
Aultre n'auray !

Sur un sarcophage de marbre noir, qui avait été élevé au-dessous de cette admirable peinture, étaient gravées en creux ces quatre Majuscules rehaussées d'or :

S. I. T. L.

qui, pour les passants quelque peu lettrés, semblaient reproduire la formule épitaphique si souvent employée alors : *Sit Illæ Terra Levis* (1) ; mais qui, pour Orfano seul, rappelaient les noms de trois personnes que la mort avait frappées :

SIONA. ISAAC. THAMAR. LEVY.

Les restes mortels de ces trois infortunés avaient été, en effet, réunis par ses soins dans un même tombeau !

Or, le 24 mars 1424, c'est-à-dire dix années, jour pour jour, après celui pendant lequel avait eu lieu la Consécration de l'Église Saint-Jacques, le maître fossoyeur du Cimetière des Saints-Innocents étant venu de très grand matin, dans la compagnie de ses deux aides, se mettre à sa funèbre besogne, ces trois hommes trouvèrent le Révérend Curé de la Paroisse,

(1) Que la terre lui soit légère !

dom Charles de Tarenne, agenouillé devant le sarcophage de marbre noir dont nous venons de parler, et,
sur lequel, sa tête, qui était d'une pâleur livide, reposait immobile et les yeux fermés. Il tenait dans sa
main droite, et appuyée contre ses lèvres, une riche
croix d'or en reliquaire ; et, chose qui sembla étrange
aux nouveaux venus, ce reliquaire était suspendu au
cou du Prêtre par un long cordon tressé avec d'admirables cheveux noirs, qu'à leur longueur, à leur
éclat et à leur finesse, il était facile de reconnaître
pour avoir appartenus à la chevelure d'une jeune
femme.

Nos trois fossoyeurs s'étant approchés de plus près,
reconnurent, avec stupéfaction, que Messire Charles
de Tarenne avait cessé de vivre.

Sur la pierre sépulcrale où la tête du défunt Pas-
teur était appuyée, un pigeon au blanc plumage, au
bec et aux pattes d'un rose vif, s'agitait, d'une façon
inquiète, autour de cette figure pâle et inanimée, et,
par ses plaintifs roucoulements, semblait vouloir rappeler à la vie le noble et tendre ami auquel il était
demeuré si fidèle.

Quand il vit qu'on s'approchait de lui, le gracieux
Coulon Blanc, tout effarouché, s'enfuit à tire d'aile ;
et, fendant, comme un trait, la brume azurée du matin, il alla se percher sur une des longues gargouilles
qui se détachent horizontalement du sommet de la
Tour Saint-Jacques.

TABLE DES MATIÈRES

PARIS. — IMPRIMERIE DE DUBUISSON ET Cᵉ, 5, RUE COQ-HÉRON.